像我这样爱你

巴一乡情散文选

巴一 著

作家出版社

目 录

第 三 辑

第一辑

我曾经是那样深深地爱过你

我曾经爱过你

爱的火苗至今还不曾灭熄

但愿它不再打搅你

我可不想勾起你心中的忧郁

我曾经默默无言毫无希望地爱过你

时而妒火中烧

时而小心翼翼

我曾经这么温柔这么真诚地爱过你

愿上帝给你另外一个人

能够像我这样地爱你

普希金这首伟大的诗篇，时常回响在我的耳际，它雷鸣电击般触动着我的记忆，还有比它更精确的表达吗？还有比它更能深入骨髓般地表白男人心迹的文字吗？这个让人妒忌得要死的天才的普希金啊，你怎么让我千言万语般地感慨，在几百年前就一览无余地浓缩了这么短短几行的文字？！

对我心爱的女人，我还能有什么语言？

有时候，我敬叹汉字的魅力与魔力。面无表情的方块字，何以扬筑起感情丰沛的帆船？何以让我面对方块字心生涟漪？何以让我寝食难安？

有时候，我又叹责起文字来。尽管它理直气壮地融进波澜壮阔的情感，但有时候却让我无能为力地精确地表达出我对她们的情感。我怀疑自己有没有驾驭文字的能力，我否定自己一次又一次的文字表达。有时候，"此处省略两百字"、"此处省去一千字"，是我安息思念的宽慰；"爱你无言"、"默默无语两眼泪"这里的干枯得皱巴巴的词汇，是我才学捉襟见肘的无奈。

几十年过去了，你一刻也没有从我的记忆里走开；几十年过去了，你的影像、你的眼泪，还有你无尽的幽怨，一刻也不曾从我的心间忘却。

自责，愧疚，像按在水中的木头，越往下按越是浮上来。都说回忆是幸福的滤布，可是对你的回忆却总也过滤不了对你的心痛。

星星还是那颗星星，月亮还是那个月亮，你呀，还是那个清新美丽的你；你呀，还是那个让我发誓为你去死的你。而我，早已蜕变得不再是原来的那个我，不再是激情冲动理想翱翔的我。我不停地问自己，我老了吗？怎么变得如此淡定？怎么变得如此口是心非言不由衷？明明是躲在心底的角落里，偷偷地冲洗着你的底片，却不敢冲印出你的笑脸？

（一）生米为什么煮不成熟饭

大庙中学。

我是1980年9月1日走进大庙中学的。

刻骨铭心的大庙中学的青春记忆，是我人生新的驿站，又是我烦恼人生的开始。

啊，多么遥远的1980年，多么遥远的青春记忆。慢慢地回忆，慢慢地穿越着时空的隧道，让我的心重又浸淫到在大庙中学认识的你。

到大庙中学来之前，我已是孙楼小学初中三年级的毕业生。没有考取高中后，又到了赵庙小学复习初三。第二年仍然没有考取高中，因无颜再复习下去，只好无奈地到了大庙中学。

我们村庄离大庙中学八华里。乡村泥泞的土路，要走八华里的路程，在我的记忆里，那是漫长而艰难的行程。左一脚、右一脚，深一脚、浅一脚，我计算过时间，那需要三个小时。当时，我只有一个期盼：如果在大庙中学复习一年初三，再考不上高中，就彻底放弃读书的念头。

必胜的信念主宰着我背水一战。因此，在大庙中学我必须复习好数学课，以弥补我每次考试数学偏科的不足。我深知，考取高中或者考取中专，就意味着走出农村，就意味着"吃商品粮"，就意味着"光宗耀祖"。我没有选择，我拼死一搏。

好在大庙中学的卞兴良校长是我的一位远房亲戚，他知道我上学的来回路途比较遥远，就给我安排了一间单独的住处。那个年代，有一个单独住处的学生已经是"特殊待遇"了。因为学生大都是大庙乡附近农村的学生。他们下了课便回家吃饭干农活，而我则省去了来回路途的奔波，节省的时间完全可以用在补习数理化的功课上。全身心地投入，聚精会神地听讲，加上数理化老师的特殊讲解，我一下子对数理化课程产生了浓厚的兴趣。从"一元一次方程"开始，从氢、氦、锂、铍、硼开始，从"欧姆定律"开始，我循序渐进逐渐掌握了其规律，逐渐从机械的背诵潜移默化到了深思熟虑的胸有成竹。半学期之后，我成了全班各科考试的第一名。老师的表扬和厚爱，各种竞赛的获奖，使我成了初三复习班最出众的"典型"。

有一天下午放学后，数学老师抽几个同学给他打扫办公室，我也去了。扫地十分投入的我，被你一手按住了我的胳膊，说："我来吧，你休息一会儿。"这时，我才定睛地看了你一眼。就在我与你目光对视的刹那间，我平生第一次心跳不止。你的微笑让我看到了你雪白的牙齿，你的微笑让我看到了你折服我的眼睛。那眼睛像两颗晶亮的葡萄，让我第一次产生了迷幻的向往，那双眼睛至今都深深地浮现在我眼前，你那双眼睛顷刻间让我十七岁的懵懂变得一下子不再安分。

　　我问李老师："她叫什么名字？"李老师说："她叫陈馨，初三一班的。"

　　从此，我去教室的每一天，都要从初三一班的窗口往里看一眼。有几次，我的目光恰恰从窗户外看到了座位上的你，正瞅着我笑。你的笑，是春风一般的和谐温暖；你的笑，是夏日甘霖一般的滋润雨露。啊，那笑是天使在垂青，那笑是磁石在吸引……

　　我的心被你的笑折磨得不再安宁，我的魂被你的笑牵引得游离于校园。我想单独跟你在一起，我想跟你单独说说话，我想跟你单独说说我的理想，我想跟你单独在一起谈谈数理化……

　　我把我的想法和胡思乱想真实地化成了文字，工工整整地誊写在作文本上，叠放在书包里，等机会一定交给你。那段时间的晚自习课，有时候你们班提前下课了，我没有见着你；有时候我们班提前下课了，我便回到了我的住室。阴差阳错，总是没有机会把这封"情书"交到你手上。

　　风雪交加的那个晚上，我们的晚自习课因"汽灯"坏了，早早地放学了。我静静地在你们教室外的河边上等待着，当你和几个女生有说有笑地走出教室时，我又没了勇气走上前去。悄悄地跟在你身后，直到你快走到家门口的时候，你回头看见了我。你惊诧地问我："你怎么来了？"我支吾了半天，也没说出一句话。你说：

"你有什么事吗？"我连忙说："没有，没有，有一封信给你。"你说："谁的信？谁写的？"我没有回答，径直朝你走过去，塞在了你的手里。从你家走到学校的时候，我上身衣服的每一个褶皱里都已填满了冻得发硬的冰雪，早已冻麻的双腿在被窝里很久很久才变得热乎起来。

比等待录取通知书都难啊。终于，我不再幻想你的回应。我不敢也没有勇气再往窗户后面你的座位上张望一眼。我不再想你，我变得失望、自卑，我变得沉默寡言，不再与同学们奇谈怪论。我挖空心思地想象着你读到信的感觉和反应。没想到我正要上床睡觉的那个晚上，我住室外面的窗户纸在"砰砰"作响。我的心提到嗓子眼上，我以为是传说中的"鬼敲门"，我以为是梦呓中的幻觉。我忽地起身，披上棉袄，全神贯注地盯着窗户。当确认窗户外面有人敲打的直觉后，我才怯生生地问了一声："谁啊？"你回答了四个字："是我。陈馨。"我激动得热血沸腾，顾不得穿上内裤，就迅速穿上了棉裤，趿着棉鞋拉着腰带往门外跑。窗外漆黑的夜空里，我看到了你瘦小的身躯，感受到了你火热的心跳。尽管你那双迷人的眼睛我没有看清，还是感觉到了你瞳仁的光芒。

我俩并排走在大庙集的街道上，四周寂静的夜色里，只有我们感受着对方的心跳。终于我憋不住了，问你："那封信你看了吗？"你的脸转向我，回答说："看了，看了好几遍。那是你的真心话吗？"我急忙回答："是的，是我的真心话，我心里就那么想的。"你很久很久才问我："你喜欢我什么呀？"我说："啥都喜欢。"你停了脚步，那眼神是直直地盯着我："你不是说着玩吧？你想让我嫁给你吗？"我不知道该怎么回答你。我如果回答"是的"，我怕你拒绝我；如果回答"不是的"，那我写的信岂不成了谎言？！

见我一直默不作声，你的解围让我有了舒缓紧张的心跳。

"你今年十八岁吧？我也十八岁，说结婚的事还太早吧。"

"是的，是的，你说得对。"

"今天我这么晚来找你，是因为有件事要告诉你。"

我心头一紧，急忙问："什么事啊？"

你低下了头，轻声说："我真对不起你，我明天就到我三姐家去上学了。"

"你三姐在哪儿啊？"我的眼睛一眨不眨地盯着你。

"我三姐在淮北市，离这儿几百里路呢。"

我"哦"了一声，长长地叹了一口气。我没有语言，我脑袋里面一片空白。

我傻傻地问："你什么时候回来呢？"

你说："我也不知道。"

我说："我等你。"

你惊喜地说："真的呀？不准变心哟。"

我点点头，自己给自己斩钉截铁地回答了一句："一定！"

就这么一句话，就是人生中的山盟海誓吗？就这么匆匆地相聚，就值得我为你厮守吗？

1982年，那一年我在读高中二年级。当班里的同学告诉我你结婚的消息时，我晴天霹雳般揪心撕肺，我不相信他的话，我不相信这是真的。我顾不上把书包放回教室，就急匆匆地跑到了大庙中学西边的你结婚的那个村庄。

在村口，我看到了穿着大红棉袄的你，你也远远看到了满脸绝望的我。你的眼神告诉我："别再打扰我，你回去吧。"

像一座雕塑，我怔怔地伫立在那里，任凭寒风的肆虐，任凭泪雨流淌，任凭心如刀绞……

我不知道我是怎么回到学校的，只记得那时候的两腿真像作家们描绘的那样，"灌了铅"、"镶了钉"、"上了镣"。

"命运"二字第一次让我不再忘记；"失恋"二字让我第一次领悟到了它的含义。

我在想，假如那天晚上我去牵你的手，我去拥抱你，我去亲吻你，我把你叫到我的住室，不顾一切地疯狂地把你按在床上，脱光你的衣服，像村人们说的"生米煮成熟饭"，你也许就成为了我的新娘，我的妻子。如今，这幻想已被残酷的现实粉碎得荡然无存，灰飞烟灭。

我的心支离破碎，时时在流血。躺在被窝里，我止不住地毫无出息地嗷嗷地哭叫着。

初恋，多么美好而浪漫的字眼，我的初恋就这样被你扼杀了。

我有理由怪你吗？没有，没有。

我没有理由。

（二）山间那片绿草地

洪庙。

那个地名叫洪庙，我认识你就在洪庙镇，那个叫作舒城县的洪庙镇的山间里。

穿着"华达呢"中山装的我，背着行李卷，提着破旧的黑提包，从太和县城到阜阳市中心，从阜阳长途汽车站到合肥，又从合肥长途汽车站到舒城县城。一路狂奔，坐着"嘣嘣嘣"大篷车从舒城到了洪庙镇那所山脚下的学校。

四十二个学生当中，只有你们三位女生，我一眼就看到了最靓丽的你。眼神定睛的那三秒钟，我停留在你秀丽的面庞上。你的眼睛顷刻间把我的心挽留在这高山流水里。

我是老师，你是学生；我在讲台上站着抑扬顿挫，你在座位上目不转睛；我无意间瞥见了你的眼神，你眉目传情地顺从着我的喜怒哀乐。

那天在食堂午餐后，你哼唱着的一首歌，叫我一辈子都跟着哼唱啊："月亮走，我也走，我送阿哥到村口……阿哥是个好青年，早把喜报捎回头……"

这歌声是因为你才有了如此强的生命力，这歌声是因为你才让我百唱不厌。至今，我的办公室里、我的车子里、我的每一个角落里，都回荡着你甜美的歌声、你爽朗的笑声、你喃喃的责怪声……

你的名字叫华志勤，我喊你小华。你歪着头笑说："是啊，就喊我小华。"

星期天的那天中午，我一个人向山上走去。温暖的春光，让我有了懒洋洋的倦意。在山间的那个长满野草的空地里，我把上衣铺在身下，迷迷糊糊地睡着了。你的突然出现，真的吓了我一跳。我连忙起身问："你怎么到这儿来了？"你痴痴地笑："这地方山清水秀，风和日丽，只准你来就不许我来呀？"

是喜出望外还是意外惊喜？我说不清此时的感觉。我只觉得天空更蓝，春风更暖。

谈家庭，谈理想，谈未来……说不完的话，聊不完的情。因为我们都来自贫困的农民家庭，因为我们都不屈服于命运的安排，因为我们都憧憬和向往着美好的明天，所以我们有说不完的话。我说："你那天唱的歌是什么名字呀？"你说："月亮走我也走。"我说："你能不能再唱一遍给我听？"你没有扭捏，没有拒绝，而是清了清嗓子，清脆地甜甜地痴醉地投入地唱起了"月亮走我也走"……

如钩的月亮从西边升起来，我们俩慢慢向学校宿舍走去。走在陡峭的山路上，纤细的你差点被眼前的石块绊倒。我急忙拉住了你的手。就在拉手的那一刹那，你的手像一簇棉花团，握在我的手心里，从你身上传出的电流瞬间撞击了我渴望已久的爱情火花。我抱住了你细细的腰肢，我抱住了你长长的脖颈，我抚摸到了你长长的秀发，我闻到了荡我魂魄的体香……

从洪庙返回合肥的列车上，我和你面对面地坐着，在众多同学的面前，我表现得矜持而虚假。我真是恨透了自己，明明心爱的女孩就在对面，却不敢把她揽入怀中。我虚伪到了极点。仰望着面无表情的车窗，吭吭当当的火车理直气壮地前行着，每一秒沉重的碾轧，仿佛都行驶在我复杂的内心。

小华，从此一别，我再也没有见过。

小华，你为什么不去找我呢？

小华，你让我等得很苦很苦，你让我等得很累很累。

小华，我到哪儿去找你啊？

几十年的光阴里，无论是困难挫折的最低谷，还是我春风得意的最高峰；无论是游走灵魂的自我世界，还是喧闹人生的红尘中，你的面容、你的微笑、你的歌声，无时无刻不在激励着我勤奋地追求，无时无刻不在催促着我为你的美的付出而努力回报。

山间那片绿草地，永远是我人生沙漠里的绿洲啊。山间那片绿草地呀，你还接纳我回到你温暖的怀抱吗？

（三）标点符号里的隐情

丽丽，请允许我永远这么称呼你。

丽丽，请允许我今生不再离开你。

丽丽啊丽丽，只有你和我才懂得那标点符号的意义。

那一天下午，灿烂的阳光铺天盖地般洒在你的脸上。站在你身旁的我，看清了你耳根下细细嫩嫩的绒毛。那绒毛在阳光的照射下，透着光闪着亮，甚至能让我一根一根地数清它的根数。坐在缝纫机台板上，你画着几何图，圆规、三角板、量尺，还有厚厚的一摞复习资料，让我不忍心打搅你的投入。当我正要转身离去的时候，你侧过头来，微笑着露出了你独有的玉米般的牙齿来。"那就是小虎牙吗？"我问你。你用手遮住了嘴巴，不准我看你的小虎牙，不准我看你笑着的嘴巴。我呀不知哪来的这么大的胆子，你越是不让我看，我偏要看。你越是捂着嘴，我越要掰开你的手看你的嘴巴。

青春的荷尔蒙冲击着我的大脑，我闭着的眼睛紧紧地贴向了你的嘴唇。至今，我都记得你火热嘴唇的温度；至今，那一刻的热血奔腾，像火一样燃烧着我的五脏六腑……

学校门口的那条污水河，村民们在忙着从河里捞起蓖麻，一捆一捆地放在小道上，散发着刺鼻的气味。为了远离那难闻的味道，为了避开那七嘴八舌的喧闹，我和你走进了小河南边的那片蓖麻地。

你勾着我的脖子，踮起脚尖，又踮起脚尖，吻着我满是绒毛的嘴唇。我轻轻俯下身子，几乎是将你抱起，狂吻着你的脸上的每一个部位、每一个细胞，口水湿遍了你的脸颊，湿遍了你胸前的衣衫。

那天晚上，我属于了你，你也人生第一次属于了我。

回家的路上，你突然傻傻地问我："我们俩会不会怀孕？"我愣了好半天，才缓过神来："男的怎么会怀孕呢？你不会怀孕吧？"

"我也不知道。"你的脸一下子紧张起来，没有了笑容，让我感到莫名其妙的恐怖和担心。

我知道我第二天就要离开你，所以我就说："没事，你怀孕了我也不害怕，我娶你。"

"不不不，千万别，我爸妈知道了要打死我。"

你惊恐害怕的样子，让我顿生怜爱。

"我会给你写信的。"你安慰我。

我连忙答："好的，好啊。万一要是你怀孕了，就用标点符号代替吧。"

你一下子高兴起来："对啊，对啊，省略号代表我想你，逗号代表我一切正常，惊叹号代表我身上有喜了。这样可以吗？"

"我真佩服你的奇思妙想，但愿我接到你的信件里没有惊叹号。"

我和你又一次地拥抱了。我和你又一次重复着爱的呢喃。

我回到了农村老家，你去了省城。每个礼拜都收到你的省略号，那两毛钱的邮票里，寄托着你对我的思念，寄托着你对我的祝福和牵挂。实在是忍受不了思念的煎熬了，我就去到省城找你。

直到第二天晚上，我才在你家楼下见到了你。当我靠近你如饥似渴般拥抱你的时候，你让我意想不到的躲闪开了。我问："为什么？"你平静地回答说："不为什么，我有男朋友了。"

我问："他是干什么的？"你回答："你别再问了，如果你还爱我的话，你以后就别来找我了。"

我的心冰冷到了极点，无奈地"啊"着，目送你转身回家。

为了你，我废寝忘食、不舍昼夜地苦读。在昏暗的煤油灯下，我重又回到了高考复习的课桌前。为了你，我舍不得吃上一碗肉丝面，舍不得吃上一份炒鸡蛋，勤俭节约着每一块铜板，只为到省城读书再能见到你。

我说想请你吃饭，你没有拒绝。你只是说有一个请求，就是能不能带我老公一起来？我心里虽不情愿，但嘴上却言不由衷地说着："好啊好啊。"

你老公确实长得很帅气，确实我在他面前好像是矮了一截一样。强装微笑吃完了这顿饭。

临走前，你送给我一条领带，意味深长地笑着说："这就是长长的省略号。"

我说："谢谢，永远的省略号。"

你老公看看我，又看看你，不知所云，一笑而去。

多么神奇的标点符号啊！多么意味深长的标点符号，陪着我翻山越岭，昂扬向上。

丽丽，几十年光阴不再，我已是激情不再，但愿那六个点的省略号陪我们永远怀念美好的青春时代……

（四）就是没有你的消息

六十里铺。

陕北民歌里面，有一首凄婉的情歌叫《三十里铺》。而我的心里，永远痛楚地保存着四个字："六十里铺"。我心里的六十里铺哟，你像一座金矿，让我的想象挖之不绝，取之不尽；你像一座海市蜃楼，彩虹般在我的记忆里绚丽多彩。

宝蓉，每次见到高挑的你，都让我想起团干部的形象。你的姣好的形象和气质，完全匹配于青年干部。可你为什么在那个裁缝班里呢？六十铺也许只有你们一家裁缝班吧。你天天伏案在缝纫机前，"哒哒哒"的无休止的缝纫机发出的响声，让你无暇注意我的存在。

我问你做一件多少钱，我问你买什么样的布料适合我，我问你做一件衣服需要多长时间，我问你住在哪里，家在哪里，总之的总之，都是我在问你在答。

那时，满大街都在流行张蔷的歌："每一次路过咖啡屋，止不住我的脚步……"

这首歌真正道出了我此时的心情。每次路过你的裁缝店，我都止不住朝着你的方向看……

你敏锐地观察到了我对你的好感，你机警地回答着我的无聊问话。

那天晚上，我在裁缝班门口把你叫出来，我悄悄说："晚上想找你说个事。"你大感不解地问："什么事？"我说："没事，就想和你说说话。"你仿佛猜透了我的心思，一本正经地说："晚上我要陪老家来的人看电影。"我急忙说："等你看完电影，我在去往南照集的桥上等你。"你抿嘴一笑，没有拒绝。

很晚，电影散场了。在拥挤的人群里，我看到了你美丽的倩影。我急忙飞奔到去往南照集的桥头上等你。

你来了，银铃般的笑声验证了我对你的真诚。

时光一分一秒地过去，我和你之间没有了言语的距离。不知不觉间，扯到了男婚女嫁。对我的大胆表白，你笑而不语。临走我再三问你，答不答应我的请求？你仍然笑而不语。最后，你只回答道："我不知道，我真的不知道。"

从此，每次见到我，你都故意避开了我的眼睛。每次远远地看到我，你都会羞涩地躲闪到一边。

那天是个星期六的晚上，我骑着自行车，到了你的家里，偏偏你不在家。你的父亲和你的母亲热情地把我叫进屋，喝了杯白开水，我就离开了。

那一刻，我才感觉到你的长相真的像你爸爸，也像你妈妈，是那样诚实厚道，是那样热情亲切。你妈告诉我，你去了你桃花店的姨妈家。我风驰电掣般伏在自行车上，飞往桃花店。

到了桃花店，已是深更半夜，静谧的村庄里到处都是此起彼伏的狗叫声，我无从打听到你姨妈家的地址，只好孑然一身地悻悻而归。

此后，当你得知我去你家找你以后，你就主动找到了我，并送给我一件白衬衫。穿着你做的白衬衫，我在镜子里审视着自己，自信让我浑身充满了力量。青春洋溢着我向往美好的明天。

此后，我又漂泊到了又一个小城。

此后，我没有了你的消息，只有你送给我的白衬衣，伴着我走南闯北；只有你送给我的白衬衣，让我对你的思念和感激挥之不去。

二十几年过去了，我又回到了故乡，我又回到了六十里铺。

在六十里铺集镇上，我找到了曾经在他的饭店多次吃过饭的店老板大毛头。如今的大毛头已不是当年那个在小馆子里卖猪头肉的"掌柜的"，而成了气宇轩昂、金碧辉煌大酒店的老板了。他一眼就认出了我，我也认出了他。我向他问及六十铺集上的人和事。他的答复有的让我兴奋，有的让我失望。

时过境迁，一切都发生了脱胎换骨的变化。时光不再，一切都不再是我青春时的模样。我没有告诉他，时隔多年再回六十里铺的真正原因。我和我的兄弟们开着车，又直接去了宝蓉的家。依稀记得的村庄，已是一栋一栋的小楼房。记忆中的低矮瓦房，已经让时光彻底改变了模样。

打听了很多人，终于找到了宝蓉家里。没有想到的是，宝蓉的家依然还是我二十几年前看到的那所破瓦房。院子里面的蒿草告诉我，这里已没有人居住。热情的村人们告诉我，宝蓉的父母前几年都去世了，宝蓉嫁给了她的姨表哥，也就是淮北人所说的"两姨亲"。

站在她家的院子里，我心里复杂极了。我向在场的村人们提出，可不可以进到他们家屋子里看一看？村人们爽快地说："当然可以。"我环顾着她屋里的陈旧设施，无法想象出宝蓉在这小屋里所经历的青葱岁月。唯有床头的土墙上，还糊着已经发黄的八十年代的报纸、年画，让我猜想出这就是宝蓉姑娘时的闺房了。

傍晚时分，我又和兄弟们一起赶往桃花店。

在桃花店，我问到了她的家。一位老人告诉我："宝蓉今年都已经四十多岁了，跟她丈夫在沿海打工，一年只回来一次。她的孩子也都在城里工作了。"

临走前，我把我的手机号码和通讯地址写给了老人，并拜托他等春节宝蓉回来了交给她。

转眼间，两年过去了，宝蓉从没有联系过我。

我天天在想，我天天在问，宝蓉啊宝蓉，怎么就没有了你的消息呢？

（五）花影飘逝

至今，我都不能相信你已离开了人世。

至今，我都不能接受你自杀的现实。

你怎么就这样匆匆地结束了年轻的生命呢？

你怎么就这样舍得这美好的人间了呢？

远去的你，死得心不甘啊。怀念你的我，怎又能放得下你消失的惋惜和遗憾。

花影，这名字让我想起乡间院落里，月光下那茂密的树叶间，泻在地上的斑驳的亮光。那是我儿时的记忆，那是我听到鸡叫便起床上学时看到的景象，那是不再重复的美好花影，那是最纯净的幸福记忆，那是我无法描摹的用文字无法准确表达的如诗如画的景象……

你初中毕业后，就没有再读。我读书时，偏偏住在了你的家里。每次放学，每次上学，都在你关爱的目光里行走。你做的饭菜真好吃，你的忙碌和辛劳让我真正体会到了"美丽"二字的含义。看到你，我就想起了电影《渡江侦察记》里的女八路；我就想起了电影《小花》里的陈冲；我就想起了《牧马人》里的丛珊……

她们在银幕里，你在我的生活里。

我的日记本你是经常翻阅的，我的日记本总被你问来问去里面的内容是不是真实的。你呀，偷窥了我的秘密，偷窥了我的心迹。

令我高兴的是，有好几次你指出了我日记里的错别字，有好几次你指出了我日记里的病句。打心眼里，我敬佩你的认真阅读，我感激你细心的关怀与鼓励。

我的衣服脱下来甩在那里，你第二天就洗得干干净净。我的书头天晚上熬夜，零乱地堆在桌前，回来后都被你收拾得整整齐齐。不让家里人知道，你偷偷地把节省下来的"白面蒸馍"留给我。你把自己攒下来的私房钱，帮我买回一本又一本复习资料……

至今，我都没想明白你为什么对我这么好。

至今，我都没有琢磨透你对我的期望和回报。

该怎么回忆你呢？太多太多的细节我不愿意回忆，你的太多太多的好，我只能这样笼统地概括。

对于一个写作者来说，写一个人不能光是用"好"字来表达，不能空洞无物地说一声"好"，更不能泛泛地没有细节地没有真情实感地表达你对我的好。但是，我只能说你好。我宁肯把它写成一无是处的文字，也不愿罗列太多太多的细节、太多太多的情感去佐证你对我的好。

你真正对我的好在我的心里，我对你的真正感激也在我心里。

听到你自杀的消息，我欲哭无泪。我心里憋了很长时间，我的眼角常常渗出止不住的热泪。

你没有死，至少在我心里，你永远年轻漂亮，你永远善良温存，你永远在激励着我好好地活着。

每逢过年的时候，我的心里都在祈祷着上苍，都在为你默默地燃上三炷香。我知道你累了，你在天堂里依然美丽地微笑着。

花影飘逝，花影无言。

花影向我摇曳着走来……

初恋，渐行渐远

一

开学的日子越来越近了。

区教办室主任汪兆方为两又庙中学缺一位初三复习班的老师心急如焚。

想来想去，他想到了颍州师范的同学李文卫。

李文卫在赵庙中学任高中语文老师。李文卫向汪兆方推荐了他的学生夏甘雨。

当汪兆方和李文卫一起急若星火般赶到夏甘雨家时，夏甘雨没有在家。听夏甘雨的父母说，夏甘雨又跑到县城去了。

确切地说，夏甘雨这次到县城来是第二次。

第一次是一个月以前的一天中午。他原来高中一年级时的同学刘飞叫他来的。刘飞没有再复习高考，接替他父亲的班，被安排在县文化馆。夏甘雨的语文成绩好，在学校期间就发表过诗歌，他的作文，老师经常在班上当范文朗读，因此，刘飞比较佩服夏甘雨的文笔。

在文化馆，刘飞算是最年轻的一个干部，比他年龄大的人，大都不愿意理他，他也常常是在办公室里扫扫地，整理一下报纸。突然他在《安徽青年报》上看到了夏甘雨写的一首诗，就指着报纸对他的办公室主任说："这首诗是我同学写的。夏甘雨是我赵庙中学时的同学。"

办公室主任瞄了一眼报纸，哼一声说："就听你胡屌吹。你同学？你高中都没上完就接班了，啥屌同学有这本事？"

"你不信？我叫他来一趟你看看！"刘飞的自尊心受到了极大打击，心想哪一天叫夏甘雨来一趟，证明自己没有瞎吹牛。

就这样，夏甘雨骑着自行车来到了城里。第一次进城，夏甘雨心惊肉跳。自幼在乡村长大的他，虽然已是二十一岁的高中毕业生，可对眼前的熙来攘往、车水马龙的热闹场面，他还是第一次耳闻目睹。城里人，出现在他面前的都是城里人啊。他自己在心里对自己说。他对眼前的缤纷世界茫然失措，以至于站在路口东张西望，畏惧不前。有好几次，他想张口问别人文化馆在哪里，他张了几次口，都没有勇气上前。他不敢骑上自行车，他担心这么多人会因自己的车技不好，碰到了别人。推着自行车，在马路的附路上朝前走，他希望能看到"太和县文化馆"这么一块招牌，就不会再求人似的问路了。转悠了大半天，始终也没有看到这块牌子。他问路边卖菜的、卖花生的，他们都没听说过啥叫文化馆，只听说过饭馆。

将近中午的时候，夏甘雨终于找到了文化馆。刘飞听完了他第一次进城的畏畏缩缩，笑得前仰后合。刘飞说："咱俩是同学，城里我熟悉，以后你考上大学了就嫌县城小了，如果考不上，我也帮你在城里找一份临时工。"

夏甘雨听他这么一说，信心十足地答应着，可心里仍然摆脱不去自卑的困扰。

下午，刘飞把夏甘雨带到他的办公室，让他的办公室主任"验明正身"。办公室主任对夏甘雨的文采赞不绝口，并愿意介绍让夏甘雨认识他们的馆长任其钟老师。夏甘雨答应着，随办公室主任认识了任馆长。

任馆长听说眼前这个乡下小伙子会写诗，又发表了文章，用惊讶的口气说："不得了啊，八十年代的新一辈人才辈出啊。为四化而读书，为中华的崛起而读书，后生可畏、前途无量！我们文化馆刚开始举办灯下读书会，你有兴趣就过来吧。"

"我有资格参加吗？"夏甘雨受宠若惊般地问。

"你当然有资格来啦。"任馆长拍了拍他的肩膀说，"小伙子，长得挺标准的，够英俊，来吧。我们这个读书会里有几个人发表过作品，有的还不如你呢。"

原来这个"灯下读书会"只有星期六下午才举行一次。读书会的成员都是文学青年，有的在派出所工作，有的在电影院，在化肥厂等等，男男女女十多个人。在任馆长的主持下，各自畅谈自己的创作构思，交流近期读书的体会与感悟，提出对某个作者的作品修改意见。夏甘雨坐在室内的最后一排，静静地听着、看着。在座的他是唯一的一位在校学生，其他人全都是在县城有单位的工作人员。

打心眼里，他羡慕他们，可一想到自己几年来高考失意，名落孙山，他又没有了自信继续参加这个"灯下读书会"了。

刘飞对他说："参加灯下读书会后，就住到我们家去。"夏甘雨记着刘飞的话，可他没有去他家。而是住进了县水上商场对面的小南门旅社了。

文字的诱惑，总是对热爱它的人有一种无形的磁力。

不知不觉又是一个星期六了。一大早，夏甘雨和父亲一起在地里栽大葱。虽干着农活，夏甘雨心里却惦记着今晚要去县里参加"灯下读书会"的事。他在心里盘算着：在小南门旅社住一个晚上是两块钱，听完课到街上吃一碗素面条两块钱，至少身上还要留一元钱备用。怎么样向父亲张口要这五元钱呢？

父亲把种大葱的深沟都挖好了，夏甘雨把晒得蔫儿巴唧的葱苗按照株距一棵棵埋住根部。父子俩各司其职，谁也没有说话。临近下午了，父亲说不要再栽苗了，天黑之前，把水先浇上。

夏甘雨来到井沿旁，抓起吊杆浇水，由于水桶的扣绊没有扣好，刚按到井里的铁水桶掉到井底去了。父亲探头望了一眼井底和他手里空空的撅杆子，气得叫骂起来。

"熊孩子，你能干啥？！上学吧，你连复习三年，花了那么多钱，你考不上；种庄稼吧，你浑身懒筋伸多长不会干；叫你浇个水吧，你把水桶弄掉井里。你说你能干啥？养你这个种算我白养了！"

父亲尖刻的痛骂让夏甘雨无地自容。他站在一旁，不知如何是好。

父亲看他呆若木鸡地在那里发愣，气恼地飞起一脚踢在他的屁股上，骂着说："滚！"

夏甘雨自知没趣，悻悻地朝家里走去。他心想，这下完了，今晚参加不了灯下读书会了。

刚走出地头，母亲从家里急若星火地朝菜地里赶来。她见儿子不高兴的样子，就挡在儿子面前问："甘雨，咋弄的？你大（父亲）吵你啦？"

夏甘雨看着母亲，委屈的泪珠在眼眶里旋转着。母亲宽慰他说："哎呀，你大就那二横火脾气，过去了就好了。走吧，咱们还上地里去。"

"我不去。"夏甘雨对母亲说，"我想上县里参加灯下读书会去。"

母亲连忙说："管啊管啊，你去吧。身上没钱了是不是？我兜里正好有几块钱哩，今晌午赶集卖的鸡蛋钱。"说着，母亲从大襟褂子兜里摸出几块钱来。

夏甘雨不好意思伸出手去接。母亲硬是装在了他的裤兜里，说："你赶快回去骑洋车子去吧，路上汽车多，小心点。啊？"

夏甘雨感激地朝母亲点头，"嗯"一声，跑回家了。

骑着自行车的夏甘雨，往县城赶去。

是的，这是第二次来县城了。这次，他没有了上次进城的拘谨和无助。至少，在县城里，他有位高中同学刘飞，还认识县文化馆馆长任老师。那些灯下读书会的文友虽还喊不出名字，他想随着时间的推移，见面次数的增多，他会记住他们的。

走进读书会的教室，成员们都尚未到齐，闷热的天气，挂着的大吊扇扇出的也是热风，一点也不凉快。任其钟馆长一一向他们介绍每个学员的创作情况，一位穿着白色短袖的姑娘站起身来的时候，夏甘雨记住了她的名字：孙继雯。她和她的名字一样鲜艳、美丽。她朝大家笑，颀长的身材，洁白的牙齿，高挺的胸部，是夏甘雨在学校里从没见到过的漂亮女孩。任其钟老师介绍到夏甘雨时，他的眼睛还一直盯着孙继雯。

在这个读书会上，孙继雯讲述了这么一个故事。

一个学生住在老师家。老师的妻子怨声载道，整天训斥她丈夫，叫这个学生别在自己家里住。这个农村学生学习十分用功，顺利考取了大学。老师的妻子喜上眉梢，悄悄告诉丈夫，说："让我们的女儿赶紧和这位学生先定亲。"

老师回答说："不行，我培养的是个人才，不是女婿。"

听完这个故事，在座的每一位"灯下读书会"学员都觉得是个好题材。任其钟馆长建议每个学员就这个故事现场写出一篇小说来，时间四十五分钟交卷。

夏甘雨文思泉涌，胸有成竹。四十五分钟的时间内，人物、场景、对话，他一气啊成，将这个故事写成了短篇小说——《桃子熟了》。

"灯下读书会"结束的时候，已是深夜了。大家意犹未尽，三三两两仍在交谈着说不尽的构思和故事。临出文化馆大门的时候，孙继雯和夏甘雨正好并列走到了一起。

后来，夏甘雨的这个短篇小说，唯一被《淮河文学》杂志发表在头条位置。在"灯下读书会"里，夏甘雨被刮目相看。

二

夏甘雨从县城回到村庄时，村人们开始吃晌午饭了。淮北乡村的人吃午饭不习惯一家人待在屋里吃，总习惯三五个一堆，凑到一起，各吃各的。在大柳树下，在大杨树下。一人端一个碗，饭的内容大部分都是一锅烩的面条；有的端两个碗，一碗是稀饭，另一碗是炒的辣椒之类的。人们边吃饭边拉家常，谈论着鸡毛蒜皮的家事，议论着东家长西家短的闲话，交流着谁家庄稼长得"排场"之类的"秘诀"。这种凑到一块儿吃饭的地方，叫"饭场"，也叫"人场"。男的一屁股坐在地上或蹲在地上，女的则大多数是将自己的鞋子脱掉，垫在屁股下面，边吃饭边听男人们永远也侃不完的男人和女人关于裤裆里的话题。俗话说，一顿饭，十里半。意思是说淮北人吃午饭的时间，足够走十里半路那么长时间。晴天如此，阴雨天只有凑在谁家的屋檐下，或者新盖好的空房子里。尤其是夏天，男人们大都是光着膀子，女人们只要是生了孩子的媳妇，大多数也习惯脱光了衣服在饭场里走来走去，两个鼓鼓的乳房袒露着，裤腰带大都是用"布截拉子"（破布）做的，一眼便知道这是个不太讲究的妇女。有的男人不安分，吃着饭，眼睛却盯着对面的几个女人，偶尔也走过来说："我看看你们几个谁的'妈'（乳房）大？"有的妇女就会放下饭碗，托起来她的"妈"说："俺的大，日你小姐的蒜瓣子，你想吃两口是不是？那你就叫我娘吧。"那男的哈哈大笑着说："熊浪女人，骚得像个老水羊，谁该叫你娘？你按你男人的辈分，该叫我爷的。"那女的会马上还击说："你个老骚物头还怪转轴子的，俺是老水羊，你就是那没'骟'净的'过喝头'，'二尾子'。叫俺喊你爷？你是羊羔'爬喳'（交配、性交）它奶奶——不论辈分了。"于是，饭场里响起了男男女女哈哈哈一连串前仰后合无拘无束的笑骂声。

自从上了高中后，夏甘雨就不愿到饭场里吃饭去了。你一言我一语的慢条斯理的吃饭，既耽误时间，又听不惯那荤得满是油腥的笑骂。他觉得他们太粗俗，太没文化，太没意思。他总是喜欢端着饭碗在堂屋里桌子上吃，吃完饭又接着看书。已经连续三年没有考上大学了，方圆几里的村人们都知道他。

有一次，他在饭场里吃饭，村人们你一言我一语地议论着自己，夏甘雨全听见了。

"天天上，天天学，老坟地里没有那股子劲，再上八年也不沾屄贤。"

"就是，老坟里没那个风水，生就的是打坷垃的料，再'当事'也考不上大学呢。"

"你们说的就是咱们村的夏甘雨吧？他都坐了三年的'红椅子'啦，二十多岁了，还不娶媳妇，一个劲地想吃商品粮上大学，都快成老'坐地权'了，还上学哩。"

夏甘雨静静地听着，从不吱声。他在心里默诵着"燕雀安知鸿鹄之志哉"、"吾辈岂是蓬蒿人"之类的诗词，闷声不响地吃他的饭。吃完饭，他常常入神似的用筷子的另一头在地上写着只有他自己才认识的字，有时画掉又重新写，又再次画掉，以至于他身后很多人围观他都不知道。

夏甘雨惧怕"饭场"，可这回推着自行车必须路过饭场。

"甘雨这是从哪儿回来啊？今年考个'砖头'（指大专）没有哎？"中年男人站起身给他让路。

夏甘雨涨红着脸，嘟哝了半天说："没考上。"

"那你还准备复习不呢？"又一个人在问他。

"俺还没想好哩。"夏甘雨面带窘迫地笑着回答。

一个平辈的嫂子插话了，她的嗓门很大。

"还复习个屌毛哎，回来咱们一起种地算了。咱这村子里没一个上大学的，还不照样过日子吗？你要是考上大学了，俺们想见你一面，还得跑到城里去，万一找个城里的'摇波媳子'，恐怕还不让俺这破屁股女人进你家屋门哩。"

夏甘雨不知如何回答她，只是痴痴地笑。

又一个平辈的大嫂端着吃完饭的空碗凑了过来问："大兄弟，你这洋学生找好对象没有哎？"

夏甘雨摇了摇头，说："找谁去？你帮我找啊？"

大嫂子说："俺就是想帮你找一个。你这个大兄弟有文化，长得又'光礤'（英俊），找个大闺女那不是'样呱'（意思是没有阻力）哩咧？还得是过挑过拣的。放心吧，俺肯定不会把'过河女'（离婚的）介绍给你的。"

夏甘雨笑着，饭场里的人都笑着。

站在远处的父亲母亲也笑着。端着饭碗的母亲走过来说："他大嫂子，谢谢你的好意啦。俺儿子找媳妇的事就交给你啦，拉了'寡汉'（光棍），可都怨你了。"

母亲笑着，问儿子："你吃饭了吗？快回去吃吧。今晌午做的是菜疙瘩汤，还放了点细粉。"

儿子在前边走，母亲紧跟在身后。父亲站起身来喊道："甘雨他娘，甘雨学校里的李老师在找他哩。"

夏甘雨听到了父亲的喊声，饭场里所有的人都听到了他的喊声。停住脚步，夏甘雨问母亲："娘，刚才俺大说谁找我？"

母亲连忙说："是的是的，俺差一点忘了。昨晚上，李老师派他儿子到咱家来找你，说找你有急事。"

李老师找我？夏甘雨的脑海里浮现出语文老师和蔼可亲的面孔来。眼下是暑假期间，又没开学，他能有什么事呢？

夏甘雨对母亲说："我不吃饭了，李老师肯定有什么事吧，我这就去看看。"

母亲还要说些劝他先吃饭的话，见儿子急匆匆的样子，就没再吱声了。

三

对夏甘雨来说，李文卫是他最感激的一位老师。在他连续三年高考失意的情况下，要么继续留校复习，要么回家当农民，他做梦也没想到还有第三条路让他选择，那就是当一名代课教师。工作一年后，便可转为正式教师。这种"曲径通幽"的走出田埂的机会，是李老师慧眼识英才为他铺就的。夏甘雨倍加珍惜，感激涕零。他暗暗下定决心，绝不辜负李老师的期望，认真教学，虚心学习，充分发挥自己的长处和优势，争取让这个毕业班的学生都能考取高中或中专。

考取中专、大专、大学本科等同于吃上了"商品粮"，彻底改变了农家子弟一生的命运。既然我本人在这条道上冲刺宣告失败，那么我一定要我的学生吸取教训，亡羊补牢，争取早日成为对社会有用的人才。责任重大，容不得半点的疏忽啊。夏甘雨告诫着自己，耳边再次回响起韩愈的《师说》，"师者，传道授业解惑"；回响起"春江水暖鸭先知"和"蜡炬成灰泪始干"这些他背诵过的诗句。

1983年9月1日，是夏甘雨人生大转折的日子。他一生不会忘记这一年的这一天。

鸡叫头遍的时候，夏甘雨就划亮火柴点亮了罩子灯。这是全家唯一的一盏罩子灯，是专供他在家学习功课时才使用的。它比其他煤油灯要费油一些，亮堂一些。因为燃的是柴油，所以油烟子很大。为了减少油烟子，他常常用一张白纸卷个筒子，罩在灯罩上。不知怎么搞的，今天夏甘雨发现罩子灯从"喝烟壶"喷出的火苗断断续续的"扑扑"发响，仿佛舍不得离开主人似的，时强时弱。拨弄了半天，也没调好亮度。母亲已在西间里点亮了小油灯。父亲也起来了。一尼龙袋子书籍，另一袋是一床母亲专门为他刚做的新棉被，还有一袋子是杂七杂八的日用品。夏甘雨在院子里的压水井里压水，"咯吱咯吱"地压了半天就是不出水。他的母亲疾步走了过来，从灶屋里舀出一大瓢引水，对着压水井倒进去，一会儿，水便哗哗地压出来了。

夏甘雨在洗脸刷牙，父亲从屋里推出自行车，把头天晚上装好的三个塑料袋子拎出来，母亲到灶屋里烧火做饭去了。

自行车后座的两边，一边绑好一个袋子，座位上又横绑着一个袋子，父亲又用力晃了晃自行车，确认比较牢固以后，才笑着对儿子说："这下子稳当了。路上别骑得太快就管了。"说完，又不放心似的从堂屋里门后边取出两只旧鞋片，垫在车后轮的转轴处。父亲说，他担心时间久了，转轴会磨破了塑料袋子。

两又庙中学离夏甘雨家有三十多里路，虽不是太远，但在平原乡村的距离概念里，也不是很近。他知道这一走要很长时间见不着父母，夏甘雨特别搬出小方桌到院子里，想和父母一起吃早饭。父亲说："你一个人吃吧，这离天亮还早着哩，不用急。"母亲拍着身上的柴火灰，说："儿子叫咱和他一块吃，不是想和咱一块说说话吗？好，来，都坐下。"

父亲点上了他那呛人的烟卷，抽着，目不转睛地看着儿子。母亲吃着馒头，一个劲地往儿子碗里夹着萝卜菜。

父母打心眼里高兴啊。儿子虽没考上大学，这下成了中学老师，成了国家的人了，也和考上大学没啥区别。在村人们眼里，只要是能成为国家的人，有个职业，都是件光宗耀祖的事。每当想到这些，父母亲两人总是有说不完的话题。眼下，儿子要走了，父亲心里涌来酸酸的感觉，他有些后悔和责怪自己平时没有过问过他的学习，经常严厉地要求他好好地干农活。他又想，儿子是知书达礼的人，也不会计较父亲的训斥的。

天蒙蒙亮的时候，夏甘雨推着自行车上路了，父母亲送出了村子，久久站在路口没有回去。

四

9月1日是全国大中小学开学的日子，而淮北乡村学校虽然是照例开学，但不能在这天像城里学校那样准时按部就班地上课。这天上午，两叉庙中学教务处是最忙的。教师报到，年级分班，班主任、副班主任人员调配，然后参加教师会议。学生报到以后，先到各年级教室打扫卫生，整理桌椅板凳，互相询问各自的升留级情况，下午才能理清头绪，开始交费领书。

夏甘雨是激动的，他的装着行李的自行车停在了校长办公室的门口，当校长听说眼前这个清清爽爽的小伙子就是刚聘来的初三复习班的语文老师时，惊讶得张大了嘴巴。"你就是汪兆方主任从赵庙中学请来的老师吗？"张校长上下打量了他，半信半疑。

夏甘雨点了点头，心里紧张得咚咚跳。他说："是的，是汪兆方主任叫我来的。"

"哎哟，这么年轻，初三复习班的学生恐怕都比你年龄还大。"张校长笑着说，"你今年多大了？"

"二十一了，刚高中毕业。"

张校长示意他坐下，语重心长地说："夏老师，我们两又庙中学今年就这一个复习班，有的是复习了两三年的初三学生，他们的基础都不错，明年能不能考上中专，语文这门主课至关重要。既然汪兆方主任推崇你的才学和能力，我们当然有理由相信，你肯定有这个能力了。不过，语文教学并不像文学创作那样随心所欲，它是遵照课文内容和教学大纲而展开的灵活多样的学科。这方面，你年轻没经验，多钻研这方面的业务，多向本校的老教师学习，明年我们学校的升学率就看你的了。"

夏甘雨一字一句地听着。尤其听到张校长称呼他"夏老师"三个字，他油然而生的是一种责任感和使命感。他明白从今天起，已是一名为人师表的园丁了。他感激张校长的教诲，他感激汪兆方主任的赏识，他感激李文卫老师的推荐。他暗自下决心，一定不负众望，很快适应学校环境，当一名合格的语文老师。

张校长叫来了中年女教师，向夏甘雨介绍说："夏老师，这是我们学校的金贵芝老师，是初三复习班的班主任，原是复习班的数学老师。以后，你们两个要多通气，多配合。"

夏甘雨微笑着向她点头，金老师向他点了点头，友好地示意他坐下。

张校长介绍金老师说："她可是我们学校的老教师了，德高望重哟，她的数学教学是全县最优秀的，你们两个男女搭配，干活不累，我们全校的声誉就看你们两个的了。"

"我一定多向金老师学习。"夏甘雨谦虚地对金老师说。

金老师朝张校长笑笑说："我还以为我们学校请来了一个什么名师呢，原来是一个小年轻。"

"年轻有为，后生可畏嘛。"

张校长说完这些，又对夏甘雨补充了一句，说："金老师的爱人也是咱们学校的老师，是教初二班数学的。他们家就住在学校，是全校唯一的双职工家庭，两口子都吃商品粮。"

"好了，好了，说这些干什么呢？"金老师知道校长在夸赞她，就甜滋滋地笑着，打断了校长的话。

校长的门口已围满了不同年级的学生，其中不少学生指指点点，悄悄指着夏甘雨交头接耳说："他就是初三复习班的语文老师，还真怪年轻的。"

夏甘雨被安排在一间新建好的单身教师宿舍。这间被隔开的宿舍，外面是一张办公桌，里面再是卧室兼厨房，好在有一个大窗户，做饭可以通风透气。他的办公室兼卧室的左右隔壁，都是今年刚从学校毕业分来的年轻老师。他一个高中生代课教师，享有着和正式教师平等的住房待遇。夏甘雨发自内心地感动。

学校有个食堂，负责做饭的师傅叫吴老大。学校老师大都是自己做饭，从家里带来的馒头、蔬菜、面粉自己在下课的时候做，既节俭又不影响教学。全校三十多名教师，在食堂吃饭的也不过八九个人。因此，食堂吴老大天天不是太忙，他是希望每一个老师都在他的食堂吃饭的。金老师一家就住在学校里，她家的小院子里还有一片菜地，种的大葱、萝卜、茄子、辣椒，郁葱茂盛，是其他教师所不能享有的特殊待遇。

夏甘雨中午还没有准备好做饭的东西，只好到食堂去了。吴老大胖胖的脑袋，陌生地注视着夏甘雨，问："你买多少钱的饭票？"

夏甘雨犹豫了一下说："先买五块钱的吧。"他知道自己身上仅带了十元钱。心里还计划着添置做饭用的刀啊、煤球啊这类东西的。

吴老大指着另一个人说："你看人家张老师，一买饭票就买三十块钱的，你买这么少，吃不了几天的。"

被吴老大指着的张老师马上走过来，说："你好。我是刚从师范学院毕业分来的章跃进。你是夏老师吧？"

夏甘雨礼貌地朝他点了点头，说："你好，张老师。"

"我就住在你隔壁的右边。"章跃进很得意地说，"我这个本科生才代初一班的语文，你这个高中生，一进学校就代初三复习班的语文，厉害啊。"

从吴老大和章跃进的语气里，夏甘雨已明显地感受到了他们的歧视心理，他不愿多说什么，也不愿解释什么。他的全部思绪都在初三课本里，他要抓紧一切时间备好课，写好教案，理清教学和复习重点。对自己早已学过多遍的初三语文课本，他胸有成竹，重新复读他是轻车熟路，水到渠成。每一篇课文在讲台上，都能做到不拿课本照样倒背如流。

夏甘雨对自己的教学充满了自信，对于美好的未来充满了希望。

五

给学生们上好每一堂课，让学生们在短短的四十五分钟里掌握和运用所学内容，字、词、句、篇，是语文教学的基本要点。中专和高中语文考试的重点，每年都是侧重于初中三年级上下学期的课本，其次是初一初二阶段的课文内容，其中语文考试的作文部分占总分数的四十分。作文成绩的高低是影响学生考分的关键。对农村考生而言，考取中专是吃"商品粮"的捷径。中专不能录取，再只能上高中，那意味着冲刺高考才能与城市有缘。夏甘雨是"过来人"，深谙此故。因为数理化成绩不佳，才考上高中；因为数学成绩不好，连续三年高中二年级的寒窗苦读，他又与"商品粮"失之交臂。复习，就是有的放矢，让这些来自乡村的学子顺利升入中专或者升入高中。夏甘雨倾尽全身解数决不让他们在语文考试中失利。

为了做好语文教学的准备工作，夏甘雨又专门骑车找到李文卫老师。

李文卫老师把自己原来使用过的教案，毫无保留地交给了夏甘雨。

夏甘雨如获至宝。

李老师的教案对他来说，无异于"教学秘笈"。

在语文教学中，夏甘雨采用举一反三、触类旁通的"联想式"方法，把初中三年内所学课本内的知识融会贯通，有机巧妙地结合。比如鲁迅的短篇小说《孔乙己》，他除了绘声绘色地讲述人物的命运和写作技巧外，又把已经学过的《一件小事》、《药》、《故乡》中的人物联系起来，妙趣横生，活灵活现；讲到朱自清的《河塘月色》，又联系到他的《背影》等名篇，并和冰心、夏衍等名人名篇相对比较风格；讲到莫泊桑《我的叔叔于勒》，再讲到《羊脂球》、《项链》，并和巴尔扎克、契诃夫等外国作家联系到一起。研究他们的写作结构，详略层次的对比，遣词造句的精确与用心，大大吸引了学生们的学习和模仿兴致。结合命题作文，引导和培养学生的想象力。

别的语文老师，大多注重这篇课文的中心思想、段落大意、写作方法等，而忽略了学生潜在的丰富创造力。

夏甘雨还独创了一套"电影式语文构图教学法"。即是将课文的内容用电影回放的镜头，蒙太奇手法、倒叙、插叙等写作方式，画好图形，由学生自己绘制，然后与自己的构图相比较；议论文、文言文同样以图示意，分门别类概括总结。他的这一教学方法，易懂、易记，博得了学生的一致好评。

在语法、修辞教学上，夏甘雨采用了通俗易懂的图形来肢解其含义，并让学生反复练习，熟记于心。

夏甘雨这种打破常规式的教学方法，赢得了全班学生的喝彩。下课铃响后，他的课还没有讲完的时候，窗外已挤满了其他班级的学生在旁听。学生说听夏老师讲课是艺术享受。

这天中午的最后一节课是语文课。教务处安排了初中部各年级的语文老师来夏甘雨这里进行观摩听课。汪兆方主任、张校长也来了，都坐在教室的最后一排。说不紧张是假，说太紧张又谈不上，夏甘雨在心里头有个信念，那就是自己能站在这个讲台上，全靠汪兆方主任给予的帮助。今天用自己扎实的水平展示给汪主任，既是一种回报，又是为日后教学水平的提高积累经验。走上讲台的夏甘雨，镇定自如，将课本放在课桌上说："上课"。

"起立！"班长的话音刚落，全般同学唰一下站起来，自然包括坐在后排的汪兆方主任和听课老师。

"请坐下！"夏甘雨环视了一眼同学们，语气平缓而庄重。

这天他讲述的是鲁迅先生的杂文名篇《友邦惊诧论》。这种议论文范畴的杂文，并不像散文小说那样具有故事性，没有一波三折的悬念和情节，也没有活灵活现的场景和细节，能把它演变成引人入胜的故事，夏甘雨颇费了一番心思。介绍鲁迅，介绍这篇文章的时代背景，无疑为讲好这篇课文起到了烘云托月的作用。之后，排比的运用讲到了修辞方法；叹词和疑问句的运用，讲到了标点符号和句型在语言环境里的功效。夏甘雨针对这篇文章的结构，逐一剖析。他强调了论文写作的三大要素。

下课的时间早到了，教室的窗户外围满了旁听的学生，他让学生朗读了这篇课文，又声情并茂地范读了这篇课文。作为这堂课的结束语，室内室外掌声一片。

汪兆方走上讲台，紧紧握住夏甘雨的手，夸奖说："不错，不错，小伙子还真有一套哩。"其他老师也一个个附和着，向他投来赞叹的目光。

这天中午，夏甘雨没有回住室吃饭，而是随汪兆方和张校长等人一起去了学校食堂。吴老大胖胖的脑袋没有一根毛，像是刚刮过的"光葫芦"，散发着亮光，见校领导一行走进食堂，顾不上给别的老师盛菜，就急忙迎了上来，笑眯着眼说："快里屋坐，菜都准备好了。"夏甘雨来学校这么久，还是第一次和校领导在一起吃饭。他也是第一次看到食堂吴老大这副谦卑的表情。当吴老大点头哈腰的笑声和目光停留在夏甘雨脸上时，夏甘雨故意朝他笑了笑。他心里在说，吴老大，没想到我会和校领导一起吃吧。况且还是他们专门请我这个代课教师吃饭啊。夏甘雨心里荡漾着难以平静的快感。当他看到坐在一边的章跃进时，他故意盯着埋头吃饭的章跃进。他希望章跃进此时也抬起头来看他一眼，也让他知道我夏甘雨是在教办室领导和校领导面前受宠的人。吴老大只顾忙着招呼校领导，门口几个来打饭的人急得一个劲地喊叫着："吴老大，吴老大。"

吴老大晃悠着身子走过来，不耐烦地冲着最前面的一个女生说："金冬梅，你来凑啥热闹啊，你家没做饭吗？"

"我爸妈都到姥姥家去了，没有人给我做饭了。"这个叫金冬梅的女生说着，把菜票递到了吴老大手里。

"噢，是哩是哩。上第二节课时，我是看见金老师和你爸一起慌里慌张地出校门。"吴老大自言自语着，把盛好的菜盘和馒头递给金冬梅。

恰巧张校长走了过来，以异样的目光盯着金冬梅说："怎么这么晚才吃饭啊？"

"在窗外听夏老师讲课，听入迷了。"金冬梅激动地回答说，"夏老师的课讲得太生动了。"

张校长欣慰地笑了。他朝屋里望一眼，说："夏老师就在里边，这些好听的话你应该当面对他说。"

金冬梅高兴地"啊"了一声，还真的朝里屋走了过来，她当着汪兆方主任和在座的每一位老师说："夏老师，把我调到你们班里去吧。我喜欢听你讲课。"

夏甘雨惊喜的目光打量着面前这位清纯的女生，脸一下子涨得通红。

张校长赶忙过来解围说："这是咱们学校金老师的女儿。在初三（二）班。"他转过脸来对金冬梅说，"调换班级是不允许的，今天你想调这个班，明天他想调那个班，那要我们干啥呀？不行不行，快去吃饭吧。"

金冬梅的突然出现，给了夏甘雨一个意外的窃喜，至少他知道了自己在学生心目中的评价。也让校领导尤其是汪兆方主任知道了他的教学水平。别的班级的学生都争着调到他班里来，更可以想象本班的同学是多么喜欢他讲课了。汪主任，我没有让你失望吧？没给你丢脸吧？夏甘雨的胸口激烈地狂跳着。他心里感谢这个叫金冬梅的女生，在这么个场合下恭维他、赞扬他。他的眼前挥之不去金冬梅清秀的面庞。金冬梅那双清澈的眸子里，有一种无穷的魅力和穿透力，吸引着夏甘雨，让他的心灵在顷刻间变得战栗起来。

六

乡村中学里，学生们大都是附近村子里的，放了学回家种庄稼干农活，而唯有教师的子女住校。因此，下午放学后，学校里十分安静，有的民办教师骑着自行车回家去了。公办教师也就是正式教师，没有自留地的教师，住在学校。学校就是他们的家。他们的家也就是学校。金老师一家都在学校吃住，而代课教师夏甘雨也吃住在学校。

星期六这天下午，空荡荡的校园里，只有金老师一家和夏甘雨、章跃进等几位老师了。夏甘雨提着水桶到学校的水井里提水时，碰到了金老师。

"你也来打水啊？"夏甘雨主动与金老师打招呼。

"夏老师，你一个人还做饭啊？"金老师笑盈盈地站在水井旁。

夏甘雨让金老师先来打水，两人推让着。

在夏老师心目中，金老师是一个值得尊敬的人，也是他的最好搭档。金老师是班主任，夏甘雨是副班主任；一个教数学，一个教语文。俩人有时候调换一下课程，夏甘雨从不拒绝，加上常住在学校，晚自习的时候他也经常到教室里维持维持班级纪律，或者辅导学生复习。作为金老师，心里也十分感谢夏甘雨。他虽是副班主任，却肩负了正班主任的职责。为自己减少了不少工作上的压力。

夏甘雨一把夺过金老师手中的水桶绳子，说："我来帮你打。"

金老师笑笑，没有拒绝。

夏甘雨将水桶在井里翻了个跟头，吃力地提了上来，放在井边上歇了口气。金老师连忙说着谢谢的话。夏甘雨干脆提起水桶说："金老师，我给你提回家。"

一桶水提到金老师家时，夏甘雨累得直喘粗气。金老师笑着对他们一家人说："今天遇到雷锋了。谢谢夏老师。"

夏甘雨正要转身离开，金老师的女儿金冬梅从屋里走了出来，也笑着向夏甘雨致谢。"夏老师，你就在我们家吃饭吧。"金冬梅说着，又看了一眼她妈。

金老师马上说："就是。今晚就在俺家吃饭吧。"

夏甘雨面颊通红，激动地连连说："不不不。"

金老师说："今晚我儿子曹阳当兵换上新军装了，接兵的连长要来我们家吃饭，正好请你陪一下。"

金冬梅说："就是，夏老师就别走了。"

夏甘雨心里十分激动。金冬梅甜甜的声音和真诚的挽留，让他没有了拒绝的勇气。金冬梅的哥哥曹阳穿着一身崭新的绿军装，英气逼人，兴致勃勃。端着酒杯，先敬父母，后敬来接新兵的这位连长。

这位连长问："曹阳，你姓曹，你妹妹怎么姓金呢？"

连长的问话，恰恰是夏甘雨想知道的。

曹阳看了看他爸妈，说："我随爸姓，妹妹随妈姓。"

金老师和她丈夫都笑着朝连长点头。

金冬梅说："哥哥，你到了部队，别忘了给我们写信哟，一天一封。"

曹阳答应着，笑着说："好铁不打钉，好儿不当兵。我吧，读书少，成绩又不好，考大学没分了，只有当兵。"

连长说："部队是个大熔炉，到了部队，好男儿才能真正显现出英雄本色。"

夏甘雨认真听着每个人的讲话，看看这个时而又转向那个，唯独不敢用眼睛正视金冬梅。

曹阳起身敬了夏甘雨一杯酒，说："夏老师，你是人民教师，有学问，向你学习。"

夏甘雨猛一口吞下，辣得两眼淌水。借着酒劲，他问接兵的连长："你看我能当兵吗？"

连长说："当然可以了。像你这种有文化、有水平的教师到了部队，那才叫人才呢。"

"真的？"夏甘雨的虚荣心得到了片刻的满足。

金老师插话说："夏老师，你要是穿上军装，肯定比曹阳还帅呢。"

"就是的，就是的。"金冬梅说，"夏老师要是当了兵，穿了军装，说不定能当个军官呢。"

这一句鼓励的话，让夏甘雨热血沸腾。

微微的醉意中，夏甘雨脑海里幻化出自己英姿飒爽、驰骋疆场的形象来。是啊，当一名军人，保家卫国，何尝不是他梦寐以求的理想。自己复习高考，一直不能如愿，当兵岂不是农家子弟走出田埂、走进城市中的又一选择？夏甘雨像突然迸发出灵感似的，看到了未来，看到了明天的希望。他心头一阵阵波澜起伏。

他的眼睛自觉和不自觉地朝向金冬梅。

金冬梅在看他，她的眼睛灼烫着夏甘雨。她自己也不明白，自己为什么心里喜欢注视着夏甘雨的一举一动。她在心里问自己，少女所谓的情窦初开，是怎么一回事呢？怎么心里老想着他呢？夏甘雨，不，夏老师。

自从这天晚上后，金冬梅在课堂上、在家里，脑海里全是夏老师，充满男子汉阳刚之气的笑意，还有他坚定智慧的眼神。她喜欢听同学们议论夏老师，希望听其他班级的老师在食堂里谈论夏老师。喜欢在下课和放学的时候，瞅一眼夏老师所在的初三（一）班的教室。哪怕看不到夏老师的身影。

星期三的中午，雨下得很大。金冬梅的爸妈回乡下老家去了。

她懒得做饭，又只好去了食堂。食堂里只有师傅吴老大一个人。

金冬梅说："吴大叔，今天怎么没有老师来吃饭？"

吴老大油腻腻的手在围裙上擦了一下，说："今儿个老师都有事去了吧？谁知道他们咋都不来吃饭呢？"

金冬梅想买两个馒头，打一份菜。可吴老大指了指馍蒸笼，说："只有馒头了，没有菜。"

金冬梅正要转身离开食堂时，夏甘雨打着雨伞大步流星地走了过来。

金冬梅朝着夏甘雨笑，说："夏老师，吴老大这儿没菜了，只有馒头。"

夏甘雨意外地见到金冬梅，一时不知说什么好。他正要掏出饭票交给吴老大时，金冬梅已把饭票递交到了吴老大手里，说："我帮你给了。"夏甘雨连声说谢谢。金冬梅说："吴老大这里连咸菜也没有了，走，到俺家去吃咸菜吧。"

夏甘雨推辞说："算了，我就啃干馍吧。"

"别客气，俺家里有腌好的辣萝卜干子。走吧。"金冬梅眼里的真诚，让夏甘雨不忍心谢绝了。他顾虑重重地看了一眼吴老大。吴老大眯着笑眼，鼓励他说："去吧，学生请老师吃饭，怕啥呢？"

夏甘雨心里坦然了很多。至少，是金冬梅主动邀请的，这一点在场的吴老大可以证明。

七

平生第一次单独和一个女孩子一起吃饭，夏甘雨忐忑不安。况且，面前的金冬梅比他小不了几岁，她的微笑和美丽，让他第一次

041

感受到了自己青春的萌动。

他和她坐得很近。他清晰感受到了金冬梅局促的喘息。她皓洁的牙齿，耳根后的茸毛，还有从她身上飘来的自然芳香，让夏甘雨向往而憧憬得透不出气来。在他心里，金冬梅是美的化身、美的天使。他想说些什么，想表达些什么，他的脑海里顿然一片空白。他觉得喉头堵得慌，憋得慌，以至于金冬梅说什么他都语无伦次，答非所问。

金冬梅两颊绯红，心口一阵狂跳。她喜欢面前的这位夏老师。她渴望夏老师能向她表达出他内心对她的爱慕。

坐在椅子上，他一动也不动。

他说："我回住室去了。"

金冬梅一把拉住了他的手，喃喃地说："夏老师，你不喜欢我吗？"

夏甘雨急忙将她的手移开，声音有些颤抖地回答说："冬梅，别这样，别这样。"

"你怎么啦？"金冬梅站在他跟前。

他心跳狂烈，一把将金冬梅推开。

金冬梅的眼睛里，溢满了泪花，不解地注视着夏甘雨。

夏甘雨平静地说："冬梅，刚才你拉我的手，万一被别人看见了，我就完了。我是老师，你是学生，我们千万不能有那种关系。"

金冬梅说："什么关系？我都不在乎，我只在乎你，我喜欢你。"

夏甘雨急忙说："不行，不行。我连饭碗还都没有保证呢，怎么敢想你呢？"

说完，他飞也似的逃出了金冬梅家。

八

在吴老大的食堂吃饭，青年教师在一起常常议论起社会上的一些事情。哪个村子里有偷鸡摸狗的，哪个村子里有男女偷情的，还有哪个村子里有老公公和儿媳妇相好的，等等。这些花边新闻，常常是已婚老师兴趣盎然的谈论话题。夏甘雨喜欢听这些不知是真是假的故事。有时，他在食堂里笑得前仰后合。

范老师讲述了这样一个故事。他们村子里有一个傻女人。一天晚上，她想男人想得坐卧不安。恰巧，一个寡汉条子过来了。没说几句话，干柴遇烈火就干起了那事。临走，他给了傻女人两块钱。傻女人借着灯光看到是两块钱，嫌太少，就跑到男的家里再去要。男的关着门就是不开门。傻女人在门口又哭又闹，惹得村子里男女老少都跑来看稀奇。傻女人边哭边骂着说："你个熊转物头，你个那老杂毛，你个那砍头的，你光指望骗×日你发不了财。"

范老师模拟傻女人拖着长腔的哭骂声，让食堂里每一个都笑得合不拢嘴。

方老师又讲了一个他们村子里的故事。年轻媳妇因生了第三胎违反了计划生育政策。大队、乡政府的人一天多次到她家催要罚款，并威胁她要扒她家的房子。年轻媳妇一天到晚地提心吊胆，丈夫在外打工，长年不回家，就找到了她的亲家。这个男亲家是区里的武装部长。武装部长到了亲家后，备上酒席请来大队干部和乡政府的几个干部。区武装部长出面说情，大队干部和乡干部也都答应不再追究了，不然就是不给武装部长面子了。

当天晚上在年轻媳妇家吃完饭，武装部长推着自行车说回区里去。大队干部和乡政府干部一个个出来送他到村外。殊不知，这个武装部长根本没回区里，而是在夜深人静后，又折回了他亲家母家里。在亲家母家里，武装部长一夜都没闲着，借着酒劲，连着干了三四次。天蒙蒙亮时，他唯恐村庄上的人发现了自己，就推着自行车急急忙忙往外走。刚出屋门口，两腿发软的区武装部长，一脚踏空，陷进了红芋窖里。稀歪歪的红芋窖里，武装部长爬不出来睡着了，第二天上午被人救出来时，出尽了洋相。

方老师说，你看看这是什么事啊？干亲家、干儿子、干女儿，这都是"干"亲家。偷鸡摸狗钻篱笆子的都是当干部的。

夏甘雨从老师们讲述的故事里，明白了正义与邪恶，懂得了善良与丑恶的深刻含义。这是他在书本上学不到的。

年轻教师章跃进和李洪山又说到了女学生。哪个女生漂亮，哪个女生成绩好，他们品头论足。章跃进说这个女生长得不错，李洪山非补充一句"牙齿不太好"之类的缺憾。唯有说到金冬梅时，李洪山没有指出缺点来。

章跃进问："李老师，你是不是喜欢金冬梅？"

李洪山笑而不答。

章跃进自言自语说："我以后找对象，就找金冬梅那样的。"

李洪山一下子不高兴起来，说："张老师，你瞧你那个熊样，敢想碰碰金冬梅？也不撒泡尿照照自己。"

章跃进反讥说："我这熊样子劣？你还不胜我哩。你瞧你，瘦得像个干鸡儿，两个门牙扇得翘上天，你跟金冬梅提鞋她也不同意的。"

李洪山被骂得恼火了。他涨红着脸说："章跃进，你是劣头猴子撑船——搭不上帮！这辈子你能摸一下金冬梅的手，真算你管谈（有本事的意思）！你别以为你是个正式公办教师，金冬梅才看不上你这熊样哩。"

两个人在食堂吵得不可开交。

他们两人的谈话与争论，夏甘雨字字句句听在心里。夸赞金冬梅漂亮、聪明，夏甘雨心里高兴，听到他们喋喋不休为议论金冬梅争吵时，夏甘雨恨不得冲到他们俩跟前，扇他们几个耳光。他毕竟忍住了自己的鲁莽。那样，就是等于泄露了自己喜欢金冬梅，就等于"此地无银三百两"。作为旁观者，他再也忍不住了。他冲着章跃进和李洪山说："你们俩还是人民教师呢，背后议论女学生，侮辱女学生，像什么话！"

章跃进把矛头立即转向了夏甘雨，凶狠狠地说："夏甘雨，我和李洪山说着玩，关你屁事啊？你是咸吃萝卜淡操心。"

夏甘雨反驳说："就关我的事。金冬梅人家还是个学生，背后不三不四地说人家干什么？人家哪点得罪你啦？"

李洪山见半路上杀出个"程咬金"，气不打一处来，话锋一转，盯住了夏甘雨。

"咦，夏甘雨，我们俩说说金冬梅，你吃什么热啊？轮一百番子，也轮不到你啊。再说了，我和章跃进都是正规大学毕业的，再怎么也是个国家正式教师啊，你呢，一个代课教师，说白了就是一个临时工，你有资格谈论金冬梅吗？"

章跃进见夏甘雨一脸窘迫的尴尬，得意地哈哈大笑起来。

夏甘雨一时语塞了。他找到语言顶撞李洪山。他的自尊心受到了强大打击。他感到莫名其妙的愤怒和自卑。

吴老大胖胖的脑袋很灵光，见三个人相持不下，连连劝着大家说："好了好了，吃个饭吵什么架嘛。"他走到夏甘雨旁边，掏出烟自己点上，诡秘地一笑说，"走吧走吧，回住室去吧。都是青年人，谁也别把话搁谁话上头，消消气，回住室去吧。"

夏甘雨感谢此时的吴老大。他的解围，挽回了自己不再争吵的难堪局面。拿起案台上的饭碗和筷子，夏甘雨恼羞成怒地走出了食堂。他心里在狠狠地骂着李洪山，狠狠地骂着章跃进："你们两个狗杂种，正式教师算个熊毛神！老子比你们有学问多了！"

回到住室，仍是难以平衡自己的心态。他心里恨那两个家伙，他心里在骂那两个家伙。他抓起纸和笔，画了一个胖得歪脖子的章跃进，画了一个猴子般瘦小的李洪山，用红颜色钢笔在面部画着大大的×字，以此发泄刚才所受的侮辱。他关上了门，走进里屋正要和衣躺下，门口有人敲门。

"咚咚咚。"

"咚咚咚。"

夏甘雨本想默不作声、继续睡觉时，门口又传来执着的敲门声。

"谁啊？"他冲着门口喊。

"我。金冬梅。"

夏甘雨听清楚了声音，趿着鞋子往外跑。

"你怎么来了？"拉开屋门的夏甘雨又惊又喜。

"我怎么不能来啊？夏老师。"

金冬梅出水芙蓉般地立在门口，怯生生的眼神盯着他，一眨不眨的。

"快进来，快进来。"夏甘雨担心别人看见，立即把门关上，但马上又把门打开。

"你画的什么啊？"金冬梅拿起桌上的一张纸，端详起来。

夏甘雨一把抓过来，搓揉着，甩到了一边，解释说："刚才没事画着玩呢。"

"找我有事啊？"他问。

"没有。我只是，想你了，来看看你。"她说。

夏甘雨压声压气地说："千万别这么说。"

金冬梅从书包里掏出一封信来说："给你的。好好看看吧。"

夏甘雨抓在手里急急地打开时，金冬梅转身走了出去。他怔怔地目送着她的背影，心情激荡地展开了信件。

这就是情书吗？这就是求爱信吗？夏甘雨一遍遍在心里问着自

己，一遍遍默读着金冬梅字里行间纯洁火烫的表白。

夏甘雨感到了从未有过的胆战心惊。

九

时间过得真快。晃眼间，一学期就要结束了。期终考试就要到了，课程也进入了从头到尾的复习阶段。一天早上，金冬梅被妈妈金老师从被窝里叫了起来。

"妈，我今天不吃早饭。困死了。"

"不行，快点起来，妈叫你起来有事。"金老师站在门口，用祈使的口吻对女儿说。

金冬梅从自己屋里出来，跟着妈走进了客厅。爸爸曹老师浓烟滚滚地坐在方桌旁，抽了一支又一支。

"什么事啊？"金冬梅望了一眼满脸愤怒的爸爸，又瞅了瞅妈妈。

"什么事你自己知道。"妈妈的声音里充满着指责。

爸爸掐灭了手中的烟头，两眼喷火般吼叫道："冬梅，你给我跪下！"

金冬梅心头一阵战栗。她的眼睛求救于妈妈。

"跪下！"爸爸站起身来，捡起早已准备的扫帚，"啪啪"就是两下狠打。

金冬梅慢慢跪在地上，"哇"一声哭出声来。

爸爸没有再说话，又抄起扫把劈头盖脸地朝她打来。

金冬梅呜呜地哭个不止。她仰起头来泣不成声地问："妈，俺爸为啥打我？为——啥？"

金老师的眼泪扑簌地流淌着，声音颤抖着。"冬梅啊冬梅，你今年才多大，你才十九啊，你不好好学习，你知道谈恋爱了，你把我们全家人的脸都丢尽了，你知不知道啊，我和你爸辛辛苦苦把你拉扯这么大图个啥？就图你丢人现眼，让人背后戳我们脊梁骨是不是？"

说着说着，金老师从丈夫手里夺过扫帚，继续朝冬梅头上身上乱打。

金冬梅两手抱着头，边哭边争辩说："我和谁谈恋爱啦？和谁啊？"

金老师打累了，把扫帚甩到一边，严厉地斥责道："和谁？和谁？你跟我装啥装，你自己说跟谁吧！"

金冬梅一语不发，呜呜地哭，嘤嘤地哭，声音一顿儿一顿儿地哭。

"你说不说实话？"爸爸又抽着了烟，半天才冒出一句话来。

金老师急了，说："冬梅，你不说实话今天你爸打死你。"

"我没谈恋爱。"金冬梅决不承认。

"好啊冬梅，你不承认可以，但我有办法叫你承认那个姓夏的代课教师欺负你勾引你，那是犯法你知不知道？我明天就到教办室告他去，叫学校开除他，叫派出所拘留他，叫法院法办他。"

金老师排山倒海般地数落着，怒骂着，指责着。金冬梅再没了眼泪，停住了哭泣，一句话也不说。她心里明白了父母打她的缘由。可她反复追问自己：这是谁向她父母告的密呢？她想不明白。她横下一条心：知道就知道了吧，早晚也瞒不了父母，早晚都要过父母这一关的。可一想起母亲刚才说到要去区教办室告发夏甘雨，她的心在隐隐作痛。她要阻止母亲，她要说服父亲。她要尽快告诉夏甘雨这一消息。

金冬梅挨打的消息不胫而走。整个学校师生中间都流传出了夏甘雨和金冬梅谈恋爱的事。

夏甘雨像往常一样，下了课便拍着身上的粉笔末往住室走。班长跑着撵了过来，悄悄说："夏老师，班里的同学都在传你和金冬梅的事。"

夏甘雨心头一紧，忙问："传我什么事啊？"

班长欲言又止，嗫嗫嚅嚅地说："都在说你和金冬梅谈恋爱的事。听同学们说，金冬梅还被她爸妈打得半死不活。"

夏甘雨的神情一下颓废到了极点。他的脑海里嗡嗡作响，心里乱极了。坐在办公桌旁，他的两眼一片昏花，两腿不停地痉挛着。他没有了主意，没有了思维，仿佛一场灭顶之灾正突如其来地向他逼近。他点上了一支烟，重重地吐着烟雾。浓烈的烟雾熏得他睁不开眼睛。冥冥中，一个坚定的信念又主宰了他的精神世界。

他没有心思吃饭，没有心思做事。他想象金冬梅挨打时的委屈和痛苦，他想象金冬梅挨打时的痛哭的表情，他的心在疼痛难忍，他的心在一阵阵内疚的折磨下灼痛。

他想洗把脸。当他伸手去脸盆边的时候，才知道水桶里没水。提着水桶来到水井旁，他看见金老师也在打水，他想退回去，但他始终没好意思转身。金老师没看他一眼，吃力地从水井里提出水桶。他急忙说："金老师，我来吧。"金老师没吭声。他伸手去抓金老师手中的绳绊，金老师一手把他推开了，说："谁稀罕你。"夏甘雨怔怔地站在水井旁，尴尬得半天没有回过神来。

十

1984年的元旦到了。

张校长组织全体教师元旦的晚上在街上吃饭。夏甘雨和几个年轻教师坐在一桌，面对热气缭绕、香气扑鼻的菜肴，他没有半点食欲和兴奋。尤其看到章跃进和李洪山两人小声耳语的情节，他心里涌起难以名状的不安和恐惧来，他知道他们在嘀咕他，他知道他们在幸灾乐祸。没坐多久，夏甘雨一个人溜出了饭馆，回学校去了。

他回到他的住室后，此时最想见到的人就是金冬梅。他索性把门带上，鼓起勇气来到了金冬梅家里，恰巧金冬梅在。金冬梅勉强地挤出笑意说："不都在吃饭吗？你怎么跑回来了？"夏甘雨说："不想吃，就想你。"借着微弱的灯光，夏甘雨看清了金冬梅脸上的一道道伤痕。夏甘雨说："你挨打了，是吧？"金冬梅没有说话，"哇"一声哭出声来，抱住了他。夏甘雨一把把金冬梅推开说："我们出去说吧。"金冬梅一愣："去哪里？"夏甘雨说："去坝子上。"

漆黑的夜空，繁星满天。金冬梅跟着夏甘雨来到坝子上的时候，冻得浑身打哆嗦。静夜里，两个年轻人的心跳，让他们各自都感到世界上就只有他们两个人的存在，金冬梅仿佛忘掉了前几天挨打的疼痛。

夏甘雨冲动地把金冬梅抱在怀里。

夏甘雨说："你父母不同意，怎么办？"金冬梅说："我不怕。"夏甘雨说："以后跟着我受苦，怕不怕？"金冬梅擦干眼泪说："不怕。"夏甘雨说："我哪天回农村了，不再当老师了，你还愿不愿意跟我？"金冬梅良久没有回答他的话，她讲了一个故事给夏甘雨听。

她说她在她姥姥家听了一个广播剧，广播剧里的一个小伙子等了一个姑娘十八年，后来这个小伙子双目失明了，这个姑娘还是嫁给了他。金冬梅的讲述情真意切，深深地感动了夏甘雨。

夏甘雨说："我愿意做那个小伙子。"

金冬梅马上说："我就是那个姑娘。"

两人依偎在一起，难舍难分。

周围村庄的鸡叫声在提醒着夏甘雨，要回学校了。

金冬梅回到家里的时候，她爸妈都坐在堂屋里等她。她爸二话没说，一脚把她踢倒在地。她妈站起来说："熊妮子，你是不是又和姓夏的出去约会去了？你就是不听话，我不让你和他好，你偏不听。"当她爸站起身来，又去打金冬梅的时候，她妈一把拉住了，说："别打了，我找那个姓夏的算账去。"金冬梅一把抱住她妈的腿，苦苦地哀求着说："妈，不怨他，怨我，是我追求的他。"她妈一把把金冬梅甩开，径直向夏甘雨的办公室走去。

夏甘雨立在门口，静静地听着金老师的谩骂和侮辱。

喝得醉醺醺的老师们一个个都围了过来，借着微弱的灯光，夏甘雨沮丧的表情难看到了极点。章跃进指着夏甘雨说："你还是人民教师，就跟学生干那个事？伤风败俗啊。"李洪山笑着，不怀好意地对金老师说："告他去，叫他滚蛋，这样的人不配在我们学校当老师。"金冬梅的爸爸怒冲冲地赶了过来，一把揪着夏甘雨的头发，啪啪两个耳光，直至夏甘雨嘴角流出鲜血。

闭上眼睛的夏甘雨脑子里一片空白，皮肉之苦他甘愿忍受，唯独李洪山的那番话让他胆战心惊。假如真的让他滚蛋，金冬梅还能爱他吗？这一夜夏甘雨人生第一次失眠，这一夜让夏甘雨铭心刻骨。

元旦节很快过完了。

上班的第一天上午，夏甘雨正在教室里上课，张校长在门口招呼他停下来，随后来到了张校长的办公室。没想到区教办室主任汪兆方和李文卫老师也在，夏甘雨局促不安地和他们打招呼。

张校长说："甘雨，汪兆方主任和李文卫老师都是你的恩人，是他们器重人才，把你推荐到我们学校的。没想到你给他们不但不争气，反而丢脸。"

夏甘雨望了一眼汪主任和李文卫，苦笑了一下，憋在喉咙边的"对不起"三个字没有吐出来，而是一脸惊愕地问张校长："我怎么了？"张校长说："听说你跟金老师的女儿谈恋爱，有这个事吗？"夏甘雨平静地说："有这事。"张校长说："你知道你是什么身份吗？你是老师啊，金冬梅是个学生，在学校里老师和学生谈恋爱是绝对不允许的。"

汪兆方插话说："夏甘雨你有对象吗？"夏甘雨回答说："没有。"汪兆方说："没有对象也不能在学校谈，因为你毕竟是老师，这影响太不好了。昨天金老师两口子都到我那里告你的状，说你和他女儿谈恋爱，不辞退你，他们就离开学校。你看这事让我咋办？"

李文卫接着说："甘雨啊，你咋那样不争气呢？在我心目中你是个才子，推荐到这个学校来是我向汪兆方主任打了包票的，绝对不出问题。没想到你这么有才，而不用到教学上，反而让我抬不起头，你对得起人吗？你对得起谁呀？"

夏甘雨的心里像剜进刀子般那么难受，一行热泪溢出眼角。此时他没有语言，他没有理由解释，他只能任张校长和汪主任批评。

金老师风风火火地闯进了屋里，一脸严厉指着夏甘雨说："夏甘雨，你太不道德了吧，我女儿今年才十九岁，虽不是你班里的学生，但她毕竟那么小，没你懂事，你为啥要勾引她？为啥要影响她学习？"

夏甘雨对金老师的突然到来惊吓得浑身冒汗，他不知道怎么回答，他不敢看金老师的眼睛。

张校长把金老师拉坐下，李文卫老师走过来说："对不起你了，金老师。夏甘雨是我介绍来的，是我的错，我在这里当着校领导的面给你赔不是。"

金老师看了一眼李文卫，眼睛又转向汪兆方，大声说道："汪主任，我当着你们这几位领导的面提出辞职，夏甘雨一天不离开学校，我就不回来上课。"

汪兆方说："先坐下，别急。情况我都知道了，我们也在批评夏老师。"金老师突地站起来，捋了一下头发，怒吼着说："叫他滚蛋，我告他强奸我女儿。"

屋里一下子沉寂下来，当金冬梅闯进屋来的时候，在场的人都惊呆了。

金冬梅冲到她妈妈面前说："你疯了？他根本没有强奸我，他爱我。"

金老师一把抄起门后的扫帚，发疯似的向金冬梅打来，被张校长一把拉住。金冬梅扑通一声跪在地上，泣不成声地说："我爱他，我爱他一辈子，我这辈子愿意跟着他去死。"

汪主任把金冬梅扶起来说："你先回去吧。"金冬梅就是不走，金冬梅对夏甘雨说："甘雨，对着我妈还有校领导说你爱我。"

夏甘雨像被激怒的狮子一般从座位上弹了起来，对金老师说："都怨我，都是我的错，你怎么处罚我，我都接受。"

金冬梅说："不，都是我的错，我就嫁给你。当着我妈和领导的面，你快说啊，说爱我。"

泪水满面的夏甘雨仰天长吼："我爱你，金冬梅！今生今世我爱你！"

这声音让在场的每一个人感动，这声音让在场的每一个人意想不到。

第二天早上，夏甘雨将一张"辞职报告"交给张校长。

他离开了学校。

推着自行车，夏甘雨回到了村庄上的家里。当父亲和母亲问他为啥回来时，他头也不抬地说："放假了。"母亲说："你怎么不高兴呢？"夏甘雨没有回答，径直跑到屋里睡去了。

屋子里很暗，他一个人久久地盯着土墙上的报纸，却一个字也看不清楚，他看到的是金冬梅流泪的眼睛和金冬梅在校领导面前的那一副坚定从容的面容。

发自心里的那句呼唤，我爱你的那句话久久在他耳畔回荡。

他又回到了他的小屋，他又回到了他出生的地方，在这里，他再也不担心第二天的课程了，他再也不用担心章跃进和李洪山他们的议论了，他脑子里只有金冬梅。唯一让他深深歉疚和汗颜的是他对不起李文卫，对不起汪兆方。

金冬梅给他讲的那个故事，他一遍遍回味着，他答应过金冬梅一定要等她，哪怕等她十八年。

淮北农村的春节处处洋溢着农家人的喜悦，可夏甘雨这个春节一点都不快乐。

听老年人说，一个人的期盼、一个人的愿望只要在大年三十的五更里说给老天爷听，他的愿望就能实现。因为这一天夜里，十大全神会光临每家每户，你的虔诚，你的期盼，你的渴求，老天爷都能听得到。

夏甘雨在"起五更"之后，第一件事便是在方桌前跪下，双手合十，默默地说："老天爷，我爱金冬梅，这辈子我等她十八年，你让我实现这个愿望吧。"

母亲和父亲听见夏甘雨说到金冬梅，母亲就问："儿子，冬梅是谁啊？是你找的对象吗？"

夏甘雨说："是。"

他的父亲笑起来问："她是干啥的呀？"

夏甘雨笑了，很久没有的那种幸福的笑。

他对两位老人说："儿子找对象的事不用你们再操心了，他们父母都在学校工作，我们自谈的。"

他父亲问："人家吃'商品粮'，看得上咱们穷家破院吗？你老是往高处想，可沾边呢？"

母亲接着说："怎么会不沾边呢？我儿子有学问，有文化，人长得又不丑，县长的女儿都配得上。"

一家人笑起来。

噼里啪啦的鞭炮声，小孩子们提着灯笼东奔西跑地嬉闹着，迎来了新年。

初一早上，漫天飞舞的大雪弥漫了整个村庄，屋顶上、树枝上、麦秸垛上一片银白。夏甘雨丝毫没有感觉到凉意，浑身冒着热气，一个人来到村外的竹竿园里，疯狂地抖动着竹竿上的积雪，一遍又一遍地重复着："我爱你，金冬梅！金冬梅，我爱你！"

那声音响彻整个村庄的上空；那声音影响了他一生；那声音让他一生都不得安宁。

十一

夏甘雨在学校和学生谈恋爱的消息亲戚邻居全知道了。

有的指责，有的讥笑，有的称赞甘雨这孩子就敢想，家里穷得叮当响，竟然敢找"商品粮"。

"商品粮"就是不种地，咱这村子里几辈子能出个吃"商品粮"的就指望夏甘雨了。农村人娶媳妇图个啥？不就图个生儿育女吗？吃不吃"商品粮"又有啥？再说了，夏甘雨又不吃"商品粮"，他敢娶人家吃"商品粮"的做媳妇？我看没多大指望。

这一切夏甘雨听在心里，记在心头，他理解他们，他理解他们的愿望就是多种庄稼，而他们不知道我夏甘雨的鸿鹄之志，这辈子我要走出农村去，我一定要娶个"商品粮"，我一定要到城里去。

想到这些，夏甘雨心神激荡，热血沸腾。

夏甘雨把唯一走出农村走进城市的梦想寄托在了当兵上，他天天回想金冬梅的哥哥——曹阳穿着军装的样子，天天回想那个接兵连长对他说过的话，他想凭他的文采一定能在部队干出一番事业。

他想象着在部队有所作为后，回到老家的第一件事便是去看望汪兆方和李文卫。

等待报名当兵的半年时间里，是夏甘雨一生中最难挨最煎熬的日子。

他已不再是代课教师，他也不是坐在教室里复习功课的学生，他是一个地地道道的农民。他想起了《人生》里的高加林。他眼下的境况和遭遇，怎么和高加林被从县城辞退到老家的情况如此相似呢？他还不如高加林，他和高加林比起来，他的处境糟糕于高加林一百倍。唯有一点让他充满信心和期盼的便是当兵。

日出而作，日落而归，夏甘雨和父亲母亲一起干着农活。父亲整天叹息着说："你就认命吧。咱老坟里没那股子气，你就别心高了！"可每听到父亲的一声声叹息，夏甘雨心里就一阵阵酸疼，有时候酸疼得他两眼发呆，久久回过不神来。种地，刨地，撒种，收割，生儿育女，这不是他要过的日子，也不是他追求的生活。他要娶金冬梅那种善良美丽的女孩为妻，过上城里人的生活，他决不能像父亲那样，一辈子在田埂里度过一生。他要干大事业，他要在城市里有所作为，他要让金冬梅一家佩服他，他要让金冬梅爱上自己一辈子都不后悔。

又一年的9月1日开学了。金冬梅考上了县一中的高中一年级。从两叉庙中学的学生口中得知，金冬梅的父母也调到了县城中学。夏甘雨几次都想去县城找她，可始终被自卑的情绪困扰着，没有去成。他想等报名当兵领了新军装后再去找她。穿着绿军装，那副神气十足的自信会让金冬梅惊喜的，她妈哪怕是再恨他，随着时光的流逝，也会慢慢接受他，原谅他。想到这些，夏甘雨心里充满着阳光和喜悦。

体检合格，并且是各项指标甲等。正当夏甘雨一步步朝着希望迈进的时候，高音喇叭里通知换军装的新兵没有他的名字。

夏甘雨跑到大队民兵营长家里去探问情况，民营营长回答说不知道原因。他又跑到乡政府找武装部长，武装部长也说不知道。他又百思不解地赶到县城里找到来接新兵的苏团长。苏团长很平静地告诉他，因为你曾在学校和女学生谈过恋爱，所以政审没有过关。

如五雷轰顶般的夏甘雨一下破灭了他的橄榄梦。他无话可说，他没理由辩驳，他突然间觉得已和金冬梅相隔了太远太远的距离。

从县人武部出来，推着自行车无精打采地往家走。他像矮人一截一样，不敢抬头望一眼任何人。他不想急着回农村老家去，他就想这样一个人漫无边际地走下去，谁也不认识，谁也不说话。喇叭声嘈杂声仿佛与他无关。当他看见眼前"镜湖公园"四个大字的时候，才感觉到自己确实太饿了，该歇歇脚了。

在公园门口的卖馍馍摊位旁，他用两毛钱买了白面馒头，扎放好自行车，他头也不抬地坐在石条凳上吃起来。

深秋的天气一阵凉过一阵。枯黄的树叶哗哗啦啦地落下来，旋转着身子，翻来滚去飘得四处都是。已近黄昏的大街上，行人稀少了下来，只有人力三轮车夫不慌不忙地四处张望着，走走停停，时不时盯一眼坐在那里一动也不动的夏甘雨。

路边上，突然围拢了很多人来。特别是人力三轮车夫从四面八方飞奔而来的时候，夏甘雨才意识到他不远处的地方好像发生了什么大事。

他挤进人群，见一对中年夫妇扶着平板车上的一头死牛正号啕大哭着。

围观的人在劝着他们说："天都快黑了，回乡下去吧。牛死了，人不能不活啊。"

中年妇女哭得更加伤心了。"俺的个老天爷啊，这头牛是俺家的命啊。一家人就指望这头牛犁地干活哩，它死了俺这日子还咋过啊？"

中年男人抽泣着，抹着满脸的眼泪，说："俺这头牛吧，附近村里的几个兽医都治过了，也花了一百多块钱的药费。夜儿个（昨天）拉到县兽医站的时候，先生（兽医）说来迟了，病情耽误了，俺家的时运（运气）咋恁不好唉？没有了牛，俺家这日子也没法过了。"

生在农村长在农村的夏甘雨，对面前这对夫妇的悲痛十分理解。牛啊，猪啊，这些家畜是他们的命根子。盖房子，娶媳妇，耕地种田，一年喂养一头猪，两年喂养一头牛，它是庄户人家经济收入的顶梁柱。虽然他不是兽医，但他知道乡村兽医并熟悉乡村兽医。他自己家的猪生过病，几天不吃食，是他父亲跑到十华里外的地方请兽医来治好的，花了二十元钱的医疗费，叫他父亲心疼了大半年。他家的牛也生过病，不吃草不倒沫（反刍），连续拉稀，是他亲自骑自行车一趟趟请来兽医先生治好的。乡村兽医太少了，有时候根本排不上轮子。有时候，需要跑好几十华里，跑好多个村庄才能撺得上兽医先生给牲畜治病的。农村缺少兽医，农民离不开兽医啊。

望着面前这对肝肠寸断悲痛欲绝的夫妇，想当一名兽医先生的信念猛烈地撞击着夏甘雨的心灵。农村缺医少药，发展畜牧业是农民发家致富的一条路子。当一名技术精湛的兽医先生，不仅收入可观，而且也备受老百姓的信任和爱戴。

想到这些，夏甘雨心里又不安分地激动起来。他想把这想法告诉金冬梅，他想征得金冬梅的同意和支持。他前几天在家里翻看报纸时，读到过一篇关于颍上县李学敏兽医学校的报道。报道中说，乡村兽医李学敏被选为全国人大代表，全国各地慕名而来学医的络绎不绝，而且还创办了全国第一家私立兽医学校。冥冥之中，夏甘雨突然意识到自己和兽医二字联系到了一起。这是一个再学习的机会，这是他想走出村庄走进城市的一个人生驿站。

费尽周折，夏甘雨终于打听到了金老师家的地址。他浑身是胆地走到金老师家的院门口时，一眼看见了金老师正和她丈夫在院子里的小桌子旁吃饭，金冬梅正在屋中央的方桌边上做作业。他的心头一紧。他不敢再探头进去。他要想个办法把金冬梅约出来。

他想到了在"灯下读书会"认识的孙继雯。女孩子去找金冬梅，她的父母怀疑不到自己头上来。经过一番解释，孙继雯还是同意了夏甘雨的请求，答应帮他去金冬梅家约她。

孙继雯十分精明。她又喊了一位比她小几岁的表妹一起，来到了金冬梅家的大门口。

金老师听到有人喊金冬梅，急忙机警地从屋里走出来，说："你是谁啊？找她干啥啊？"

孙继雯指着她的表妹，笑着说："金冬梅她同学，找她有件事。你是金老师吧？冬梅在家吗？"

金老师望见是两位女孩子，也没多问什么，急忙说："她在家，你们屋里坐吧。"

"不啦不啦，你喊她出来一下吧。"孙继雯莞尔一笑道。

孙继雯和表妹故意退到远处的暗影里。

金冬梅从家里走了过来。看清楚眼前这两张陌生面孔，表情十分愕然。

"冬梅，不认识我吧？"孙继雯压低着嗓门，平和地自我介绍道，"我叫孙继雯，和夏甘雨在灯下读书会认识的，是他叫我来找你的。"

金冬梅"噢"了一声，问："他来了吗？人呢？"

孙继雯说："他在学校大门口呢，你出来跟他见个面吧。"

"不不不，继雯姐，千万不！我妈我爸恨他恨得要命，发毒誓说，要发现我和他再见第二次面，非打断我的腿不可。我不见他，真不见他。"金冬梅面色凝重，低沉的声音溢满着恐惧和惊吓。

见她如此紧张的神情，孙继雯没再勉强。她对金冬梅说："夏甘雨过两天就到外地学习去了，他想表达对你的真心。"

"我知道，继雯姐。"金冬梅打断了她的话说，"我知道他爱我，可是，我现在……"金冬梅哽咽着没有说下去。

孙继雯的表妹走过来，拉着金冬梅的手想说些安慰她的话，欲言又止。

金冬梅问："夏甘雨去外地学习？去哪里啊？他考上大学啦？"

"不是不是。"孙继雯连忙说，"听夏甘雨说，他说他去外地的兽医学校学兽医去，将来在农村当个兽医医生也不错嘛。"

"兽医医生？什么是兽医啊？"金冬梅问。

"兽医医生就是专门给猪呀牛呀看病的。"孙继雯答。

"学那干吗呀？干那行多脏啊！"金冬梅脱口而出。

孙继雯和她表妹都笑了，她们三人都咯咯咯地笑出声来。

孙继雯连忙解释说："农村青年嘛，学门手艺也是不错的选择，总比在农村当农民好多了，你说是不是？"

金冬梅若有所思了一会儿，说："继雯姐，我送夏甘雨一张照片吧。他好好学他的兽医去吧，就别再来找我了。"说完，她疾步回到家里拿了一本书，书里夹着她的一张两寸的黑白照片。

"继雯姐，夏甘雨喜欢文学，这本书还有照片，托你送给他。谢谢你。"金冬梅不等孙继雯再说话，就飞也似的回家了。

十二

夏甘雨从县城骑车回到农村家里时，已是深夜。

万籁俱寂的村庄，没有一家亮着灯光。四周隐约间传来的虫鸣声和狗叫声，更显现出夜的空旷和沉静。

煤油灯下，他静静地端详着金冬梅的照片。秀丽的面庞上，那双会说话的眼睛正一眨不眨地望着他。高领毛衣，他十分熟悉，是他曾经抚摸过的那件红毛衣。虽然没有彩色，但他分辨出他记忆中的毛衣的花型和样式，他想象得出它的颜色。这毛衣上印记着他热恋的梦想，印记着他的初恋之吻。他将照片捧在面前，紧紧闭上双眼，幸福地将照片贴在嘴唇上，一遍遍亲吻着；睁开眼看了一眼照片，又贴在了嘴上。

金冬梅送给他的这本书，是四川作家周克芹写的《许茂和他的女儿们》。书的扉页，是金冬梅秀丽的一行字：

赠送给尊敬的夏甘雨老师。

金冬梅

1984年10月9日

夏甘雨读着这句话，像雨后甘霖般滋润心田。金冬梅是爱我的。我也深深爱着金冬梅。我要把这本书和这张照片带在身边。它就是金冬梅。这是她的一片心。我一定好好珍惜它。

夏甘雨从抽屉里，重又翻找到了那张报纸。这是一张《安徽青年报》。三版和四版的篇幅，是由"本报记者"王贤庆、杨犀利撰写的报告文学《生活的强者》。他认真地读，一字一句地读。他被主人公李学敏的感人事迹深深打动着。

李学敏是一位下乡知青。从蚌埠市到颍上县六十铺镇白果村后，跟一位乡村兽医当徒弟。几年后，学习和摸索出了医疗猪病牛病的扎实技术。知青大返城时，李学敏没走，在白果村娶妻生子，服务乡亲。农民的猪病了牛病了，先治好病再收费，有的人家实在拿不出钱来，他照样免费治疗。生活最困难时，他让妻子岳开荣到娘家去借，借了没还再去借时，还遭到了岳父岳母的大骂，劝说女儿离婚回娘家。在这种情况下，李学敏照样为民行医，畜主付不起医药费，李学敏二话不说，照免不误。猪牛马手术只有地区兽医站这样国营单位才医好的牲畜病，李学敏样样精通，敢和他们叫板比技术。他的徒弟多了起来，他家的院子里成了"牛马行"，方圆百里的农民都牵来牛马在他的兽医院里住院治疗。他被共青团安徽省委授予"雷锋式优秀青年"；团中央和全国青联发出"向张海迪、李学敏学习，做生活的强者"的号召。《中国青年》杂志，《人民日报》、《农民日报》纷纷转载了《生活的强者》长篇报告文学。李学敏当选全国第八届人大代表后，来自全国的媒体记者和全国农村青年，涌向了平原上的六十铺镇白果村。在当地政府的支援下，李学敏创办了兽医专科学校。学校的老师由安徽农学院畜牧兽医师担任。学习两年的文化课，一年的实习课，三年毕业后，由省农学院颁发毕业证，并负责推荐到县区兽医站工作。

像找到了归宿感一样，夏甘雨欣喜若狂。

父亲同意并支持夏甘雨学兽医去。临行前，为了筹集儿子的路费和学费，父亲领着夏甘雨来到了区信用社。信用社代办员也是个和夏甘雨年龄相仿的小伙子，叫蒋凤平，刚参加工作三年多的时间。听说夏甘雨想贷款读兽医学校，十分支持，写了一张二百元的借据，夏甘雨便有了所有费用。特别是蒋凤平那句话，让夏甘雨一辈子都忘不了的鼓励和信任："好好学技术吧，需要学费和生活费，来封信我就给你寄去。"

有了这份鼓励和支持，夏甘雨充满了信心和力量。

十三

坐了一整天的汽车，夏甘雨风尘仆仆来到颍上县六十铺李学敏兽医学校时，已是傍晚。负责接待来自全国各地学员的，是个中年人陶陪忠老师。和颜悦色的陶老师登记了夏甘雨的姓名和家庭住址，收到了四十元的报名费和书本费。陶老师介绍说，这一期的学员一共报到了六十几位，象征性地收费，主要考虑到学员大都是来自农村，学校课程和学习的教材，和全国农学院畜牧兽医系的一模一样，管理方也是从省农学院请来的。李学敏是校长，具体教学事务和生活管理方面的事，都由专人负责。夏甘雨随陶老师来到寝室，找到班长说："赵建华同学，这是新来的学员，安排一下床位吧，本省的，叫夏甘雨。"

赵建华走过来应声道："放心吧，陶老师。"一口浓郁的东北口音，让夏甘雨第一次接触到了外省人。

夏甘雨被安排在了下铺。一间六个人的男生寝室，一盏亮闪闪的电灯，三张办公桌。夏甘雨在两又庙中学当教师时也没见过的电灯，想不到在寝室使用上了。他很拘谨，很紧张，尤其听到寝室里的同学是来自甘肃、内蒙古、四川、江西等省外的口音时，他告诫自己要使用普通话交流了。开始他还不习惯，在老家如果说普通话，那别人会耻笑你"干烧"，会说你是"买个勺子没有把——捏着撒"的，现在不用了，面对来自各省市的同学，不使用普通话那才叫"老土"呢。

赵班长忙着接过夏甘雨的行李卷，当他发现夏甘雨的书本里还夹着一张照片时，端详了半天说："这姑娘长得不错，两眼挺水灵的。是你老婆吗？"

夏甘雨马上用普通话回答说："是对象，女朋友。"

"你还没有结婚呢？"

"你结过婚成了家？"

"是啊，我都二十七了，早结了，孩子都上小学了。"

"结过婚还来学兽医啊？"

"嗨，咱们这期来的学员，有好多都是结了婚的。到今天为止，已有十六个女学员了。四川乐山的雷虹没结婚，江西的李坚没结婚，还有刘巧珍、金玲、文昌兰没结婚，其余的几个是没结婚但有男朋友了。"

赵建华如数家珍般叙述着，让夏甘雨对面前这位学兄的健谈充满了好感。

赵建华说他是内蒙古扎鲁牧旗农场的正式工人，早来了近两个月的时间了。他也是从《中国青年》杂志上读到李学敏校长的事迹慕名而来学习的。因为是单位公派学习，所以他的学习费用和生活费用，都是由单位报销。

收拾好床铺，夏甘雨特意把金冬梅的照片和她送的书放在枕头边上，他睡不着觉时端详一番，回忆一番，望梅止渴吧。

性格豪爽的赵建华向寝室里的同学提议道："为了迎接我们班新同学夏甘雨的到来，大家一起为他接风吧。走，到街上的'大毛头饭馆'去喝几盅，以表庆贺，我请客。"

话语刚落，好声一片。

"再喊几个女同学去。"有人提议。

赵建华哈哈一笑说："好主意！我去喊。大伙走吧。"

夏甘雨顿时忘记了一切烦恼和劳顿，他为这么短的时间就和同学们融入到一起而庆幸不已。

大街上昏黑一片，只有马路东面的"大毛头饭馆"里还亮着电灯。不大的店面里有两桌客人在喝酒划拳，十分热闹。

赵建华要了一张大桌子。胖墩墩的师傅大毛头眨巴着笑眼问："你们是兽医学校的吧？请坐，请坐。"

借着灯光，夏甘雨看清了六位女生的面孔。尤其当赵建华介绍着"这是来自四川乐山的雷虹同学"时，夏甘雨的眼睛足足与雷虹对视了三秒钟。他觉得面前这位清清爽爽的女孩像个电影演员。像谁呢？想了半天，终于想起来了，她真的很像《渡江侦察记》里的张金玲。他看过电影《从奴隶到将军》、《喜盈门》，他记住了女主角张金玲那张令无数男青年喜欢的笑脸和形象。她是美的化身，她是全中国男人心目中的梦中情人。金冬梅就像她。眼前，又一个四川女孩雷虹也像她。

他心里掠过一丝不安。很快他又调整了自己的注意力，认真地倾听着饭桌上每一个同学的言谈笑语。

推杯换盏之际，各自述说着自己来到这个学校的经过与目的。

雷虹甜甜地笑着介绍自己说："我高中毕业后，老汉非要我嫁到城里头，我偏不。啥子嘛，城里头哪点好嘛，我看了李老师的事迹后，感动得不得了，就跑来了，从四川坐火车到这里，三天三夜噢。"

全桌人都望着这个快言快语的川妹子。赵建华问："你父亲是做什么工作的？机关干部吗？"

"我老汉不是干部，可是比干部有钱，在我们区里头承包工程的。土建工程。我妈是山旮旯里头哩，我也是农村户口，就我老汉一个人吃商品粮。我们那地儿是山区，山民们家家户户都养牛养猪，兽医又少。等我学成了，回家开个兽医站，生意肯定好得不得了。"

"好，川妹子，等你兽医站开好了，我们都去跟你打工去。"赵建华的一句提议，大家都端起酒杯来，碰得"吮"一声才喝下。

第一次听到普通话夹杂着四川话，夏甘雨感到好奇和新鲜。大家争先恐后地说着自己。当赵建华叫他也谈谈时，夏甘雨轻描淡写地介绍自己原是个代课教师，不想干了，想学兽医，在报上看到招生的消息就跑来了。

夏甘雨说完这些，话锋一转，友好地问川妹子雷虹："好像除了乐山大佛世界有名以外，还有一个地方比较出名吧？"

"哪里？"雷虹急急地问。

"有个叫沙湾的地方吗？我在书上看的那地方是郭沫若的故乡呢。"

"哎哟耶，你真是说对头了，我就是土生土长的沙湾的哟！"

夏甘雨兴奋不已说："真的？"

"是真的哟。夏同学，有空你到乐山去，到沙湾去，我带你们去看乐山大佛，去看郭沫若故居。"

一桌人嬉闹着，畅谈着，无拘无束，让夏甘雨感到了温暖和美好。

微微醉意的夏甘雨躺在床上，又取出了夹在书中的金冬梅的照片，紧紧贴在脸上。他此时是百感交集，千言万语憋在心头。他不知道想对她说些什么话，他呜呜地哭出声来。

十四

崭新的世界，给了夏甘雨崭新的生活。

重新坐在教室里，重新捧读书本从零学起，意味人生的又一个起点。

夏甘雨如饥似渴。在知识的海洋里，他犹如一个嗷嗷待哺的婴儿，贪婪地吮吸着知识的琼浆玉液。《畜牧兽医解剖学》、《病理学》、《畜牧传染病学》、《药理学》、《寄生虫学》……十七门畜牧兽医专业课程，他爱不释手。吃饭、睡觉，他手里从没离开过课本。早晨起来，他在寝室外的树林里大声朗读，像背诵《岳阳楼记》和《琵琶行》那样，强化记忆专业知识要点。他善于罗列和总结每一种家畜家禽的生理特点，尤其常见病和季节多发病的特点，他熟记于心，轮廓清晰。牛、羊、骆驼、长颈鹿这类草食性动物为什么被称为多室胃反刍动物？狗、猪、马、驴为什么被称为单室胃动物？生理结构不同的动物本性，自然有异于他类动物的本性。疾病的产生与演变，疾病的预防与治疗，是一门严谨科学的逻辑学说，它需要用心领悟其间的合理性。什么叫扎实的理论功底？那就是把浩如烟海的文字阐述，层次分明结构清晰地记于心中，理论指导实践，实践又创造理论。任何一门学科，用哲学的思维辩证地分析理论与实践，那才能掌握颠扑不破的真理。兽医学也是如此。

除了参加学校统一组织的实践活动外，空闲时间，夏甘雨总喜欢跑到学校的兽医院去看，去想，去实地参加医疗活动。

兽医院里住院的牛、羊很多，他不怕脏，不怕累，帮助拿吊水瓶子，帮助冲洗粪便，跟畜主拉家常了解病史和饲养情况。夏甘雨得到了临床老师的喜爱。

老师的用药处方，他认真琢磨；老师对畜禽病情的诊断和判断，他看在眼里记在心里。他连续四学期的理论考试都在全校前三名之列。第三年是实习的一年。这一年发生的一件事，让夏甘雨一下子成为了全校的议论焦点，并荣升了兽医院院长的职位。

放暑假的一天中午，夏甘雨和赵建华、沈平等几个同学到阜阳市闲逛。一对年轻夫妇拉着一头黄牛正闷闷不乐地走着。夏甘雨过去问他们："你们的牛怎么啦？"年轻夫妇见几个年轻小伙子好奇的表情，没理他们，继续朝前走。夏甘雨望着躺在架车里的黄牛的大眼睛，拦住了年轻夫妇的去路。

男的说："俺的牛病了很长时间了，地区兽医院都不给俺治了。关你什么事啊？"

女的说："俺这头牛还是'老氏'牛（母牛）哩，地区兽医站的先生治不好了。"

夏甘雨说："这牛是什么病啊？你们准备把牛拉到哪儿啊？"

男的语焉不详地说："什么病啊？俺也说不出来。它就是站不起来，也不吃不喝十几天了，光药费就花了三百多块了。俺这就拉到屠宰场卖给杀牛的去。"

夏甘雨心里一下子沉重下来。他掏出上衣口袋里的体温表，又从赵建华兜里拿出听诊器认真听起来。

体温计里显示出四十度高烧，左心室和右心室心跳节律不齐，瘤胃和真胃的蠕动如远山雷声，恰恰属于正常状况。四肢虽然敲击没有反应，完全不至于无法医治，更不至于卖到屠宰场去啊。

赵建华和沈平等同学也琢磨了一番，没有发表意见。

"你这牛还能治好。我们都是学兽医的，请相信我们。"夏甘雨平静地对年轻夫妇说。

"你说俺的牛能治好？俺不信。要不就卖给你吧。"年轻夫妇半信半疑。

夏甘雨问："你要多少钱？"

"两百块。"男的脱口而出，并伸出两个指头。

夏甘雨望了一眼赵建华和沈平都在摇头说不，就摸起衣兜。他们俩坚决阻止。

夏甘雨说："这是四十块钱。你拉到我们学校兽医院去吧，到了学校我再付给你们一百六十元。"

"管管管。俺这就拉到你们那儿去。"年轻夫妇喜不自胜，压起车把问清路线兴冲冲地离去了。

赵建华和沈平都责怪起夏甘雨来。

赵建华说："这件事让李校长知道了非训你不可。"

沈平说："到了兽医院陶老师不收怎么办？"

夏甘雨连忙解释说："李校长在北京开会呢，来不及向他请示了。陶老师那边的工作我去做。我想大不了赔两百元算为学校买了个标本，我们大家也好好实习一下，值了。"

赵建华和沈平都没有再说话了。

夏甘雨自知囊中羞涩，便笑着求援道："同学们，帮咱一把，借点钱给我，等有了钱我一定还。"

赵建华掏出了两百元，沈平掏出了二十元。他们俩继续在城里玩，夏甘雨一个人回到了学校。

夏甘雨没有向陶老师和兽医院长万利讲述买牛的详情，而是对万利院长说，是老家亲戚家的牛住院治疗。按照兽医院规定，夏甘雨预缴了二百元的住院费。他向万利院长提出了由他自己医治这头牛的请求，万院长同意了。

夏甘雨交了两百元住院费，身上仅剩下二十元钱了。他心里犯愁。等畜主把牛拉来了，剩欠的一百六十元怎么办？他想到了川妹子同学雷虹。

女生寝室里，短裤、袜子、胸罩横七竖八地挂满了房间，夏甘雨看了一眼又立刻收回视线，退到了门外喊：

"雷虹，雷虹在吗？"

"哪个宝器？啥子事嘛？"一听就是"川普"。

披着衣服的雷虹一看是夏甘雨，脸上情不自禁地露出了芙蓉般的笑容。

"啥子事嘛？跑到女生寝室偷窥啊？"

"不敢不敢。我想，我是想……"

"说嘛说嘛，吞吞吐吐的不耿直，啥子事，说！"

"我想，向你借两百元钱可以吗？"

"可以啊，你急用啊？我这儿有的是。"

说着，雷虹从屋里拿出一把钱来，说："这是五百元，你用嘛，反正我也没有啥子用的。"

夏甘雨连声说着谢字，心存感激地往兽医院跑去。

畜主名叫张西武，当兵转业后，父母把一头牛分给了他，因为这头母牛是他成家立业的唯一财产。拿到一百六十元钱后，张西武两口子泪水涟涟恋恋不舍地离开了兽医院。

接下来，便是夏甘雨悉心的治疗和护养了。他的诊断是正确的。这头牛站不起来，并非是单一的关节疼痛所致，而是极度缺少微量元素造成的四肢瘫痪。夏甘雨除了给这头牛喂灌大量的鱼肝油、复合B和钙片外，还一天两次输液补充硒元素、钾离子和葡萄糖酸钙。经过精心的治疗和护养，这头牛第七天时奇迹般地站了起来，又吃又喝，反刍、排便正常，彻底痊愈了。令人意想不到的是，这头母牛又产下了一头小母牛犊。

小母牛犊"哞——哞——"地叫着，站在老母牛的胯下颤颤巍巍地顶来顶去地吃着奶，让夏甘雨这个初出茅庐的青年兽医激动地流出了眼泪。

他决定把这"对把子"（一大一小）牛还送给张西武。从镇上租来机动三轮车，夏甘雨真的把牛送还给了张西武。

为了表示对夏甘雨的感谢，张西武请来了浩浩荡荡的唢呐队来到了李学敏兽医学校里。这天，整个学校震动了，整个六十铺轰动了。清脆的唢呐，欢快的锣鼓，不绝于耳的鞭炮声，不仅仅颂扬着一个兽医先生的医术高明，更是在大张旗鼓地颂扬着"雷锋式优秀青年"李学敏培养的学生，同样具备着雷锋式的可贵精神。

《阜阳报》、《安徽青年报》、《安徽日报》、省广播电台等均以《送牛记》为题，以显著标题和版面报道了这一典型事迹。

新学期开始后，李学敏校长在县区镇领导和各界新闻记者参加的全校开学典礼上，宣读了夏甘雨为兽医院院长的任命书。

这天晚上，他又失眠了。

他拿出书中金冬梅的照片，喜泪纷飞，他心里一遍遍叫着冬梅的名字，他心里想如果金冬梅听到这个消息，她该有多高兴啊！他独自到了教室。他给金冬梅写了长长的一封信。第二天早上便到邮局挂号寄给了金冬梅所在的学校。虽然他从没有收到过金冬梅的回信，但把信塞进邮筒的那一刻，他心里仍是慰藉的，幸福的，充满着等待希望的。

十五

夏甘雨收到了来自家乡的一封封信件让他激动万分。一向支持他的信用社代办员蒋凤平和曾经帮助过他的汪兆方、李文卫老师等等，看到了报纸，纷纷向他表示由衷的祝贺。遗憾的是从没收到过金冬梅的一封回信。他想，这时候金冬梅也该高中毕业考大学了吧。她考上了吗？他不得而知。

李学敏校长亲自安排住房，把他从大寝室，调到教师单独的住室内，和省农学院请来的专家教授享受同等的住房和工资待遇，并且专门装了一部电话。

夏甘雨几次打电话到金冬梅所在的学校，询问金冬梅的情况，接电话的都说学生太多，学校不转达外地来电而拒绝了。

夏甘雨把电话打到孙继雯所在的县医院，孙继雯虽然口头答应帮助他找金冬梅，可又迟迟未接到过孙继雯打来的电话。

夏甘雨的办公桌上，除了堆得满满的书籍外，便是金冬梅被装进玻璃框中的那张照片，窗台上，摆放着一束红艳艳的塑料腊梅。他心中只有金冬梅，这梅花就是金冬梅的象征，它寄托着夏甘雨无尽的思念与牵挂。

兽医院院长的称呼是诱人的，可工作都是艰辛而忙碌的。每天拴在医院里的每一头牛、马、羊，他都要不厌其烦地询问病情，测体温，听胃肠蠕动，看粪便颜色，对症用药，一丝不苟。有时附近村民来请人给他们家的猪看病，夏甘雨便背上药箱，带上同学们风里来雨里去地治疗。

长期的实践经验，夏甘雨总结出了家禽疾病的重点与难点。比如炎症，临床表现的症状无外乎四点：红、肿、热、痛。退热消炎是关键。淮北地区的牛病多发季节在秋季，秋季是红芋收获的季节，红芋藤食入耕牛瘤胃后，交缠在一起，大量胃液浸泡发酵，没有消化的秧藤裹在一起转不动，因此造成瘤胃积食、胀气、腹泻等疾病，查清病因，药到病除。有的食入锐器等物，牛表现出疼痛不安症状，那则必须做手术。马的结肠炎也是如此。夏甘雨已能从容应对。灌牛喝药时，千万不可拉出牛舌头灌下去，而是将瓶口顺着牛嘴角有节奏地往里灌才不至于导致"异物性肺炎"疾病的发生。给猪灌药的窍门在于，将漏管必须送入到猪的食道里，才能在漏斗里灌药，若使用不当，将漏管误插入肺气管里，那猪是必死无疑的。怎么样分辨出漏管是插进了食道或肺管呢？夏甘雨总结出了一套经验。漏管插入猪的口腔后，猪仍是尖叫不止，且声音洪亮，那则是插了食道管；若猪叫声嘶哑，甚至叫不出声来，那便是在肺气管里，必须马上拔出，重新插入。

有人说，庸医杀人不用刀；可对于一个兽医先生来说，面对不通人性不懂表达的家畜家禽，同样一个道理。兽医先生的责任不亚于人医的责任。当医生的没有坏心眼，兽医也是一个样的良心。

一头母牛难产。送到兽医院时，奄奄一息危在旦夕。畜主满是老茧的双手抓着夏甘雨的手久久舍不得松开，苦苦央求着夏院长一定救活他家的牛。夏甘雨理解他的心情，看到他焦急无奈的痛苦表情，他就想到了他的农民父亲。他会用心医治的，他会用自己所学的知识为农民解除痛苦。

夏甘雨一面叫人输入高含量葡萄糖，一面自己动手将樟脑注射液和氧化钾分开注入另一个瓶子里。越是紧急关头越是要注意药物的配伍禁忌，否则手忙脚乱，容易错误治疗贻误病情。把母牛固定好以后，他用消毒液洗了手，戴上乳胶手套，脱掉上衣，赤着右手膀子，并拢右手伸进了母牛的宫腔内，掐断了乳牛的脐带，将乳牛轻轻拖了出来。乳牛还活着，东歪西斜地摆摇着身子，踏破了稚嫩蹄壳，在搀扶下慢慢吃乳了。为了防止子宫发炎，夏甘雨又将"洗必泰栓"和抗菌消炎片剂放进宫腔中。当他洗完手坐在板凳上歇息时，累得很久没有站起身来。

畜主笑了，夏甘雨也笑了。围观的同学们和学员们拍手鼓掌。川妹子雷虹急忙端来热水，拧了拧湿毛巾，心疼地去给他擦脸，被夏甘雨一把夺过了毛巾，不好意思地说："还是我自己来吧。"

雷虹说："乖乖哟，夏甘雨你好厉害哟！了不起，太了不起喽！格老子服你了！"

她的四川话逗笑了在场的每一个人。

十六

"咚咚咚。"

"咚咚咚。"

敲门声。夏甘雨清楚地听到了敲门声。

他正在给金冬梅写信，急忙走过来开门，立在门口的是雷虹。

"我可以进来吗？夏院长。"雷虹的眼睛一眨不眨地看着夏甘雨。

夏甘雨局促不安地回答道："哪里话，我们是同学，别叫我什么院长，我是你同学。"

雷虹闪进屋来，不无风凉味的口气道："这就对了哟，夏甘雨同学，我们是同学。”

没等夏甘雨给她让座，她一把拿起桌子上摆放着的照片说："她就是你的女娃儿金冬梅吧？"

"什么女娃子？大姑娘。"

"我晓得是大姑娘，是你的女朋友。我们四川话叫女娃儿。"

夏甘雨噢声应着，急忙去给她倒开水。他问雷虹："你怎么知道她叫金冬梅呢？"

"我哪个会不晓得嘞，咱们班同学都晓得。看来，你真对她情有独钟的哟。还放了一束腊梅花，你真够浪漫的。"

"是的是的。你喝水。"夏甘雨把茶杯递到了雷虹手里。

"你们结婚没得吗？"雷虹笑吟吟的，一脸真诚。

"没有，她还在上学。"

"上啥子学？大学吗？"

"应该是吧。快三年的时间了也没联系上她。"夏甘雨实话实说。

雷虹没有说话，静静地把照片放在了桌子上说："长得真还可以，你们俩挺般配的。"

为上次借钱的事，夏甘雨正要说些再次感谢她的话，雷虹打断了他的话。

雷虹说："今晚的月光特别好，我想约你出去走走，可以吗？"

夏甘雨受宠若惊般说："好啊，现在吗？"

雷虹点了点头。

夏甘雨马上又犹豫了一下，说："你先走，我怕人看见了不太好。"

"要得要得。我在大毛头饭店东边等你。"

说完，雷虹走了出去。

夏甘雨又坐在桌前，将未写完的信叠好放进抽屉，披了件夹克出门了。

深秋的静夜，硕大的圆月孤零零地挂在天空中，无边的原野上洒染着迷蒙的月晖。从大地里散发出的青涩涩的清香味扑面而来。走进月光下的田地里，沐浴在大自然的怀抱中，只有沉醉于中的人们才享受到这独有的氤氲。仿佛有风，仿佛有雾，潮湿的空气里偶尔还飘来一丝香甜味儿。呼吸着纯净的空气，一切纷乱的杂念都被这沁人心脾的夜的味道所取代了。

夏甘雨与雷虹并肩走在悄无声息的乡间小道上。

夏甘雨打破了沉默，说："来兽医学校这几年来，第一次这么晚享受夜色，真美。"

雷虹看了他一眼，并没看清眼神，说："我和文昌兰、刘巧珍，还有好几个女同学，经常晚上出来走走。你们这淮北平原还真平坦，一览无余。我的老家啊，山峰林立，层峦叠嶂，这山望着那山高，真是那样的。"

夏甘雨虽从没有见过山，但从金冬梅送给他的《许茂和他的女儿们》这本小说里，熟悉了山间小道和翻山越岭的艰辛，视野所及的范围也是近山和远山。可山里人的纯朴、善良、勤劳，却和淮北农村人有着本质上的相像。

夏甘雨问："我一直不明白，像你这么漂亮的女孩子学了兽医，将来怎么能干得了这么脏又这么累的活呢？"

"你说我漂亮？"雷虹停住了脚步，在等待夏甘雨的回答。

"漂亮，的确真的漂亮。"

"那我哪个没见你追求我呢？"

"哪敢啊。不敢不敢。"

"不敢？是你没有想吧？"

他们俩旁若无人地哈哈大笑起来。

雷虹说："我知道你有恋人。心里有了人就是不一样啊。呵，我问你，你们这几年见过面吗？"

"没有。一面也没见过。他爸妈反对，她怕她爸妈打她。我写了很多信给她，她也没有回过信。"

"说不定，你女朋友早跟别人好了吧。"

"不会。我没有打听到她的音讯。如果不出意外的话，她现在该读大学了。她成绩不错，应该考得上的。"

"你喜欢她吗？"

"喜欢。真心地喜欢。一辈子都喜欢。"

"她喜欢你吗？"

"喜欢。她也是真心喜欢我。"

"真心喜欢你，怎么连一封信也不给你写呢？"

夏甘雨一时语塞了。他在猜想，金冬梅肯定是因为惧怕父母而不敢回信，或者信件被她父母卡了下来？或者是根本没收到信件。夏甘雨一遍遍疑问着自己，心里矛盾极了。

雷虹岔开了话题。

"你觉得你们淮北平原好吗？"

"当然好啊。这里的人好，善良、勤劳。"

雷虹笑而未答，接着说："我们四川人也一样的好。在淮北平原生活这两三年来，我还是不太习惯。因为空气太干燥，尘土又大。哪像我们沙湾啊，山清水秀的。虽爬坡上坎辛苦点，可饮食习惯远比你们淮北人讲究多了。你们这儿大都是一锅烩的吃，我们那儿啊，菜是菜汤是汤的。再说了，你们这儿一天三餐吃面食，我们那儿早上吃面食，中午晚上吃米饭。在这吃面食让我重了十几斤呢。"

说着，她上下打量着自己，连连说："胖了太多了，回去我妈恐怕就不敢认我了。"

夏甘雨也瞧着她笑起来。

"你愿意嫁到我们平原来吗？"夏甘雨问。

"天哪，不愿意，打死我都不愿意！"

夏甘雨开玩笑的口吻问她："刚才说我没有追求你，你瞧瞧，你根本就不愿意留在我们平原，追求你有什么用啊？"

"嗨，话不能这么说。如果是你真的追求我，那是另当别论。"

"怎么另当别论呢？"

"嗨，你啊真笨。若你追求我，你可以随我去四川去乐山啊。在我老家，你不用操钱的心。我爸是建筑老板，有的是钱。他会给我们办个像样的兽医站，你当站长，我当副站长。凭你的技术和为人，肯定一下打开局面，有声有色。"

"真的吗？太好了。"

"你愿意去啦？"

"我……再想想吧。"夏甘雨突然不敢再说下去了。

雷虹认真起来，追问夏甘雨："怎么啦？你到底愿不愿意？"

"我，不愿意。也不可能去。"夏甘雨也是认真的语气，"因为啥你不明白。"

"因为金冬梅吗？如果金冬梅不要你了，你愿意去吗？"

"金冬梅不要我了也不能去。你知道到你们老家去是什么吗？是'倒插门'。在我们淮北农村，男方到女方落户，除非是弟兄多家里穷，说不上媳妇才'倒插门'的，别人要耻笑的。"

雷虹嘎嘎地笑了起来。

"天哪，你们淮北人还有这一说法啊？在我们那里，谁是上门女婿谁就是最有本事有福气的人！真的。假如我把你带回四川了，我父母说不定还不同意呢。"

"在四川找对象也是父母做主吗？"夏甘雨是没话找话地故意

在问。

"现在是啥子年代了噢，还那么封建。自己的婚姻当然是自己做主。像我吧，如果父母做主我就不跑到你们安徽来学兽医了，早嫁到城里头去了。"

"你为什么不愿嫁到城里去呢？"

"为啥子？就是因为不愿意呗。我爸在外边忙事，我妈我哥又都不吃商品粮，在农村种田种稻谷。我爸叫我嫁给城建主任的儿子，我不干。我不是城里人，嫁到城里受他们的气，没意思的。我要靠我自己。等今年毕业了，回去开个属于自己的兽医站，再带上几个帮手，收入不低，自由着哩。你说是吗？"

"是的是的，你真有主见。"夏甘雨附和着。

"你是不是也这么想的？"

"是啊。"夏甘雨心里何尝不是这么想的。他发自内心地佩服这个川妹子雷虹的敢想敢做。

他们俩一直保持着距离，时而前行，时而停下。夏甘雨心里想，眼前这楚楚动人的女孩要是金冬梅该多好啊，他会拥抱她，会亲吻她。可她不是金冬梅。他瞬间产生的一丝幻想和冲动，又刹那间消失了。他遏制了他的冲动。而此时的雷虹，是多么希望夏甘雨突然间抱住她，亲吻她，甚至粗暴地扯开她的衣服，她愿意顺从地躺在地上，满足他，闭上眼睛任他给予男人的力量和无拘无束的爱。她故意靠近夏甘雨，而夏甘雨有意识地躲开了她。她身上散发出来的女人的特有的芳馨，让他几乎克制不住自己时，金冬梅的眼睛仿佛就在眼前注视着他。他打了个寒噤，告诫自己决不能越雷池半步，否则，那就是伤害金冬梅。他不愿再给雷虹带来痛苦和伤害。

想到这些，夏甘雨头脑子一下子冷清了许多。他说他要去远处解手。雷虹急促地喘着粗气，笑而不语。

夏甘雨唯恐雷虹听到他哗哗的响声，就故意近距离地站在一棵小树上小解，没想到进得裤子上全湿了才有知觉。

　　月亮垂向了西天，月光显得暗淡下来。远处隐隐传来的鸡叫声在提醒着夏甘雨，该回去睡觉了。

　　夏甘雨对雷虹说："我们回去吧。"

　　"好。"雷虹小鸟依人般温顺地答应了一句。

　　雷虹慢慢停住了脚步。

　　夏甘雨折回身来，不解地问："你怎么啦？"

　　雷虹啜泣起来，一把拉住了夏甘雨的手。

　　"你怎么啦？想家了？"

　　"我不想家。甘雨，我喜欢上你了。"说着，她把夏甘雨的手贴在了自己的胸口上。

　　夏甘雨有意识地慢慢移开，没有了语言。

　　"知道吗，从你到兽医学校报到的那天晚上起，见到你的那一刻，我心里跟自己说，要找的对象就是你了。真的。可是你一直就没在意我。想给你写信，几次想约你，听说你在老家有了女朋友，还是个吃商品粮的，我就打消了这个念头。"

　　雷虹又一次将他的手移到了怦怦发跳的胸口。

　　夏甘雨又慢慢将手移开，轻轻抽了回来。

　　"别这样雷虹，我有了女朋友，就不能再乱来了。再说，你马上要回四川了，咱们做个好朋友吧。以后有时间，我和金冬梅一起去乐山找你。我很想去看看郭沫若的故居呢。"

　　"我知道你不喜欢我，我也比不上你那个金冬梅。不过，有一个请求你能答应我吗？"

　　"什么请求？我答应你！"

　　"一言为定，海枯石烂不能变哟！"

　　"海枯石烂不会变，你说吧。"

"如果你和金冬梅不能结婚的话，你就娶我好吗？"

夏甘雨没有想到雷虹的这个要求。可这要求过分吗？如果拒绝雷虹的这个请求，那就等于我夏甘雨是太残酷太没人情味的冷血动物了。

夏甘雨抓住了雷虹热乎乎的双手，掷地有声地说："放心吧雷虹，我答应你。如果金冬梅不嫁给我，那我就嫁给你，嫁到你们四川去。"

"真的？这是你承诺的，我等你！"

雷虹笑了，抹着眼泪，紧拉着夏甘雨的手亲了两口，并发出"啪啪"的脆响来。

十七

时间过得飞快，不知不觉到了放寒假的时候了。

夏甘雨虽然是兽医院的院长，但他是一名没有拿到大专毕业证的学生。这一届的毕业典礼上，夏甘雨作为学生代表走上主席台的时候，激动得热泪盈眶。他感激李学敏校长，感谢同学们。在毕业典礼之前，陶老师、李学敏校长都几次找夏甘雨谈话，希望他留下来，继续担任兽医院院长职务。可夏甘雨一次次都婉言谢绝了。他坚决要回到他的家乡去。李学敏校长答应他帮助他重新再找对象，并保证为他免费操办婚礼，夏甘雨对校长的挽留充满感激。但是，他必须回到他的老家去。老家人需要他，父母需要他，金冬梅更需要他。他乡好，他乡美，毕竟是他乡。身在异乡为异客，迟早都要回到老家的。

有人说，母亲在哪里，故乡就在哪里。夏甘雨认为这话虽然对，但并非确切。他认为，曾经回忆和不断向往的那个地方，才是故乡。他思念故乡怀念故乡，故乡有他深深的挚爱，还有他魂牵梦绕的恋人。

他要回故乡见他日思夜想的金冬梅。

毕业典礼后，夏甘雨专门请雷虹在大毛头饭馆吃了个饭。因为还有其他同学在场，也没有机会单独和雷虹说些悄悄话。第二天上午，他帮雷虹提着行李赶往火车站。分别的那一刻，雷虹止不住泪水失声痛哭着，说："我等你。你那天晚上答应过我的。"

夏甘雨说："我知道。苍天在上，我会兑现我的诺言的。"

雷虹的哭声和一往深情的期待，让夏甘雨每次回想起来就一阵阵心酸。

没有太多的行李，还是来时的那只旧皮箱，又多了一个大塑料袋，夏甘雨一手提着，转了三次车，回到了他熟悉的县城。临近春节的日子，大街小巷是零零星星的鞭炮声，每个人的脸上都洋溢着喜气。

走在大街上，到处看到的是外地赶回来过年的本地人。提着大包小包，脸颊冻得通红。啊着热气，吆喝着奔走着。夏甘雨拎着包住进了他曾经住过的小南门旅馆，到百货大楼买了件新的羽绒服，在浴池里洗澡后穿上，显得容光焕发，精神抖擞。他要去见金冬梅，他要让金冬梅知道他学成归来，春节后即在家乡办个兽医站，他要等金冬梅大学毕业了就和她结婚。

他买好了礼物，来到了金冬梅所在的学校的家门。他想象着金老师和她丈夫一定会火冒三丈地骂他，但他不怕，哪怕被他们打一顿，他也不怕。夏甘雨做好了充分的心理准备。

敲门敲了很长一阵子，院子里也没有人应声。夏甘雨心想，莫非他们一家人都放假回老家过年去了？他又继续敲门。

"金冬梅！"他在院外大声喊了起来。

院子里仍然无人应声。

夏甘雨把东西放在地上，去敲邻居家的大门。门开了，叼着香烟的男人问："你找谁啊？"

"老师你好，请问金老师家住哪？"

男人审视着夏甘雨，说："刚才我不是听见有人在敲他们家的门吗？是你吗？"

夏甘雨忙不迭地回答："是我是我。"

"他们家就住那里。没人是吧？"

"是啊，没人。"

"噢，他们家女儿前几天结婚了，你不知道？他们家可能都去饭店吃饭了吧？"

说完，男人关上了大门。

她女儿结婚了？金冬梅结婚了？不可能，绝对不可能。肯定是他搞错了。他想再去敲门探问仔细，想想刚才那男人冷冰冰的面孔，就停了下来。

他忐忑不安地来到孙继雯家时，他见到他们一家人围在一起正吃着饭。

对夏甘雨的突然到来，孙继雯表现出惊喜的样子，非让他进屋吃饭不可。

"你还想叫我帮你找金冬梅啊？"孙继雯丢下饭碗，走出了院子。

夏甘雨一脸的感激。

"告诉你吧，你爱的金冬梅前天结婚了，和我们县的王副县长的儿子。算了，你也别再去找她了。死了这份心吧。"

夏甘雨如同被兜头浇了一盆冷水，简直不敢相信自己的耳朵。

他对孙继雯说："她为什么不告诉我一声呢？"

孙继雯说："人家为什么要告诉你啊？人往高处走，水往低处流。嫁入豪门，你就祝福人家吧。"

夏甘雨张了半天嘴，没说出一个字。

孙继雯安慰他说："你就认了吧。像你这样学了兽医技术，人又聪明，还怕找不到老婆啊？"

夏甘雨沮丧到了极点，但还是忍不住又问孙继雯："我和她约好了的，她等我十八年，这才三年，她怎么能这样呢？"

孙继雯哈哈大笑："甘雨，你怎么那么幼稚呢？你是兽医，人家是县长的儿子。金冬梅的父母都是县长把他们调到城里来的。金冬梅今年高中一毕业，就被安排到县织布厂上班了。她哥哥当兵转业也是县长安排的工作。如果嫁给你，你能给她这些吗？好了好了，回去吧。没啥大不了。你又不是说不着媳妇。"

这些话对夏甘雨来说就是晴天霹雳。他的眼泪扑簌簌掉下来。告别了孙继雯，他迈着灌铅的双腿来到了公园的石条凳上。坐在那里，他像一个入定的僧人，一动不动，任寒风肆虐。

他绝望了。他所有的理想和梦想被踩蹦得支离破碎。

他想再去她家找她。

他要金冬梅亲口对他解释为什么这样绝情。

他要亲眼看看金冬梅是不是真的结婚了。

刚走进县政府家属大院，门卫老头就拦住了他。夏甘雨说找王副县长的儿子。门卫老头告诉他："你就在这里等他吧，他们一家出去吃饭了，一会儿就该回来了。"

话音刚落，一帮人有说有笑地走了过来。他一眼便认出了打扮得艳丽照人的金冬梅，她还烫了发型。

金冬梅挽着的那个男人就应该是她丈夫吧。夏甘雨看得清清楚楚。此时，愤怒的热血燃烧着他的全身，他想冲过去拉走金冬梅，可双腿像不听使唤似的迈不出半步。他伫立在那里，喊着冬梅的名字，可嗓子里像堵着东西似的发不出声来。

金冬梅言笑间，一眼望见了不远处的夏甘雨。

夏甘雨知道她在看他。他正要迎上去，金冬梅瞬间收敛了笑容，转过脸去，依偎在她男人的怀里。

夏甘雨一动不动地注视着金冬梅远去。他熟悉的身影，他熟悉的步伐，他熟悉的笑脸，就这样悄无声息地远去了。

像一只泄气的皮球，夏甘雨再也打不起精神来。他读过关于失恋的文字，他想象过失恋时的心境，可此时对于失恋的感受，夏甘雨真真切切体验和饱尝到了。

倒在小南门旅馆的床上，他嗷嗷直叫的哭声令人揪心撕肺。

十八

春节后的这段日子，是农村青年找对象的日子。"提亲说媒"是民间的老规矩，老传统。哪家的"小妮子"没说好婆家，哪家的"半拉橛子"（男青年）没说好媳妇，村人们总是絮絮叨叨，喋喋不休地说长道短。今年春节后男人女人们讨论的话题，大都是关于夏甘雨的婚事。全村的老少爷们都知道他的"商品粮"媳妇跟县长的儿子结了婚。夏甘雨的父亲在人场里、饭场里说着客气话，央求婶子大娘们能趁在这年后的日子里，给儿子"提亲说媒"。母亲逢人便说她儿子学兽医回来了，不再攀"商品粮"了，有个"对搭糊"（差不多）的"小妮子"就同意。可是，村人们答应得好好的，却没有一个人当作一回事。村人们说，夏甘雨是"高不成低不就"，在农村找不到合适的"小妮子"。

夏甘雨憋不住了。他见到父母如此为自己的婚事操心，就直接说了在兽医学校和雷虹的约定。

他的父母亲吓了一跳。

"不管使，不管使。你去四川？四川比咱们这地儿都穷。你没听说过吗，咱们好几个村子买来的媳妇都是四川的。"父亲说。

"说不着的'麦呀娘'的废话。你去'倒插门'就是跟人家'应皮儿'（上门女婿）啊，你可明白？亲戚邻居都还不'当午'（耽误）笑掉牙咧！丢八辈子人哩。"母亲坚决反对。

夏甘雨深深理解父母亲的苦衷，但他主意已定，决不改变。他劝解父母说："好男儿志在四方。这又不是旧社会，'应皮儿'没啥不好，我愿意。放心吧，儿子不干出个人样来，誓不回家。"

父母亲无奈地哭着，目送着儿子走出村口。父母亲期望着儿子安分守己过日子，可他偏不听，东奔西跑的也没干出点名堂来，他们打心眼里又气又恨。

夏甘雨这一走就是二十年没有回来。

后来，夏甘雨到了四川乐山。

他和雷虹开了兽医站。

凭着他和雷虹的踏实肯干，他们的兽医站开得如火如荼。前来找他们看猪病看牛病的门庭若市。

夏甘雨有时候为了看一头牛病，翻山越岭，起早贪黑。根据当地山民家家户户都养猪的状况，夏甘雨和他们签订了"生猪疾病保险合同"。

合同内容是：凡农户家的猪生病，他一律免费治疗，若死亡，由他的兽医站按价赔偿。这一"奇思妙想"在当地起到了巨大的广告作用。当地的兽医同行们都说他"艺高人胆大"，有的说他是"瞎逞能"。事实胜于雄辩。

夏甘雨和雷虹用他们精湛的医疗技术和周到的服务，赢得了方圆百里老百姓的尊重和信任。

镇上的国营兽医站被他们"抵垮解散"了。

夏甘雨接手了这家国营兽医站，用他们的积蓄，重新在街边修建了新的兽医站。靠街边的门面房子一下子被当地商户一抢而空。

夏甘雨尝到了卖房子赚钱的甜头。

原来，卖房子比开兽医站赚钱更快。

他又收购了市兽医站。

从收购的一个个兽医站开始，夏甘雨开始做起了房地产生意。

夏甘雨的房地产生意越做越大。

后来，夏甘雨在四川一待就是二十年。

直到2008年春节，夏甘雨才带着妻子雷虹和一对儿女回到他离别多年的老家。虽然经常给父母寄钱和经常打电话，可这么多年才见到他们日想夜念的父母，才回到生他养他的这片土地。如今，他已不是当年一无所有的兽医和代课教师了，而是雄霸川地的房地产公司的总裁。村人们都知道夏甘雨是大老板，听说他回来过春节，院子里早已围得水泄不通了。

嫂子们、婶子们、大娘大叔们，纷纷走过来，嘘寒问暖共叙往事。在众多乡亲面前，夏甘雨和妻子儿女一起，"扑通"跪在父母面前磕头谢恩，表示歉疚。为了表示对乡亲们多年来照顾父母的谢意，夏甘雨当场给每个人发了五百元以示"拜年了"。衣锦还乡的夏甘雨在回来之前，他是和妻子雷虹商量好的，除了给乡亲们发些过年钱外，再给父母盖栋别墅，给村里的小学捐款改建校园，给村里修上水泥路，装上路灯，一共准备了五百万元。

村人们奔走相告。一天的时间没到，全县的人民几乎都知道了夏甘雨的这一善举。

他把银行卡交给村干部，并把自己的想法一一交代。

如今，他拥资数亿，五百万元用于家乡建设，他心安理得无怨无悔。

这天深夜，屋子里的人渐渐散去，他让妻子儿子先睡了。独自一人拿着手电筒，在村子里走了个遍。

二十年过去了，我都四十几岁的中年人了，乡村的路，乡村的结构，还是老样子啊。小河水沟依旧是记忆中的模样。唯有的变化，是村里多了几座楼房，自己感觉多了几分生疏。不变的是村庄与多变的城市在他的脑海里形成着巨大的反差。寂静的夜色里，全村子只有他一个人走来走去。他的梦想，他今日的富有和辉煌，就是这片土地给予的，他深深感激这片土地。

第二天上午，他和村里的几个干部要到县城去一趟。父母亲和妻子都没拦他。只有妻子明白他的心，她知道他要去找金冬梅，就故意说："去见见她吧。如果见了她，把她请到家里来吃顿饭。"妻子不管说的是真心话还是其他意思，他都打心眼里感激妻子的理解。

腊月的县城，人头攒动，拥挤不堪。当他随着人流挤到一排卖鞭炮的摊位前时，他诧异地张大了嘴巴。他无论如何也想不到那个穿着大棉袄、裹着头巾的中年妇女就是金冬梅。是她，的确是她。她跟别人讨价还价的语气和声音还和二十年前一模一样。没有了亮丽的光泽，笑起来的层层褶皱和憔悴，彻底粉碎了他记忆中的秀丽面孔。她怎么成了这副样子？

夏甘雨两眼一眨不眨地注视着她的一举一动。从她的神态里，他感受到了她的艰辛和贫寒。他从包里掏出一万块钱来，递给了村干部说："把她的鞭炮全买回去。别讲价，她说多少就多少。"村干部有些不解，犹豫着。夏甘雨小声说："她就是金冬梅。在两叉庙中学教学时认识的。"村干部啥都明白了，急忙前去买她的鞭炮。

夏甘雨心里一阵阵酸楚。

她就是我的初恋，她就是我心爱的女人，我有义务帮助她。

村干部把一箱箱鞭炮装上了车。金冬梅笑容可掬地装着钱，连声对他们说着谢谢的话。

夏甘雨忍不住了。他径直走过去，叫着金冬梅的名字。

金冬梅被叫声惊呆了。怔了半天才回过神来说："我的个娘拜子呃，你怎么回来了？"

夏甘雨苦笑着说："还认识我吧？"

"认识认识，夏老师。听说你现在'攒劲透了'（发达）是不是？"金冬梅的面容羞涩，声音有些颤抖地恭维着夏甘雨。

夏甘雨压低嗓门对她说："我们找个地方说说话行吗？"

金冬梅将了将额前的长发，半天才说："说啥呢，都过去这么多年了，不说了吧。你有啥话就在这儿说吧。"

她拍打着身上的尘土，没有了刚才的笑容。接连着的叫卖声喊叫声汽笛声，让夏甘雨心烦意乱。夏甘雨见她正要收拾东西，靠近过来大声说："我请你吃个饭吧。"

"不管不管。中午俺还要回去给俺孙子做饭哩。"金冬梅连连摆手。

"你都有孙子啦？"夏甘雨以为她在开玩笑。

"嗯，俺孙子都三岁多了。"金冬梅很是自豪。

"啥时候还能见到你呢？"夏甘雨急忙问。

"见俺干啥呢？各有各的家，还说啥呢。"金冬梅朝他笑笑，补充说，"你老婆孩子都回来过年了吗？"

"回来了。她也想见见你。明天我找车来接你，到我们老家去吧。"夏甘雨满脸激动。

金冬梅想了想，答应了明天十一点在这儿等车来接她。

在夏甘雨的想象里，如今四十几岁的金冬梅，应该是体态匀称风韵犹存的城市女人，儒雅端庄，气质非凡，可怎么能成为这种既不讲究又不体面的农村妇女了呢？他不是嫁给了县长儿子了吗？怎么这副模样？他的心里一遍遍嘀咕着，疑问着。相见不如怀念。相见不如怀念啊……

他对村干部们说有点事，单独一人去了银行。他从卡里取出一百万元现金，装进尼龙袋子里交给了司机，放进了后备厢。他告诉司机是他在地摊上买的旧书籍。

第二天是农历腊月二十九。他把见到金冬梅的情况一五一十地告诉了妻子雷虹。本想雷虹会说出几句不痛不痒的酸溜溜的话逗他，没想到雷虹十分豁达，还责怪他为什么不掏点钱给金冬梅。

夏甘雨说："我为什么要掏钱给她？是施舍吗？"

"嗨，你这人忘恩负义了吧？当年人家一个青头大姑娘，被你糟蹋了，如今你有钱了，不该补偿一下啊？"雷虹说着笑着。

"谁糟蹋她了啊？是她抛弃了我。"

"哎呀，你想想，人家一个女学生，你是老师，你跟人家谈恋爱，败坏了人家的名声，又挨父母的打骂，不因为你因为谁啊？你良心过得去吗？"

雷虹的一席话，说得夏甘雨一语不发。

雷虹说得有道理。这么多年，夏甘雨滚打摸爬，历尽坎坷，常常是对金冬梅铭心刻骨的思念支撑着他迎难而上。今天成功的背后，不能不存在金冬梅当年的离弃激励所致。说不定没有金冬梅的离弃，他如今还是一个乡村兽医呢。他感激这份初恋赐予的挫折，他感谢汪兆方和李文卫，他感谢所有给了他支持和帮助过他的每一个人。这一点夏甘雨心里比谁都明白。

金冬梅从车上走下来的时候，面颊通红，笑着对雷虹说："你就是夏甘雨的夫人吧？"

"你好金冬梅。"雷虹伸出双手握住了她的手。

夏甘雨对今天的金冬梅如约前来，十分高兴。他发现她换了新棉袄，新裤子和新围巾。金冬梅和夏甘雨的儿子女儿打着招呼，并塞给他们一人一个一百元的红包。夏甘雨向他的父母介绍金冬梅。

一听这名字，他的父母心里都明白她是谁，一个劲地让座后又都到灶屋里做饭去了。

大约十分钟的时间，金冬梅站起身来对夏甘雨夫妇说："看到你们幸福我就高兴了。大过年的，家里也忙得很，俺就走了。"

"走？不得行不得行，一定吃了饭再走。"雷虹起身抓住了她的手。

夏甘雨也对她突然提出要走感到不解。

"真的不能在这吃饭。俺就想见见你就走。"金冬梅说着就往外走。

"这怎么能行呢？好不容易来一趟，大过年的往外走不合适吧。"夏甘雨极力挽留她。

"真的不管在这吃饭。俺家里孙子还等着俺哩。"金冬梅语气坚决，不容商量。

夏甘雨急忙叫司机调转车头。

雷虹关心地问金冬梅："你老公是做啥子的啊？"

金冬梅听懂了她的四川话，回答说："老公？第一个早跟他的小秘跑了；第二个也离了，我一个人，带着孙子。有儿子儿媳和我在一起，舒坦着呢。"

夏甘雨听得清清楚楚。雷虹"噢"了一声没再说话。

夏甘雨急忙叫司机打开后备厢，小声说："这个袋子是送给金冬梅的。你一定帮她提到屋里再走。一定！"

司机说了句"放心吧"的话，钻进了驾驶室。

目送着车子远去，夏甘雨问雷虹："你不会气她吧？"

"哪里的话，人家都这么可怜了，气她做啥子嘛？要说气只能气你。"

"气我啥子嘛？"

"啥子，人家落得这个样子，都怪你。"雷虹的话又触痛了夏甘雨。他不敢再给雷虹说金冬梅了。

　　大年初一下午，零零星星的雪花飘舞着，穿着新衣裳的村人们三个一团、四五个一堆地叙旧话新，孩子们在喧闹着，聚集在村口有说有笑。一辆绿色的出租车向村口开来。夏甘雨有意识地张望着出租车的时候，车子"吱"一声停在了他的面前。

　　金冬梅从车里走了出来。

　　"你怎么来啦？"夏甘雨又惊又喜。

　　金冬梅手里提着塑料袋子。

　　夏甘雨一下子明白了她的来意。

　　"夏老师，这钱我不要。我用不着。"说着她递了过来。夏甘雨没有去接袋子，问她："因为啥？是给你的。"

　　"不管。坚决不管。快拿着。"

　　夏甘雨木然地站着，还是没去接塑料袋子。

　　金冬梅两眼噙着热泪说："有你这份情谊俺就高兴了。"说完，她把塑料袋子甩在地上，叫司机快点开车走了。

　　夏甘雨目送着远去的出租车，长长地叹了一口气。

另起一行

一

知道她丈夫根本没有性功能的时候，是第三天晚上。

凛冽的寒风，刀子般呼呼地刮着。窗户上的塑料薄膜好像被吹开了一个口，一股一股的风一阵一阵地刮进来，让娟子和她的丈夫在新婚的大床上冻得瑟瑟发抖。她掖了掖被子，又蜷了蜷身子，把头紧紧蒙住。辗转反侧，她的丈夫仍然没有动静。忍不住了，她用脚狠狠地蹬着床那头的丈夫。

娟子越蹬得使劲，她丈夫越往床头畏缩。

"又睡着了吗？"娟子的脚索性放进了他的裤裆里。

床那头没有动静，她感觉到他在侧过身去，轻轻地抓住了她的脚。

娟子说："你怎么回事啊？也不说话。你要是嫌乎（讨厌）俺，你就直说嘛。"

娟子把脚缩了回来，把袜子脱掉，又把裤子脱掉，解开了胸罩，急促地钻进了床那头她丈夫的热被窝。

当她把他的手按在自己饱满的乳房上的时候，他立即把娟子抱在了怀里。他亲娟子的脸，亲娟子的全身。娟子幸福地任由他爱抚。内裤下湿漉漉水汪汪地浸透了床单。她等待着她的男人的给予。

她的手极想本能地触及他的下体，很多次她又像触电似的缩了回来。她焦急地期待着她的男人能快点主动地拉她的手，可是他没有。

她的眼角流淌着热泪。发烫的脸颊紧紧地贴着她男人的胸膛，右手伸了过去。她摸到的是平坦的一地蒿草，她摸到的是烟头那么短小的软软的一个小东西。微闭着眼睛的她不相信自己的知觉，她不相信自己手里的东西是她新婚丈夫的东西。

她轻轻推开丈夫，擦着满脸的泪水，轻声地问："你是咋弄的？下面咋没有那东西啊？"

她丈夫把她搂在怀里，咕哝了半天，才冒出一句话："有，小。"

娟子不信，伸手确认了一下自己的感觉，还和刚才一样，小，像烟头，不，像蚕蛹一样小，像三岁的小孩的鸡鸡那么小，软绵绵的，像大豆地里叮在豆棵上的"豆虫"。娟子脑海里立刻浮现出的就是这些类似的东西。

二

娟子十七岁，她的丈夫二十五岁。娟子在镇子上的供销社当售货员，她丈夫在镇子上的信用社做信贷员。两个人都有工作，都不是在庄稼地里干活的农民。信贷员是一份令人羡慕的工作，在农村买农具、买化肥、买种子，在镇上做生意、跑运输、开饭店，干哪一行都离不开信用社，都要找信贷员贷款。因此，信贷员在镇上人的心里是受人尊敬和信赖的"财神爷"。

娟子在初中三年级下半学期就从学校去了镇供销社上班。在供销社这个单位里，娟子是年龄最小的。纤细的腰身，秀丽的面庞，甜甜的眼睛，得体的衣着，让人一看便能感到她的美丽和非同于别的同龄女孩的气质。

　　在供销社营业柜台里，娟子忙碌的身影和动人的微笑，给前来买东西的人留下深刻而又美好的印象。很多小伙子有事没事地经常到她的柜台来买这买那，问这东西什么价、那东西什么价。很多人根本不是来买东西，而是来看一眼娟子美丽的容貌，看一眼她洁白的牙齿，看一眼她高高隆起的胸部。

　　镇子上的小伙子们把自行车扎放在供销社门口，你推我推你，挤眉弄眼，折腾了大半天，才敢走到娟子的柜台来。娟子早早地就看透了他们的阴谋诡计，故意板起面孔问他们："买些啥？"你看看我我看看他，小伙子们一个个呆若木鸡，支吾了半天，也没有说出来想买啥。娟子笑了。这轻轻地抿嘴一笑，仿佛给小伙子们壮了胆似的，让他们不买东西就感到太不好意思。领头的那个小伙子买了一个作文本子，后面的小伙子买了支铅笔，又买了支钢笔，挂在胸前。娟子咯咯地笑，夸奖道："钢笔在你上衣兜里一挂，真像个大学长哩。"得到夸奖的那位小伙子，像吃了顿大餐似的，在同伴们的羡慕声中被簇拥着走出了供销社大门。

　　四月初八那天上午，小镇上逢古会，人山人海。村人们从四面八方赶到镇上，购买农具。男人们大多穿着粗布做的夹袄，满脸的褶皱和粗糙的皮肤，像抹了炭的"火棍头"；女人们穿着花花绿绿的宽大薄棉衣，头上的围巾系在脖颈里，目光呆滞地东张西望。四月初八的"古会"是麦忙季节的前奏，在集上买一碗炒凉粉，买一杯汽水，买一根冰棒，割一斤肉，已经是村人们最奢侈的享受了。

　　娟子这天特别忙，声音都累得有些沙哑了。当她好不容易休息片刻的时候，她的眼前突然一亮，来了一位身材高挑、面目白皙、戴着一副近视眼镜的小伙子。娟子没有见过他，凭她的直觉，一看就知道他是城里的小伙子。不知不觉间，娟子有些紧张起来，手心里也沁出汗来。小伙子买了十张大白纸，又买了两瓶墨汁。

结账的时候，小伙子笑着问她："你叫什么名啊？"

娟子的脸羞怯得像块红布，礼貌地回答道："俺叫娟子。"

小伙子自我介绍道："我叫李文化，在镇文化馆上班。"

娟子觉得这名字好记，叫个文化，又在文化馆上班，真有文化。娟子笑着问他："你不是我们镇上的吧？"

李文化回答道："你猜得真对，我是从县城里面调到镇文化馆来的。"

李文化又说："下次你要进城的话，我带你。"

娟子羞赧地回答道："俺又没去过城里。"

买东西的一个接一个地过来，娟子也再没有时间和李文化攀谈了。

李文化调回城里那天上午，送给娟子一个黄书包，包里面是两块浅黄色的"的确良"布料，还有一封信。

第一遍读这封信是她一个人看的，第二遍是她和妹妹一起看的，第三遍是和她柜台里的姐妹们一起看的。每一次看完这封信，她的心里都甜得像灌了蜜。她心里再也忘不掉这个叫李文化的城里人了。

回到家那天晚上，她妈妈叫她拿出信来，她说："撕了。"她妈问她："是不是城里的那个小伙子向你求爱？"娟子摇头说："没有啊，谁说的？"她妈把娟子拉坐在床头，小声给她说："闺女，咱镇上那个信贷员托媒来了，看上你了。"

情窦初开的娟子，心里在咚咚发跳。她妈说："能嫁给信贷员，那是我们全家的福气呀，多少大闺女都攀不上和他成亲哩。"

娟子好久没有说话。她妈接着说："这小伙子比文化馆的那个城里人长得漂亮，工作又好，将来我们全家都跟着你享福了。"

娟子好奇地问："他比那个李文化还漂亮？"

她妈说："当然了，排场（英俊）得很。"

娟子脱口而出道："好啊，好啊，俺看看，俺瞧俺可睐中（相中）了。"

她妈说："你给那个李文化写个回信，告诉他你不同意。"

娟子想了半天，说："算了，我写不来那些肉麻的话。"

第二天信贷员就来了，果然像她妈说的那样，小伙子长得身材适中，面目清秀，精明强干。尤其手里提着的黑提包，鼓鼓囊囊的像是装了很多钱。信贷员真诚的微笑，体贴入微的举止，给娟子留下了美好的印象。信贷员信誓旦旦地说："娟子，以后只要你家里人或者你的同学需要钱的时候，找我贷。"

娟子歪着头笑，说："真的吗？"

信贷员拍了拍他的黑提包，保证说："只要你嫁给我，一百个真的。"

从此后，按照淮北农村的规矩，"送压手"（送彩礼）、两亲家"见话"（会面）、"合年命"（算八字）、"择日子"（定日子）。

农历腊月二十九早上，娟子穿上大红棉袄，在锣鼓喧天、鞭炮阵阵的响声中，尾随着吹唢呐的人，到了信贷员的堂屋里，和信贷员拜了堂。

在新房的大床上，娟子激动地对自己说："我要做新娘了。"她的耳边久久地回荡着高音大嗓的豫剧。马金凤那句"谁说女子不如男"的唱词，让她闭上眼睛就能哼出声来……

三

回到城里后，李文化很快被安排到了县文化馆。按照当地人的说法，也就是"在乡下锻炼了一下"，"镀了金"。县城里有他的同学，有他的亲戚朋友，他的生活重又回到了有规律的上下班。唯一让他时常念想的就是迟迟没有收到娟子的回信。

很多次他在想娟子很忙，他在想娟子忙着在供销社里卖东西，坐不下来给他写信，他在想娟子穿上他买的那个"的确良"布料，一定更加楚楚动人，他在想娟子的家人一定会同意她嫁到城里来。

李文化的书法由正楷变为行草，由行草又回到正楷。旧报纸，还有法院发下来没有贴出去的"杀人布告"，都是他练习书法的稿纸。每个月三十八块钱的工资，除了自己请朋友吃顿"羊肉板面"，其余的都买了书法方面的书籍。李文化练习的最多的字就是"娟子"两个字。翻过来写，倒过来写，横着写，竖着写，"娟子"这两个字让他写得如醉如痴。有一次，他把"娟子"写成了"钉子"，他静静地一想，可不是吗？娟子就像一颗钉子，已深深地镶嵌在了他的心灵深处。娟子就像一颗钉子，已深深地、隐隐作痛地钉进了他的肌肤内。

春节后，李文化回了一趟镇子上。当他得知娟子嫁人的消息后，一个人在供销社大门口伫立了很久很久，任凭鹅毛大雪覆盖头顶。

李文化在父母的再三催促下，在介绍人的撮合下，找了位城里的媳妇。结婚后，李文化调到了县文化局，成为了县文化局最年轻的副局长。

一次偶然的机会，他在县法院认识了副院长赵玉标。因为两人都在那个小镇上工作过，所以他们有说不完的话。赵玉标比李文化大四岁，李文化习惯喊他"标哥"。标哥在镇子上也认识娟子，谈起娟子，两人都眉飞色舞。赵玉标感慨地对李文化说："娟子要是嫁到城里来，嫁给你，那才真叫郎才女貌，那才真叫绝配。"赵玉标越是这样说，李文化越觉得娟子嫁得可惜。赵玉标常常安慰他说："真心爱一个人，在心里就够了，非要娶她做妻子的话，说不定你给不了她幸福。再说，她嫁给信贷员，条件那么好，她也就知足吧。"

李文化想到信贷员的经济待遇，也感觉到有一些自愧不如，对娟子的幻想也就慢慢消失了。

李文化在城里见到娟子，是在县医院的门诊大楼里。

那天，李文化和赵玉标去县医院看望一个领导。走出住院部，一个美丽的倩影吸引了李文化。李文化激动地喊了声"娟子"。赵玉标也确认地说："是娟子。"李文化正要走过去，被赵玉标一把拉住。

"娟子身边那个男的，不就是她丈夫吗？"赵玉标说。

李文化停住了脚步。没想到娟子走了过来，跟他们打招呼。

娟子说："标哥，文化哥，你们怎么到这儿来了？"

标哥回答说："娟子妹妹，几年不见，你还是那么漂亮。"

李文化望着不远处的信贷员，说："那是你老公吧？"

娟子点头，脸上顿时没有了笑容。

标哥拉着李文化匆匆地离开了医院。

第二天上午，李文化又来到了县医院门诊大楼。他在猜想娟子是在陪谁看病呢。陪她老公？陪她的家人？他查询病人入院记录，但没有娟子的名字。

下午，他又来到了县医院。果然他在这里又见到了娟子。门诊大楼里人来人往，不少人跟李文化打招呼。为了避免别人说闲话，他对娟子说："走，到我办公室说说话去。"娟子犹豫着，还是去了。

李文化问："你在陪谁看病呢？"

娟子说："陪我老公。"

"他什么病啊？"

娟子支吾了半天，说："没病。"

李文化没有再问，关心似的口吻又向娟子旋转着问号。

"你小孩应该三四岁了吧？"

娟子望着李文化的眼睛，张了半天嘴，没有回答他。

李文化自言自语道："我小孩都四岁了，你的小孩应该还要大一岁。"

娟子被触到了心灵的痛处，极不情愿地回答他："我还没有小孩。"

李文化"哦"了一声，后悔自己不该问及这个无聊的话题。李文化坚决要请娟子吃饭，娟子没有拒绝。

刚刚在饭店里的包厢里坐下，李文化的妻子拉着小孩，气势汹汹地闯了进来，见了李文化便破口大骂。若不是饭店老板极力劝阻，他老婆非打娟子一顿不可。

娟子悻悻地走了，一脸的无辜，一心的伤痛。

李文化的老婆可不是个省油的灯，她逼迫着李文化说出了娟子的名字和家庭住址。连续几天，他老婆到娟子家又哭又闹，在正逢集的大街上骂娟子，说她是个不下蛋的鸡。乡村土话不堪入耳，搞得全镇鸡犬不宁，家喻户晓。这个歇斯底里的女人，到县委县政府主要领导办公室捕风捉影、无中生有李文化搞女人的具体细节。

李文化辞职了。李文化下决心和她离婚。当法院判决书下来以后，李文化便提着一只破皮箱，去了北京。

四

娟子病了，住在了镇上的医院里。

本来，在镇子上没有人关心娟子有没有小孩的事。她的家人、亲戚邻居也都认为娟子年龄小，也都没有在意她有没有小孩的事。直到李文化的老婆大闹了几天，镇子上的流言蜚语，甚至侮辱娟子的传说便弥漫开来。娟子比谁都清楚，比谁都明白，三个一堆，五个一团，在一起嘀咕的妇女都是在谈论她的生活作风问题。她妈妈俯下身子，问娟子："你到底和那个李文化有关系没有？"

娟子终于"哇"一声哭出声来。

信贷员追问娟子："你到底什么时候和他好上的？"

娟子停住了哭泣，慢慢抬身，靠在床头上，有气无力地对她丈夫说："俺没有和他好，谁和他有那个事，天打五雷轰。"

信贷员马上拿着湿毛巾，擦拭着娟子瘦削的脸颊，连连说："别赌咒，我的错，我的错。"

娟子妈在一旁说："你看看，俺这个女婿多疼爱俺闺女啊。"

娟子的脸转向她妈妈："妈，俺想离开他，俺想离婚。"

她妈妈不相信自己的耳朵似的，问娟子："你说啥？离婚？那是'麦呀娘'的话——说不着的废话！"

信贷员瘫坐在椅子上，两眼直直地望着墙壁，一语不发。

娟子的话打破了屋里死一般的寂静。

"老公，叫俺走吧。俺也跟你过了四年了吧，你是个好人，对俺也好，俺也舍不得你。可是你叫俺咋办呢？俺还年轻，俺不能不生小孩啊。别人骂俺，耻笑俺，你心里比谁都明白因为啥。"

娟子妈听得一头雾水，不知道娟子说的是什么事。她就问信贷员："到底是咋回事啊？"

信贷员站起身来，没有解释什么，对娟子说："我同意，就按你的意思办了吧。"

娟子从镇上的法庭领取了盖着人民法院公章的调解书，没有去她妈妈家里，而是头也不回地坐上了开往县城的客车。

故事讲到这里，应该说娟子解脱了，应该说娟子不再忍受煎熬和痛苦了。可是，人生啊，远远没有我们想象的那么美好，远远没有我们渴望的那么美好。生活啊，为什么总要折磨娟子这个善良、纯朴、美丽的女子？

对娟子而言，生活是翻开了新的一页，另起了一行，但是，娟子这个不幸的、苦命的淮北女子，又走进了她难以想象的痛苦深渊。

五

娟子的脸上终于露出了笑容，那是在认识小五之后。

娟子坐的公共汽车停在了县城的车站里。下了车去哪里呢？娟子没有想过。她东张西望着，这时才感觉到真的有点饿了。她要为自己庆祝一下，她要为自己战胜懦弱奖励一下自己，她要为自己成为自由人幸福地吃顿饭。

第一眼映入她眼帘的是"交警宾馆"四个大字。她径直走过去，交警宾馆的楼下是一间不大的"格拉条面馆"。"格拉条"是什么玩意儿？她好奇地坐下来，要了一碗格拉条。原来格拉条就是圆圆的宛如粗粉条一样的细长面食，煮熟后放上些芝麻酱、荆芥等作料，满口生津，余味悠长，价格便宜。娟子见女老板忙不过来，吃完饭后，就忙着帮她收碗、洗碗，帮客人递筷子。老板娘劝都劝不住。老板娘说："姑娘，你一看就是城里人，怎么能这么勤快帮我干活儿呢？"娟子笑了说："俺不是城里的，俺是从小镇上来的。"老板娘眉飞色舞道："真的呀？你长得这么漂亮，真水灵。要是你愿意，就在我这小店里帮忙好了。"娟子连忙回答说："好啊，好啊，太谢谢大姐了。"老板娘急忙要掏钱，退回娟子刚才给她的饭钱，被娟子一把按住了她的手。娟子生气一样地说："应该

第
一
辑

收钱的，应该收钱的。"老板娘停了一会儿，担心似的问娟子："你在这里帮忙，该付你多少工钱呢？你有住的地方吗？"娟子说："俺不要工钱，吃饭免费就行了。"老板娘笑容可掬，一下子拉住了她的手，又关心地问："妹子，你结婚了吗？以后就在城里找个婆家。"娟子摇了摇头，局促不安起来。她实话实说："俺离婚了，一个人。"老板娘半信半疑，上下打量着娟子，说："你要什么条件的？当官的还是有钱的？"娟子没有再说话，到池子边洗碗去了。

　　小五是交警宾馆的总经理，常常来吃格拉条。有一次，老板娘告诉娟子，小五也是刚离婚，人挺好的，是个正式警察。娟子没有往心里想。有几次，小五也故意跟娟子搭讪。娟子细细的声音回答几句，转身忙她的事去了。唯一让娟子记住他的，知道他是个警察，知道他是个离了婚的单身男人。魁梧的身材，炯炯有神的眼睛，稳重的谈吐，让娟子联想起看过的电影里边的特别男人味的英雄来。

　　小五不像那些挑剔的食客，一会儿嫌面条多了，一会儿嫌面条盐放多了，一会儿又说太慢了。只有小五啥也不说。感激的眼睛里闪动着对她的好感和谢意。

　　老板娘苦口婆心地劝说，终于让娟子对小五动了心。和小五单独在一起的那个晚上，娟子和他走在沙河堤坝上。她倾听着小五因工作太忙而忽视了妻子的感受，愧疚地向妻子提出了离婚。小五不停地倾诉着他的苦衷，娟子默默地听着。小五要娟子讲讲她的不幸，娟子说："我没有不幸。"小五又问她离婚的原因，娟子泪水婆娑，始终也没说出原因来。

　　一年多之后，娟子终于被小五征服了。在决定和小五永远在一起的那天晚上，娟子才真正地了解了一个健全男人的全部。

　　做一个真正的女人，就要为男人生儿育女。这是娟子从小就听到的话。她要做一个真正的好女人，相夫教子，任劳任怨，她要和小五有一个自己的爱情结晶。

她的孩子十一岁那年，小五病亡。

娟子抚摸着冰冷的丈夫遗体，哭得死去活来。

娟子说："俺怎么这么命苦呢？往后的日子俺该咋过呢？"

生活的重担压在了娟子瘦弱的身子上。娟子知道，自古以来，寡妇门前是非多。为了避免邻居们的闲言碎语，为了给儿子一个温暖的家，她省吃俭用，把丈夫遗留下来的钱供养孩子读书。本来已经弱不禁风的身躯，更显得单薄和瘦小了。

皱纹慢慢地爬上了她的眼角，爬上了她的额头，冗长的生活一天天就这样穷困地打发着。她多么希望就这么平静地过下去，她多么希望儿子快一点长大成才。

也有人问她还嫁不嫁人，她总是苦笑着回答说："俺命苦，这辈子再也不想了，就盼着俺儿大学毕业，找个好工作，帮他带好孙子就行了。"

娟子的眼眶里已没有了泪水，就像水井里边没有了泉眼。娟子深爱着小五，他的照片、他的遗物都工工整整地放在两个皮箱里，皮箱子就放在她的床头边上。每天看到箱子，就看到了小五。在她心里，小五没死，小五永远陪伴着她。她的手轻轻地抚摸着皮箱，就像抚摸着小五的脸颊一样。她发自内心地感谢小五，是小五让她在城里有了家，是小五让她成为了一个真正的女人，是小五让她有一个听话懂事的儿子……

六

娟子的这一切遭遇，李文化在北京都知道。

李文化和所有的成功人士一样，在京城漂泊、奋斗。二十年的惨淡经营，让他从一个装饰公司的小工，发展成为知名度和信誉度在同行业领先的公司总裁。他的身影奔波于林林总总的高楼大厦里，他的笑声回荡在鸟巢、水立方的空间里。他的公司从低矮的居民楼里搬到了气宇轩昂的写字楼。在京城，来自世界各地的富豪们多如牛毛，北京的房价也在富豪们的炒作下，变得让人遥不可及、望而生畏。李文化虽算不上叱咤风云、气吞山河的商界大鳄，但在装饰行业也算是鹤立鸡群、颐指气使的亿万富翁。

　　李文化的第二任妻子是个画家，在王府井开了一家自己的画廊。虽然她的画与范曾这样的大师们还有距离，但媒体的炒作和市场运作，在亚洲国家有着一定的声誉和市场。

　　李文化决定为他的妻子在老家办一次画展。这个曾经当过文化局副局长的当代商人，想到的不是为妻子挣得财富，一种思乡的病魔时时剜动着他。随着年龄的增长，乡思乡愁时时像挥之不去的晨雾，缠绕着他。虽然家乡人经常来北京谈起旧事，让他的思乡之渴有所缓解，但身在异乡梦回故乡的愁绪，一刻也没有从他的心间排遣。每天的梦里，他梦见的都是在小镇上送给娟子情书的那一幕，他梦见的都是在县医院里遇见娟子的情景。他还常常梦见和赵玉标一起去找娟子，梦见娟子泪流满面、悲痛欲绝的哭声。

　　赵玉标早早地来到了火车站，赵玉标见到了西装革履的李文化。第一句话就是："你怎么这么年轻啊？"

　　听惯了恭维话的李文化，又恭维起赵玉标来："你老哥今年五十四岁了吧？看起来比我年轻多了。我比你小四岁，年轻个屁呀！"

　　赵玉标搓了一把自己黝黑的脸膛说："真是啊，你都二十年没回来了。再不回老家来，我们以后都老得不像样了。"

　　李文化叹了一口气："是啊，是啊，乡音未改鬓毛衰啊！"

赵玉标问他："这次你回老家来主要是想见谁，告诉我一声，我来联络。"

李文化压低嗓门，对他说："我想见娟子。"

赵玉标良久没有说话，"吭吭"咳了两声。

"她还在县城吗？"

"在。"

"她又结婚了吗？"

"还结什么呀？生活对她真不公平。"

"我该怎么帮她呢？"

"不知道。"

李文化仰靠在车子里，脑子里一片混乱，他也不知道自己必须见到娟子的原因，他也不知道该怎么帮助娟子。娟子需要他的帮助吗？

当赵玉标费尽周折，终于打听到娟子的手机号码时，他有些喜出望外。在电话里赵玉标说："娟子，我是标哥，有个老朋友从北京回来了，二十年没见了吧，想见见你。"

对方的听筒里久久地沉默着，坐在一旁的李文化静静地听着，几乎是屏住了呼吸，等待着那个熟悉的声音。

"喂，娟子，听得见我说话吗？"

"标哥，听得见。"

"你想见他吗？"

"……"

李文化急忙把标哥的电话夺了过来，对着话筒喊："娟子，我是文化，我回来了。你来吧。"

对方挂断了电话。

赵玉标很无奈地望着李文化："算了吧，别人不想见你，也就不要打扰她了。"

"我已经打扰她了。"

此时此刻，李文化十分懊悔自己不该打这个电话，不该再去打扰曾经伤害过的这个善良的女人。

二十分钟后，赵玉标的电话响了，是娟子打来的。电话那头的娟子没有伤心痛哭和哽咽，没有李文化想象中的埋怨和拒绝，而是她清脆温柔的问话。

"标哥，刚才不好意思，我屋里信号不好，是文化哥回来了是吧？"

李文化把标哥的手机抓了过来，激动地说："娟子，我是李文化。"

"文化哥，你好！你终于回来了。"

"我们见个面吧。"

"什么时候啊？"

"明天上午吧，在市博物馆。"

"到博物馆干什么？我也不懂古董。"

"不是，我爱人的画展明天上午在那里举行。你来吧。"

"好，好，我一定去。"

像任何事情没有发生一样，赵玉标笑了，说："满意了吧？娟子能答应明天上午去，我真没想到。说明人家心里也有你呀。"

李文化问："标哥，我该为她做点什么呢？"

赵玉标又回答道："不知道。"

第二天上午，娟子没有出现在博物馆，忙前忙后的李文化一直见不着娟子的身影，多次催促标哥给她打电话。标哥应承着，一个电话也没打。

走出博物馆的大门，李文化一眼看到了不远处的娟子。

他走了过去，上下打量着依旧美丽如初的娟子。他感到眼前的娟子和二十年前、三十年前的娟子一模一样。眼睛里依然清纯得让人心动，微笑着的嘴唇依然荡漾着纯朴的涟漪。

"你怎么还那么漂亮呢？"李文化脱口而出。

"老了，老得不成样子了。"娟子看着他的眼睛，立刻又移向了别处。

李文化不想问及她的家事，而是喊来了站在远处的画家妻子。李文化介绍道："这是娟子。"

恍然大悟的妻子连连说："真好，真漂亮。走吧，我们一起吃饭去。"

娟子连连摆手说："谢了，谢了。见见你们就行了。"

画家对她丈夫说："你不是有一件礼物要送给娟子吗？拿出来。"

李文化慌忙拉开他的手提包，说："对，送一幅我爱人的画给你，上面有我写的书法。"

一幅硕大的水墨画，李文化展开了让娟子看。只有四个字，娟子突然间印在了脑海："另起一行。"

李文化当着他妻子的面，对娟子说："娟子，我现在经济状况很好，有钱。这个时代有了钱，就没有了一切烦恼，别为钱发愁，你需要多少我给你多少。好吗？"

娟子看了一眼画家，笑了笑说："谢谢你，俺用不着。有你这四个字就够了。'另起一行'这四个字对我很实用。"

说完，娟子折叠起画来，目送着他们远去。

心灵深处的特别鸣谢

—

2003年9月的那天上午，我收到了鲁迅文学院"高级研讨班"的通知书，上面的报到日期为9月3日前。拆开这份挂号信，我凝视了足足二十分钟。这二十分钟内，我的办公室电话一直都在叫个不停，手机的"未接来电"是三十四个。我知道，鲁院这个高级研讨班，系中宣部、中国作家协会共同主办的"深造班"，学员是来自全国的知名作家和著名编辑。免收全部费用，并全脱产学习。我能有这个机会走进这个班，那将是我一生中最值得骄傲、最值得庆幸、最值得珍惜的一次学习机会。

走出办公室，我把通知书交给秘书，吩咐她说，快，通知公司全体员工十点钟在大会议室开会。秘书看完了通知书的内容尖叫着，回办公室拨电话。

在公司员工大会上，我压抑着内心狂跳不止的喜悦，概述着这一段时期的销售情况，提出了一系列问题亟待解决的方案。我说我要离开公司一段时间，有员工就问我去哪个国家。我笑了，我说，我要去鲁院学习。他们说，去鲁院干吗呀？你那么忙，学什么呀？是三个代表吗？我回答说，你真聪明！

我的手机又在振动不止。"010"的区号诱惑着我急忙接听。一个甜甜的声音告诉我,她是鲁迅文学院办公室的工作人员,核实我能不能按期入学。我回答四个字:风雨无阻。她又问,能不能坚持听课?这时我犹豫了一下,回答了三个字:没问题。对方放心地挂了电话,我也走出了会议室。

这天中午,我以一个现代化医药企业董事长的身份,宴请了公司的全体员工。我醉了。眼里噙满了泪水。我又掏出了西服兜里的录取通知书,大声朗读着内容,挥舞着、惊叹着,一个活脱脱的中举后的范进。

是的,在他们眼里,我仅仅是一个民营企业董事长,是一个在商风钱雨里厮杀的商人。赚取利润,创造财富,是一个成功商人义不容辞的职责。可是,又有谁知道,对我来说,经营的目的,就是等待某一天富有了,不再为吃饭问题发愁了,再好好从事文学创作。我真心痴醉的是埋在心底的文学梦啊。

一晃,这个梦都做了二十几年了。

1965年农历九月,我出生在淮北平原的那个叫作巴楼村的土地上。世代的农民家庭里,企盼的是吃饱穿暖。从记事时起,父母就期待着我能有一天比他们强。他们舍不得吃,舍不得穿,节俭得一年也舍不得割点肉改善生活。他们把节省下来的钱供我一个人读书。我的两个妹妹因为父亲没钱供她们上学,只好天天守在田地里,从小就开始做农活了。每每想到这些,我心里都酸溜溜的。和她们年龄差不多的女孩子,哪一个不识字啊。可我的两个妹妹却从未踏进过学校大门。穷困的烙印,曾让我的父亲在村子里经常受到欺辱。

从小学一年级到初中三年级,我一直都是在邻村的孙楼小学度过的。放下书包,便跑到田地里帮父母做农活,或者挎起竹篮子到地里薅草,这便是我的课余生活。穷人的孩子早当家。那时候,我

第

一

辑

便告诫自己，一定不让父母生气和失望。我要勤劳，除在学校好好读书外，还要在家里多干农活。

常常是在晚上收工的时候，一家人聚集在灶屋里，奶奶、父亲、母亲在一边商量着明天的地里活，一边把我拉在他们跟前，千遍万遍地叮嘱我一定好好读书，将来有一天也能到镇上去、到城里去。每每说到这些，全家人一天的疲劳和辛苦，都在笑声中淡忘了。

有一天父亲带我去赶集，走到新华书店门口时，一种遏制不住的欲望，促使我非要走进去看看不可。人生第一次，我见到了那么多的书。我对父亲说，我要买几本。父亲笑着答应了。那次，我买了《我们的班长李小芳》、《小闯》、《红岩》、《高玉宝》等十几本书。父亲一直在说，买那么多弄啥？我抱在怀里不说话，一本也舍不得丢。父亲从他粗布内衣里掏出裹着的钱，心疼地数着……

1979年春节过后，我们村子里来了一帮戏班子，在我家西边的空地里搭起了戏台子。已经读初中二年级的我，虽然听不太懂梆子戏，可那人山人海的热闹场面，都使我兴奋不已。往往在春节后的正月里，村人们没有农活，天天揣着袖筒东村逛西村悠，听戏便成了村人们最感兴趣的喜事。尤其当唱戏的演员轮派到自家里吃饭，那便是一家人欢天喜地的日子。这时候，每家每户都会捧出家里最好的饭菜招待这些客人。

有一天，我放学回到家，见几个穿着鲜艳的男女在堂屋里坐着，便怯生生地望了他们一眼，丢下书包就往外走。父亲喊住了我对客人们说，这是我大儿子，读中学哩。客人们打量着我，唏嘘着、夸赞着，说我长得又白又胖的，以后肯定会到城里去。我心里乐滋滋的，不敢吱声。父亲对我说，他们是到咱村里唱戏的人，等你长大了，也和他们一样走南闯北、不吃自己家里的饭就好了。我笑着，还是跑到灶屋里去了。

灶屋里，奶奶、姑姑和我母亲都在忙着做饭。平常从不舍得吃的蒸馍、丸子、豆腐等，一样样都端了出来。奶奶说，那个最会说话的女的，名字叫葛大兰；那个男的，是拉弦子的杨志安。他们俩唱戏是唱出了名的。方圆几十里的人都认识他俩。从此，我便记住了他们的名字，并油然而生出一种敬意来。

第二天中午唱戏，正好是星期日。我搬着个小板凳，和奶奶一起早早来到戏台子的前边坐下。喧天的锣鼓、悦耳的二胡奏响的时候，一个男人走到了台子上。我认识他，他是我们村子里在镇上当武装部长的人。兴许是他在镇上当干部的原因，兴许是全村唯一吃"商品粮"的原因，大家对他十分敬重。他讲话的时候，他的弟弟梦狗在台下吆喝着大家往后退。我站起身，搬着小板凳，搀扶着奶奶也往后退。我退到和大家并列的位置，梦狗还在厉声呵斥我们往后退。我很听话，慢慢后退着时，他凶狠地把我推坐在地上了。这时，我二叔挤了过来，搀起我，问摔疼了没有。我摇了摇头说，没有。可眼睛紧盯着梦狗，示意着愤怒。梦狗注意到了我的表情，故意又走到我跟前推搡着我。二叔说，你别用那么大的力好不好？他还是个小孩子哩。就这么一句话，二叔惹怒了梦狗。他瞪着两颗凸现的眼珠子，挥拳向我二叔打来。二叔没有示弱，于是就给他还手。二叔被他连踢带打倒地后，我哇哇地哭个不止，骂着，也扑了上去。戏台子下面乱成一团。梦狗穷凶极恶般向我和二叔再打来时，簇拥着的村人们挡住了。

这天上午，我们全家人也都从戏台子伤心地回到家里。你一言我一语地责怪我影响了他们听戏。我悔恨交加，呜呜地哭着，上床睡觉了。

一觉醒来，蒙眬中听到乱吵吵的声音时，我才知道梦狗带着他们家族里二三十个人，在我家院子里找事来了。我急忙下床，被奶奶一把拉住了，奶奶说，你千万不能出去，他们就是来找你算账的。我明白了一切。我父母左一个对不起右一个对不起地赔不是，

第
一
辑

很久把他们劝住了。梦狗不解心头之恨，就咋呼着要去找我二叔的事去。

好在我二叔早有防备，把大门关上顶死。任凭他们在大门外谩骂，大门被撞得咚咚响，始终没有开门。

听到他们晚上还要来找麻烦的扬言后，一向胆小怕事的父亲便去找大队干部调和。大队干部们来了，他们说，要想这事就此了结，必须要我父亲和我二叔去梦狗家赔礼道歉。

明明是这个梦狗的不对，为什么还要我们家去给他赔不是呢？我不服气，就问大队干部。大队干部说，他哥是镇上的干部，你们家得罪不起呀！我说，梦狗带那么多人欺负到我们家门口了，难道不是他们的错吗？父亲一耳光朝我扇来，顿时我的嘴角鲜血直流。

应该说，我父亲和我们家族里的长辈跟梦狗赔礼道歉后，也就算万事大吉了吧，可是，没有。他哥这个小干部又叫嚷着，非要我去跟他见面，威胁说，不然就打断我的腿。一连十几天我都不敢去上学。一家人在煤油灯下号啕大哭着。我父亲责怪自己没有本事，活该受欺辱……

这件事极大地撼动着我的心灵。有一次作文课，老师布置的作文题是《最难忘的一件事》，我就把这个过程写了出来。没想到，语文老师把这篇作文当范文在全班朗读。听着老师声情并茂的朗读，我趴在座位上放声大哭起来……

老师的表扬，激励了我写作文的兴趣。从此，我便酷爱上了写作文。文字，发泄了我心中的愤怒和不平。我成了全班的语文"尖子"，我成了全校写作水平高的"天才"。尤其是在初中三年级时，《阜阳报》上发表了一篇我写的《高明海奋身救火》的通讯报道后，在全校引起了轰动。一篇三百字不到的豆腐块，像磁石一样吸引着我不舍昼夜地写下去……

1981年9月，我考取赵庙镇中学高中一年级。

入学不久的一天，我们班正在上体育课。乡村中学的体育课单调极了，仅仅是打打篮球。由于我生性不爱运动，只有坐在操场边上当观众。体育老师不知去了哪儿，班里的几个体育活跃分子在你追我赶着兴致勃勃。这时，走过来五个集镇上的闲散人员，坚决要求打篮球。同学们不肯，于是这几个"街痞子"就大打出手，并把我们班的一个同学打得鼻青眼肿。我们知道惹不起他们，就一个个悻悻而去。初中一年级的班主任沈雁坤老师走了过来，正气凛然地厉声制止这几个"街痞子"，不准他们在上体育课期间来捣乱。沈老师个子不高，但十分精干，武功特别好是全校出了名的。那几个人不服气，就围过来收拾沈老师。那几个人还没挥拳对沈老师动手，便被沈老师几个漂亮的"扫堂腿"制伏了，一个个躺在地上哎哟着。这几个"街痞子"被扭送到了镇派出所。沈老师也为我们出了口恶气，同学们从心眼里感激和敬佩他。我把这件事写成了一篇新闻故事，题目就叫《校园正气篇》，很快在《阜阳报》发表了出来，县广播站、镇广播站先后在"新闻节目"里播出了。

从此后，我在高中部名声大噪。要知道，八十年代初，能在地区级报刊发表一个小块文章就不错了，更何况我是全校唯一一个发表过文章的学生。学校广播站邀我每天中午课间时间去主持；学校大会由我以"团员代表"、"学生代表"的身份去发言；节假日的墙壁报由我任"主编"，实可谓锋芒毕露，风头正健。

正是这种对文字的向往和憧憬，我变得野心勃勃起来。写小说，写散文，也写诗歌。在《青春》《鸭绿江》《丑小鸭》《萌芽》等报刊发表后，便欣喜若狂，四处炫耀。常常是躺在被窝里悄悄取出报纸和杂志来，再自我欣赏一番，品味一番。作家梦成了我穷困学生时代的精神支柱。

由于我数学成绩不好，第一年高考被刷了下来。第二年再复习，直到第三年才终于跨进了大学的门槛。想当作家，理应去读中文系的，可是，我没有，我报了法律专业。一个浅显的道理告诉我，毕业后做个县里的公检法干部，以后才不会在村里受欺负。

在省城大学校园里，我们这些"八十年代新一辈"的农村学生，是受那些"高干"子弟歧视的。"物以类聚，人以群分"，这话在大学校园里更表现出准确性。

跳舞，是他们城里学生的专利，我常常独步在图书馆或阶梯教室里读小说。古今中外的名著，大都是在这个时段读过的。虽学的是法律课程，可文学仍是心中的一片绿地。1986年毕业后，我幸运地被分到了所在的县司法局。写法制新闻，写与普法有关的散文和小说，成了我八小时之外的最大爱好。有的同事说我"不务正业"，有的说我"名利心"太重。殊不知，对每一个文学爱好者来说，一旦陷入痴迷，便是一种永远无法割舍的情结啊！

1989年11月，我不甘于命运的安排，"停薪留职"去了重庆，就是人们常常说的"下海"了，"闯荡"去了。

在安徽与重庆往返的火车上，我常常枯坐在座位上发呆。一是想尽快挣钱养家糊口，二是翻江倒海般追忆着逝去了的一切。一个外乡人在重庆，惆怅，寂寞、无奈，磨炼着我的意志。他乡望月，独坐窗前；万人皆睡，独我不眠啊。

为了排遣晨雾般的乡愁，为了寄托和抒发无尽的理想情怀，我又一次在夜深人静的时候，拿起了笔。写出来的文章不为发表，不为功利，纯粹是一种自我情绪发泄。

热爱文学的我，知道重庆这座城市里有几位著名的作家，如杨益言、黄济人、梁上泉等，可是打工的我却没有勇气去拜见他们。一个偶然的机会，我终于鼓足勇气，拿着发表在重庆报纸上的文章，叩响了市作协主席黄济人的家门。黄济人的热情，消除了我的拘谨和顾虑。他的随和，让我一下子感受到了从未有过的激动和亲切。我想请他吃顿饭。黄主席朝着我笑，说以后有时间再说吧。这时候他的妻子下班回来了，看着陌生的我，礼貌地示意我坐下，我说，走吧，今天请你们全家都去吃饭。我的真诚感动了他们夫妇，终于同意了。

终生难忘的是，吃饭去收银台结账时，我的身上没有带钱。我急忙向收银台的小姐解释，并拿出身份证，取下腕上的手表，来抵押。经理走了过来盘问究竟。当他知道我是请黄济人夫妇吃饭时，坚决拒收了我的身份证和手表，他说，小伙子，这顿饭，哥我请了！我顷刻间无地自容，恨不得找个地缝钻进去。

我在我羡慕的作家夫妇面前出了"洋相"，一连数十天心里挥不去这难堪的一幕。我不敢再打电话给他，我怕他怀疑我是骗子。好多次，我想向他解释，可是一次次又否定了自己，抓起话筒欲言又止。

从此后，我不仅拼命地打工挣钱，而且忘我地刻苦写作。古人云：知耻者近乎勇。我只有好好工作好好写作，混出点名堂来，才对得起黄主席，才对得起所有关心我支持我的朋友。

1992年，我加入了重庆市作家协会，成了全市第一个非重庆籍的会员。

由于我的勤奋和刻苦，终于从一个打工者发展成为一个企业界的新星；从一个无名作者，成为重庆文学界的新秀，并被推选为重庆作协主席团委员、《重庆文学》总编辑、重庆市"十大杰出青年"等一连串荣誉。

我的企业在重庆有了知名度。繁忙的商务活动间隙，我痴心不改的依旧是文学梦。被人认为有了钱的我，天天渴望的就是能在某一天，到鲁迅文学院进修学习。所以，当这个梦想突然间变为现实的时候，我又怎能不激动呢？

9月3日中午，我来到了位于北京红领巾桥南八里庄的鲁院报到。

二

鲁院没有我想象中的那样大，更没有北大、清华的校园大。在喧嚣如潮、人声鼎沸的都市里，她是出人意料的宁静；在人心浮躁、物欲横流的时代，她是泰然自若的安详。没有小桥流水，没有垂柳鱼跃，在浓缩了的郁郁花丛中，洋溢着大自然的天籁之美。

站在鲁院的庭院里，我思绪翻滚，遐想万千。久久凝视着鲁迅的雕像，先生当年嫉恶如仇奋笔疾书的剪影，顷刻间在我脑海中闪现，先生那一篇篇战斗的檄文，雷鸣电击般掀动着我的记忆。

在中国当代文坛，曾在鲁迅文学院学习过的知名作家比比皆是。鲁院是中国作家的最高学府；是一个人一生中值得骄傲和自豪的地方。今天，我终于走进了梦寐以求的鲁院。

这天夜里，我失眠了。

三

重新回到教室，我的心又回到了认真听讲的中学时代。

我是以《红岩》杂志副主编的名义被录取到这个研讨班的。尽管我这个"特殊身份"同学们都了解，并且听到过个别同学的私下议论。但是我心里十分坦然，因为《红岩》杂志的扉页上有巴一这个副主编的名字。因此我也不再心虚地做一些解释。

一个人一间卧室，卫生间和办公桌让我有了另一番生活天地，没有了商场上的矛盾纠纷，没有了乱七八糟的酒场应酬。我一下子沉静了下来，不再睡懒觉，不再东奔西跑，学习生活让我彻底颠覆了原有的生活状态。幸福啊！难道这不就是我梦寐以求的幸福生活吗？

在食堂排队打饭，坐在同学对面，边吃边聊，没有顾忌，没有防范，话题总是与文学有关，与鲁院有关，与班里的每一个同学有关。在鲁院小小的阅览室里，能读到每一位同学的作品集或他们主编的期刊，并能寻到说不完的话题。

周末的晚上，鲁院附近的小餐馆大都看得见同学们聚会的场景，没有拘谨的正襟危坐，没有道貌岸然的互相恭维，没有尔虞我诈的矫揉造作，没有心怀叵测的蜿蜒索取，只有开怀畅饮的嬉闹趣谈，只有喋喋不休的文学话题，只有对文学作品的品头论足、真知灼见……

友情，由文学而生；友情，因志趣而生；友情，在切磋和笑谈中变成兄弟姐妹般的相互偎依……

我的同桌叫王曼玲，《西南军事文学》副主编，一位和她的名字一样妙曼秀美的军旅作家。她丰韵的身材高挑、端庄饱满、白皙的面孔，让人一眼就能联想到《渴望》里的女主角刘慧芳。在我的记忆里，在我的学生时代，她是第二个女同桌。

第一个女同桌，是在合肥读大学时那个从黄山来的女同学胡桂英。她的名字太一般，甚至说有些俗气，可人长得漂亮。不仅是"班花"，而且是"系花"，是"校花"。身上时常弥漫着沁人心脾的香水味，那时我给她取了一个外号叫"法国香水"。上课时，我常常被她的香水味迷惑得走神，有时候向她借支笔，借本书，无话找话地与她搭讪。她总是冰冷冷地满足我一切小要求，其实她明白我的阴谋和动机。聪明的"班花"啊，一直到毕业也没有正儿八经地跟我说过一次话。最难忘的是一次在大教室里听课后，晚上九点了，我悄悄递了个纸条给她，约她下课后出去走走。她笑着看了我一眼，很久才说，明天吧，明晚我在学校前面的桂花树那里等你。

合肥大蜀山的秋夜，凉爽的风已有了寒意。她的如期而至，让我青春萌动的心荡漾着冲动的涟漪。她赞美我发表在校刊上的诗写得好，并且背诵出来了两句。她的笑声和赞美膨胀了我表白的勇气。她说你真勇敢，将来想做什么？我说我想当作家，当一名像鲁迅那样有学识、有文采、有正义感的作家。她几乎是笑得前仰后合，她说你应该务实一点，我们都是学法律的，我们应该在司法界有所成就，你怎么胡思乱想呢？我说我具备文学天赋，在文学的道路上我一定能干出点名堂来。她不再说话了，临走她说愿你的文学梦早日实现吧。

她去了黄山的司法机关，我回到了太和县司法局。生活的沉重压力，只能将我的这位女同桌成为我的"梦中情人"。那淡淡的香水味永远只能"香如故"了。

没想到在鲁院学习又遇上了一个美丽的女同桌。

那首《同桌的你》的歌天天萦回在我的耳际，只是再也找不着少年时的幻想与遐想了。王曼玲听课的时候，手机在不停地振动。我看了一眼专心听课的她，又示意她接手机。她微微一笑，顺手按下了关机键。落落大方的王曼玲是不畏惧和男同学开玩笑的，尤其像《中国作家》杂志的方文同学，还有来自长春的作家王怀宇同学，都愿意在课间时间与王曼玲探讨男女情事。王曼玲从不躲闪他们的言语，而是更犀利地道破他们的"阴险用心"。

畅所欲言，无话不谈，使我们的同学友情有了更深的沟通与理解；取长补短，关爱有加，使我们的同学友情成为了终生受益的力量。

四

相处的日子总是短暂的，美好的日子也是短暂的，但鲁院结下的情意却是无限的、幸福的、永恒的。

记得在鲁院分手的前一天中午，我在一家商场闲逛，正好遇到了张懿玲和《钟山》杂志的晓红两位女同学。我说请你们两位美女同学吃个饭吧，这两个大大咧咧的资深美女爽快地答应了。我执意去豪华餐厅，她们坚决拒绝，就在快餐店内吃了个"比萨饼"，我也跟着"洋气"了一把。多好的同学啊！时时想着为别人节省，时时想着替男人节约。我在想，哪天再给我个机会呀，让我再请她们吃一顿重庆的"比萨"、美国的"比萨"、英国的"比萨"、世界的"比萨"，但愿我们还能品尝到同学即将分别时的依依不舍……

　　去西安，我想到了我的鲁院同学杨莹。那天是《美文》的副主编请客。主人很客气，问我西安还有没有朋友，邀他一起过来。我说出杨莹的名字时，全桌皆大欢喜，欢呼雀跃。杨莹如沐春风般出现在大家面前时，让我感到十分有面子，尤其她美丽动人的谈笑风生，更让那顿饭吃得有滋有味，没齿不忘。杨莹很忙，著作颇丰，文字和她的容貌一样撩人心魄，自然人气很旺，经常在书店看到她的新作，我是毫不犹豫地买下来。遗憾的是2006年7月的一次重庆文学活动，她没能来参加，让我和《滇池》的张庆国、《北京文学》的王童，还有《飞天》的马青山，还有刘俊、王山、董力勃等同学唏嘘不已。为此，刘俊和张庆国还为杨莹写了一首诗，在同学面前朗诵，《中国文化报》的红孩同学在他编的副刊上发表了出来。

　　2011年夏天，我和重庆的几位商界朋友去了兰州。在兰州一家颇具特色的羊肉店，见到了马青山、张春燕、向春这三位同学。两位美女一位帅哥，喧闹的大厅，风景这边独好。叙旧话新，感慨无比。张春燕当时在外地出差，听说老同学相见，推掉了一切应酬，专程赶来，让我十分感动。那天晚上，马青山特意安排了丰盛的晚宴，并请来了著名女诗人那夜等知名作家。呼啦啦一帮人，文心相通，没完没了。晚宴不够尽兴，又干脆把战场转移到了歌厅包厢，红酒、白酒、洋酒全面开攻，直到凌晨四点，方才罢休。那天，马青山醉得诗仙飘飘，居然把随身带的手机等物品遗忘在了歌厅。好在歌厅老板是他朋友，第二天才还了回去。向春同学说，哎呀，巴一，我们都是为你而醉啊，你的到来让我们同学都特别高兴。我说，我们是为鲁院而醉，我们是为鲁院的情谊而醉。马青山是一位衣着和自身形象很讲究的文学绅士，做编辑严谨认真，为朋友慷慨仗义，难怪他当选为甘肃省作家协会副主席，是其实至名归、顺其自然的事了。

2012年的冬季，我和顾建平先生一起去了昆明。下了飞机，便见到了《大家》杂志的韩旭先生。张庆国不知道从哪儿得到了消息，带着一位云南电视台的美女主持出现在了酒桌上。老同学的意外相见，让我对昆明之行有了依赖。庆国兄的小胡子依然茂密乌黑，一看便能让外国女人特别宠爱的那一类性感男人。他不仅是《滇池》的主编，且是昆明市作协主席，其文学成就全国瞩目。那位美女主持人既是他的作者，又是他的崇拜者，英雄美女，才子佳人，让我和在座的每一个人都误认为他俩是"绝配"。庆国兄一本正经起来说，不能乱开玩笑，我也只好欲言又止，就此打住了。庆国兄那性感的嘴唇女人忘不掉，男人更是羡慕不已。

在全国作家协会代表大会上，我见到了王怀宇、徐虹、唐韵、张艳茜、施晓宇、王静怡、郭文斌、姜俐敏、王童、王山等同学。聊不完的话题，永远都与鲁院有关。好不容易的一天晚上，王童把大家从各个省市代表团约到了一起，一顿羊肉涮火锅，让大家的情绪又拉回到了多年前鲁院同学的美好的日子。

多年不见，各自成绩斐然，音容笑貌，由记忆中的底片活生生地印在眼前，又回到了同窗的岁月，又回到了年轻十岁的光阴，又回到了人生新的驿站。

五

请不要吝啬版面，请允许我单列篇幅，说一说男同学王童。

在我的心目中，王童就是《北京文学》，《北京文学》就是我心目中的王童。王童的身份证上的名字叫王志刚，就像鲁迅的另一个名字，却很少有人知道。这个内蒙古汉子，血液里流淌着率真、粗犷、豪放、大度，他让我时常琢磨不透，又让我心生感激。

最初在《小说界》的杂志上，我读到过他访谈铁凝主席的文章，笔锋稳健，文采飞扬，见解独到，真情淋漓，使我对他的文字充满着景仰和敬佩。尤其他的中篇小说《缰绳下的云和海》和《美国隐形眼镜》，让我想起了路遥的《人生》和陈国凯的《我该怎么办》，还有陈建功的《飘逝的花头巾》。文字的魅力与魔力，文学的壮美和力量，都深深地烙印在我的记忆里。王童的作品让我自叹弗如、望尘莫及。关于详细的解读，文学评论家雷达、牛玉秋、贺绍俊、李敬泽等大家都已精确概述。我再饶舌，已是画蛇添足了。

"5·12"地震后的第三天，我和王童便去了四川什邡的红白镇，王童不辞劳苦，端起他手中的相机，留下了感人至深的影像作品。在一片废墟前，一位年轻妇女撑着一把太阳伞，两眼无泪地哭喊着她的儿子，沙哑的喉咙凄厉地重复着她儿子的名字，面无表情，两眼呆滞。王童递上他手中的矿泉水，喃喃地安慰着她，只用两个字"保重"。那一刻，我感受到了王童心灵最脆弱的、最光辉的、最人性的一面。那一刻，我改变了自己对王童粗犷、豪放的印象。王童俯下身子，帮助一位老人从火炉里取出煤球的那个细节，让我感受到了一个男人最细腻、最真切、最真情、最光辉的另一面。

那一年，王童用他的文字和摄影作品，组成了《北京文学》抗震救灾特刊，为抗震救灾做出了一个作家和编辑应尽的贡献。正如铁凝主席所说的，抗震救灾作家不能缺席。王童的行动让我们有理由回答，大灾大难面前，作家没有缺席，我们鲁院的同学更没有缺席。

我的户口在重庆，王童的户口在北京。外地人要想在北京买辆车，买套房，必须北京户口才能如愿。我在北京买车时，找遍了我生意场上的北京朋友，但没有一个人愿意将我的车落在他们的名字下。我电话打给了王童，他二话没说，爽快答应。我问他，你就不怕我的车以后惹了麻烦，算到你头上吗？他哈哈一笑，说，你能出什么事呀？鲁院的同学一百个信得过。一句话，说得我心里热乎乎的。"鲁院同学"，多么美妙温馨又掷地有声的称呼啊！

我决定请王童去我老家一趟。

5月的淮北乡村，金黄的麦浪放眼无垠，坦荡如砥的大平原上，到处都是耸天入云的白杨树，绿油油的叶子在暖风的吹拂下，哗啦作响。此情此景让人联想起茅盾笔下的白杨树。面对一栋栋新盖的农家小楼，王童发出了自己的感慨，他说，你们这儿的农村也不像你笔下所写的那样贫穷啊。我说，时代不同了，我写的那是80年代的淮北农村。王童连连点头，并穷追不舍地要我找找小说中的初恋情人。在他的怂恿下，我通过了很多人，终于找到了那个农村女孩的电话。几十年不见，我记忆里的女孩已是人妻人母，满脸的褶皱和花白的头发，让我的心里像刀子剜着那样难受。反反复复，我将那女孩的美丽底片与眼前的农村妇女重叠在一起，很久很久，记忆才验证了判若两人的她。王童的摄像机从此又多一次闪动了我的青春记忆。王童说，你可以再为这次故乡之行写一篇小说了。如果你不写，我就写了。那女孩并不悲观，爽快地说，你们写吧，都是真的，我和巴一真有那么一段事，如果你认为有用，写出来别忘了让我也看看。

我把她写进了我的长篇小说《人在重庆》。在我们老家，王童把那些老屋、老人、老树都化成了他镜头里的艺术作品。我们村的很多人都很感激他把自己的照片照得这么好，有的还装裱了起来挂在墙上。惟妙惟肖的照片，倾注着王童的心血。尤其是我和村人们的一张张合影，将永远保存在我珍贵的相册里。

感谢王童。

拿什么奉献给你们呢？我的鲁院同学。

春风双李河

一

八月的淮北农村，天气燥热得让人心烦。

贴在树皮上的花翅膀"麦脸"唧唧唧地不喘气地叫着，树梢上的"麻格了子"（知了）知知知地连成一片空叫着，树叶子间隐蔽着的"浮豆"拖着慢条斯理的长腔，浮——豆浮——豆浮——豆地有节奏地咯嗒着。没有一丝风，天上没有一丝云。

贾昆仑呼打着手中的扇子，躺在自家院子里的马扎子床上，被四周此起彼伏的虫鸣声吵得没有了半点睡意。他忽地坐起来，脱掉了早已湿透了的背心，搭在床沿上，对屋里喊着："小孩他娘，你给我端碗白汤来。"

被喊作"小孩他娘"的妻子在灶屋里应承着说："日他小姐，你还怪洋乎（挑剔）咧，现成的茶水你不喝，非喝鸡巴白汤。"

贾昆仑说："大锅里还有没有白汤？"

妻子刘英从灶屋里走了出来，一边解着系在腰间的围裙，一边笑着说："日呆哩，你还怪巧哩，再晚一会儿我就将白汤舀到恶水（污水）盆里去了，你喝屌呀你喝，哈哈哈……"

贾昆仑望着刘英被热得浑身湿透，也哈哈哈地笑个不止，正要将手中的扇子递给她时，她一折身又回厨房去了。

过了一会儿，刘英端着一大白瓷碗白汤，小心翼翼地走了过来，说："这不，喝吧。"

贾昆仑急忙去穿床下边的鞋子，双手把白瓷碗接了过来。

刘英笑着说："日他小姐，你还怪讲究哩，回到家还'周吴郑王'的呢，这又不是在镇上，你咋不穿你的鞋踏拉子（拖鞋）呢？"

贾昆仑没有回答她的话，咕嘟咕嘟地一个劲地喝"白汤"。

淮北乡村的早饭叫作"清起来饭"；中午饭叫作"晌午饭"；晚饭叫作"喝茶"。

今天的"晌午饭"，贾昆仑一家吃的是"凉面条子"。面条煮好后，从开水锅里捞出来倒在冷水盆里，再捞出来拌一些蒜泥、香油、醋、辣椒等作料，上面加上些韭菜炒鸡蛋或者肉丝炒茄子，就是一日三餐中最具诱惑力的"凉面条子"了。煮面的开水，就是甜丝丝的"白汤"。

一般的农户人家，大多是天气热时家里来了贵客才吃一顿"凉面条子"。而贾昆仑不同，他是村子里唯一的一户"吃商品粮"的国家干部，是镇司法所的干部，是方圆几十里村庄都"响当当"的体面人物。

三十岁的贾昆仑，早年毕业于颍州师范学院，读书时因为家里穷，没能娶上城里媳妇，毕业后和邻村的姑娘刘英结了婚。

刘英不识字，可身材健壮，又勤快能干，所以贾昆仑虽有遗憾，可在村人的眼里，这一个干农活有土地有粮食吃的女人，配一个有文化有本事吃皇粮的国家干部，才真是最有福气最"出胆"（舒坦）的家庭，这种叫作"一头沉"的婚姻在城市人眼里，是不屑一顾的。每次贾昆仑在县里开会或者在区里开会，一些朋友或同学问到他"爱人在哪里工作"这类的话题时，他总是支支吾吾。有时候回答是"没工作"，有时候回答是"在农村"，还有时干脆用一句土得掉渣的土话说："打欧腿（牛腿）。"意思是指他的老婆在家打理耕牛种地。说完这些，他总是为自己幽默的回答哈哈大笑一番。的确，他从内心羡慕那些双方都在工作岗位上的夫妻，可是，自己没那个命。为此，他叹息过，遗憾过，挣脱过，刚结婚那两年也闹过离婚，可是最终没能如愿。随着岁月的流逝，他已是两个孩子的父亲了。

说起来，贾昆仑真的算是个有本事的人。

师范毕业的同学大都去了学校做老师，可贾昆仑只教了一年半的书，就从学校直接调到了镇司法所。虽然他的工资还是从镇财政所领取，但是他不再是"教书匠"，而是一名穿着和公安制服一样的司法干警。

镇司法所吃"商品粮"的只有三个人。所长，又叫司法员；副所长，叫作司法助理员；还有一名刚从司法局分来的女大学生李颖。贾昆仑是副所长。

全区六个乡镇，作为区司法助理员的他，整天忙着下乡，指导乡法律服务所开展普法宣传。调解民事纠纷是一件烦琐而费神的工作，劝了这头劝那头，说了这家说那家，"化干戈为玉帛"是他的工作宗旨。

司法员老王在调处民事纠纷这方面是很有经验的。他捺得住性子，哪怕当事人脾气再大，发再大的火，他都耐心听完当事人的诉说，然后慢条斯理地以理服人，以法服人。

贾昆仑十分谦虚，尊称他为老师。

总结普法材料，书写调解协议书，代理当事人的诉状等这类文字活儿，都由贾昆仑一人负责。王司法只"动口不动手"。

贾昆仑殚精竭虑地忘我工作着。他一天到晚都在这些事务中周而复始地忙碌着。

他的家离区司法所只有七华里，骑自行车最多十五分钟的时间。每逢星期六下午，贾昆仑大多数情况下，骑着自行车回家帮妻子干些农活。

进了村口，他不再骑车，而是推着自行车和村人们打招呼。容易满足的村人们见他没有官架子，也都十分友好地跟他拉家常，有的还委托他在镇上买几袋便宜化肥农药的事，他都一一答应。在工作上，贾昆仑是一位热心肠的年轻法律工作者，而在村庄里，还是一位很有人缘的好村民。老百姓都这么拥戴他、赞扬他，让他感到了幸福，也时常心头涌来一种说不出的成就感。

今天从区司法所回来，他割了二斤肉，又买了一把芹菜，专门让妻子为他做"凉面条子"，既改善了全家的伙食，又让自己安安稳稳地在家里睡个午觉。

喝完"白汤"，他刚要倒下，右眼皮一个劲地跳。他将右眼闭上一会儿，睁开时还是跳个不止。他看见刘英正在猪圈门口喂猪，就大声喊她："小孩他娘，你过来看看，今儿个我这眼皮咋不识闲地跳呢？"

刘英走了过来，定睛看清他的眼皮儿一直在跳时，咯咯地笑了起来。

"你笑啥家伙？"他问。

"日他小姐，眼皮跳，有人叫，能不是你那相好的破屁股女人想你咧。你瞧瞧，才回来屁恁大一会儿，眼皮就跳，等会儿，两腿说不定还合搭（颤抖）哩。"她的笑骂，让贾昆仑不知如何回答是好。

贾昆仑收敛了笑容，突然间真的想起了他的"相好"陶斯妹。

陶斯妹是区广播站播音员，二十五六岁。一年前，从县广播站调过来。中等身材，皮肤白皙，不是太长的头发时常被一条白色的丝巾束在脑后。眉宇间，流动着机灵和清秀。贾昆仑每次去广播站做法律宣传，陶斯妹都十分热情地为他泡上一杯热茶，端到他面前。然后，调试麦克风和音量。陶斯妹默默地用眼神示意他开始。于是，各个村庄的大喇叭里，便响起了贾昆仑宣传法律的清亮嗓门。

陶斯妹就住在广播站的院子里，和贾昆仑的办公室相隔不远。每次陶斯妹到播音室或走出院子，总是情不自禁地望一眼贾昆仑的办公室。她轻轻的一个微笑能让贾昆仑回味半天。

在这个小镇上，陶斯妹算得上唯一的一个较为出众的美女了。

这个礼拜六，陶斯妹没有回县城，因为重感冒，在区卫生院里输液呢。

想到这些，贾昆仑再没了困意。四周的蝉鸣鸟叫他仿佛没有听见似的，一口接一口地抽烟。

妻子见他心事重重，也不敢随便地说话了。她从猪圈后揪了一把薄荷叶，搓揉着叶子，对他说："这薄荷叶凉性大，贴你的眼皮上，凉呼哩，可得劲了，一会儿就不跳了。"

"弄那家伙可管乎（顶用）唉？"贾昆仑盯着她手被搓成冒油的黛黑色的薄荷叶，半信半疑。

"日他小姐，管不管乎你试试怕啥家什？"妻子说着，对着两片抚平了的薄荷叶，"呸呸"两声，吐了两口唾沫，一下按在了他两边的眼皮上。

贾昆仑像戴了两片墨镜似的愣了一会儿。

他想去区卫生院看望陶斯妹。

贾昆仑穿上背心，系在腰里，又穿上白色"的确良"短袖，去了趟茅房。

妻子见他这么个大热天穿得整整齐齐，就跟着到了茅房。

"我得去镇上一趟，晚上不回来喝茶了。"贾昆仑一面跟妻子说话，一面哗啦啦地办自己的事。

刘英不解地问："有啥事唉？才回来多大一屦会儿，像猴烤住腚沟子的一样，弄啥去唵？"

"去办公室写材料。"贾昆仑说着，来到堂屋里推自行车。

快出院子时，他妻子慌里慌张地又跑了出来说："这杯（不），草帽子戴上，外边太阳毒得很。"

贾昆仑感激地嗯了一声，望了一眼草帽子上的"为四化而奋斗"几个红字，骑上了自行车。

二

乡间的砂礓公路坑坑洼洼的，不到三里五里，就会有一个很宽很深的水沟隔断了公路。贾昆仑不得不停下自行车，卷起裤子，扛起自行车，继续往镇上赶去。他心里明白，这些水沟是农民们为了不让大雨淹死了庄稼，才开挖的。是啊，土地是咱父老乡亲的命根子，没有了土地，我这当干部的心里也不安宁啊。

淮北平原的农村都是这样，村周围是河流，遇到下雨天暴雨如注，庄稼地里的大水无处排放，只有东绕西绕挖沟排放在马路边的小河里。小河里负荷过重，常常溢漫马路时，再挖沟流向稍大点的塘河里。

贾昆仑暗自庆幸自己不再干这些繁重的体力活了。可是，在区司法所工作两年多来，也从未有过心灵上的轻松啊。

当他汗流浃背地赶到镇上的时候，已是下午三点多钟了。

当他提着水果来到医院陶斯妹病床前的时候，陶斯妹惊诧地张大了嘴巴，喜不自胜地叫了起来："天哪，你怎么来了？"

贾昆仑轻轻将手中的水果放在茶几上，平静地说："来看看你，怎么样？好些了吗？"

陶斯妹有些激动，连连点头说："好了，好了。你坐吧。"

贾昆仑掏出香烟，坐下，刚要点上，陶斯妹一把夺了过去，嗔怪地说："不准抽。"贾昆仑乖乖地把烟装进裤兜里。

这时医院的医生过来对陶斯妹说："你可以出院了。"

陶斯妹喜出望外地说了声："谢谢！"

贾昆仑收拾起陶斯妹的水瓶、脸盆等物品，提着东西往外走。问："你是回区广播站还是回县城？我送你。"

陶斯妹说："走吧，我到区广播站我的住室去。"

贾昆仑推着自行车在前面走，陶斯妹尾随在后。走进区广播站的时候，很多人都看到了他们两有说有笑的情景，俨然一对刚结婚的新郎和新娘。有一些街上的妇女指指点点，悄悄议论说："这个城里的熊妮子怎么和司法员混到一堆了？"还有的女的抢话说："贾昆仑和陶斯妹还真的很般配呀。"那妇女马上说："贾昆仑结了婚的嘛，还有了两个小孩的。他怎么配得上陶斯妹呢？"有人又插话说："城里的小妮子比我们乡下人开放，结了婚又怎么样嘛？她做他的小老婆，是周瑜打黄盖，一个愿打一个愿挨。"

乡下妇女就是这样叽里呱啦地扯东道西、说三扯四。"唾沫星子淹死人"这句俗语恰恰是淮北农村贬低人性的杀人利器。

贾昆仑当然在乎这些闲言碎语，可没想到偏偏这时候遇到了陶斯妹出院，想躲都躲不掉的场景让他没有勇气顾及旁人的议论，他是硬着头皮陪陶斯妹到了区广播站。

陶斯妹打开房门，贾昆仑一样样地把东西拿回屋里。当他正要在脸盆里洗个手的时候，陶斯妹一把抱住了他。

还没有反应过来的贾昆仑被突如其来的拥抱惊吓得浑身颤抖。陶斯妹火热的脸颊贴着他，他再也按捺不住内心的冲动，双手捧起她火辣辣的面庞，疯狂地在她面庞的每一个部位亲吻起来，直至满嘴的口水印遍了她的鼻尖、耳根和发梢……

贾昆仑扯开了他的裤腰带，迅速地把裤子甩到了一边。躺在床上的陶斯妹一动也不动地喘着粗气，期待着他压上来。当贾昆仑扯开她的裤腰带，右手饥不择食般再去扯开她内裤的时候，一个男人的声音让他吓得如雷轰顶。

"陶斯妹在吗？"

陶斯妹一手抓着内裤，一手推开贾昆仑，静静地听着门外的声音。她一想到忘了插上门闩，立刻紧张地回答道："在、在，你等会儿，我在洗澡。"

贾昆仑顷刻间没有了激情的冲动，下身软得像个霜打的茄子。他小心翼翼地下床，急忙穿裤子。陶斯妹也急忙从床上翻下身来穿裤子。贾昆仑喘着粗气问："谁呀？"

陶斯妹没说话。

平静了一阵子，贾昆仑又问她："谁呀？"

陶斯妹小声回答说："我男朋友。"

无处可逃的贾昆仑很想钻到床下去，一看床下都是些乱七八糟的纸箱子，又打消了钻进去的念头。他蹑手蹑脚躲到门后，示意陶斯妹先出去。

陶斯妹涨红了脸，歉疚又懊悔般拉开了门，走了出去。直到贾昆仑依稀听得见陶斯妹拉着她男朋友远去的声音时，他才从门后壮着胆子走了出去。

真是如释重负啊，贾昆仑边走边点上香烟，平静着自己，恢复着自己，暗笑着自己。真够险的，万一被她男朋友碰上了，结局那又是什么情形呢？贾昆仑自己辩解道："出了你的地边，敢跟你见天；出了你的地头，敢跟你调猴。哼，老子又不是强奸，老子最多是通奸，法律上不治罪。"

窃喜，让贾昆仑第一次尝到了偷情的新鲜和刺激。他心里暗自下定决心，有朝一日，一定要和这个广播员来一场醋畅淋漓的风花雪月。

三

自从那次和陶斯妹惊心动魄之后，每次在区政府大院见到陶斯妹，贾昆仑都不好意思地低下头去，他不知道该和陶斯妹说些什么。陶斯妹水汪汪的眼睛盯着他，看着他窘迫的样子，就偷偷地抿嘴笑。

这天傍晚，贾昆仑推着自行车正要往老家赶回的时候，被陶斯妹喊住了。

"唉，你哪去啊？"

贾昆仑扶着车把，怔怔地看着她，回答说："回老家。"

陶斯妹走了过来，掏出纸巾递给他说："擦擦汗。"

贾昆仑闻了一下芳香的纸巾，没舍得用，就装进了裤兜。对她说："你不回县城吗？你男朋友呢？"

陶斯妹脸上没有了笑容，拍了一把他的自行车后座，轻轻说："晚上我们在一起，到双李河去。"

贾昆仑犹豫了一下，点了点头，迈上了自行车。

深秋后的双李河已没了夏日的流水声，河两岸的庄稼已显得枯枝败叶。从大杨树上飘下的枯黄的叶片，哗啦啦地旋转着，偶尔传来的虫鸣声，意味着夜晚的静籁和空旷。凉风一阵凉过一阵，泥土里散发出的芬芳味和远处飘来的清香味，让贾昆仑和陶斯妹有一种陶醉于世外桃源的二人世界。

没有月光，村庄远处闪闪烁烁的灯光让他们隐约看到了对方紧张的表情。满天的繁星，成了他们无言时寻找话题的间隙。一颗流星滑过，又一颗流星滑过，陶斯妹仰望着天空，像做数学题一样数着流星的滑落。贾昆仑在一旁附和着，也在一遍又一遍地数数。

贾昆仑停下脚步，忍不住自己的心事，问她："你今年二十五六岁了吧？什么时候结婚呀？"

陶斯妹马上回答说："关你什么事呀？你们乡下人结婚都早，我可不想跟你一样，不到三十岁就生两个小孩了。"

一句话说到了贾昆仑的软肋处。是啊，我已经是两个孩子的爸爸了。老婆虽没有文化，又不是城里人，但她贤惠、善良，通情达理，任劳任怨。而我不但不安分守己地陪着她、照顾她，反而还在这里与城市姑娘花前月下，真有点对不起她。

此刻，贾昆仑真想扭头就走，回到他低矮的瓦房去，和妻子儿女在一起。但是眼前这位出水芙蓉般美丽的女子，又让他不忍心放手。他想岔开话题，他不想就他个人的家庭在这个场合提及。

从骨子里贾昆仑都梦想着到城里去，从骨子里贾昆仑都渴望娶个城里的媳妇。可是命运和现实已经扼杀了他的梦想。他只能在这个小镇上做个小干部，他只能守着已经成立的家庭。

陶斯妹明白他的心思。

对于这个敢爱敢恨的城市妹子来说，在这个小镇上工作，也不是她的梦想的追求。她要回到城里去，她要在城市里展示她的美丽和才华。她的男朋友虽是城里人，但他却没有贾昆仑这样质朴、这样有上进心，甚至说她男朋友根本就没有贾昆仑长得英俊。在她的脑海里，她时常把她男朋友和贾昆仑相比较。她时常幻化着和贾昆仑在一起缠绵悱恻的浪漫和美好。她时常下决心帮助贾昆仑能够调到城里去，让他在大的舞台上有所作为。她听从自己内心的召唤，她相信自己的判断，她决定改变贾昆仑的生活轨迹。

她问他："你想进城吗？"

"想，做梦都想。"

"我帮你调到城里去。"

贾昆仑简直不相信自己的耳朵，问她："你有什么办法？"

"当然有办法，我下个月就要回县广播站了。你也下个月一起跟我回城吧。"

"我去城里干什么？"

"调县司法局去。"

贾昆仑不假思索地回答说："好啊，好啊！"

他一把抱住了她。从她身上散发出来的沁人心脾的芳香，贾昆仑像是闻到了"海鸥"的香水味，像是闻到了腊月二十九"炸丸子"的扑鼻香气，像是跋涉在沙漠里如饥似渴般沐浴着甘霖。他陶醉得有些眩晕，一遍又一遍地亲昵着她稚嫩的肌肤，她细嫩的指尖像冬天深沟里挖出的葱白一样，任她在自己的发间和脖颈深处滑来滑去。

他和她躺在了草丛里。贾昆仑脱掉自己的上衣，铺展在她的身下，轻轻解开她的上衣。

陶斯妹的右脚将褪到膝盖下的左腿裤子索性踢开，跷到了贾昆仑的肩膀上。贾昆仑裤子尚未脱下，就急忙地趴在了她的身上。呻吟声让整个静籁的夜空都有节奏地回荡着。

当贾昆仑精疲力竭地想要掏出他裤兜里的纸巾时，陶斯妹又把他拽在了自己身上。贾昆仑挣脱着昂起身子，陶斯妹也跟着坐了起来，索性将自己的上衣和胸罩全部脱掉，又紧紧地将他压在了身下。贾昆仑意想不到自己在女人身下是另一番享受和被动。

贾昆仑的屁股上和后背上被蚊虫叮咬得又痒又痛，穿上衣服后，他反复地搓揉着后背和屁股。甚至他感觉到搓揉死的蚊子吃饱了他的鲜血……

附近的村庄的鸡打鸣了，他们俩回到了陶斯妹的单人住室，陶斯妹望着恹恹欲睡的贾昆仑，喃喃地对他说："我要嫁给你。"

贾昆仑像被戳了一针一样，忽地起身，又被陶斯妹按了下去。

四

陶斯妹调回了县广播站，她没有做播音员，在办公室做收发报纸、接听电话这类的工作。下班的时候，她一天到晚扭着她妈往政法委跑，她在想方设法疏通关系，把贾昆仑从镇司法所调到县司法局。她所得到的答复无一让她满意。局领导的回复是等等，具体等到什么时候，谁也没有答案。

当她把她和贾昆仑之间的关系告诉她妈时，她妈一下气死过去。她妈昏厥后醒来，一耳光抽在陶斯妹的脸上。平生第一次骂着自己的女儿："你个死妮子，谁家的女儿愿意找乡下的男人？他一个结过婚的乡镇干部，哪有资格娶你呀？我明天就叫你结婚，免得你给我惹气。"

陶斯妹看着她妈伤心的样子，也满口答应不再和贾昆仑来往，也不再为他调动工作的事情费神了。

临近春节，陶斯妹结婚了。

陶斯妹在很多场合，都听说"跑药"是最赚钱的一门行当。也就是说以县医药公司的名义到全国的医院推销药品。医药公司提供介绍信、工作证，药品，底价供给销售员，由销售员到全国的医院推销。因为各省市的药价格不一样，同类产品价格也不一样，因此，销售员赚取的差价提成很高。只要你能有本事把药品推销出去，在医院拿回药品采购合同，那是百分之百的利润。

陶斯妹认识的人当中，好几个朋友都赚了大钱。他们买洗衣机，买电视机，买摩托车，让邻居们羡慕不已。

在这个县城里，不少上班的工作人员也都加入了"跑药"的队伍。陶斯妹几次鼓励她的丈夫也去"跑药"，但她的丈夫一是舍不得他的那份工作，二是舍不得离开如花似玉的媳妇。陶斯妹想到了贾昆仑。她盘算着贾昆仑人聪明，又懂法律，"跑药"公关绝对是顶呱呱的。

贾昆仑收到陶斯妹的来信时，他正在调处民事纠纷。双方当事人对吵对骂，气氛十分紧张。贾昆仑看完信立刻就想往县城跑。双方当事人喋喋不休，强词夺理地向贾昆仑倾诉着，可他一句也没有听进去。贾昆仑丢下他们，急忙向汽车站跑去。

陶斯妹正要下班走出广播站大楼，贾昆仑到了。

贾昆仑说："我们一起去吃饭吧。"

陶斯妹说："不行，一家人晚上都等着我。"

贾昆仑说："'跑药'是怎么回事？"

陶斯妹说："你就干脆别在乡镇待了，去'跑药'吧，赚钱得很。"

"赚钱"两个字像巨大的磁石般吸引着贾昆仑的兴奋神经。他无时无刻不在渴望着赚钱，他的梦想就是在城里做个司法干部。他的梦想如今被日出而作、日落而息的农村生活残酷地泯灭了。但一想到丢弃煤油灯下熬出来的正式工作，他又有点犹豫不决了。他把自己的忧虑告诉了陶斯妹，陶斯妹气愤地说："瞧你那点出息。调到城里你又没有办法，靠你自己能力一辈子也别想出人头地。"

自从贾昆仑被陶斯妹训得一头雾水之后，他对"跑药"二字鬼迷心窍般感兴趣起来，一连几天他都骑着自行车在县医药公司附近东打听西打听。得到的消息也正如陶斯妹所说的那样，只要想办法把药品推销出去，那利润可以让人一夜暴富。首先，要打通院长、药剂科主任、药房等关节，把药品以当地价格购入，再给院长等人以返点回扣的方式等好处，便是"跑药"成功的关键套路。贾昆仑心想，凭自己的巧舌如簧，凭自己的吃苦耐劳，"跑药"对他来说简直是"笼中捉鸡"。

贾昆仑决定一试身手。

做好了前期的充分准备，无师自通的贾昆仑去了新疆。一周的时间，他签回了三份药品采购合同。他把签回的合同价格与当地县医药公司的药品价格相对照，足足可以赚到一万五千元。贾昆仑激动得夜不能寐，四处借钱发货。

贾昆仑在两年内已赚到了十万元。他辞去了工作，在县城买了房子，把老婆刘英和孩子也都一起接到了城里，成了真正的"城里人"。

常年在外奔波，贾昆仑已把陶斯妹忘得一干二净。

陶斯妹在她的工作岗位上，平静地过着自己的生活。

两人相安无事。在贾昆仑的心目中，和陶斯妹那段双李河的情事也早已被商务中的烦恼所取代。

在陶斯妹的心目中，贾昆仑仅仅是藏在她心底的一个代号。工作中的人际交往，家庭琐事的纷至沓来，已让双李河那段情事没有了记忆的空间。

随着财富的积累，随着视野的开阔，贾昆仑已不再满足，贾昆仑已不再向往新疆戈壁滩，不再向往中小医院的药品销售。他甚至惧怕和厌恶了长途火车、汽车跋涉的奔波。他想到大城市去，他想到繁华的大都市去做生意，去"跑药"。

五

贾昆仑来到了重庆。

从人烟稀少、幅员辽阔的新疆来到车水马龙的重庆，贾昆仑简直到了另一个世界。耸天入云的高楼大厦，穿着时尚的重庆人，空气里弥漫着的麻辣香，这一切给了贾昆仑全新的感觉。他下决心要在这里干一番事业，他下决心要在重庆闯出属于他自己的一片天地。

这一年，重庆的大街小巷里都洋溢着节日的气氛，每一个人的脸上都写满了兴奋和幸福。因为这一年重庆成为了中国的第四个直辖市。

在招待所住下后，他便查阅各个医院的所在地和联系电话。贾昆仑是个有野心、起点高、情商高的推销员，他不想再像新疆那样，从小医院做起，他想从最大的医院做起。

大医院毕竟有大医院的管理模式，大医院的采购药品方式，远远严格于他曾经接触过的小医院的采购模式。小医院一两个人说了算，而重庆的大医院则是药品采购必须通过"药事委员会"。对外地药品企业，"药事委员会"的成员同意过关后，院方和药剂科再派人实地考察，然后才能签订药品采购合同。

贾昆仑所持有的介绍信和挂靠单位，毕竟只是一个县级医药公司，仅这一点，他就没有了资格在重庆的医院打开市场。

前期几个月的市场调查，让贾昆仑有了充分的思想准备。在重庆各大医院，最受推崇的药品大多是广州、深圳、珠海等南方城市生产的品牌，和南方这些医药企业打交道，成了各医院"药事委员会"采购药品的追捧。贾昆仑决定去广州一趟。

他第一次坐飞机就是从重庆到广州。背包里背着沉甸甸的二十万元人民币，在广州下了飞机，竟然不知道打出租车，而是吭哧吭哧从白云机场步行到了市区。

广州的药厂是欢迎每一个前来买药的客户的。当他的二十万元人民币花得差不多的时候，他和药厂的销售代理协议也签订下来。拿着这份协议，贾昆仑理直气壮地又回到了重庆。

他的名片上已不再是县医药公司的销售员，而是成了广州大型药厂驻重庆办事处的销售经理。

为了和这家大型医院签订医药供应合同，贾昆仑一整个夏天都在想方设法打通关节。终于，"药事委员会"通过了他的药品采购计划。

那天上午，贾昆仑接到医院药剂科主任的电话，激动得浑身是汗。他早早地来到药剂科主任的门口。药剂科主任是一个五十几岁的头发谢了顶的中年人，接过他的名片，友好地问道："你是广州的？"贾昆仑谦卑地回答道："是的。"药剂科主任示意他坐下，又问道："你说话不像广州人呀。"贾昆仑急忙答："哦，我老家不在广州，但去广州也很多年了。"

药剂科主任像是找到知音似的，感叹道："我也是广州人，你知道清远吗？"

"知道，知道，离广州不远。"其实，贾昆仑根本不知道清远这个地方。他想就此打住话题，他担心主任再就广州的话题深入下去。他马上问主任："主任是广州人，什么时候到重庆来的？"

主任像陷入沉思般地回答他："我广东中山医药大学毕业后，就分到了重庆。在重庆三十年了，很多年没回老家了。我们医院药事委员会同意了对你厂的采购计划，我带领他们到你厂去考察一下，顺便回我老家看看。"

"好啊，太好了！"贾昆仑不假思索地回答着，心里忐忑不安，紧张得有些语无伦次。

主任又问："你老婆小孩都在广州吗？"

贾昆仑连忙答："在，都在广州。"

回答这句话的时候，贾昆仑心里几乎到了自我崩溃的处境。他明白，这下他完蛋了，谎话说大了。他的老婆孩子明明是在那个偏僻的小城里，怎么一下子与广州扯在一起了呢？

贾昆仑后悔自己这样不假思索地回答，后悔自己不该把老婆孩子也与所谓的广州工作单位扯到一堆。他甚至对面前这个见多识广的药剂科主任产生了极度的厌恶感。

药剂科主任和他约定的去广州考察的时间，还有一周的时间。

他匆匆走出医院，又退掉所住的房间，赶到了火车站。他想先回老家一趟，他想从老家再赶往广州，做好前期的准备，让他在主任面前说的谎话，怎么样有一个天衣无缝的结局。

在老家的县医院公司，他请教了好几个"跑药"的同行，该怎么样圆场这个谎言。这些人除了责怪他，并没有给他提出很好的建议和办法。他们的一声声叹息，让贾昆仑无所适从。他知道这次如果不能在广州接待好主任，不能在广州让主任一行看到真实的场景，那么他就是个骗子，是个大骗子。谎言说大了，怎么办？无疑时刻考验着贾昆仑的智慧。他把电话打给广州药厂，药厂方面的答复是令人满意的。他们承诺，一定搞好接待，一定让客户满意而归。至于在广州临时找一个所谓的家，所谓的老婆和孩子，他们无能为力。

夜已经很深了，贾昆仑独自坐在县城夜市的大排档跟前，六神无主地吃着花生米，仿佛"咯咯嘣嘣"的脆响能给他带来灵感似的。邻桌吵吵嚷嚷的喧闹声，吸引他无意间望了一眼。恰恰这时，他看到了十年没有见到的陶斯妹。

陶斯妹已比原来稍胖了一点，眉宇间依然流动着他记忆中的聪慧和美丽。贾昆仑心跳加快，几次想站起来跟她打招呼，可是他还是决定装作没看见，不告而别。他喊老板结账的时候，声音很低，但还是被陶斯妹听到了。陶斯妹惊奇地走过来，两眼直勾勾地逼视着贾昆仑。

"怎么是你呀？"陶斯妹咄咄逼人般说道，"你现在成了大富豪了，人影都见不着了。"

贾昆仑示意她声音小一点。可陶斯妹并没有在乎他的示意，还是声调很高地向他问这问那。

陶斯妹问他："离婚了吗？"

"为什么离婚？"

"现在不是流行一句话吗，男人有钱就变坏。"

"还有句话你没说，女人变坏就有钱。你有钱了吗？"

"本姑娘啥都不缺，就缺钱，就想变坏。你帮我介绍个主吧，只要有钱，我什么都愿意干。"

贾昆仑一下就没了语言。眼前的陶斯妹和他记忆中的陶斯妹判若两人，那个纯情的在双李河畔与他拥抱在一起的女孩，是她吗？贾昆仑在肯定着自己的记忆，又在否定着记忆。是啊，光阴改变着每一个人。十年前，他是一个边干农活边在镇上上班的小干部，如今，他是一个在大都市里面出入高档场所的商人。自己都从一无所有演变成了资产上百万的老板，难道就不允许陶斯妹有变化吗？十多年来，我打听过她吗？关心过她吗？帮助过她吗？回报过她吗？没有，一点也没有。顿时，贾昆仑的心里涌上愧对陶斯妹的歉疚来。

陶斯妹非要拉贾昆仑过来喝酒，贾昆仑坚决不去。

陶斯妹直话直说："你现在有钱了，是不是也该拿给我用点？当年你'跑药'是我给你出的主意，就这一点，你也该给点回报吧。"

贾昆仑爽快地答道："好，你说个数，我明天就办。"

陶斯妹哈哈大笑说："你这人还是那么老实，我是跟你说着玩呢。你以为给个几万块钱，就能买走我心里对你的情意吗？"

陶斯妹的笑声戛然而止，眼角瞬间飞舞起泪花来。

贾昆仑急忙说："别这样，我先走了。"

陶斯妹问道："这次在家里待多长时间？什么时候回新疆？"

贾昆仑说："我不回新疆，我现在已经在重庆发展了。近几天我要去广州。"

"你去广州干什么？"

"生意上的事情你不懂？跟你说了也没用。"

"废话，我什么不懂。说不定我能帮你。"

这时候贾昆仑像找到了救星似的，惊喜地说道："对啊，就由你来帮我演女主角了。"

六

贾昆仑回到他县城的家里，已是凌晨三点了。

妻子刘英披着棉袄，给他打开大门，冻得浑身乱哆嗦。边往屋里跑，边责怪起他来。

"日他小姐，你深更半夜的不睡觉，跑哪个相好的那里去了？"

贾昆仑得到了陶斯妹的承诺，广州之行胜券在握，心里很是高兴。他对老婆说："有事，广州的事说好了，我叫广播站那个陶斯妹帮我去广州演一场戏。"

妻子刘英钻进被窝里，惊喜道："俺的个娘耶，你咋啥鬼点子都有呀？"

贾昆仑说："是啊，叫你一个不识字的农村妇女上场，一看就将客户吓跑了。"

妻子刘英连连点头，说："是的，是的，俺这个破屁股女人上不了台面，见到城里人就心慌，看见那些男人握女人的手，心里就发怵，不是干你们这个行当的料呀。"

贾昆仑笑笑，没有责怪她的意思。

妻子刘英自言自语道："那个陶斯妹我见过，人长得真'排场'（漂亮），要个子有个子，要身材有身材，脸蛋儿长得跟'鸡蛋清'似的，男人一见就喜欢。"

贾昆仑"啊"着赞叹妻子说得对，去洗澡去了。

贾昆仑刚刚睡着，又被刘英推醒了。刘英问："你原来就和她有一腿，俺又不是不知道。这回你们俩到广州，会不会住在一起呀？"

　　贾昆仑侧过身去，掖了掖被子，嚷了一句："不会，办正事哩。"

　　"日他小姐，俺给你讲，你要是跟她睡一张床上弄那个事，俺非拿剪子（剪刀）把那东西剪掉不可。"

　　贾昆仑一语不发。

　　"你听见没有？耳朵里塞上驴毛啦？咋不透气？"

　　刘英的话让贾昆仑没有了睡意。他脱掉刘英的内裤，跃身把她压在了身下。刘英笑个不止，说："你给俺来点城里的洋玩意儿，来点录像上的洋玩意儿。"

　　第三天一大早，陶斯妹衣着新鲜地来到了贾昆仑的家里。妻子刘英拉着她的手，宛如亲姐妹般和她说着话。

　　刘英夸奖陶斯妹说："斯妹呀，这回俺小孩爸的事就靠你了。你就委屈一回，演一回他的老婆子。"

　　"嫂子，只要你同意，只要你不吃醋，我肯定帮昆仑把事情办好。"

　　刘英担心地问："妹子，你家里人知道吗？同意吗？"

　　"知道我要出去几天，我给他们没有说那么具体。"

　　"管，管，管，你们俩一看还真像两口子，俺这土里土气的，还真不像。俺给小孩他爸说了，要是他对你耍流氓，俺就找剪子剪了他的老二。"

　　哈哈恰。屋里一片笑声。

　　贾昆仑和陶斯妹俨如一对夫妻，从飞机场打的去了药厂附近的宾馆。

　　登记好两个房间后，陶斯妹没有急着去房间，而是叫贾昆仑先在茶楼里坐坐，计划一下租房子的事情。

第二天，陶斯妹便通过房屋中介租到了淘金大厦内的一家花园洋房。交完租金，他们便退房住进了这个临时的所谓的家里。

贾昆仑打心眼里感激这个聪明贤惠的女人。独自睡在床上，辗转反侧，难以入眠。他此刻应该以主动的方式接近陶斯妹，以温暖的方式感谢陶斯妹。想到这些，他鼓起勇气叩响了陶斯妹的屋门。

陶斯妹在屋里喊："敲什么？快睡觉，不准乱来。"

贾昆仑又苦笑着退回到自己的屋里去。半个小时没过，他又披起衣服，咚咚咚地敲她的门。

陶斯妹真的烦了，在屋里喊："你再不让我睡觉，我明天就走。你到广州是来干什么的？花这么多钱。"

像是挨了严厉批评的学生，贾昆仑燃起的欲火，被霎时间浇灭。

七

药剂科主任一行四个人，从机场接回到恒福路的恒福宾馆。冬日的广州并不寒冷，可贾昆仑和陶斯妹的心里时时凉飕飕的，唯恐露了马脚叫他们看出破绽。

毕竟，陶斯妹是见过世面的女人，对客人礼貌得体，不卑不亢，对他们提出的广州的风土人情和广州的一些生活习惯，她总是谦虚地、小心翼翼地回答着；毕竟，贾昆仑在医药界拼搏了十多年，他的睿智和应变能力虽说不上炉火纯青，却也能应对自如，游刃有余。

药厂方面的接待很是周到。参观车间，小会座谈，产品介绍，厂方安排得时间得当，无不让来访的每一个人受益匪浅。

第三天，药剂科主任提出要到贾昆仑家里去看看。

贾昆仑带着他们一行走进了淘金大厦。

楼梯口的保安上前拦住了他，问他是哪层楼的？门牌号多少？

被堵在电梯口的贾昆仑，心都提到了嗓子眼上，正犹豫着说不清门牌号多少的时候，陶斯妹走出了电梯。眼前的场景让她一下子明白了贾昆仑的尴尬。她走过去冲着保安说："你是刚来的吧？我怎么没见过你？我老公你都不认识？"

保安没有说话，点了点头，说："走吧，走吧。"

药剂科主任在电梯里对贾昆仑说："小区保安怎么不认识你？"

没等贾昆仑回答，陶斯妹笑着解释说："别说保安不认识他，就连我儿子也快不认识他了，他经常不回来。"

药剂科主任说："是吗？"

贾昆仑说："是的，这几年都在外面跑，没办法呀。"

陶斯妹说："重庆美女多，以后主任还要多帮助他，别让他被重庆妹子迷住了。"

一行人笑哈哈地进了他们的家。

在机场送走药剂科主任一行，陶斯妹和贾昆仑没有急着回广州市区，而是走进了附近的一家茶楼。他们在议论、在总结、在分享几天来的付出，他们紧张的神经终于放松了下来。

陶斯妹说："我今天要回去，你也早点去重庆吧。"

贾昆仑说："怎么感谢你呢？你帮了我这么大一个忙。"

陶斯妹打趣道："你这辈子慢慢感谢吧。我还不明不白当了一回你的老婆。"

贾昆仑打开手提包，一把抓出五万元现金，就往陶斯妹的包里塞，陶斯妹声色俱厉地责问道："你干什么呀？要是图你的钱，我根本也不来了。"

僵持了半天，陶斯妹还是把钱塞回了贾昆仑的提包。

贾昆仑找不到话说了，又来了一句："我怎么感谢你呢？"

"那你就给我丈夫和儿子一人买套衣服吧。"

"那太简单了，这是其一。其二呢？"

"其二嘛，就是你这次是成功了，和这家医院做好业务，以此为基点，在重庆成立一个医药公司，也免得求这个求那个。一个男人就应该干出一番属于自己的事业。我相信，你肯定行，把你的企业做大做强就是对我最大的感谢。"

贾昆仑说不出话来，偷偷哽咽，眼眶里盘旋着热泪。

贾昆仑成功了。他的医药公司在重庆站稳了脚跟。

十五年后，贾昆仑又回到了故乡小城。

贾昆仑找到了陶斯妹，坚决要请陶斯妹吃饭。陶斯妹没有拒绝，带着她的丈夫、儿子、儿媳妇、孙子都来到了酒店。贾昆仑第一眼看到的是已经变老了的陶斯妹。陶斯妹像不认识这个男人似的，突然觉得那么陌生，脸上虽然带着微笑和热情，可心里却一直在对自己说："他怎么变得这么老呢？"

刘英在一旁悄悄地对他们俩说："日他小姐，你们俩还都看着怪年轻的，就俺这个老婆子老了。"

陶斯妹爽朗地笑了，说："嫂子，你现在是阔太太，永远都不老。"

刘英拍着贾昆仑的肩膀说："小孩他爸，你这几天在老家啥也别干了，好好地陪陶斯妹说说话吧。日他小姐，人活着就该知道记住人家的好。"

刘英回到桌前，跟陶斯妹的家人敬酒去了。

贾昆仑悄悄对陶斯妹说："我想有空请你去一趟双李河。"

陶斯妹说："好。"

故乡在晚风中

一

我离开故乡赵庙，已经整整十五个年头了。十五载春夏秋冬，是一段多么遥远而漫长的岁月啊！

至今，我未能读到关于我的故乡、安徽的那个叫作赵庙的小集镇任何公开发表的文字。写故乡对我来说，成了一件难事。既怕拙笨的文字难以表达好对故乡的思念，又怕我太平庸的文笔无法浓缩一腔真诚，而显得俗套。故乡的记忆煎熬着我，撕裂着我。

"千山万水脚下过，一缕情丝挣不脱。"活跃在我心际的那缕缕情丝，便是关于故乡赵庙的！

走在熙来攘往的人群中，我仿佛又回到了赵庙集一年一度的四月初八的"古会"上；面对都市一幢幢拔地而起的高楼，我仿佛看见了赵庙集南头北头鳞次栉比的大楼；面对长江和黄河，我仿佛又望见了赵庙集西边的那条长长的双李河；走进富丽堂皇满室金辉的宾馆酒店，我又想起了我曾居住过的那个镇政府招待所……

二

巴楼村是我出生的地方。离赵庙集四华里。位于赵庙集的西南角。从巴楼到赵庙，要经过前蒋庄和后蒋庄两个村庄。步行需要半个多小时，骑自行车需要二十分钟吧？也许这时间并不太准，总之，现在想来是不太远的路程。记得最清楚的，是由巴楼到赵庙有三条路可以走。一是从前蒋庄到石庄，就上了柏油路；二是从前蒋庄、后蒋庄路过就到了赵庙；还有一条路便是从邻村孙楼上马路，直到赵庙，但路途要比前两条路稍稍远一些。应该说，从我们巴楼村到赵庙还有一条路，那便是从双李河过去到石庄最近。原来双李河没有挖宽挖深的时候，常常有人垫一些断裂的木棍子，或是搭几块树木朽疙瘩板子小心翼翼地走过去，而遇到下雨涨水的时候，这条"小抄路"也便不能通过了。

小时候，赵庙，对我充满着极大的诱惑和好奇。

方圆几十里，就数赵庙集最大。附近也有几个集镇，像大庙、李兴、倪邱、黑虎庙等。

巴楼村人最喜欢赶集的地方就是赵庙了。一是我们村归属它管辖，二是它与其他几个集镇的路途相比较，赵庙当然是最近的一个。

赵庙集逢单不逢双。也即是说，一三五单数的日子，小商小贩，卖菜卖猪卖羊的等等，在这天上午会不约而同争先恐后地云集到镇上来，完成期望的交易，同时，这一天，集镇上的大小商铺和饭馆，还有药铺和卫生院，生意最好；而二四六逢双的日子，则是"背集"，人头稀少，有的商铺和饭馆虽然是开着门，却很少有人光顾，冷冷清清的，大街上走过了几辆车，哪个男的或女的路过，街坊邻居们都数得一清二楚。所以，到赵庙若是买点东西，或者是求区、镇政府的人开个证明、办个结婚证之类的事，也一般不赶在"背集"逢双的日子。若是青年男女选择相亲见面的日子，介绍人大都选择在逢双这一天。因为这一天，街上的人少，饭馆里的人也不拥挤，羞羞答答的男女穿着崭新的衣服，就怕有熟人看见，若是双方有了好感，便可在饭馆里吃顿饭，在介绍人的主持下，相对而坐，看个清楚，谈个条件，于是，便定下了终身大事。

赵庙街很长。北面延伸到曹庄，南面到了石庄，足足两华里的样子。这条街沿马路南北方向，并不蜿蜒，直直的，因此，赵庙人习惯叫这条街为"街筒子"。尤其是每年一度农历的四月八日，是传统的"小满会"。这一天，"街筒子"里的男男女女，老老少少，堆山塞海，水泄不通。就连路两边的商店里，全挤满了来"赶会"的人。

淮北大平原收割小麦的日子，大都在二十四节气的"芒种"前后。麦收季节是故乡赵庙人最忙碌的收获季节。要赶在太阳最暴热的短短几天里，把熟透的麦子收割到自家的麦场里，又要抢时间把秋季的庄稼种下地，因此，村人们称这段时节为"双抢"时节。为了不耽误"双抢"，人们总喜欢在"四月八"这天到赵庙来，买好收割时要用的镰刀和铲子，买好麦场用的扫帚木锨等用具，还要准备好猪牛吃的豆饼、麦麸之类的精饲料。所以，"四月八"这一天，几乎是家家户户老老少少倾巢出动的日子。在这一天里，一家人有的作了分工：谁买农具，谁买家里用的，谁买种子化肥，各司其职。有的买了这样而忘了那样没买，说给村人们听时，村人们肯定会取笑他"卖眼"看街上的漂亮娘们儿去了，或者说他到街旮旯里见老相好去了。在一片欢笑声中，津津乐道着他家买的东西便宜，对比着邻家的农具样式好看，信心十足地迎接着麦忙季节的到来。

我第一次到赵庙的时候，就是四月八这一天。头天下午放了学，我把书包往屋里一撂，就跑到村庄外边的小沟里扎蛤蟆去了。

很晚回来的时候，父亲、母亲、叔叔、姑姑，还有奶奶，一家人还都没睡，他们在计划着明天的事情。我悄悄溜进屋时，父亲一把拽住了我，声色俱厉地责怪我回来得这么晚。我哭了，哭得很伤心。奶奶把我拉到她怀里，一边给我擦着泪一边对我说："好孩子不哭，啊，明天是四月八，赵庙逢会，你要是听话，我就带你去赶会，啊？"一下子，我像条件反射似的止住了眼泪，渴望着天明的时候，就去随奶奶"赶会"去。

四月八这天上午，乡村学校是要放假的。读小学三年级的我，扯着奶奶的粗布大襟褂子，来到了集上。集上的人真多啊，什么东西都有卖的，好玩多了。我东张西望，走走停停，奶奶唯恐我走失，一只手紧紧揪着我，往人群里挤着往前走。奶奶的任务是来买纺棉花的线轴子的，讨价还价后，好不容易等到了她买好线轴子的时刻。我注意到了奶奶掏钱的布包，里边还剩了一点钱。奶奶看我在盯她的钱包，笑着说："乖孩子呀，你想吃点啥？说吧，奶奶啥都舍得给你买。"

我回答说："吃粽子。"

奶奶有些惊讶："哪有卖粽子的啊？你净吃稀罕物。"

刚进街南头的时候，我看见一个孩子啃着一个三角形用芦苇叶包着的糯米粽子的时候，分明还看见了一颗红艳艳的大枣，我口水都咽了几次了，只是没敢告诉奶奶。

"其他还吃啥？"奶奶问我。

我摇摇头，没说话心里就惦记着粽子。

奶奶有些为难了，拉着我挤入人群稍稀少的辅路上到处盯着找卖粽子的摊位。正在这时候，我看见迎面走来一个蓬头垢面、衣衫褴褛的中年男人。他瘦瘦的，两眼大得有点吓人，一手抓着背在身后的破棉被，一手拿个长木棍，嘴里不停歇地念着什么。奶奶害怕地停住了脚步，把我也拉到一边，小声对我说："他是个疯子，叫张赔衣，都认识他。"我没敢吭声，也不敢多问，久久望着他疯疯癫癫远离我们后才收回了视线，但我记住了他的名字：张赔衣。从此我知道了赵庙集上还有一个疯子。过了一会儿，一个戴着蓝色帽子，却耷拉着帽檐的男子一瘸一拐地走了过来，一口的黄牙，斜挎着一个破布包，没有了左手，脸上笑嘻嘻的，一看就叫人感到特别好奇。奶奶说："他叫劳壮。"我问奶奶他的手和腿是怎么残废的，奶奶说，她不知道，她只知道他的名字叫"劳壮"。

在街上逛了那么久，也没找见卖粽子的，奶奶说："算了，街上没有卖的了。等你长大了，有本事了，到赵庙集，想吃啥就吃啥吧，更不用说一个粽子了。"

我知道奶奶是在安慰我，但却记住了那句"长大了到赵庙来，想吃啥就吃啥"的话。为了让我高兴，奶奶给我买了二分钱一杯的"汽水"喝。甜甜的，比放了糖还甜的"汽水"，奶奶告诉我那是"糖精"做的。当奶奶下决心给我买了一毛钱的炒花生后，我才心花怒放地好好跟她说话。奶奶也高兴了，拉着我的手问："你累不累？"我连忙说"不累不累"，奶奶说："不累的话，俺就带你到南头去看戏。要看把戏，俺就带你去北头看玩把戏的，还有'耍刀山'（民间杂技）的……"

这一天记忆犹新的"四月八"，真是太难忘了。从此，我知道了赵庙集不仅有好吃的好喝的，还有那么多好玩的好看的稀罕事，还有在学校里见不着的疯子张赔衣、"另类人"劳壮等人。

赵庙集真是太丰富了，赵庙集真有意思。

长大了，我一定天天在赵庙。

三

我所在的学校是孙楼小学，从巴楼村到孙楼村只有一华里。从一年级到初中三年级，我都是在孙楼度过的。那是七十年代，老师整天告诉我们说，好好学习，如果成绩好的话就能考上高中，就能在赵庙上学了。谁不希望考上赵庙中学呢？

说起来实在是有些惭愧，我连续在孙楼复习了三年初中三年级，直到1981年，才考取高中，也就是说，直到上高中那一年，我才真正走进了赵庙镇……

我们巴楼村的东头，有一个大大的椭圆形的河塘，村人们都称它为"东塘"。东塘的支流，是一条长长的连着孙楼村的小河。自小时候起，就听大人们常常说起这"东塘"的一些鬼的故事。兴许是这个河塘离村庄有段距离的缘故吧，也许是这个河塘的南北两岸上坟茔遍野的原因吧，人们常常将一些离奇的传说耸人听闻的故事，在我们这些调皮的孩子们面前说"再捣乱，就叫东塘的鬼来缠你"之类的恫吓。现在想来，当然是大人们吓唬我们的话，但细细想来，却有着它独到的寓意。

我背着书包去孙楼小学，东塘是必由之路。每次路过这里，头发梢几乎都紧张地竖起来。在心里记着的，这个地方有点"紧"（方言，紧张的意思），用村人的话说，这地方"紧"的是连"虚屁都放不响"的。这话，连四里之外的整个赵庙都是无人不知无人不晓的。

巴楼村有个叫"五老婆"的老大太，是她发现东塘有鬼的。她在村子里德高望重，善良贤惠。她是方圆十几里出了名的"接生婆"。哪个村里的产妇生孩子，都会来请她接生。因此，村里村外男女老少都对她尊敬和爱戴。有一天中午，她从孙楼村给一户人家"拾娃"（方言，接生的意思）回来，包里提着别人表示谢意送来的几个鸡蛋和一斤红糖。她一人刚走到东塘时，一股旋风由远而近，卷着尘土和豆叶，转着一个又一个的圆圈，团团地围住了"五老婆"的去路。突然间，她的眼前四周漆黑，什么也看不见了，双腿像灌了铅似的，一步也迈不动。

"五老婆"这时心里十分清醒，拍着脑门喊她孙女的名字，可声音憋在喉咙里，无论如何也喊不出来。她着急得百思不得其解之际，她的眼前出现了很多面目全非的小鬼小伴，嬉闹着要吃她包里的鸡蛋。"五老婆"把鸡蛋分给他们一人一个，把红糖一人分一小撮。小鬼小伴说，你是个好人，我们就放了你吧。于是，"五老婆"的面前又呈现出了一片灿烂的阳光。

自从这位慈祥的长辈把她遇到的这些经过讲给村人们听后，村人们便知道了东塘这个地方，大白天，朗朗乾坤，照样有"鬼打墙"。正因为如此，每次中午放学的时候，我便不敢多在学校玩耍，唯恐一个人单独路过东塘时遭遇不测。

村里有一个叫巴贺岭的人，他是在深夜路过东塘时，被鬼"诬住"过一次。

那天，他卖甜瓜一直没卖完，很晚才从赵庙集回来。天下着蒙蒙小雨，当他决定洗去一天的臭汗走进东塘里时，突然发现河塘里有一个男人的屁股，上下翻动着，若隐若现。他紧张地连忙爬上岸，顾不得抓衣服拔腿就跑。刚跑了几步路，他前面的路上，又冒出一个黑漆漆的木桩来。巴贺岭往前走，那无头木桩也往前走；他停下来，黑木桩也停着不动。一下子把他吓得魂飞魄散，歇斯底里般一股脑儿地吼叫着，一丝不挂地奔向村子里……为了这件事，巴贺岭喝了好几天姜汤，才省人事。从这以后，晌午顶、深夜里，再也没人单独地路过东塘了。后来，村人天天议论着"五老婆"和巴贺岭两人遇鬼的事，天天琢磨着这"鬼"的来历和缘由，直到一个叫巴学显的老人生病后，才揭开了这多年的谜底。

老人巴学显生病以后，请来过很多医生给他诊治，可就是不见好转。浑身痛得额头冒汗，哭叫着忍不下去的时候，他的亲人们给他请来了一个巫婆。坐在他的床前，巫婆子看着痛不欲生的巴学显，嘴里咕哝了一阵子咒语，他居然不再喊叫了。一家人感恩戴德，连连道谢并求问原因。巫婆子说，他阴气重，是"撞"住人了（土语方言，"遇到"的意思，"人"，这里指鬼附体）。平日里巴学显本分善良，能"撞"住谁了呢？他又不是个恶人坏人，这小鬼怎么偏偏就来找好人呢？

巫婆子说，这小鬼是谁？她知道。

一家人随巫婆子来到灶屋里（土话，厨房）。巫婆子从笼子里取出一个白瓷碗，用一根白线搭在碗上，另一根白线在灶台边粘上灰烟子，交成十字架搭在白线上。

巫婆子说："神仙显显灵，跟俺问问路。让巴学显的病早点好。是阴鬼你走黑路，是阳鬼你就站着别动。"巫婆的右手拿着一支筷子，筷子上系着一把剪刀。奇怪的是，巫婆的话音刚落，那系着的剪刀便转悠起来，并且越转越快。当巫婆子说到"你是外鬼你就站着别动"时，刚刚还旋转着的剪刀便真的慢慢停了下来。

"你是个阳鬼，还怪有劲哩。"巫婆子说着，那剪刀又开始转起来，"你是谁呢？能不能报个姓名？你的坟墓在哪个方向，俺们也好知道你是谁，明天好给你烧纸送钱呀！"过了一会儿，这转着的剪刀往东塘方向斜着转了。巫婆子又开始问围在一旁的巴学显家里人："你们知道东塘那边埋了哪些人吗？"于是，他们家里人挨个问死人的名字，但是，剪刀照样转着。当问到"你是不是灯泡"这个死人时，剪刀停了。哦，在场的人长长松了口气。原来是"灯泡"这个死鬼在巴学显身上附了魂体。巫婆子和在场的人用极不堪入耳的土话痛骂着死去的"灯泡"，端着"悠坠"用的水碗，让巴学显吹了三口气，泼向大门外。

说到这个叫"灯泡"的人，村人们无不咬牙切齿。他曾有个亲戚在赵庙，仰仗着这个亲戚，"灯泡"当上了镇长后，横行乡里，无恶不作，敲诈饷粮，强占民女。他抓了一个又一个的年轻劳力给国民党当"壮丁"。为了避免被抓，村里好几个人用菜刀砍掉了手指头，有的剁掉了右手。闹饥荒那阵子，很多人眼睁睁地要被饿死时，便在夜里去偷庄稼。"灯泡"知道后，一枪就将人家毙掉了。新中国成立以后，共产党才把这个大恶霸惩治了。在赵庙开审判大会那天，村里人大部分人都去看了。"灯泡"戴着纸糊的高帽子，胸前的白纸上，打着一个大大的×字。被枪决后，就被村人们拖回来放在了东塘边上。风吹日晒数日，慢慢被田土卷成了小土岗。因为"灯泡"是个恶人，所以也没有人为他在逢年过节的时候烧纸送钱。实在是忍受不住阎王爷的惩罚了，"灯泡"又来求饶乡亲们。乡亲们不理他，他又气急败坏地煽动那些小鬼小伴经常纠缠着村人……

　　当然，这是一个荒诞的传说。可对于我们这些时常路过东塘的十几岁的学生来说，并非没有一定的教育意义。至少，它让我知道了十恶不赦的坏人，不管在人间或者地狱都会受到惩罚，同时，也让我们明白一个道理，不管你是为官或是为民，决不能做那些伤天害理的坏事。

　　自从听了这个故事的那天起，我便知道了赵庙不仅是乡亲们购买衣食的集镇，而且也是"革命委员会"的所在地，是我们这些乡村的"政治中心"……

四

　　毛主席逝世的那一年，我又来到了赵庙，并且第一次走进了赵庙人民公社"革命委员会"的大院。

那段日子里，无论是校园还是村庄里，到处听得见低沉悲哀的音乐，尤其是我看到奶奶和几位老人在一起忆苦思甜时失声痛哭的样子，我的心情同样是肝肠寸断，悲痛欲绝。

自我爷爷的爷爷那辈子起，都是给地主打长工，吃不饱穿不暖，饥寒交迫。我爷爷兄弟两个，二爷是个"傻子"，在我的爷爷、二爷、二奶奶被相继饿死的时候，村人们都说，我们家彻底完了。好在我的祖母凭着坚强的意志，拉扯着我父亲兄妹几个挺了过来。全家吃烂红薯馍差点中毒致死，我的父辈、叔辈们被那些富户人家当成小偷打，备受欺凌，受尽苦难。随着毛主席在天安门一声"中国人民从此站起来了"的呼喊，我们家也告别了水深火热的苦日子。

毛主席追悼会的那天，我被作为学校的优秀学生去赵庙参加由公社组织的悼念活动。

戴着黑袖章，心情沉痛地按照统一指挥，跟他老人家三鞠躬。在这里，我听有的同学悄悄说，那前一排站立着的，都是领导。也就是在这时，我见到了赵庙这个集镇上最大的"当官的"。他们是穿得和我们村子里的人不一样：中山装，洋布的，四个兜，脖颈里系着黑围脖，还有一个肚子挺大的，又矮又胖，穿的还是我在一个亲戚家见过的"华达呢"外套，看着真让感到威武和新鲜。看到他们，我想到了我父亲和村人们穿的衣服。粗布对襟子棉袄，补着补丁，有的还露着"破套子"（破棉花的意思）。有的穿着棉袄里边，也没有穿衬衣，村人们说那是"刷瓦筒"，透风不保暖。其实是说法好听罢了，因为买不起或者说是舍不得买才那样的。

自从见了那几个"当官的"，我的幻想又多了一个内容：企盼着有一天，我也能在这个"革命委员会"的院子里，像模像样地"发号施令"。当我看到他们从衣兜里掏出"洋烟"的时候，我留意了这"洋烟"的名字：淮河牌。在我们村子里，我没见到有人抽过这个"淮河牌"香烟，我见到大人们抽的都是烟袋，抽一口吐出来，浓烈得呛人冒眼泪。有一次，父亲的耳朵上夹了一支"洋烟"，我兴冲冲地问他："大，你这烟是啥牌的？"

父亲见我一脸的疑惑，笑着把烟从耳朵上取下来说："好烟，一毛找。"

"一毛找？我咋没听说过？"我问。

"丰收牌的。"父亲说。

"怎么叫'一毛找'呢？"我又问。

原来，父亲说的是一句含蓄的话，因为买这盒烟只需9分钱，一角钱还要找回一分。

从一支烟的区别上，我知道干部和农民的级别是不一样的。难怪村人们编了一串顺口溜：农民都是"一毛找"，大队干部"大铁桥"，区里干部"淮河"就很少……言外之意，"黄金叶"、"金叶"、"玉簪"之类的"锡皮"、"金箔"的香烟也只能是公社干部的"专用品"了。

我们班里有个同学，他不知道从哪里偷来一个亮闪闪的锡皮样洁白的烟纸，撕了一点点，贴在牙齿上，笑起来，故意露着。几个女同学朝他笑，惹得其他男同学又羡慕又嫉妒……现在想起这些来，那是一种美好的回忆。当时我曾讨好这位男同学也撕给我一块"锡皮"，也想贴在自己的牙齿上露一露让女同学看个稀奇，可还没要到手时，就被老师没收了……

在学校里，只要班主任老师通知说"下午放假"，那准是赵庙来了领导检查工作。有一次正上数学课，班主任韩从众走了进来。数学老师和全班同学的眼睛唰地一下都对准他。他说："公社教办室的领导来了，下午可以放假半天。"他的话还没说完，全班欢呼雀跃。中午放学的时候，同学们都探头探脑地往校长办公室张望，

157

看看来的公社领导是男的还是女的。

那次放学后，我没有回家，我跟陈彪、小虎、蛤蟆还有建华四个人一商量，说下午去赵庙公社里玩玩去。一拍即合，我们便飞也似的去了赵庙，一路上见到客车驶过来，还礼貌地站在路边，向车窗处挥手表示问候……

赵庙街的下午，一点都不热闹。路边的烟摊处，商店门口，三五个人闲谈着，说笑着，不时将陌生的眼光瞄一眼结伴而行的我们，视而不见一般。有几个年轻女子边走边嗑着瓜子，有一两个人还打着毛线。唯有路边一个摆花生摊的老头，两手插在袖筒里，笑眯眯的眼睛在望着我们。我们友好地走了过去。老头关心地问我们是哪个村的，怎么没上学跑到街上乱窜？我们回答着，早就对他面前摊在塑料布上的花生馋涎欲滴了。一面问着价格，一面蹲下来拣他的花生。我们专挑那颗粒饱满的，老头专挑那又瘦又瘪的往秤盘子里放。一个说要一毛钱的，一个说要两毛钱的，还有的说干脆一个人两毛钱的，叫老头左右为难，一气之下说："我不卖了！"我们乐呵呵地站起离去时，每个人的袖筒里都偷装了几个花生——看来，我们几个没有一个笨蛋……

五

对村人们而言，赵庙人是"街上的"。就那么咫尺长的路，仿佛就这样区分了贫贱与富贵。

"街上的"，守着集，有零花钱；"乡里的"，不生意不买卖，天天"别"地墒沟子（指干农活的意思），就靠喂个鸡的鸭的养家糊口——村人们在田边地头或者是端着饭碗在一起边吃边嘀咕。如果谁家的亲戚在街上是杀猪的还是收破烂的，一提到"街上"比"乡里"优越时，他的脸上也禁不住灿烂起来，好像他也是"街上的"一员一样自豪。

比如说吧，谁家的闺女长得水灵点，俊俏点，邻居们、亲戚们夸她好看，总是禁不住用一句这样的话表示恭维："以后找婆家肯定是街上的！"哪个村庄的姑娘嫁到了街上，街上某某的儿媳妇是哪个村的，村人们都一清二楚，如数家珍。女孩嫁到街上是喜事，是等于攀上了"高门"，而哪个村的小伙子如果找了街上的姑娘，那便是方圆多少个村庄的大新闻。

"他儿子长得疙疙瘩瘩的，街上某某的闺女咋就看上他了呢？"

"谁知道呢。他儿子长得像个大盖猪一样，牙齿还对外扇着翘上天，也不知某某闺女是不是弯腰点炮——看跐了眼了。"

"街上的闺女咋啦？她难道比人家多长两屙四个蛋啦？她又不是城里人，有啥了不起的？！"

村妇们你一言我一语，无遮无拦，噼里啪啦地议论着男男女女的婚姻。有时候，她们也哀叹几声，为自己没嫁个"街上的"男人而惋惜。

终于接到高中录取通知书的那天下午，我喜出望外地穿着一件新的"洋布"褂子，刚用"海鸥"洗发水洗过的头发，蓬松而黑亮，穿着母亲给我新做的"松紧口"布鞋，我故意走到了人比较多的"关井涯"路口，没话找话地给叔叔婶婶嫂嫂们打招呼。意思是告诫他们别再嘲笑我连坐了三年"红椅子"（土话，留级的意思）才考上个高中。

"侄子啊，考上高中，就等于一脚已经踏进大学的校门了。"长辈们既是一种夸奖，也是一种勉励。

"大兄弟啊，到了赵庙，娶个街上的媳妇回来，也让俺高兴高兴！"

"对，挑个街上的穿喇叭裤的烫头发回来，叫俺也闻闻香气儿!"

我不知道该怎么回答他们的话，那俏皮的幽默风趣的话语里，把"街上的"女孩子比喻成了可望而不可即的公主仙女了……

在乡亲们欢喜的期望的目光里，我的脚印迈进了通往赵庙中学的泥泞的小路上。

六

放寒假那天，是农历腊月二十七日。

一大早，我就收拾好了书包和寒假作业，在学校教务处领了下学期的入学通知书，便匆匆来到街上，看看赵庙集的热闹。

赵庙人总习惯把腊月二十七这一天，称为"最后一个集"。大年三十那一天，家家户户贴门神（春联），请天爷牌牌，包饺子，炸肉（炖肉）、准备蜡台，裁火纸，一大堆的过年的准备事，所以，家家户户大都在腊月二十九这一天就提前操办。而腊月二十九这天的赵庙集，称为"狗撵集"。形容赶集的人们比被恶狗追赶着跑得都快。故而，腊月二十七这天逢集，村人称这一天赶集的人才是"真买真卖"哩。

我捏着冒出汗水的六块八角钱，犹豫不定地想象着买哪些东西才具有"辞旧迎新"的意义。

街面上的两边，排列的桌子上，是专卖鞭炮、散炮、雷子的家庭作坊主，也有专卖小机器炮、麦芒炮、闪光花炮的国营炮厂生产的炮桌子。一会儿这个炮桌子前放一阵鞭炮，一会儿那个炮桌子前放一个大雷子，"哐"一声，震耳欲聋。卖主吆喝着，招徕着围观这些炮的效果的顾客们。我生性胆小，从不敢自己用火点个大点的炮，唯恐炮炸了手，而生出"大年呀生病，一年不幸"的叹息来。我买了一盘"麦芒炮"，一元钱，一嘟噜，卖炮的人说，这炮又叫"一抹脸"，即是刚点着炮捻子转过脸去的时候，炮已经响完了，安全系数高，不会出问题。

望着五彩缤纷样式各异的鞭炮，我联想了很多赵庙人关于炮的比喻来。

如果哪个人个子矮小，又喜欢唧唧喳喳地多说话，就形容他的长相像个"炮"，像个"坐地炮"、"小钢炮"。这是一句贬义话，有时用在某个人身上，他不但不生气，反而乐哈哈地说："坐地炮就是响得很，大炮再大也是听个响嘛！"

如果形容哪个人胆小怕事，遇到棘手的事不勇往直前敢于承担责任，就说他"像炮炸怕了一样"惊恐万状，"就像湿了的炮捻子一样蔫儿巴唧"的。当然这同样是一句不好听的话。

赵庙人自己说，他们是喝双李河里水长大的，说话的风格，用词的特点，是自成体系的。

和这一街两行的卖炮桌子紧挨着的摊位，是赵庙人说的"猪肉架子"。白生生悬挂着的猪肉，红白分明，肥瘦各异。卖猪肉的人两手冻得通红，数钱都有些颤抖，可看到买猪肉的人排着长队，顾不上那么多了，沙哑着喉咙问顾客："要肥的要瘦的？"顾客有时也拿不定主意了，左看看右瞧瞧，愣了半天说："要一半肥的一半瘦的吧。"话音未落，那满身油腻的屠户"砰"一刀下去，连骨头带肉已经砍下来了。买肉的一看正和他想要买的重量差不多，满意地买了。当他刚刚付完钱，将肉抓在手里的时候叫了起来："不管不管，这里面还有骨头没去掉哩。"屠户佯装没看见，也伸手抓了一下猪肉反问说："哪有骨头？"那买肉的执拗着，叫他剥去骨头，就是不离开他的案子。

站在一旁的我，这一切全看在眼里，注视着屠户的一举一动。

屠户对他的挑剔这时有些不耐烦了，说："那小骨头没有二两重，再送搭你一个猪×。"在场的人哈哈全笑了。果真，屠户又送了那人一绺条子瘦肉。

"你干啥？买几斤？"屠户看我围靠得特别近，咄咄逼人般问我。我摇摇头。他说："一边玩去，万一这砍刀碰着你了，还咋个过年？"

当然，屠户的央劝是善意的，但此时的我并不感激面前这个肥头大耳矮胖的有点臃肿的男人。他是个生意人，他是个靠克扣斤两赚取村民们血汗钱的"杀猪的"。

有一年，听说"杀猪的"要到我们村里来收猪了，父母就特别高兴。父亲站在猪圈外，"喽喽喽"地唤猪，母亲把准备好的猪食，特地在上面撒了几把麦麸皮，以唤起猪的食欲，望能让它多进些食增加重量，否则是不够磅重的。可是，一走三斜的猪由于平常缺少营养，骨瘦如柴，凭直觉最多超不过一百斤，但为了能赶上这次既能得到现款又能拿到"猪非子"的好机会，家人还是兴高采烈地企盼能在这时候把猪卖掉。"猪非子"是一张由公社食品站开出的证明，它可以免去一个人的上缴公粮的份额，又能凭这张条子买到便宜的化肥。可是，那次卖猪却未能如愿。几个穿着一看就是集上的人的"杀猪的"，遛了几圈我们家的那头猪，摇摇头，又看看我父亲无奈的眼睛，说了声很安慰的话："再喂一喂，长一长，过罢年再磅吧。"其实，他们开来的汽车上，装的猪有好几头比我们家的那头猪小多了，可还是照样收磅了。村里人说三道四，议论纷纷，最后一个结论是：那些卖猪的人家，都与这些收猪的沾亲带故。从此，我便对这些收猪的人没有了好感。

实话说，这些"杀猪的"人的家庭都比一般庄户人家的人富裕。他们卖猪肉可以赚钱，猪肚、猪头、猪蹄子，就连猪毛、猪骨头等杂碎都可以卖钱的。不少村人们对"杀猪的"羡慕不已，一句俗语，足以证明："嫁个当官的是官娘子，嫁个'杀猪的'翻猪肠子。"由此不难想象，"杀猪的"和"当官的"是一个级别的。

在这将要过年的兴奋时刻，割上二斤猪肉解解馋，自然是我这个平日很少在碗里见到油腥的乡下学生的渴望，但我身上没钱，我们家里也不会奢侈地买上个"座墩"过年的，因而，在这卖肉的摊子前看着"杀猪的"忙碌的情景，看看垂挂着的一扇子猪肉，也就饱了眼福，望梅止渴了。

七

赵庙人过年的习俗，是淮北平原一带农村过年的典型代表。尤其是除夕之夜，更是让大都市人不曾耳目的感受。

傍晚时分，噼里啪啦的鞭炮声已是此起彼伏。这时候一般的家庭是舍不得放长鞭炮的，最多放三个炮，是"请神"专用的。虽然赵庙街上家家户户亮着电灯，可还是照样点着蜡烛。像我们村里尚未用上电灯的农户家，则点了细细的蜡烛，那叫"洋蜡"，是五更里点用的。大门口横放着一根木棍，那是避邪用的；关上大门后，还要再放三个炮，这叫"关门炮"。厨房里，妇女们忙着剁馅子包饺子，堂屋里，一家之主在忙着将成板成板的香掰开，将在除夕时刻烧给老天爷、财神爷、"天地君亲师"十大全神的纸钱分好，再将炸好的大酥鸡、丸子、肉头、果子等摆好，上面搭上几棵菠菜，作为"上供"用品安放在方桌正中央。满屋里缭绕着淡淡的清香味，跳跃的蜡烛映在一家人喜气洋洋的脸上，再多的积怨和痛苦，只有在这时才荡然无存。当主妇们从厨房里忙完活计后，便解下围裙，才来到堂屋。子女们围拢过来，问东问西。母亲嗔怪他们说，大过年的，小孩不能乱说话，各路神灵都已请在家里来了，说错了话要遭怪罪的。如若有小孩子背着大人偷偷捏走了一块"供菜"，大人是要生气的，转过身来马上向老天爷求饶宽恕。

一切安排妥当之后，大人们便睡了，可年轻人，还有小孩子们却都不愿睡觉，他们打着灯笼在村里到处串门。他们品头论足着谁家的鞭炮长，嬉笑着谁家摆在供桌上的大馍没有枣，或是蒸得太小等等。有的孩子说谁家的鞭炮大、雷子多，谁家就高兴，如果孩子们再补充一句"等会儿俺来拾你们家落的炮"之类的话，那么，这家人便高兴地回答说："好好好，等喝汤（指年夜饭）的时候就来吧。"既然有孩子们能到他们家来"拾炮"，那便说明这一家来年肯定"落得多"（指丰收的意思）。

在村子里，我是最活跃的一个。带着一帮童年小伴，听到哪家在放炮，便马上闻声出击，常常是有的刚气喘吁吁地跑到地方，炮声便停止了。于是钻进缭绕的烟雾里，遍地胡乱地摸捡着落下的"哑巴炮"。当捡到满满一口袋后，就回到僻静处找一找有没有带捻子的，就要放在泥窖里，吹香火，"嘭"一声后才心满意足。当四溅的泥水溅得满身都是时，或者炸得耳边嗡嗡轰鸣时，才后悔不该来"拾炮"……

晃眼间，几十年光景一去不返，但儿时过年的除夕夜的"拾炮"的记忆却时时历历在目永生难忘。孩提时代的喜悦，幼年时的憧憬和期盼，成了我难以表达的美好！

静坐桌前，百无聊赖，倏然间泛上心头的激动，又是关于儿时过年的记忆。

大年初一早上，一夜未眠的我依旧是兴奋的。衣兜里装着鼓鼓囊囊的捡来的"哑炮"，两只手黑乎乎的，眉宇间布满了一夜间溅溅的泥水，尾随着父辈们去"上坟"了。

至今，我的老家仍沿袭着初一早上孝敬祖先的"上坟"习俗。

全村分各家族、门派，组织成由长辈带队的一阵队伍，浩浩荡荡，吆五喝六，一路上燃放着零零星星的"散炮"，来到了坟地，在老祖宗以及逝去的所有的亲人的坟前，燃上一炷香火，烧上两张抑或多一点的"纸钱"，然后，由长辈领袖呼唤着他们的名字，集体地叩上一个头，作上一个揖，以虔诚的敬意表示后人的怀念。一年到头，也只有在这个时候，才静下心来真诚地祝福着先人们的九泉之灵；也只有在这个时候，才真正让人感受到后人真诚无私的深切怀念和人世间割舍不断的亲缘……

"上坟"回来，便是一家人"自由活动"的时间。大人们走东头去西头地拜年去了，而孩子们则是自由驰骋的最佳时机了。有的三五一堆地数着一夜"拾炮"的战果，有的偷偷地吃着在五更里乘家人不备装在兜里的丸子、麻叶子、大酥鸡等这些一年里只有这时候才能吃到一回的食品……而我，在这段时光里，最喜爱的，莫过于尾随着村里的大小伙子们一起，去闹洞房。

农村的青年男女，结婚的日子大多选在年前的农历腊月间。大年初一这天，村人们欢天喜地，吃饱了没事干，到新郎新娘家嘻嘻哈哈一阵子，成了最大的乐趣。他们走进新郎新娘的新房里后，簇拥着，咋呼着，笑骂着，无休无止。遇到大方点的新娘子，点烟倒茶，笑脸相迎，为的是免遭这些人的不轨戏闹；有的新娘子生性胆小又羞于应酬，那必然要遭到这些来取闹的人撞来撞去，东推西搡，直到她眼角流出无奈的泪水来方才罢休。难怪，刚过门的新媳妇要扎上里三层外三层的裤腰带，并系成死疙瘩以防不测。

到了晚上，因过年兴致不减的村人们还嫌不过瘾，就到村里新郎新娘家的窗户下"听话"。三五个一堆，蹑手蹑脚地挤在窗户下，尽管冻得浑身打着哆嗦，但还是紧闭呼吸，静静地等候着屋内那对青年男女的悄悄话。第二天早上最大的新闻话题，便是村人们添油加醋后创作的悄悄话。有的话素得像一碗清水，有的话荤得满是油腥，简直不分老少，无法形成书面文字……

就这样无拘无束，就这样充实着过年的岁月，村人们在这种友善的氛围中打发着日落日出，在期盼中洗却着一年的疲惫劳累，从而信心十足地迎接着新年的又一轮悲欢离合……

八

故乡的记忆是清新的。

故乡的记忆是深刻的。

漫漫行程中，对赵庙的记忆，充实了我心间的空旷；迢迢旅途中，对赵庙的记忆荡去了我独处的寂寞。是对赵庙的记忆淹没着我的浮躁与狂妄；是对赵庙的记忆，激励和鞭策着我的奋发努力，刻苦进取……

该怎么表达我对赵庙的记忆呢？

这翻江倒海的记忆里，有欢喜和幸福的回味，有痛苦而酸涩的咀嚼，有没齿不忘的愤怒，更有无法弥补的悔恨和遗憾……

我一次又一次地告诉自己说，把这份记忆涂抹成文字后，再不去惦记关于赵庙的那些记忆了，再不去翻动遗留在赵庙的那些愤怒神伤的恩恩怨怨了。

我能做到吗？

我不知道。

人生，就是自己折磨自己啊。

因为青联，因为爱

一

从她朗诵诗那一刻起，我喜欢上了她。

我不知道她是空姐。

端庄，大方，彬彬有礼，眉目间洋溢着清纯的阳光。我当时的第一感觉，她是一个善良的女孩，适合做妻子。想到这些的时候，我的眼睛悄悄移开了她的视线。我知道这想法有些大胆，有些仓促。但是，能在这么短的时间，让我突然产生娶一个女孩做妻子的感觉，已经是渴盼已久的事情了。

新世纪钟声敲响的时候，我结束了那梦魇般的婚姻。的确，生活对于每个人都是公平的。婚姻的不幸，老天赐予了我事业的成功。从2001年起，我创办了属于自己的企业，赢得了接踵而至的荣誉称号。一本本烫金证书，肯定着我的付出，标志着我的才干，激励着我的进取。

加入青联，成为一名全国青联委员，是每一个不甘落伍的青年人的梦想。青联，是让每一个走向成功的年轻人再学习的学校，是每一个浮躁着的年轻人治病疗伤的医院。因此，我十分珍惜每一次青联组织的相聚机会。对我而言，每参加一次青联的活动，那便是

167

上了一次超MBA的培训课。

那天下午，我带着公司的几个人去酒店看望西安来的客户。重庆市青联秘书处的刘战、曹帮兴、叶青三人先后打手机告诉我说，团中央、全国青联的领导同志今晚到重庆，你务必参加这次活动。他们半开玩笑地说，你是作家，一定写首诗在今晚的聚会上朗诵一下。我嘴上答应着，可心里却是忐忑不安的。我会写什么诗啊？写小说编一些前因后果的故事还可以，在这么短的时间里写首诗给大家朗诵，写什么啊？我写得好吗？

我安排副总经理去酒店陪客户吃饭，叫司机送我去青联秘书处指定的巴江水火锅店。

这一天是2004年7月10日。

团中央、全国青联和共青团重庆市委、重庆市青联，在重庆组织了一场"为了山里的孩子"的大型文艺晚会。在这个晚上，全国著名企业家将现场募捐数字巨大的助学款。这一活动，由团中央第一书记周强带队，全国青联常务主席胡伟、全国青联秘书长郭长江、副秘书长安桂武等人陪同，倪萍、黄宏、冯巩、沈冰等全国青联的演艺界大腕助阵，可想而知，其场面之壮观气氛之隆重意义之远大，不言而喻。

作为重庆市青联，能为这次重大活动做些什么？

走进火锅城，市青联秘书处的曹帮兴和叶青正忙着打电话，忙着布置晚宴的情况。叶青说，你的诗写好了吗？

我苦笑了一下。心想，你不是刚刚才通知我吗？哪能写这么快啊？

"快写，赶快写。"曹帮兴和叶青几乎是异口同声地对我说。

"你别忘了，让你写这首诗在今晚的宴会上朗读，一是为了展示我们重庆市青联委员的风采，二是感谢为了这场晚会付出辛劳的团中央领导。"叶青收敛起平时绽放的笑脸，一本正经地接着说，

"昨天给全国青联汇报晚会情况时，安桂武同志就交代了，叫你写首诗，欣赏欣赏你的文采。"

叶青的叮嘱，已让我找不出理由搪塞和拒绝了。写首诗，写首诗，写什么呢？

我在心里默想着。平常，我最爱说的一句话不就是感谢青联的培养吗？对，就写《感激青联》。真心真意地写，怎么想就怎么写。

四十一行诗，一气啊成。这首《感激青联》的诗是发自肺腑的感叹，是凝聚了所有青联委员心声的喷发。激情昂扬，情真意切，她是我所有文学作品创作时间最短的一次。我的普通话不行，不适合在这种气氛热烈的场合朗诵。我想到了青联队里著名的播音员田桑和胡馨月。

桑哥拿着诗稿，遗憾地对我说，胡馨月今天不在。"还有哪个女委员可以和你搭档？"我急问他。他环视着在座的每一个人，抱怨我说，"你怎么不早点说啊，这时候叫我电台里来人的话，赶过来也太迟了啊。"

桑哥把诗稿又交给了我。

在座的青联委员不少都是熟悉的老面孔，但是常出现一些其他界别的新面孔。一个身材高挑面目秀美的女孩吸引了我的视线。

我没见过她。我久久盯着她，她仿佛无视我的存在。我想找她说话。

"你认识她吗？"我问桑哥。

桑哥摇了摇头。

"那个女孩是谁啊？"我又问其他人。

"不认识。"

"没见过。"

他们的回答无一让我满意。

我又问杨西川委员。他指了指，反问我说："怎么，你看上她啦？要不要我帮你介绍一下？"

"她是谁？叫什么名字？"我拍了一下不怀好意的杨博士。

"我真的不认识她。从来没有见过。"杨博士悄悄对我说，"这女孩长得够漂亮的。你想干什么？"

"我想叫她朗诵我的诗。"

杨博士看了一眼我拿在手里的诗，说："直接跟她说就是了。"

他的话鼓舞了我走过去的勇气。

二

晚宴开始了。

市青联主席徐强致词。

团市委书记谭家玲致词。

团中央书记处书记、全国青联常务副主席胡伟致答谢词。

掌声不断，欢声雷动。

青联的聚会总是这样。友好，热烈，和谐，恋恋不舍。

我竭力鼓掌，眼睛却时常盯着那女孩，心里咚咚地跳个不止。我不知道我此时为什么这么紧张。

在商场拼搏了这么多年，什么样的女孩没有见过？毛阿敏、刘晓庆这些女明星都采访过，从没有过心跳和畏惧，怎么突然产生了这种惧怕的感觉呢？我追问自己猛喝了一杯啤酒，下决心去和她说话。我又把自己的啤酒倒满，走了过去。

我说："我敬你一杯，好吗？"

她打量了我一下，起身端起酒杯笑笑说："谢谢。"

我一饮而尽。

"你叫什么名字？"我的脸绯红，有些烫。我知道这是酒精的作用。

"王穗渝。国航团委的。"她说的是标准的普通话。

"你不是重庆人吗？"我想重庆女孩子说不好这么流利的普通话。

"当然是重庆人。不过，祖籍在广东。"她笑着，回答着我。

她也不反问我是哪里人，是干什么的，叫什么名字。

我急不可耐地掏出诗稿，递给她。

"这是什么？"她惊奇地接过来问。

我说："是诗。"

没等她看下去，我又说："你来朗诵一下吧，和桑哥一起朗诵。"

她笑了笑，说："我行吗？"

"行，你行。"我急忙说着，把桑哥喊了过来说："桑哥，这是王穗渝，你和她一起朗诵吧。"

主持人徐强主席在喊我的名字了。

我疾步走了上来。

我说，我写了首诗。

掌声四起。

徐强主席说，由巴一委员朗诵，著名二胡演奏家刘光宇委员伴奏。

我忙说这首诗由著名播音员田桑和王穗渝来朗诵。我向二人伸手示意后走下台，我几乎是屏着呼吸，静听他们的朗诵。

抑扬顿挫，声情并茂。刘光宇委员二胡的即兴伴奏，男女珠联璧合的朗诵，赢得了经久不息的掌声。

全国青联副秘书长安桂武走上台，激动地对大家说："这首诗太好了。写得好，朗诵得更好。我们将这首诗发表在下一期的《全国青联通讯》上。"他停了停，举起手中的酒杯说，"这杯酒，让我代表全国青联，敬重庆青联的朋友们一杯，感谢你们！"

台上台下一片哗然。

安桂武副秘书长仍旧没有离开讲台，他激情满怀，慷慨陈词。

"这次在重庆举行的《为了山里的孩子》大型募捐活动，取得了可喜的成功。今晚共收到各界捐款三千三百多万元。有一件事，非常值得赞扬。就是刚才朗诵诗的那位空中小姐，今天我们是乘坐她的航班到重庆的。在飞机上，是她组织全体乘务员和乘客们一起，带头组织开始募捐活动。用周强书记的话说，《为了山里的孩子》这场大型募捐活动，应该是在一踏上飞往重庆的飞机上开始的。请允许我代表这次大型活动组委会，向重庆的这位空姐致谢，向在座的每一位青联的朋友致谢！"

大家的目光齐刷刷地聚集到了王穗渝身上。原来她是位空姐，难怪这么出众呢。我在心里感叹着，很多人也发出感叹。

她落落大方地站起身来，连连朝大家颔首说："谢谢。谢谢大家。"

谭家玲书记带着她的领导班子走了过来。王穗渝站起身来。

"谢谢小王。首先，作为一名团干，你在飞机上能带头组织募捐活动，这一点值得赞扬。尤其是刚才你的诗朗诵，很富有感染力。重庆青联有人才，有潜力，有希望。"

王穗渝说："谢谢谭书记。谢谢青联给了我这个机会。"

她礼貌地朝着每一位团领导微笑着，碰了一下酒杯。

杨西川、桑哥等人举杯向我表示祝贺，赞美我的诗写得好。我敷衍着应承着，心里装满了说不尽的喜悦。我把酒满上，拉上杨西川和桑哥说："我们也应该给空姐敬杯酒吧？"

"祝贺你空姐，今晚这么成功。"杨西川博士一脸的喜庆。

王穗渝莞尔一笑说："祝贺你们。感谢巴一先生让我朗诵了他的诗。”

她的眼睛朝我微笑的刹那间，一种从未有过的成就感和自豪感袭浸着心际。她说得没有错，她应该说出这些感谢的话满足我此时的虚荣心。

我故意谦虚地说："是你和桑哥两个人朗诵得好。谢谢你们。"同时，这话也是发自内心的真诚。我又把酒满上了，和他们几位一一相碰，咕嘟嘟灌了下去。

晚宴接近尾声。团中央和全国青联的领导们与大家依依惜别。我和杨西川、桑哥，继续围坐在徐强主席桌边，毫无醉意地说着，笑着。

王穗渝背着包走了过来，和徐主席等人打招呼告辞了。

杨西川掏出了本子要留她的电话。桑哥也掏出本子留她的电话，还说："以后有机会我们再合作。"王穗渝没有拒绝。我没有凑热闹，待给他们一一写完电话号码后，我说："这是我的名片。"她说了声谢谢，看了一眼，正要装进包里，没有要留给我电话的意思。我急忙说："你也留个电话给我吧。"她说好啊好啊，马上在我递来的纸条上写下了自己的名字和一个小灵通号码。说实话，在以往请领导或明星留电话号码，也大都出于对他们的尊重，心里却从不幻想以后会给他们打多少电话，可这次留下王穗渝的电话，我却分外珍惜，我心里知道，这个电话号码我会找机会打过去的。

我希望今后还有机会见到她。

我的诗交给她朗诵，绝对有着神奇出彩的艺术效果，我想。

三

从事商业活动，我已习惯了"身不由己"的应酬。请客户吃饭，陪客户聊天，打牌，唱歌，钓鱼，是我的工作。如果哪天没出入酒店，那心里还真是空荡荡的。加入青联以后，我被评为了"重庆市十大杰出青年"。电视、报刊采访，我老家安徽的，重庆本地的，应接不暇。和其他企业老板不同的是，热爱文学的我喜欢写东西。白天忙经商，夜晚爬格子。"日竞锱铢利，夜来书雅文"。"两栖人"、"儒商"、"鱼和熊掌兼得"等等，一连串的好听的桂冠在媒体上陆续出现。

一时间，春风得意，文学和商业的双丰收，让我实现了少年时代的作家财富梦。

每当有人问到我的个人问题，我总是有意识地回避。谈文学吧，说名著吧，说作家吧。和商业伙伴谈买与卖，多少钱可以买，又多少钱可以卖。谈家庭与做生意没有关系。如果谁问到我的婚姻和家庭问题，我会艺术地回避，一笑了之。那些属于我个人解决的问题。

男人啊，事业为重。

传闻、绯闻、奇闻，总是与名人如影随形。在商界，竞争对手除了给你制造出点绯闻故意诽谤你之外，其他还有什么诋毁你的好招吗？我听不进去那些诬蔑，我并不在乎那些恶毒的诽谤。文心商海，我努力着，勤奋着，追求着。

送走了安徽人民广播电台的朋友，又迎来了安徽电视台的朋友。电视台的朋友走了，我老家阜阳市电视台、县电视台的领导们又来了。我很乐意接送他们。

十四年前，我一个人揣着三百元钱闯荡重庆。在举目无亲的山城，历尽艰辛与磨难，终于走进了当之无愧的成功者行列，这成绩值得向家乡人民汇报啊。我愿意通过他们宣传我的传奇故事，我愿意让我的故事给家乡的青年们以鼓舞和奋斗的力量。

一连十几天的采访、拍摄、吃饭，的确让我有些精力透支了。

在这些朋友将要离开重庆的前一天晚上，"采访团"团长尚甘雨先生对我说："这次采访基本上是成功的，遗憾的是镜头里缺少一位女性。都说成功者的背后有一位伟大的女性，你的背后呢？女性是谁啊？怎么始终不露面？"

我苦思了半天，想了很久，犹豫着说："叫她给大家见个面吧。"

我拨通了王穗渝的手机号码，故意躲开了这些"访问团"。

我说："你还记得我吗？就是上次请你朗诵诗的那个巴一。"

"记得啊，巴一诗人。"王穗渝的声音亲切入耳，既熟悉又陌生。

我的心口在咚咚狂跳，握着手机的手心里沁出湿乎乎的水来。

"我能请你吃晚饭吗？"我的声音有些颤抖。

"好啊，什么时间？"她没有拒绝。

"今晚上，还有我们老家的朋友。"

"不过，可能要晚一点我才到。现在我在北京，飞机马上就起飞了，到重庆大约十点左右，恐怕会耽误你们的时间的。别等我，好吗？"王穗渝甜甜的声音像一泓清冽的甘泉，我幸福地回味着她的承诺。

我说："好的，谢谢。再晚都会等你。"

合上手机，我对团长尚甘雨说，她答应来，不过，会晚一些来。

尚甘雨像宣布新闻一样，把这消息告诉了大家。尚甘雨逗笑地说，只要王小姐来和我们一起吃饭，等到天亮也值。我笑了，大家都在笑。

这天晚上，我故意把大家安排到了巴江水火锅店。这里是我认识王穗渝的地方，这里又是全重庆市最地道最正宗的麻辣火锅。接待外地来访的客人，来时吃一顿火锅，那是"接风"；走时再吃一顿火锅，那是"饯行"。这已是我的习惯性套路了。

两个连桌上，井然有序地摆满了毛肚鸭肠之类的菜品。尚甘雨团长安排座次。他用家乡淮北话嬉笑着，逗趣着。"来吧，老少爷们，咱来重庆这几十口子，今晚再尝一回重庆麻辣。明儿个'杠'路了，再也找不着这个味了。"他的眼睛盯着红辣子翻滚的锅底，吸了吸嘴巴摇着头说："娘拜子，这么多辣椒重庆人受得了吗？怪不得女娃娃们那么苗条，这饭一辣吧，就吃得少，吃得少吧，就苗条了。"

大家为他自创的逻辑哄堂大笑。

"咱还按老家太和的规矩吧，走两盅，喝得劲。"尚甘雨示意小姐把白酒每人"写"上一杯，用风趣幽默的太和俚语倡导大家说："今儿个虽说是在重庆，在他'八姨'（巴一）这地儿上，但他'八姨'也不是外人，干脆'一扫光'，'七仙女拖个娃'的套路全带上，'凹乎凹乎'都'一脱落子'上了吧。来，他表叔二大爷，先干一杯'一个熊'，反正是'一屌棵死个帮楼的——不讲咧'。"

哈哈哈哈。满桌前仰后合的大笑声不绝于耳。

尚甘雨一仰脖子，咕噜一声吞了一满杯。用手擦了一下嘴角，自言自语道："娘拜子耶，这诗仙太白凉丝的。"

一杯酒下肚，大家群情高涨，推杯换盏。"拉板车"、"推三轮"，邀你随他，如火如荼。

尚甘雨已经是醉意蒙眬了。他拍着我的肩膀，结结巴巴地说："他'八姨'，这兄弟媳妇咋还——没来呢？"

正说着，王穗渝拎着小包如沐春风般走过来。

"对不起大家，我迟到了。对不起。"

她和大家一一握手后，歉意地点着头坐了下来。

尚甘雨说："兄弟媳妇，你来晚了，我们喝、喝了好几瓶酒了。不行，得罚酒。"

王穗渝急忙站起身，说："对不起，我今天北京飞重庆的航班晚点了。我自罚一杯吧。"

"你是空姐啊？不行不行，兄弟媳妇要自罚三杯！"尚甘雨态度坚决而认真。

王穗渝毫不犹豫地喝下了三杯。她问尚甘雨："你刚才说什么来着？兄弟媳妇是谁啊？"

"是你啊。空姐，你敢说你不是俺兄弟媳妇？"尚甘雨的反问让大家喧闹的气氛，一下沉寂了下来。

我心里太紧张了，责怪尚甘雨的话到了嘴边又咽了回去。我赶忙说："好了好了，喝酒喝酒。"

王穗渝没有像我想象的那样，给尚甘雨难堪下不了台，而是故作神秘地对尚甘雨说："尚大哥，你这称呼可是有点早喽。今天是我认识巴一的第二面，你认我做弟媳妇，你弟弟还没有开腔呢。"这婉转的一句笑谈，让我在家乡人面前没有难堪和窘迫感。

尚甘雨爽朗一笑说："郎才女貌啊。可惜啊，我只怨结婚太早啊。"

王穗渝问我："你的老乡们什么时候离开重庆？"

"明天一大早，飞往郑州的航班。"还没等我回答，尚甘雨抢先说："王小姐明天飞郑州吗？"

"明天飞郑州是南航公司的客机。要坐国航的飞机，我就能为你们服务了。"王穗渝解释着她的业务范围和工作情况。

晚宴接近了尾声。王穗渝端起茶杯说："巴一的老乡们，感谢你们为重庆输送了这么一位优秀人才，我以茶代酒，祝你们明天一路平安。"

大家纷纷起身。

"明早正好我休息。上午我去机场送你们。"王穗渝这一主动邀请，让我十分意外。她朝我笑笑说："巴总就不用亲自到机场了，明早可以放心睡个懒觉吧，我送大家。"

我连忙说："算了，还是我送大家吧。"

"不不，别争了，我代你送大家。请放心，我一定把他们顺利地送上飞机。"

我再也说不出来什么。心头涌来一阵阵幸福的感动。

尚甘雨说："王小姐真是善解人意啊。他'八姨'在重庆遇上你这个美女，不，应该叫大才女，真是他的福分啊。"他见王穗渝笑而不语，转过脸拍着我的肩膀说："哥们儿，这是造化啊。想当年，咱们俩都在赵庙的街南头畅谈闯荡城市的梦想时，也没想过有今天啊。二十年，二十年过去啦。"

酒后的男人，是雨后的河水慢慢升腾的朽木，往事会一层一层地蹿出水面。也往往是酒后产生怀旧的情绪一发而不可收拾。尚甘雨的话让我想起了很多很多。但是，我故意岔开话题，打住了属于我们两个人在那个叫赵庙镇的回忆。

王穗渝问了一句："原来你们是老朋友啊？"

尚甘雨说："是啊。绝对的老朋友。想听听巴一，不，巴总的青春故事吗？"王穗渝笑笑说："明天吧，明天送你们时在机场听吧。"

四

从此之后，我再也忘不了王穗渝的笑了。她笑得真诚，笑得健康，笑得率直，笑得甜美。独坐在办公室或一个人在车子上，我都在回味她的笑声。

在我的印象里，空姐总是忙碌穿梭于机舱里，礼貌的一个问候，一个微笑，柔声细语，自然得体。这些规范动作我总认为是航空公司规定的礼节，而没想到生活中的空姐也是这样温存大方，善解人意。从和王穗渝的接触中，我感受到了空姐较高的综合素质，感受到了空姐养之有素的良好心态。

有时候，我给她发个短信，她会马上回复，也有时上午发的短信，晚上才有她的回信。断断续续的信息往来，我知道了她的飞行踪迹。忽而北京，忽而上海。早在南昌，晚上又住在了厦门。空中事务多辛苦啊。从早到晚在飞机上，周六周日也在飞机上。有一次我问她，你最大的心愿是什么？她毫不踌躇地说，她最大的心愿就是能天天见到爸爸妈妈。有时候很晚回来，赶到家的时候，已是夜里十二点过了，爸妈还没睡，一直在等着她。为了不耽误第二天的飞行，她仅能睡上三四个小时，清晨五点又要赶到机场。

我问她，你不感到累吗？有没有过厌倦这个行业的想法？她回答说，没有，真的没有过。在空姐队伍里三年多的时间了，说长也长，说短也短。有的现在都是妈妈了，还在飞着呢，很正常。当一名空姐多不容易啊，那是百里挑一的人选，女孩子谁不想这个职业啊。要说累不累，干我们空姐这一行才真叫累呢。早出晚归，有时在飞机上还要受那些不讲理的乘客的埋怨、谩骂、投诉，一肚子委屈。细想想，这是我的职业啊。干一行爱一行，年轻嘛，有什么累什么苦扛不下来？再说，我是共产党员，团支部书记，总要事事先带个头吧。

常常是在电话里，王穗渝谈起她的工作总是滔滔不绝，津津乐道。我喜欢听她的叙述，喜欢听她在飞行中遇到的新鲜事。她的叙述里，没有商业味，没有金钱，没有柴米油盐的家庭琐事。她一心牵挂着她的工作，她的父母，还有广东老家的亲戚们。在电话里听她讲述，是我这个商场上争来争去者最幸福的精神享受。

二十年前，当我和尚甘雨在赵庙镇的时候，都最爱听广播剧。

那时，他是从县文化馆分到镇文化馆的小干部，我是最基层的法律工作者。因为有了爱好文学的共同语言，所以常常在一起谈人生，谈未来，谈画画。在食堂边吃饭边听收音机里的广播剧。从广播剧的声音里，滋生出无数美好的幻想，想象出画面里层出不穷的美景，想象着痴男怨女的悲欢离合。如今，都市里钢筋水泥，已容不进真情厚意，唯一给人想象的除了金钱、欺诈，还是金钱、欺诈。半导体消失了，忽然我又从王穗渝那头的电话里找回了广播剧的感觉，又回到了二十年前的岁月。

我不忍心打扰她，但又忍不住给她发信息。有时候，我很希望她不回信息。但一旦她很久没回我的信息，心里便又觉得空荡荡的，有一种莫名其妙的失落感。这时，我会猜测她在飞机上，或者机舱门已经关闭了，不让再开手机了。我被纷至沓来的矛盾情绪困扰着，常常坐下又站起，在办公室走来走去，又坐下又站起。点着的烟吸了两下掐进了烟缸，又从烟缸里把已经掐瘪的烟头燃上。

我知道我喜欢上了她。

五

市青联刘战秘书长打电话说，全国青联安桂武副秘书长来重庆了，晚上请他吃饭。在西亚酒店。我很高兴。合上手机，我马上打通了王穗渝的电话，请她晚上也过来。她犹豫了一下，说："我来不太好吧，你们青联的朋友聚吧，改天再说。"我说："不行。安部长、刘部长要我通知你，一定得来。上次听了你的诗朗诵，今天他们还请你朗诵。"其实，我是在找借口找理由过来一起吃饭。她听出来我在找借口了，笑笑说："恐怕是你想听我朗诵诗了吧。你精着呢。好吧，我现在在上海，马上飞日本的名古屋，晚上八点后才落地重庆。落地后再开会耽误一会儿就赶过来好吗？"

我总算又找到了见她的理由。

席间，不少青联朋友又提到了我的那首《感激青联》的诗。安桂武问我《全国青联通讯》上发表了，见到没有？我点了点头，谦虚地客气着。他当着众人的面，又夸奖了那首诗。当他说到那首诗的朗诵者王穗渝时，我打断了他的话，马上说："她马上就到。"刘战看了看我，问："你通知了她？来吗？"我肯定地回答："对，她一定来。"

安桂武详细讲述了那次在飞机上，王穗渝和韦唯合唱《爱的奉献》，带头募捐的详细过程。刘战问我怎么认识她的，我实话实说，就是那天晚宴上认识的。刘战深有感触地说，我们青联队伍里什么样的人才都有啊。我附和着左顾右盼，多么希望此时王穗渝的突然出现，让她亲自听到青联领导同志对她的赞扬和好评。可是她姗姗来迟。一直到大家散场时，她才急匆匆地赶到。

"对不起，来迟了。机场到市区堵车。"她歉意地向我解释。

"没关系。大家都走了，我请你吃碗面吧。"

"不用了，我在飞机上吃了点儿，不饿。"

我又说："请你喝茶吧。就在这个茶楼。"

"谢谢。那就谢谢喽——呦——"她模仿了一句范伟扮演的"药匣子"的角色，拖着长腔的东北口语。

她把我逗笑了。

趁着酒意，我的语言出口成章。平常根本没有使用过或者根本想不起来的词语，一个劲地对外冒似的，旁征博引，举一反三，囫囵囵囵一个大卖弄。男人出风头爱表现，总是在他喜欢的女人面前装英雄、吹牛皮、撒大谎、厚着脸皮、口无遮拦、信马由缰、扯东道西、颠三倒四、不着边际，淋漓酣畅热火朝天，自我感觉好极了。她听着，耐心地听着。而对这位耐心的听众，我畅快地高谈阔论。事后想想，我当时的表现与集市上卖老鼠药的没什么两样。

她没有打断我的话。时而劝我多喝点水，时而又喊服务员给我的水杯加水。

为什么那么多话要向她倾诉呢？

在商场上的，在文学创作上的，在老家的，在重庆的，不着边际，评头论足，一一道来。她越笑我就说得越有劲，她越是认真听我就越有激情亢奋地讲。尚甘雨、刘战、安桂武、谭家玲，还有很多很多她不认识的人，我也夸奖也赞扬。总之，说了这么多人都是正面人物都是好人。

王穗渝说："你知识面挺广的。"

"是啊，我知识面很广。书本的社会的，一肚子学问啊。"我自鸣得意得不自量力了。

终于，脑子没词了。

我说："你能讲讲你的故事吗？"

"讲什么呢？我又没有你那么多的经历。"

"就讲讲你个人吧。比如，有没有男朋友？"

我知道，这句话才是我今晚最关心最想知道的话题。

她没有急于回答我的问题。呷了一口水后，朝我笑了一下。

我知道这轻轻一笑，是男女之间没有语言对话的逗号，也是委婉拒绝对方的一个分隔段，也是彼此重新培养词源的一个短暂的过程。这时候，需要理解对方，需要提示对方，需要引导对方。

我等不及了，"你男朋友是干什么的？"

"哈哈。这问题我回答了很多人。很多人也问过我这个问题。"

"你怎么回答的。"

"标准答案就是：追求我的人不少，但还没有我看得上的。"

我"噢"了一声。

"我行吗？"我这样问时，其实我害怕她说"行"或者"不行"。行或者不行，此时都是并不准确的表达。

她爽朗地笑了起来。

这笑声是最准确的回答。我满意这个含蓄的意味悠长的答案。

她给我讲了一个故事，一个在飞机上遇到的故事。

　　三个月以前吧，我从北京飞广州。那天我在头等舱。一个日本人老是看我。我问："先生，有事吗？"他说："小姐，你是王穗渝吧？"我下意识地望了一眼自己的胸牌说："是。先生有事吗？"他显得十分激动，马上从包里取出一张报纸，说："王穗渝小姐，你很优秀。自从在报纸上见了你的事迹就很难忘。我一直把这张报纸带在身上，心想肯定有一天能见着你。"当时我十分高兴，接过他递过来的已经褶皱的《中国民航报》，看到了一年前我们机关宣传部写我的一篇文章《阳光女孩王穗渝》，还有一幅我的照片。这报纸是我一年前见过，没想到这旅客一直揣在身上。他的一席话让我兴奋不已。

"所以说，日本人就很注意细节，他能在飞机上看到一个人，并把报纸随时放身上，这男人这够细心的。"王穗渝的语气里充满对这个日本人的赞同和感动。

我问："这日本人叫什么名字？"

"他叫木岛祥子。是个商人。在中国几个城市都有公司吧。经常飞来飞去的。"

"你是怎么知道这些的？"

"听他自己说的呗。"

"我敢肯定，自从这趟飞机上认识后，你们就互相留了电话。之后，木岛祥子这小子就请你吃饭。在北京、上海、广州、重庆，说不定都请你吃过饭，对吧？"

"是的。吃饭怎么啦？"王穗渝没有了笑容，一脸的疑惑。

"我郑重地告诉你，木岛祥子这家伙是个坏得透顶的情场高手。他在报纸上看到的空姐还远不止你一个，他会用同样的办法取悦于其他空姐。这是个阴谋，这是心怀鬼胎的阴谋家。"

"没这么恐怖吧？"

"关于你对他有何评价，我不想也无权过问。但有一点，你应该清醒，这个日本鸟人，恰恰抓住了你单纯和虚荣心理，居心不良。你不能上当。"

"嗯，知道了。"

"还有，咱们中国人最恨谁？日本人。他们杀了咱们多少中国人啊！民族仇，国仇，家仇，不共戴天之仇。我们的老祖宗是他们杀害，是他们蹂躏致死的，你不知道吗？"

我越说越气，脑海里倏然间闪现出南京大屠杀的血腥场面，闪现出一幕幕中国人民惨死在日本鬼子腥风血雨中的镜头来。

见我呼呼喘着粗气恨之入骨的样子，她没有多说什么，递过水杯说："喝口水，别气了。"

我说："中国青年接受的教育就是勿忘国耻。"

"那不都是历史了吗？过去的事情了吗？现在，中国和日本不是友好了吗？"她天真地为自己辩解着，"中国很多女的嫁到日本去，那又怎么解释呢？"

"嫁到日本去？有几个？你看看那些当年在中国红得发紫的明星，崇洋媚外到外国去，溜达一圈，把青春的汁液被那些鬼子耗尽了，得了一身病又回来了，人老珠黄，后悔晚矣。嫁给日本人的中国女人，一是生活在中国最底层，二是被中国男人抛弃了的，大抵就这么几类吧，嫁到日本，就等于让中国人民再吃二遍苦再受二茬罪。前段时间，中国人的手机里面流传着一个招募中国猛男到日本报仇雪恨的信息哩。只可惜，我业务上的事太忙，没走开，没去成。"

我笑了起来。

她也笑个不止。

"好了，不说日本人了，好吗？"

"你娃年轻啊，你娃不懂啊。"我的语重心长宛如她的长者。

她反驳说："你娃大我好多岁吗？不就十几岁吗？像个饱经沧桑苦大仇深的老革命一样。你娃以后不准这样教训我了。我是共产党员，我知道历史。"

我说："从现在开始，立即删掉那个什么鸟祥子的电话，不准和他有任何往来。否则，我们就别再见面了。什么吃饭，打高尔夫，那纯粹小日本的阴险伎俩。"

"好好，你说得对。"说着，她真的打开手机，删掉了那四个字的电话。她说："以后，咱们谁也不准再提日本人了。"我说："好。这就对了。"

我发觉我真的喜欢上她了。她隐约间也和我的心间有了默契。

六

冬天的重庆，是一首长长的蒙眬诗。铺天盖地的吟咏与抒情，让所有置身其中的人，人人一头雾水。重庆的雾不是絮状、丝状，也不洁白，它不是女人的手绢，而是一块硕大无朋的灰白色布匹，或是一块大大的抹布，哗地抖搂开去，一下将整个山城上空严严实实地给覆盖了。城市被雾劈头盖脸地打得湿漉漉的。雾里的重庆，惺忪着，半睡半醒，有如曲肱而眠的美人，真真有妙不可言的迷蒙。

雾是重庆的徽章与印戳。

火锅乃是重庆的标志。

我习惯了雾中行走，迷恋了那全然一口红沥沥的麻辣火锅。

重庆女娃儿敢爱敢恨，全是吃火锅吃出来的。她们的喜怒哀乐也是那火锅烩出来的。高腔大嗓、吱哇喊叫的重庆女孩，全是一锅红熬出来的那么鲜亮。

我和许多在重庆生活的外地人一样，到了冬天，特爱吃麻辣。我烦躁了大小火锅堂子满员排队喊号等待，一气，自己在大坪开了一个店，取名"巴江水红楼火锅城"。理由有三：一是我认识王穗渝是在巴江水，二是地处红楼，三是我的朋友多，不愁没客人。

11月中旬，我请来了《当代》的常振家、《北京文学》的章德宁、《十月》的顾建平、《钟山》的傅小红等数十人前来剪彩，浩浩荡荡的一班文学刊物主编们。锣鼓喧天，彩旗飞扬。文学与商业的碰撞交替，完美地体现在这个火锅城的诞生过程里。

王穗渝是开业当天下午赶来的。吃了火锅后，她说好吃，环境又好档次高，肯定火得起来。对她的认同，我打心眼里高兴。让她提点意见，想了半天，她说这火锅店太高档了，一般人不敢进来吧？我知道这话比直抒胸臆地说一个好字更有水平。我找不到感谢她的话，只好对她回报一句亲昵的："你娃！"

"民以食为天。创办火锅城是对的，一是你自己对外接待节省了财富，二是解决了不少待业青年立足重庆的就业问题啊。"王穗渝一面环视着火锅城的装饰，一面深有感触地对我说。

她说出了我的初衷，她明白了我花不少钱投资这个火锅城的意义。我在想，如果换一个女孩，她会理解这么透彻吗？总结这么透彻吗？这是智慧型女孩思索的提炼。

"欢迎你常来这儿指导吧。这是我们的青年会所。"我说。

"谈不上指导。哪天失业来你的火锅店做个经理，我想应该称职吧。"

我知道这是客气话。这种语言是一种谁也不往心里去的开玩笑的话。

"我有个想法，你同意吗？"她怔怔地看着我，像是有什么神秘的事情似的问我。

"什么事？说吧？"

"我想，我想让我爸妈明天来你这儿吃火锅可以吗？"

"嗬，当然可以。来吧。"

"不过，你要收费哟，否则我们不来。"

我一时语塞了。收费？这词听着有些别扭。

"好啊，收费。我付费。"

她笑起来，一脸的灿烂。

第二天，她爸妈果真来了。向她爸妈介绍我的时候，她特意补充了一句："他是个作家噢。"我自嘲地笑着说："是的，作家，但不常坐在家里。"

她爸是个政保干部，五十岁出头，性格爽直，友好地自我介绍说："我是广东人，湛江那个地方的。在国航保卫部。坐过我们国航的飞机没有？"

"坐过，坐过。"我急忙答。

"我女儿穗渝说，你的火锅味道不错，非拉着我们过来看看。"王部长坐下，点上烟，环视了一下包厢说，"就是不错嘛，环境好。"

她妈坐在一边，乐哈哈的没说话。

我有些紧张。我的目光游移在她父母的笑脸上，而很少注意王

187

穗渝的表情了。

"你有事就先去忙吧，我们自己吃。"王穗渝已看到了我额头上沁出的汗珠。

我借机离开了包厢。我问王穗渝："今天你们一家都来了，是不是来'相亲'的？"她笑而不答。

我想起农村"相亲"的事来。男女谈对象，女方是先要到男方家"相亲"的。囤子里有多少大米小麦，粮食穴子里有多少红片子，女方要看个究竟、瞧个明白的。常常在提前的几天里，媒人就传来话，叫家里做个准备。有几次，父母因忙着农活而没来得及收拾屋里，几个姑娘到家里看了看，就走了。我清楚地记得方桌下乱七八糟的东西。酒瓶子、油瓶子、破胶鞋、烂鞋片子。油腻腻的猪油罐子在桌后的条几上，老鼠跑来蹿去肆无忌惮。那天，我借了三叔的咖啡色拉链衫，正整理着桌子上的茶碗，介绍人大婶子的吆喝声就飘了进来。

"有人吗？"

"有。"我答应着，跑出堂屋。

"哎哟，大侄子在屋呢。"介绍人大婶子笑容可掬地说，对我挤了挤眼说，"大侄子，来了。相相家，你们见个面。"

我的脸发热，说不出话来，只一个劲地点头。转过脸去，五个姑娘簇拥着，你推我拉你的走过来。这么多姑娘，哪一个是给我介绍的对象啊？但我不敢问大婶子，也不敢多看她们一眼。

大婶子瞅姑娘们咯咯地笑，说："都进屋来吧。俺这个大侄子啊，是个高中学生，正上着学哩。人家大学长都不怕人，你们还怕啥？进来，进来。"

一个围着头巾的女孩走在了前头。无疑，她就是今天的主角了。我定睛看着她，她却不看我一眼，勾着头，围巾角紧紧遮掩着嘴唇。

我慌忙把桌边的板凳拉出来让座。一条板凳上厚厚的干泥巴凸现着，我急忙去抠掉。拉另外一条长板凳，"当啷"一声掉了两条腿。我安了半天也没安上。大婶子说："别忙了，俺来吧。"说着，她把掉在地上的板凳腿甩在一边，将缺腿的板凳面依靠在桌子下面的栏空里，说："来吧，都来坐吧。"

　　可她们一个也没有来坐的。有的倚在门槛边上，有的站在秫秸秆的边上往里屋伸头环视。我在给她倒开水。茶水瓶的木塞盖子不知道什么时候没有了，上面塞的是一个适中的萝卜块，保温效果不是太好，倒进大白瓷碗里的水没有多大热气。我先端给介绍人大婶子一碗。

　　大婶子接着碗，又递给那个围围巾的姑娘说："她三姨，你先喝。"

　　"俺不渴。你搁那儿吧。"被称为"她三姨"的姑娘轻轻抬了头，声音很小。

　　我把茶碗端给每位姑娘，她们有的摆手，有的摇头，没有人接我的茶碗，可眼睛一个个都在目不转睛地盯着我的笨拙和窘迫。

　　我在桌边的板凳上坐下来，不知下一句该与大婶子说些什么话。

　　大婶子问我："墙上这中堂字怪好看哩，可是你写的？"

　　我说："不是。"

　　"那，这字是谁写的呢？"

　　大婶子盯着后墙上的字，那些女孩子也都朝后墙上看。

　　我说："这中堂字是俺老师写的，他叫杨彦斌，在咱们文化馆当馆长。"

　　"噢，怪不得这样好看哩，是馆长写的。"大婶子像是懂书法似的，点着头，对女孩子们说，"她三姨，还有你们几个大闺女，看看俺大侄子就是不一样吧，家里后墙上都有馆长的字。这有学问的家啊，穷是穷点，可人家识字有文化，将来有出息啊。"

我热血沸腾。大婶子能说出这样慰藉我的话来，一种奔涌的感激油然而生。我看着大婶子，也看那个"她三姨"。"她三姨"看了一眼中堂字就没再看了。我希望她多看一会儿，希望她一个字一个字地念出来。

"好了，你们也帮她三姨掌掌眼，到屋里看看吧。相家就是来看看家的。"大婶子指挥着在场的每个姑娘。"她三姨"还是坐在那里没动，几个姑娘过来拉她，她才踟蹰走向东屋里。

我脑子一片空白地呆坐在桌前，眼睛盯着后墙上的中堂字。我知道东屋里除了一张床、一张母亲的柜子外，两泥囤子里都没有粮食，靠墙堆着的是父亲安放的麦收季节用得着的杈耙扫帚，还有抓钩和铁耙子。西间里是我的床，墙上糊满了发黄的报纸，床头上是我的一堆书，一个用秫秸围着的红片毡子里，没有多少红片子。那是仅有的全家一天三顿饭的主食。还有两大罗缸，那是秋冬季节打粉才用得着的，空的，有一个罗缸里有两捆粉条子。我心想，看吧，这就是我的家，看上了你就愿意，看不上你就另攀高门吧。反正就是这样。

她们有的伸手摸罗缸，有的伸手摸泥囤子。一个个摇着头，摆着手，还有一个撇着嘴。我知道这次"相家"又失败了。这已是第七次"相家"了。

大婶子说："你们几个看好了没有？"

"看好咧。""她三姨"先回答。

大婶子起身对我说："看好了咱就走吧。"

我父母也从邻居家走了出来，留她们吃饭，她们还是回去了。

三天后，大婶子传来话说，"她三姨"对我没啥意见，就嫌家里有点穷。这结果我预料得到。我对唉声叹气的父亲说："气啥呢，咱人穷志不穷。以后我有能耐了，娶个城里的媳妇领回来。"

父亲听了这话，不但没鼓励我，反而气恼得暴跳如雷："你能得像个豆，就数你能得很。家里穷得这个熊样子，要是不给你说个媳妇，娶上一家人，俺这做老人的死了也不咽气啊。"

父亲呜呜地哭了。母亲也哭了。

我揣着袖筒，望着门外，眼角也渗出了泪水来。

七

王穗渝不知道我的老家故事。

这些遥远的往事，对于城市里长大的她来说，也无法体验和感受这个乡村的遥远。可她说，这些农村的事她都懂。她说她爸是广东农村出生的，从小经常在暑假寒假随爸回老家，知道这些事，挺有意思的。

"如果你再回老家，我愿陪你去。"王穗渝对我说。

我说："好啊，这是你答应的？"

"我回老家的话，你陪我吗？"

我问她哪个老家。她说："广东老家啊。我爷爷、叔叔他们都在老家的。今年过年我就和爸妈他们回老家去。"

我没敢再说话。春节是公司特别忙的时候，我是不敢脱身的。即使走得开，我这时候陪她一起，和她爸妈一起也不合适啊。在她老家介绍我的身份时，怎么称谓呀？我立即截留了我的胡思乱想。

大年三十晚上，我在火锅城和员工们一起看电视。春节联欢会的精彩节目没能吸引我的注意力。电话拜年、短信息拜年忙得不亦乐乎。我一直在等机会给王穗渝打电话，新年问好。电视里一首歌突然间让我有种新鲜的悦耳感。

亲爱的，你慢慢飞

小心前面带刺的玫瑰

亲爱的，你张张嘴

风中花香会让你沉醉

……

这是很久没有听到的舒展明快的通俗歌了。曲美词美，朗朗上口，今年肯定能流行开来。我快速记下歌词，短信发给了王穗渝。

"这是写给我的诗吗？"她回复。

"不是。这是刚刚晚会上唱的歌。"

"这歌写得不错。我以为是你创作的呢。"

"你没在看春节晚会吗？"我问。

"没有。我在和家里人说话呢。"

说到"家里人"三个字，我想到了我的父母，想到了我在老家过除夕的难忘镜头。

除夕夜一年一度，年年岁岁不相同啊。

在都市里听不到了鞭炮声。从家乡人打来的电话里，又听到了此起彼伏的噼里啪啦的鞭炮声。亲切而又遥远。记忆，让每一个游子在倍思亲的佳节肝肠寸断。

我的父母五年前已从乡下来了重庆，因此，这五年里，过年时不再想到回老家了。重庆是我的第二故乡。在重庆过年，父母们仍沿袭着老家的习俗，感觉还有点过年记忆的幸福。这就够了。知足了。在乡下过了那么多年，也该在城里过年了。

我又忍不住给王穗渝发信息。

"广东老家过年热闹吗？"

其实，我明白这是一句最没水平的问候。过年，哪里不热闹？又不是国外。

"热闹惨了。舞狮子，吃烧烤，骑摩托车自行车，好玩惨了。”分明她是在使用重庆话。

我的手机信息太多，时时被进来的信息冲断。从她的信息里，我想象得到乡村的热闹的过年气氛，还有飘荡在乡村上空的独有的芳馨味。在乡村过年，才是有着品不尽的"年味"。

王穗渝在老家高兴地过年，我心里也特别的高兴。新年快乐这四个字的含义，不就是一种美好的祝福吗？辛劳了一年，就这几天思维最放松。好好快乐吧。这是生活，这是人生，这是幸福。

幸福的日子总是短暂的。七天的长假总是太短，眨眼间不知不觉就又上班了。大街上川流不息的人流，刺耳的汽笛和轰鸣，警示着每一个人，繁琐的日子又继续。唯有让人憧憬和兴奋的，是看到了从地面拱出来的新鲜嫩草芽儿，从枯树枝上钻出来的幼枝。偶尔的鸟鸣啼歌，宣告着春天的到来。是的春天来了，生活的人们总盼着新春的到来。忘记过去，重新再来。春天给每个人希望。

在公司处理事务，疏通和客户间卡壳的关节，接待全国供应商的来访——就这样周而复始着。这是过日子。时常有人这样说，钱有多少算是个多？官当多大才是个大？这话有道理。可是，人生就是追求。"没有的总想有，得到的还盼望。盼来盼去，挑水的媳妇谁愿意挑到黄水汤。"

我天天想见王穗渝。我想当面对她说，我爱她。

可是，几次匆匆的见面，我又没说出来。爱上一个人，总是心里念着她，想着她，即将开门见山直率表达时却退缩了。担心遭到拒绝，害怕剃头挑子一头热。这心理折磨着我。

星期六这天晚上，我知道她飞回了重庆。我直接去了机场。她还没来得及换下制服，就看到了车窗里的我。

"你怎么来了？"她很惊喜。

"来接你。"

"不用不用。我还要开会。"

“今晚请你吃饭吧？”

“不用不用。我在飞机上吃过了。”她急着走，问我，“有什么事吗？”

我笑笑，说：“没事。我想来问问你今年五一长假怎么过？你休息吗？”

“五一节？这不是还早着呢吗？怎么？你想带我出去旅游啊？去哪里？”

我脱口而出说：“时间随便你，你定。”

“好啊，我想去三亚。”她喜出望外的样子，给了我信心。

在等待五一长假到来的那段日子，是我人生中最幸福渴望的日子。等待，人的一生都在重复着等待。

在飞往三亚的飞机上，我和她坐在了一起。我问她：“咱们俩坐这么近，空姐们看到了会不会说你？”她瞧了我半天，说：“你还怕啊？这趟飞机就是我们国航的。飞机上的空姐、空保，都是我的同事。要怕的话恐怕就不跟你一起出来了。”

几个空姐过来跟她打招呼，我也跟着她点头，拘谨地微笑着。我把报纸翻过来读过去，也找不到合适的语言与她对话。

我说：“三亚你以前来过吗？”

“去年来过。参加团中央和全国青联组织的一次活动。”

“去年来过了，怎么不选择其他城市呢？”

“三亚，你天天来都不会厌倦的。你没来过？”

我说：“来过。十年前了。参加哈尔滨药厂举行的活动，时间很短。”

“游泳了吗？”

“没有。只是到天涯海角蹚了个海边。”

“这次我带你游泳，在海里畅游，潜水，有意思着呢。”

我答应着，想象着。十年前在三亚的断断续续的记忆，又一幕

像我这样爱你

幕浮现在脑海。那时，我是初出茅庐参加商务活动，在全国的那些商人队伍里，战战兢兢，无人注意，乖顺地听从着主办方安排的吃饭睡觉，浮光掠影地看了一眼三亚。而今天，我重又来到了这片大海。感觉一样吗？

海边的喜来登酒店灯光辉煌。走进房间，我便走进了和王穗渝的二人世界。

王穗渝对我说："你平常确实太累了，在这儿一是好好休息，二是放下任何商业活动的事不去想。有我陪你好好吃一下这里的特产，尽量放松自己。"

面对大海，我们俩挽起裤管，提着鞋子，任飘来的雨丝肆虐着全身。她说得对，人活着累着为什么？照顾别人想着别人，怎么就不为自己想想？在海边，我体验着幸福。在海边，我享受着迟到的爱情。苍天啊，对每个人都是公平的。给了你一段痛苦折磨，还会还你一段甜蜜幸福。这时，你会感激苍天的恩赐。

三亚湾海鲜大排档，是我们必去的地方。鲜活的各种海鲜应有尽有，选中自己喜欢的海鲜，付点加工费，在嘈杂中享受着宁静。王穗渝喜欢吃螃蟹。清蒸的、葱烧的一样一份，直至她吃不下我才满意。一元一个的鲜椰子，用小吸管一吸，汁液生津，满口清香。至今，我们怀念着大排档里那叮叮当当的吵闹声，那些海鲜死不瞑目的挣扎相，那端上桌热气腾腾的菜香味……

五指舟岛是三亚的一大景点。有人说，去三亚不去这地方，那是最大的遗憾。真的，五指舟岛让我和王穗渝终生难忘。

银色的河滩上，五颜六色的太阳伞下，大都躺着一对对情侣。深蓝的大海无视你的存在，任何人都不在乎你的存在。他们亲昵着，拥抱着，嬉戏着。

我们选择了潜水。

穿上厚重的紧身潜水衣，戴上潜水镜，在教练的指导下纵身水下。生性胆小的我记住了教练的交代。如果在水下喘不过气来，或者耳朵不舒服，就竖起大拇指往上方示意，教练就会帮你托出水面。

背着氧气瓶，我们跳进了海里。紧咬着吸氧器。王穗渝点头鼓励我。

咸咸的海水只有在这时才充分地体味到了。潜入海底，才发现海下面有着美不胜收的景致。我用手去摸珊瑚，教练把我的手移开。我明白了海下的东西是不能去触摸的。形状各异的游鱼成群结队，海胆海蛇自由自在地游来游去。我用手去抓眼前的游鱼，鱼儿受惊吓似的游向了别处。成排的珊瑚，像一幅幅美轮美奂的壁画。王穗渝游了过来。她竖起大拇指鼓励我，我笑着向她点头致谢。在海里只看到她的眼睛，从她眼睛里我感觉到她和我一样好奇。她很放松，一会儿伸手抓鱼，一会儿托起毛茸茸的海胆。一条长长的海蛇她也去抓。

海底是一个奇妙的世界，梦幻世界，童话世界。只有在那个世界里，人才享受到无忧无虑的畅快。

"好玩吗？"她问我。

望着她湿漉漉的样子，我点了点头。

"真没想到海里这么多奇怪的东西。"她又说。

我仍然沉浸在海底世界的记忆里，记忆着海底里她那双动人的眼睛。

她说："找个机会，让你的父母、我的父母也来这儿玩一下。他们还都没来过这儿。"

我没想到王穗渝会在这个时候想到她的父母，也想到我的父母。就凭这句话，她就值得我去爱，因为她孝顺。孝顺，是一个女人的内在美；孝顺，是一个男人顶天立地的根本。我对王穗渝的孝顺充满着敬意。

从三亚回来，王穗渝去了我们家。父母很喜欢她。我们游泳时拍了录像，她放给我的父母看，她在边上解说。从此，父母知道我找了个"开飞机"的空姐。父亲对王穗渝说，你很懂事，以后多提醒多帮助巴一。她说我会的。我得意地对父亲说，一定要找个城里媳妇，我那时就说过。放心吧，我会好好照顾穗渝的。父亲这次没有训我，只是笑，没有说话。母亲也看着王穗渝笑。母亲的眼里洋溢着慈祥与平和。

八

五一长假后，上班的第一天上午，公司办公室的传真接收了厚厚的一沓。其中一份市青联秘书处发来的传真让我喜出望外。由全国青联和中国对外友协组织的赴北欧访问团，11月底前往丹麦、瑞典、挪威、荷兰四国。九人的访问团，四名重庆代表，团委书记、市青联主席谭家玲同志任团长。这不仅是一次难得的出访学习的机会，而且更是一份殊荣。我很高兴。王穗渝知道这个消息会高兴的，我想。

刚在办公桌前坐下，青联秘书处周涛副部长电话就打来了。他详细介绍了这次北欧之行的政治意义，交代了办理有关证件等事宜。最后他说："别忘了跟小王汇报一下。"

我说："哪个小王？"

周涛说："你就跟我装吧。哪个小王，还有几个小王啊？空姐王穗渝。"

我忍不住笑起来："你怎么知道的？"

周涛说："全重庆人都知道了，我咋会不知道呢？别忘了，你是青联委员，青联的事都是好事。你就跟她汇报吧。"

这下我算明白了，青联的朋友都知道了我和王穗渝的关系了。

去北欧要十五天的时间，要耽误我多少工作上的事啊。千头万绪，十五天要发生多少事啊。国外有什么好玩的，又不是没有出过国。想到公司一大堆事务，我又对北欧之行没了兴趣。以后的日子长着呢，想什么时候出国不是随时拎个箱子就走吗？不能赶在年前年后这段繁忙的日子离开。越想越乱，简直拿不定主意。

男人没有主意的时候，往往依赖于他身边的女人。有时候，女人作为旁观者，清醒地鼓励，成就了男人的宏伟大业；糊涂时往往毁了男人。女人们没了主意，往往依赖于她身边的女人。这时候，女人已经对她身边的男人失去了信任和信心。女人依赖的这个女人，大都把她的意愿传授给此时已没了主张的女人，结果理还乱剪不断，小事情大麻烦。这世界上，什么事也离不开男人和女人啊。

关于出国这件事，完全是我个人的事，用不着向任何人请假，只需要跟公司经理和办公室主任打个招呼就行了，可现在心里有了王穗渝，我就必须征求她的意见。我把传真交给她看。很久很久，她问我："你去吗？"

我故意说："你决定吧。"

她没有了笑容，两眼泪汪汪的。

我说："这是出国访问，又不是不回来了。"

她泣不成声。

我说："别哭。你不同意的话，我马上告诉周涛吧。"说着，我在手机里翻找周涛的号码，她一把按住了我的手，合上了我的手机。

她哽咽着说："我舍不得你走这么多天。"

我理解她的心情。相处这么长时间以来，我第一次看到了平时乐哈哈大咧咧的她流泪。哗哗流淌的泪珠儿击打着我的心灵，激励着鼓舞着我的奋发进取。女人，谁不期望她的男人出类拔萃有所作为呢。

去北京的前一天晚上，她几乎忙了一整夜为我收拾行李。辣椒酱、花生米、榨菜等等，应有尽有；短裤、袜子、内衣件件齐全。还有一件蓝色的羽绒服、羊毛衫，叠放得整整齐齐。她一一向我交代，唯恐我使用时找不到地方。棉签、牙签、鞋垫也分门别类地准备好。第二天，她专门申请了飞北京的航班。

第二天一大早，王穗渝提着两大包行李来到了中国对外友协的大门口等我。凛冽寒风里，她搓着手，送我们去机场。她和我们的成员一一握手话别。她依依不舍泪水婆娑的样子感动着我们每一个人。谭家玲主席对我说："你好福气啊。穗渝为了你，连高跟鞋都不穿了。才貌双全，百里挑一，你可要好好爱护人家哟。"

我心里甜甜的。从未有过的那种甜。

去北欧的第二天，王穗渝就休假了。她是每年的公休假十五天。这十五天，她天天在火锅城，穿着经理工作服，忙前忙后。厨房、前厅、大厅，她始终微笑着，应酬着。有一天，全市的会议宴席，她接待了五百多人吃火锅。在手机短信里，我知道她站了一天腿都站疼了。她说，在你火锅城里当临时经理，比在飞机上累多了，不过，在这里学到了很多知识，熟悉了餐厅的工作流程。人啊，就是工作着忙碌着才有意义。

说实在的，我在北欧最不放心的就是火锅城里的事。有了王穗渝在管理，在指挥，我心里一万个踏实，一万个放心。北欧，给了我开阔视野的异国享受；北欧，让我的记忆里装满了对王穗渝的思念。

九

2006年，是中国医疗改革的"阵痛年"。

看病难，看病贵，成了最严重的社会问题。降低医疗和药品价格，打击医疗药品流通行业的商业贿赂，成了2006年的中心任务。这一大环境，直接改变着医疗机构和医疗行业的原有思路。接二连三的假药事件、天价药费事件，让医疗行业成了众矢之的。尤其药品大幅降价，使医疗企业叫苦连天，茫然失措。

这是新时期医药改革的重大决策，这是势如破竹不可阻挡的历史潮流。

国税稽查局查账。地税稽查局检查。工商局查处了不正当竞争。检察院职务犯罪局的也来了。例行公事。医院，医药公司接受检查和调查。

我是公司的法人代表，公司的行为一切与我有关。

赤日炎炎似火烧的夏日重庆，遭遇了百年一遇的旱灾。在这令人烦躁的夏日，我和众多医药人一样，经历着烦躁的考验。

接二连三的电话是税务部门催交罚款打来的，三天两头跑工商局，是在接受一遍又一遍的不正当竞争调查；深更半夜没睡觉，那是在检察院接受询问……

这一切默默地正在进行时，我默默承受着。我不愿告诉任何人，包括王穗渝。这是公司商业上的事，与家庭无关，与爱情无关。优秀人才是在挫折和磨难中才能成长的。逆境对每一个强者来说，都是财富。成功永远属于那些敢于面对挑战的人。有我在就有阵地在。"让暴风雨来得更猛烈些吧！"

我一遍又一遍激励自己。"一切都会转瞬即逝，一切都将化作最美的回忆。""站直了，别趴下！"……我一遍一遍地对自己说。

公司的账户透支。

我自己的信用卡余额不足。

库房的药品库存为零，无款购货。

物管费、电话费、加油费无钱缴纳。

债主们络绎不绝，怨声载道。

我呆坐在办公桌前，心乱如麻，六神无主。此时，我领悟到了"人有旦夕祸福"的含义；我理解了"屋漏偏逢连夜雨"的境况。

我问王穗渝："假如突然有一天，我变成穷光蛋了，你还爱我吗？"

她很平静。她说："你目前的事我都知道。怕什么，男子汉大丈夫顶天立地，拿得起放得下。有什么大不了的？不就是钱吗，再多对我也没有诱惑力。我喜欢你这个人，有才气，有魅力。像你这样文武双全的人中国有几个？重庆有几个？没有钱，有我就够了。如果你进局子了，我去给你送饭去，我愿意我乐意。"

一席话，说得我心潮起伏。是啊，男子汉，跌倒了爬起来就是了！

第二天上午，她和她爸妈一起，把全家多年的积蓄全部提出现金，送到了我的公司。还有她的所有亲戚家里的钱，全部借来了。她又想到了她的研究生班的三个同学，把他们的钱也借了过来。

王穗渝说："你用吧，节省点用。欠人家的钱，都还了它。"

我说不出谢谢二字。我说不出感激她的话。

她紧紧抱着我，喃喃地说："菩萨会保佑我们的！你好好干吧，还像我没有认识你以前那样，努力去干吧。我知道你会干好的。"

我无话可说，更没有信誓旦旦地慷慨陈词。我只能将她给予的无私的爱存在心里。

爱，同样需要回报。

为了这份回报，我没有理由不努力。

告别了，2006年。

我爱你，穗渝。

第二辑

故里笔记

美国作家哈·鲍依尔说："回忆是一座最美好的花园，过去的种子埋在这里，一年四季每当你希望它们发芽时，它们就会长出美丽的花朵。"

英国作家詹姆斯·巴立说得更好："即使在十二月里，回忆也能出现玫瑰。"

雪涅说："创作与寂寞是同胞兄弟。"

我想，大凡文学艺术创作者恐怕时时是要与寂寞为伍，消受寂寞的。除非天才，否则都要受一番寂寞的煎熬。

然而，为文之人恐都不甘于寂寞。见别人有了成绩，或作品获了奖被人称道，或才气被人颂扬，或照片悬于报章，便就耐不住，浑身奇痒，跃跃欲试；稍稍捕风捉影，就抓起笔来，硬下头皮，胡涂乱抹，写出来的东西面目依旧，实在没什么可叫人喜亦让己乐的地方。这正应了小说家契诃夫的话——胡诌了自己没有经过的痛苦，硬画了自己没有见过的画，结果落得"扯谎的小说比谈话还要乏味"。——看来争一日之短长，求一时之优劣，终不如寂寞；况且，做文学历来是件严肃的事情，半点调皮和狡黠都是不行的。

曹雪芹寂寞过了，才有了《红楼梦》；莫泊桑寂寞过了，才成了后来的莫泊桑。古今中外，如此之例，不胜枚举。由此，若真

205

格儿困惑起来，还是寂寞点好。在寂寞中挣扎求索，潜心悟道，悉心研讨；这样，小寂寞则小进，大寂寞则大进。寂寞时是在养精蓄锐，磨砺笔墨，但不可懈怠。若懈怠下来，只有抱着寂寞，惑惑然在寂寞中了此一生了。

泰戈尔在寂寞中说："我一直调整着我的琴弦，那最好的歌，我至今还没有唱出。"做文字的人，是该时时调整调整自己的琴弦，即便唱不出最好的歌，也该哼哼属于自己的喉咙，并真正从心底发出的歌。若不甘寂寞，一味大吼大叫，即使唱出一些歌来，那歌恐怕也该是嘶哑的，不会赢得人拍案叫好。

红孩说，何谓故乡？母亲在哪里，故乡就在哪里。我觉得这话不错，但这不是文学的故乡的全部。我对故乡的理解是：我们曾经不断记忆的和以后不断向往的那个地方才是故乡。

对漂泊着的我而言，故乡如影随形，我在哪里，故乡就在哪里。故乡一刻也没有从我的记忆中消逝。寂寞时，故乡的记忆充实着我；浮躁时，故乡的记忆警示着我。

辑录这里的或长或短的笔记，分别发表在《中华儿女》、《十月》、《大家》、《美文》、《新华社通讯》、《阳光》、《鸭绿江》、《飞天》、《阜阳日报》、《中国文化报》、《文学报》、《文艺报》、《北京文学》等报刊。在此，我要对帮助我发表这些文字的编辑老师们、编辑朋友们说一声：谢谢！

屠格涅夫有《猎人笔记》；于是，我就写我最熟悉的《故里笔记》。

——并非题外话

赵庙集有一条双李河

赵庙集的西边，就是双李河。

粗浅地了解，南北方向的双李河北到李兴镇的"八丈河"，又叫"八丈沟"；南止双浮镇。赵庙人不叫"双浮集"，叫"双码头"。兴许是双浮集紧连茨淮河和双李河接口处，时有打鱼船只靠岸的缘故，于是就叫"双码头"了。但村人们没见过真正的码头。远处看，双李河直直的，一竿子捅到底那么直，可近处看，她却是蜿蜒曲折的，连接着李兴、赵庙、双浮三个乡镇的唯一的一条大河，没有个九曲十八弯哪能行？赵庙集是位于双李河正中间的一个集镇。距离李兴、双浮各二十华里，人丁兴旺，集市热闹。

毛主席当年那句"一定要把淮河修好"，引无数赵庙人"竞折腰"啊。

我看过关于整修淮河的壮观场面，那是在纪录片中。纪录片中的镜头真实地印证了我少时的蒙眬记忆。

父母把这段历史叫作"上河工"。家庭的主要劳力，带上抓钩、铁锹、扁担、布兜子，到远在"双码头"那边的"茨淮新河"去，早出晚归"上河工"。中午的伙食是自带的干粮，用"抹碗手巾"包个"卷子"馍，还有咸萝卜干、酱豆子。为了多挣工分，父辈们常常带上家人一起去，老年人和少年儿童除外。晚上放学后，

207

奶奶是不急着"烧茶"（做晚饭）的，等到大人们上河工回来，再烧一顿"红谷鲁子茶"（红薯晚饭）。这期间，小孩子们实在饿得撑不住了，仅能啃一块干馍，就着一根淌着"葱鼻子"的大葱，或者拿一个囫囵的辣萝卜，垫垫肚子。大多是挨到深更半夜，大人们有说有笑闹嚷嚷地回来时，我会爬起来再跟他们一起吃饭。有时，吃一顿面条，里面放一点大人们买回来的羊骨头，锅膛子里的火映得一家人脸腔热热的，大锅里热气缭绕，呼噜噜呼噜噜，家人连汤带水，吃个精光，刷锅水再泡上粉渣端到猪圈里。就这样，浑身暖洋洋的迎来第二天的黎明。

这是一种艰辛的幸福。

这是赵庙人再难寻觅的家庭的温馨与憧憬。

他们期待着本生产队、本公社的河工干得漂亮，干得显眼；他们期待着早一天干完，他们期待着来年不受水灾的肆虐。

茨淮新河是淮河的重要的支流，它关系到淮北平原上的千家万户，是福泽桑梓的千秋万代之河，因此，赵庙人干这样的体力活，任劳任怨从不叫苦。

双李河连着茨淮新河，贯通李兴、赵庙、双浮三个乡镇的排涝系统，承载担当着十分重要的职责。我不知道是谁决策了双李河的修建，它的创意和设计，至少标志着淮北人的谋略和眼光，完美地体现着前辈们的智慧与功德。

双李河挖得很深，大人们说，都挖过了好几道"砂礓盘"，清冽的河水从泉眼里一直往外冒，漫了河面。河两边是堆成山包似的黄土，里边奇形怪状的砂礓大小不一，村人比喻砂礓大的像"人头"，小的像小孩的"蛋子子"。砂礓可以铺路，免去村人踏泥巴路的烦恼。裹着黄泥的砂礓经雨水一冲，坚硬的棱角清晰地凸现出来，用石碌碡碾平，铺在路上，虽有些凹凸不平，骑车子在上面咯咯噔噔响，但没有了泥沼，这是劳动人民的智慧。尤其"蛋子子"砂礓，缴到生产队是经过淘洗过的，白得发亮，在手里搓擦几下，溜圆溜圆的，是乡村小孩子们的玩物。三五个女孩子一起把小砂礓分散在平整整的地上，腾空撂起一个，在落下的空隙时间内，在最短时间内捡起落散不同方位的几个，然后分出输赢。这种女孩们玩的游戏叫"拾子儿"，常常引来很多人围观。人们为赢者鼓掌叫好，替输者扼腕叹息。

为了把双李河西岸的砂礓变废为宝，区政府通过村里树上的"喇叭筒子"，鼓动社员"拾砂礓"。各生产队三番五次召开社员大会，把"拾砂礓"当作"上工"，称重量，记工分，一时间男女老少齐上阵。两岸的黄土坝子上黑鸦鸦的一大片人争先恐后，挥汗如雨。我是在星期天的时候到双李河扒砂礓的。

抓钩狠狠刨下去，掘出一个硕大的坑洞，连成一块的大砂礓层次分明地抖搂下来。抖搂完泥土，装进粪箕子内，挎到停在小路上的架车子上。为了增加架车子的装载量，各家各户的车帮两旁，添加了用棉花秆连在一起的竖着的"栈子"。"栈子"一词是赵庙人语言的独创，它是一种超载的附属物。比如一个人吃饭的碗盛多了饭，长辈们总是笑着说"你应该再加上个栈子"，意思是说碗的周围加上点东西，还能再多盛点儿。

砂礓装了满满一车，拉到宽一点的大路上去是很费力的。需要一家人齐心协力推出去，有时汗流浃背推了一截路，就要歇一歇，喘口气，在手心里再吐口唾沫，再压下车把继续拉。

在扒砂礓休息的间隙，我认识了一个女孩儿。她穿着花格子上衣，皮肤有些黑，两只眼很大，很诱人。我看她时，她正两眼一眨不眨地看着我。我低下头，故意拿起抓钩，抢起来时，泥土顺着扬起的抓钩撒在了我头上和衣领里。

她咯咯地笑起来。

我一面用两手抖搂头发上的泥土，一面涨红着脸朝她说："你笑啥家什唉？"

她还在笑，抿着嘴笑，一会儿，又用手挡住了嘴笑。

她走过来说："我帮你弄弄。"

我没勇气拒绝她，任凭她用手指在我的头发上胡乱地拨拉着。

我连连说："好了好了。"

她停住了手，又瞧着我笑。

"你是哪庄的？"她问。

我朝我们村子的方向努了一下嘴说："就那个庄巴楼村的。"

"巴楼的？我咋没见过你呢？"

"我在上学。今儿个是星期天才来拾砂礓的。"

"你明天还来吗？"她又问。

我呜啦了半天，犹豫了半天，也没说明天来，还是不来。

我记住了她黑黑的皮肤，还有那双明亮的眼睛。那时候，她叫什么名字住在哪个村子，我没有问她。

我与范区长

黎明时分，村头树上的广播响了，"东方红太阳升"的序曲，便是赵庙人起床的呼唤。随后，便是区广播站李文典或乡广播站王有才的声音。

"赵庙人民广播站，本站今天的第一次广播现在开始。"并不规范的"普通话"便是开场白。赵庙人没有人说普通话，也没有人会说普通话。在赵庙人心中，普通话就是"北京话"、"标准话"，那是只有收音机、电视机里的人说的话。在赵庙，谁偶尔冒一句"标准话"，那便是被嘲讽的对象，是"买个勺子没把——捏着撇"，是"装样"、"装蛮"。因此，赵庙人那时还接受不了广播员那半生不熟的"开场白"。第二天逢集时，人们总是没话找话似的，学一学早上听到广播员的"捏着撇"而哈哈大笑。广播员之后的节目常是一段豫剧、一段"二夹弦"或一段曲剧唱段，也往往是这些唱段开始不久，便是区长范醒亚的洪亮嗓门。

"社员同志们，天也不早了，有几个事我要在这里讲一讲。"范区长语言庄重，条理清楚。冬修水利、植树造林、普法宣传、伦理教育，每天一个命题，大都与当前的工作、家庭、生活有关。他的广播讲话，风趣幽默，有理有据，让老百姓听得在理，听得入耳。尤其在广播里对好人好事的表扬，对典型事例的赞美，起到了积极的作用。特别是对个别人不孝敬父母的现象的批评，虽不点名道姓，但听众也能猜出个八八九九来。赵庙人称范区长是"打鸣鸡"，这个借代词的运用，是赵庙人对范区长的最大的尊敬和褒奖。

我常常是听着范区长的广播讲话，起床上学去。我也是听着范区长的讲话，一直从孙楼小学到赵庙中学。

村子里人都说范区长讲得好，有学问，还特别关心老百姓，是个"清官"、"好官"。到赵庙中学读高中时，范区长到学校参加开学典礼。我有幸见到了他。他中等身材，黝黑的皮肤，方正的脸膛，不苟言笑，一看就感觉到这是一位正派、正直、真抓实干的好干部。他的儿子范兆进和我不一个班级，却是一届的同学。范兆进好学上进，成绩好，经常参加学校里的篮球比赛。那副深度的近视镜，意味着他在昏暗灯光下的苦读。我和范兆进成了好朋友，他是理科班学生代表，我是文科班学生代表，常在学校受到表扬。有一次，我去他在区里的住处，见到了他的父亲范区长。

范兆进向他父亲介绍说："他是我同学，叫巴一。"

范区长和蔼可亲地笑笑，说："好啊好啊，欢迎你到我们家来玩。"他招呼我坐下，问问我的家庭情况，学习情况，勉励我说："你和兆进都要好好读书，将来走出赵庙，走到城里去，做个对四化建设有用的人。"

高二毕业那年，范兆进又把我带到他爸爸的住处，偷偷地对我说，他喜欢上一个女生，不过没胆量跟她说。

我急着问："谁呀？我帮你去说。"

他说："你认识。"说罢，扶了扶眼镜，咻咻地笑，一直笑。

我又问："到底谁啊？"

他说："是你们家亲戚。"

"亲戚？同学女生中没有我亲戚呀。"

"真的？"

我想了想说："真的，没有。"

他停了半天，问："刘妮子不是你家亲戚？"

我一下恍然大悟。

"妮子"是她的小名，刘秀琴才是她的学名。在学校没人叫她学名，都是喊小名。她父亲是我们学校的刘维钦副校长。刘妮子长得漂亮，水灵，性格爽快，精明，很多同学喜欢她，追求她。因她和我们村里巴里家是亲戚，按照辈分，我该喊刘校长舅老爷，喊刘妮子表姑，可这是一点儿也不沾边的亲戚。

我明白了范兆进的心思。

我说我能帮你做些什么。

范兆进有些羞涩。他让我帮他修改写给刘妮子的求爱信。

我帮他修改了这封信，把马克思与燕妮、鲁迅与许广平等这些与主题太远的引用删掉，精简到五百字左右，情切切意绵绵的，让他又抄了一遍，我转交给了刘妮子。开始，她不愿接，她以为是我向她求爱，后听说是范兆进的就接了。

之后，我再没问过范兆进，也没了刘妮子的消息。不过，听人说他们俩没有了下文，原因不详。

高考复习那年，我又和范兆进的哥哥范兆清走到了一起。

兆清从上海当兵转业回来，复习参加高考。他的文学功底好，当兵时曾经在上海的《青年报》发表过文章。他看到《青年报》上举行"华东六省一市作文大赛"的征文启事后，就鼓动我也去投稿。他写了一篇《人与神》的论文，我写了一篇纪实散文。他获了奖，我却没有，后来我这篇文章还是在《阜阳日报》发表了。

多少年过去后，他在安徽省人事厅任职，我漂在重庆。2006年，他去重庆参加会议，在网上查到了我公司的电话就联系到了我。故友重逢，欣喜若狂，喝酒品茶中，青春往事历历在目。

2007年初，他又去了重庆，打电话给我。我欣喜若狂，答应一定去机场接他，没想到当天晚上，我因某医院院长涉嫌经济问题受牵连被检察院带走了。那次没有见到他，他把送给我的小金猪放在了酒店吧台上。

大家都叫他"王司法"

　　写赵庙集，写赵庙人，不能不说到王传增，赵庙人喊叫的"王司法"。他是这个小集镇上的"和事佬"，他是赵庙人的"法律顾问"，更是出入在赵庙这块土地上的"消防员"。

　　八十年代的赵庙，人们最敬畏的人就是派出所、法庭那些戴"大盖帽"的司法干警了。王传增由一名黑虎集中学的语文教师，调任到赵庙区司法所，当了身穿红领章警服和头戴大檐帽的法律工作者。当时的司法局干部和公安局的干部都是统一制服，所以，赵庙人经常把王传增也当作派出所里的民警。当初穿上这身警服时，年近五十岁的王传增还很不适应，熟悉他的人见他这身打扮，先是惊奇后是赞美。

　　"王老师，你啥时候成为警察了？"

　　"王老师，教书先生一下调到区里当官了，混出头了。"

　　王传增对这样那样的赞扬之词，先是慈慈地一笑，继而解说自己现在所从事的职业。他说，司法所是县司法局省司法厅的一个最基层的机构，主要职责是普法宣传，调解民事纠纷，协助公证等相关法律事务，也叫法律服务所。赵庙人渐渐改变了原来对他的称谓，男男女女都叫他"王司法"。

　　写到王司法，总离不开他调解民事纠纷的艰难与付出。1986

215

年的《阜阳日报》、《安徽法制报》和《安徽日报》上，我写过关于他的事迹，描述过他息事宁人、舍小家为大家的感人故事。如今二十几年过去了，他的那些故事我记忆深刻，念念不忘。比如儿女不孝敬父母、土地宅基地纠纷、打架斗殴、婚姻纠纷等等，家长里短，他一一过问，动之以情，晓之以理，让很多个濒临破碎边缘的姻缘言归于好，让无数场即将激化的矛盾打斗平息安静。处理这类民间纠纷，是一件费力费神的工作，王司法游刃有余，从容面对。好在他是个中学语文老师，文采满腹，靠他的苦口婆心和真诚付出，赢得了赵庙人的好评。

赵庙无论是哪家发生了争吵，对方总是振振有词地向对方说："走，找王司法评理去！"

王司法说："处理民事纠纷，一定要沉着，耐心听当事人讲完他的冤屈和愤怒。不能急着表态，要细心地做工作，艺术地处理这类事件。"也许，这是王司法在多年的实践中总结出来的感悟。太和县司法界的同仁们聚到一起，总要感叹一番王司法的处理方法。

如今，我不想用过多的文字重述他的工作过程，而想回味一下王司法的生活情趣。

王司法喜欢开玩笑，常常用他的幽默风趣与人相处。

有一次在商店里，一位农村妇女指着一瓶罐头说："要一瓶那个罐头。"售货员因为和这个妇女很熟，就故意问她是什么罐头。妇女不识字，叫不出那罐头的名字。售货员说他也不知道那罐头叫什么名。两个人笑骂着的时候，王司法走了进来。

那妇女笑着叫："王司法，你看那叫啥罐头？"王司法瞅了半天，取下老花镜，眯着眼睛，对她说："这个罐头你都不认识？"女的笑吟吟地责怪他说："俺要是知道还问你弄啥？"围观的人越聚越多，抱着孩子的、手里织着毛衣的、啃着萝卜的妇女一个个凑了过来，认真地听着王司法的回答。王司法沉吟了半天，罐头瓶子在手里转来转去，说："这叫屁股罐头。"

"啥？屁股罐头？"

在场的人哈哈大笑起来。

几个妇女指着王司法说："你这个家伙真'转儿'！"还有人说："王司法是个骚乎蛋儿。"嘻嘻哈哈一阵子，那妇女买走了"屁股罐头"。从此，这个名叫"菠萝罐头"的食品在赵庙集特别好卖。

"顺大蛋"三个字，是赵庙集用得最多的一句口头语。如果张三说这东西是黑色的，李四马上附和说是的是的，真黑啊，比乌鸦都黑。那么，李四在其他人眼里，就是跟张三"顺大蛋"了。赵庙人不是说"拍马屁"，那样太书面语，没有赵庙特色。

赵庙人说王司法最懂最会"顺大蛋"。

分管赵庙区的政法区长陈文修，是清正廉洁的好干部，在不同场合，王司法总是对他十分敬重地予以赞叹。有些对陈区长不怀好意的人就说王司法是"顺大蛋"。王司法这样概括陈区长："跟着陈文修，名利双丰收。"听听，这话陈区长能不高兴吗？赵庙派出所所长丁相军，人称"老钉"，难对付。王司法这样说他："跟着老丁，马到成功！"这话是赞扬他办案神速。王司法的字典里，没有"坏"字，他说每一个人都是好人，包括他调处纠纷时当事人也都是好人。正是他善于使用溢美之词和一副宽厚仁慈的心肠，让赵庙人对这位普通的乡镇干部充满了敬意和感激。

如今，赵庙集还有王司法这样的人物吗？

与信用社有关的话题

赵庙集南头，有个开饭馆的叫"老一"。因为他的一只眼出了点毛病，所以人们习惯喊他"瞎老一"。老一不生气，时间久了，人们喊顺口了，他也听习惯了。老一常常对人说："乡政府区政府的那些坏家伙，你可以不搭他屌腔，可信用社里的人千万不能不搁到意上。因为他们是俺开饭馆人的财神啊。"

和老一饭馆紧挨着的，是炸油条的"黑老婆"。因为她身材瘦小，皮肤又黑又亮，所以有了这个外号。黑老婆的油条炸得大，生意好人缘好，她常对人说："信用社的人来买油条，我情愿不要一个钱。因为都是他们帮俺把生意弄起来的。"

"老党员"的名字叫赵华杰。其实赵华杰才二十岁出头。读小学三年级时，他不好好读书，遭到了父亲一顿狠打，父亲问他："你以后还逃不逃学？"赵华杰一语不发，就是不答应父亲再去上学。父亲急了，继续打。赵华杰咬着牙，咆哮狮子般冲着父亲喊："你使劲打！照死里打！怕死就不当共产党员！"小小年纪，如此钢铁般英雄，他把父亲逗笑了。从此，赵庙街上的"老党员"便是赵华杰了。"老党员"在街上算是个体面人物，结婚后，从信用社贷了款买了车子跑运输，渐渐成了"万元户"。无论有哪个小青年缺钱需要款，他总是喜欢出面担保，并附上一句："我以老党员的

218

名义向你保证，监督他按时还款。""老党员"的一句话，能让在场的每个人笑得前仰后合。

大柱的学名叫贾岛，小伙子帅气，精明，高中毕业，一脸的阳光喜庆。贾岛这么好个名字却没人叫，街上的人一律直喊小名。大柱之所以受到男女老少的喜欢，是因为他能传播很多真人真事的桃色新闻。

大柱在派出所做合同民警，常常夜里参加一些侦查和抓捕行动，第二天散布出来的各种版本的消息，大都源自于大柱的惟妙惟肖的描绘。

有一次，大柱发现了一个"土电视"。一个乡长的儿子谈恋爱，每到下了晚自习课，就把女友带到住室办那个事，并且从不熄灯。不少人不相信，就天天晚上到乡长儿子屋后看稀奇，有的踮着脚尖，嘴巴张得像个小瓢似的往里看；有的看得嘴里一直淌着"嘴水"吸溜着，吞咽着；有的是两口子一起去看，回去后再模仿着看到的动作办那个事。灯光下，这对男女的每一个细微动作，都让窗外的人尽收眼底。女的叫，男的也跟着叫；女的打他的屁股，叫他快点再快点，狂烈呻吟着，喊叫着。女的爬上来，忘情地折腾着扭动着，让每一个窗外的人看清了女人的全方位。窗外的妇女屏着呼吸，时不时一句"我的个娘哎"；窗外的男人摩拳擦掌恨不得也脱了衣服一试身手。大柱说，他看得最清楚最提心吊胆的一回是这么个事，女的对男的说："你天天弄不够，万一哪天怀了孕咋办？"男的说："明天用避孕套呗。"女的要求今天就得用。男的没办法，急中生智扯下了一片窗户上的塑料薄膜，放进女的里边去。完事后，却找不到了塑料薄膜，掏了半天才掏了出来。大柱讲这些过程一点也不笑，惊得听他讲话的人跟着紧张起来。几个妇女听完，连连发出感慨："娘拜子呃，人家真开放。不看不知道那事还那么多花样！""开放啦，开放啦，叫俺男人也学几招给俺试试，瞧瞧是真舒坦还是假舒坦？""哪能假呢，你没听见那女的吭吭叫吗？"

几个妇女你一言一语地探讨着，惹得那些小伙子一个个裤裆里像揣个半截棍似的。

大柱又传播了一个副区长的故事。副区长让一个开饭馆的女的躺在两条板凳上办那事，恰巧来了个吃饭的，一叫掌柜的，两条板凳"咕咚"一声倒了，副区长的那东西骨折了。

还有一个副乡长，深更半夜带着妇女主任到他个人的住室。因乡里在另一个地方召开紧急会议，就留下妇女主任在他住室等他回来。女的脱光了衣服去屋外边解手，出门后，房门被风一吹锁上了。她回不了屋，赤身裸体地在外边打哆嗦，被巡逻的民兵带进了派出所，这个副乡长遭到了处分。

诸如此类的故事，大柱发现了很多。有的发生在双李河岸边的麦地里，有的发生在乡政府区政府，没有一件发生在信用社的，没有一个主角与信用社的人员有关。为什么呢？大柱解释说，是因为信用社的铁大门关得紧，金融重地，不敢前去探访。

信用社主任是董国志，近五十岁，是从胡集乡信用社调过来的，工作能力强，能言善辩，赵庙人说他是能把死蛤蟆说得尿淌的人。钉子户、赖账户、死账、呆账，老董到赵庙信用社一年时间不到，全做到了"一锅清"。乡镇金融难搞的根本原因，就是信用社的人抹不开情面。七大姑八大姨，亲戚连亲戚，催还贷款十分令人头疼。老董不一样，铁面无私，于公于私以理服人。在赵庙镇，谁都知道老董会武术，尤其是"旋风脚"特别厉害，听说一脚就可以把人踢飞。是真是假也没有人见证过。关于他的好，我写过《读不懂的老董》、《再说老董》，这里不再重复了。

和老董有着同样秉性的人，叫蒋松江，退休后由小儿子蒋凤平顶替上岗，做信贷员。蒋松江是信用社的老主任，人脉广，熟人多，大家都得到过他的帮助，因此对他充满着敬佩和感激。蒋凤平工作以后，承袭了父亲恩泽乡里助人解困的好品德，总是在自己的职权内帮助四乡八里的群众。

蒋凤平的爱人叫赵萍，眉清目秀，是个百里挑一的好媳妇。刚结婚那阵子，她像撵风筝一样跟着丈夫。很多人有些嫉妒她跟得太紧，就劝她回家去，她却坚决不同意。她担心丈夫喝醉酒，她担心那些图谋不轨的人陷害她丈夫，她还担心她丈夫包里的借据与现金出了差错。

八十年代初的贷款，只需借款人立个借据，写出家庭住址就行了。少则几百元，多则几万元，全由信贷员一个人说了算。种子、农药、化肥等等，蒋凤平从不推托，他会及时帮你渡过难关。一支烟不抽，一杯酒不喝，盖个私章签个名，蒋凤平就会把钱给你送到。有时，凭蒋凤平的一张字条，信用社柜上就把钱付给了贷款人。

蒋凤平工作踏实，对人诚恳、谦和，连年被评为全县先进工作者。在一次表彰会上，作为获奖代表发言，他说了几点感人肺腑的总结："没有我爱人的支持，我评不上这个先进；没有我的同事的支持，我评不上这个典型；没有赵庙人对我的信任，我干不好这份工作。这荣誉属于他们。"听起来，这些话有些耳熟，像是客气话，可蒋凤平说："这都是心里话，良心话。"

蒋凤平遇到过一回最好笑的事。

小王庙庄有个青年，名字叫"男孩儿"，当然是个小伙子。他的特别之处有两点，一是六个手指头；二是因个头不高有个绰号电磙子。右手大拇指上多了一个小手指头，他常常把大拇指握在手心里，与人握手时才勉强露出来。"电磙子"外号的由来取决于他头脑灵活聪明，反应快，像打面机上用的转速飞快的螺旋。自从他从蒋凤平那里贷了款以后，再也见不着人了，多次去他家找他，从不见人影。几年过去了，电磙子的借款成了"呆账"。因为这笔款，蒋凤平挨了主任老董的多次批评，大会小会总要提及这件事。蒋凤平急了，下决心想办法一定找到他。有个熟人告诉蒋凤平，电磙子正在大薄荷油贩子闫世才那里卖油。蒋凤平认识闫世才，就通知闫世才不要急着付款给电磙子。谁料，电磙子卖给闫世才的薄荷油里，掺进去的石蜡油太多，被检验出来不合格，正在那儿犯愁呢。

蒋凤平见到了电磙子。

电磙子说："凤平，你只要帮我把这薄荷油卖掉，钱就还给你。"

蒋凤平笑了："你不愧是个电磙子啊！掺那么多石蜡油进去以次充好，能卖得掉吗？"

蒋凤平说："你的脑子真比电磙子快。不过我可以帮你把薄荷油卖掉，但你必须帮我一个忙。"

"啥忙你直说，只要不是上刀山下火海就行。"电磙子高兴极了。

蒋凤平说："你帮我演出戏，装成县里的联社主任，把一个人送给我的礼退掉。"

电磙子马上说："这简单，你叫我怎个演法都行！"

不久前，一个武装部长送给蒋凤平两条烟，四瓶"镜湖秘酿"酒，让蒋凤平帮他一个亲戚贷款跑买卖。因那个借款人不在赵庙区，蒋凤平拒绝了借款申请。这下子，武装部长出面送礼来了，蒋凤平十分为难，又不愿意得罪他，于是想以县信用社领导的名义，退回这份礼物。想来想去，电磙子脑子转得快又会说话，只有他扮演才合适。

电磙子按照蒋凤平的交代，提着礼物来到了区政府大院。蒋凤平在大门口等着他。过了很长一段时间，电磙子空着手出来了，他得意地说："凤平，我办好了，把礼物退给他了，也教训了他几句以后不要这样。"蒋凤平信以为真，就答应帮他卖薄荷油去了。殊不知，电磙子提着礼物进了大院，把礼物放进了一个熟人家里，第二天他又过来取了回去。

电磙子的贷款也没还，蒋凤平反倒上了他的当。

每每想到这些，蒋凤平总是哈哈大笑，他说："赵庙的电磙子，无论滚到哪里，哪里都会倒霉啊。"后来，电磙子发了财，赚了不少钱，不但把贷款还清了，还在城里买了房子。

有一个村子叫前蒋庄

巴楼村去赵庙集，从前蒋庄通过，那是必由之路。巴楼村与前蒋庄，仅是一华里的路程。这一辈子，恐怕去赵庙的路线永远也躲不过前蒋庄这个村子，除非赵庙集搬迁到其他地方去。

前蒋庄西头，以十字路口的"小庙"为典型界线，东头，则是以村民蒋养合的芦苇坑为界线。蒋养合是一个普通的村民，他的家住在前蒋庄东头最南边的苇河边。他常年喂一头配种的公猪，村民叫这个公猪"脚猪"。方圆几十里的农户，谁家的母猪发情了，就得牵到这儿来，"脚猪"哼哼几声，转几个圈，蒋养合就松了手中的铁链子，让它"爬喳"母猪。交配过程中，周围站着很多人，目不转睛盯着，当喊到"好了好了"时，母猪也就受孕了。这个"脚猪"架子大，种好，下崽多，加上配不成功不收费，所以蒋养合出名了。他的名字就是"前蒋庄东头"的代名词。在很远的地方，或站在苇河坑外，就能一眼看到蒋养合的那头白亮亮的老脚猪。气势汹汹地哼哼着，转着圈，竖立着鬃毛，屁股后，下垂着的两个红得发亮的大猪蛋晃悠着，颤动着。

有的农村妇女吵架对骂，最恶毒最不堪入耳的话，就是"叫蒋养合的'脚猪'给你'爬喳'，管你过瘾"。还有的妇女气狠狠地骂人说："熊骚媳子，你浪，你再浪就叫蒋养合的猪屌钻锥你个屄壳子，壳郎子，呢哎！"这时候，人们口语里听指的不再是蒋养合的脚猪了，而直接用蒋养合代替了。最得意的是蒋养合，他不用做广告，生意都是络绎不绝地找上门来。

西头的"小庙"其实不小。那是全村人供奉的神位。逢年过节，香火旺盛，鞭炮声此消彼长，表达着前蒋庄人的期盼和寄托。

前蒋庄以大棚蔬菜而闻名于赵庙集。寒冬腊月，天寒地冻，其他村子吃干菜，可前蒋庄的大棚蔬菜满足了赵庙集人吃新鲜的好奇心。前蒋庄的大棚菜在八十年代初，帮助了村民致富，也引导和影响了邻村的种植传统。三四月间，黄瓜芹菜上市了，无须打听，那卖菜的肯定是前蒋庄的。穿得漂亮、头上抹得亮光光的小伙子，那肯定是前蒋庄的；姑娘的自行车后边有两个大菜篮子，不用问，那肯定是前蒋庄的。在赵庙区，前蒋庄是一个富裕的村庄。

前蒋庄西头的后面，是一所学校，叫前蒋小学。这所学校坐落在去往赵庙的路东边。是方圆几个村孩子们读书的地方。前蒋小学是前蒋庄、后蒋庄、巴楼村、赵庄等周围村人们的希望所在。村人们说得好，人辛辛苦苦干一辈子，图个啥？不就图个叫小孩好好上学将来有出息吗？这道理每一个家长不光挂在嘴上，是真真实实地落在了实处。

前蒋小学的地理位置好。它处在几个村庄的中心，离赵庙区不远。从一年级到五年级，从这里毕业升入赵庙中学。这是一个人才的苗圃，这是村民们实现梦想的寄宿地。

建校之初，前蒋庄西头的村民们听说在这里建学校，没有一家不同意。这是他们的自留地，靠土地吃饭过日子的前蒋庄人，为了孩子，不心疼这块地儿。开工典礼前，赵庙乡政府和前蒋大队革命委员会在小庙前召开了西头村民全体会议，表扬了前蒋庄西头的村民，顾全大局，把自己的菜地捐献出来建学校。占用这十几亩土地，赵庙区政府、乡政府和大队部有没有补助？有村民这样提出来。这些土地的公粮每年还缴不缴？又有人这样提出来。

这些合理的提问，很快得到了乡政府领导的答复。建这所学校，是乡政府、区政府和教育局共同出资修建，由于经费有限，关于补助费用这一块并没有列入资金预算之中，所以就没有了补助费用。至于占用这十几亩地的公粮，就免缴了。村民们是通情达理的，既然不缴这些土地的公粮，于是就同意并支持乡政府的意见。

学校建好了。

孩子们上学了。

就在学校建好的第二年，大队干部向前蒋庄西头的村民提出了占用这些土地要上缴公粮和提留款。村民们拒绝了。

第三年，乡政府的干部和大队干部又来前蒋西头找村民催收这些被占用土地的公粮。村民们又顶了回去。

第四年的麦收季节后，赵庙乡政府的高音喇叭里，点名批评了前蒋庄西头的这些村民，必须如数上缴公粮，少一斤一两都不行。村民们忍不住了，就到乡政府据理力争。明明是区政府、乡政府答应过的事情，免收这些占用土地的公粮和上调款，怎么能不算数呢？争论一番后，区乡政府再也没有哪个干部提及这件事了。

第五年的麦忙季节到了。赵庙集逢集的日子，由原来的熙来攘往人头攒动，一下变得南北街道空旷无声，下午时候甚至有些寂寥。偶尔能见到的只有一两头老母猪在街上晃悠，猪娃子成群结队跟在后面，东拱西撞。

麦收季节对前蒋庄村民们而言，那是一年四季中收获的季节。满地黄亮亮的麦子在一阵暖风过后，秆、穗、叶眨眼间工夫变了模样。抢在暴雨前将麦子收到麦场里，是顾不上吃饭睡觉分秒必抢的日子。一大早，村民蒋廷凯正和妻子拉着架子车赶往麦地时，杨树梢子上的高音喇叭响了。王友才并不标准"捏着撇"的普通话开始了："社员同志们，我们赵庙来了一位新乡长，他就是咱们的见瑞言乡长。下面呢，就请社员同志们注意听一下见乡长的广播讲话。"蒋廷凯夫妇，包括全乡的社员群众都听到了这一消息。见乡长在广播里先是"吭吭"了两下，算是清一清嗓子，用前蒋庄人的话说，那是麦糠卡住了，先顿一顿。蒋廷凯夫妇边听见瑞言的广播讲话，边急如星火地往地里走。见乡长讲到了午收"双抢"的重要性，接下来讲到了今年公粮的上缴期限。当他念到蒋廷凯的名字时，他老婆立马停下来对蒋廷凯说："你听，这乡长点你的名字干啥？"蒋廷凯示意他老婆继续往前走，自言自语地说："能有啥好事？还不是因为欠缴公粮的事呗。"见乡长念了一大串名字，都是前蒋庄西头的村民。这些念到名字的人，必须吃了早饭后到乡政府来。蒋廷凯老婆说："见乡长真不是个东西，这收麦季节一个人能忙死两个人，到乡里去干啥？"蒋廷凯对他老婆说："搭他腔弄熊耶！他们这些当官的人又不种地，天天闲得学驴叫唤，咱不去。"

太阳爬上了树梢，蒋廷凯两口子割了一大块地的麦子。麦叶子的灰尘粘得夫妻俩人满身都是。鼻孔里、耳朵里、眉毛上，像是涂了炭粉末一样浓重。他高高的个子，腰背弯得又酸又疼，老婆累得不再蹲着割麦了，坐在松软的麦铺子上，一点一点挪着身子往前割。

"廷凯叔，你听见广播了吗？上午叫去乡里开会。"村民蒋俊礼在路边扯着嗓子喊。

蒋廷凯老婆听到喊声，拎着镰刀站起来回头张望。她见丈夫没有回答，就答应了一声："听见了。"

"那上午廷凯叔还去不去唵？"蒋俊礼又在喊。

蒋廷凯也停住了割麦，示意老婆一起到路上去，跟蒋俊礼商量商量去乡里的事。

蒋俊礼也是见乡长早晨在广播里点了名的人，他是村里有名的"嘣嘣嘣"大篷车驾驶员，也是前蒋庄唯一的一户种桃树的人。

蒋俊礼脾气好，又舍得拿地里的水蜜桃给村民吃，所以人缘较好，四十来岁，身强力壮，在村里很有威信。他见蒋廷凯两口子向他走来，就坐在路边上抽出一根"白菊"香烟慢慢抽着等他们。

"廷凯叔，刚才叫你，你咋不透气？"蒋俊礼站起来，拍了拍屁股上的泥土。

"刚才只顾割麦去了，没听见。"蒋廷凯嘿嘿笑了两声。

"没听见？我声音这么大你就听不见？耳朵里塞上驴毛啦？"蒋俊礼笑骂着他的长辈。

蒋廷凯说："你这孩子大清早起来别胡侃，找俺干啥？"

"干哈？俺就问你上午去不去乡政府？"蒋俊礼又将自己的"白菊"牌香烟递了一支给他。

"不去。俺不去。"蒋廷凯"吧嗒"着烟，头也不抬。

蒋俊礼说："咱们几个都商量商量，要去都去，要不去都不去。"

"沾，沾。"蒋廷凯连连点头，就这样和蒋俊礼的想法达成了一致。

这天上午，蒋俊礼、蒋廷凯等人，都没去乡政府。

傍晚时分，是从地里往麦场拉麦子堆垛的时候了。蒋廷凯夫妇拉着一人多高颤颤悠悠的麦车子，小心翼翼地正往麦场里走着，大队干部带着乡政府的几个合同民警拦住了蒋廷凯，叫他到乡政府去。好说歹说，刘长山、蒋俊公等六名村民都到齐后，合同民警像押犯人一样，在后面督促着他们往前走。刘长山是个高中生，三十几岁，精明强干，头脑灵活。他见几个合同民警一脸的严肃，就掏出香烟来，主动与他们攀谈，想了解一下这大忙天急着去乡政府干啥。合同民警只是说了句"见乡长要召见你们"。刘长山心里有底了，大不了还是为了前蒋小学占用地的"公粮"问题罢了。

进了乡政府的大院，刘长山一眼看见了压水井，他就招呼蒋俊礼："来来来，喝口水，洗个脸。"一个个又渴又饿满身灰垢的庄稼人，都往压水井旁聚过来。合同民警从乡长屋子里走出来后，吆喝着："你们几个快过来，见乡长在这里！"

他们一个个甩着湿漉漉的双手，向乡长办公室走来。乡长见瑞言右手夹着香烟，打量了一下面前的六个男人。

"你们都是前蒋庄西头的？"见瑞言没有半点笑意。

"是的，都是。"刘长山递了一支烟给见乡长，被拦了回去。

见乡长问："今天一大早的广播都听见了没有？"

刘长山连连点头说："听见了听见了。"

"你们为什么不来乡政府？"见乡长将烟头踩在地上。

"哎呀，见乡长啊，今天都忙着收麦子，哪个顾得上来呀？"刘长山实话实说，"你看看我们全身这个脏样，一整天都在麦地里忙活呀。"

见乡长背着手，像审视犯人似的瞪着面前的一个个满脸褶皱的男人。

"你们几个人就是农村里常说的'二把齿'，'露头青'，欠了这么多年的公粮和提留款，一直不缴，对抗政府，知道这是犯法吗？"

刘长山马上接话说："见乡长，我们不缴公粮是有理由的，这不能叫犯法。"

"不叫犯法？抗粮不缴叫什么？你知道这粮食叫什么？叫皇粮，你懂吗？"见乡长冲着刘长山暴跳如雷。

"见乡长，这不能叫皇粮！"刘长山是个有文化有见识的年轻人，他不卑不亢地驳斥着说，"皇粮是古代的叫法，现在是共产党领导的天下，就不能叫皇粮。"

见乡长没等他再说下去，就歇斯底里般吼叫着说："刘长山，你怎能，能得脚底板不连地了你！今天，我就拘留你！"

见瑞言喊来了合同民警，把刘长山、蒋廷凯等六位村民连拉带拽，关进了乡政府的会议室。

第二天上午，副乡长张西臣、刘洪芝等乡政府的十几名干部，在见瑞言的召集下紧急开会，研究对付、收拾前蒋庄村民的策略。最后，大家还是同意先放这几位村民回家割麦子，等麦收结束后再拘留他们。临近中午十二点，刘长山、蒋廷凯等六位村民被放了出来，他们被乡政府非法拘禁了整整二十个小时。

那时的我，是赵庙区法律服务所的工作人员，是最基层的法律工作者。刚从省政法干部学院进修回来的我，满腔激情，一身正气。当时所在的办公室，近邻乡政府，因此，对乡政府的每一个大小官员都比较熟悉。见瑞言乡长是有名的"酱猪头"，这外号取自于他的面部颜色，有个顺口溜是赵庙集上的人描述他的："乡长，乡长，一天三场。早起来老窖，上午秘酿，晚上不多，只喝三两。"既是指见瑞言的酒量大，又是讽刺乡政府这帮人吃喝成风的写照。副乡长张西臣和刘洪芝，赵庙人这样说："副乡长，张西臣，喝酒都是用小盆。""副乡长刘洪芝，喝得烂醉还要吃。"这乡政府的人知道赵庙集人这样嘲讽他，可他们并不在意，人们当面对乡长说这些顺口溜，他们不但不生气，反而拍着肚子乐得合不拢嘴，念念有词地说："为了革命为了党，酒量还要再增长。"

午后的大街上，喝得东倒西歪的、满脸通红的人，大都是区政府、乡政府的干部。正是这种疯狂的吃喝风，严重影响了赵庙人的干群关系，我厌恶这些人，视这些人为鱼肉赵庙百姓的小镇蛀虫。

当前蒋庄西头的村民找到我，说及他们被见乡长等人非法拘禁的经过时，我满腔愤怒："告他们！上县里，上省里，上北京告他们！"遏制不住的血性促使我奋笔疾书，为刘长山、蒋廷凯他们写出了"以事实为依据，以法律为准绳"的起诉状。一石激起千层浪，全县相关部门开始调查此事后，见瑞言一班人气急败坏起来，他们把矛头转向我，采用不同形式的报复和人身攻击。

一天早上，我在区食堂打饭，恰巧遇上了也在打饭的见瑞言。本来正和别人有说有笑的他看到我走进了食堂，立刻没有了笑意。我朝食堂师傅刘光头笑了笑，刘光头却朝见乡长努了一下嘴，意味深长地回笑了一下。我明白这种神秘的一笑，暗示他打完菜快点离开食堂，可他偏不急。

见瑞言终于憋不住了，他对我说："你本事真大啊，敢煽动群众与乡政府作对。"

我冷冷一笑回答他："法律工作者的职责就是向群众宣传法律。"

"宣传法律？你纯粹是想造反！"

"老见，你用词不当！现在又不是'文化大革命'时代。"

"你以为你懂法律是不是？熊毛神！法，算个屁！我是乡长，我就是法！"

见瑞言气得把端在手里的稀饭碗和筷子当一声砸在锅台上，他这种狂妄自大的样子让我感到可笑。

我说："你想打我？"

"打你怎么样？你以为我不敢？"

我说："你先动手试一试？"

他弯腰四处去找东西，被刘光头一把拉住了。

我说："老见，你敢动老子一指头，我叫你面目全非。你以为欺负我像欺负前蒋庄西头的社员一样啊？"

老见气喘吁吁，两只猩红的眼睛像被激怒的狮子，他说："走，找区长说理去！我就不信我这个乡长管不住你了。管不住你，我管得住你的老灶爷！"

我又气他说："乡长，是通过乡级人民代表大会选举产生的，你到赵庙乡来，通过选举了吗？"

我随着他来到了区长王秉香的办公室。

王区长让我先说说为什么吵架，话未说完，见瑞言"呼腾"站起来，对王区长说："王区长啊，他是纯粹乱说啊，他想造反啊！"

"坐下！你看你那个德性！"王区长见他丑态百出的样子，狠狠批评道，"你还是乡长哩，怎么这个熊样呢？好了好了，你们俩先回去，等我调查清楚了再说。"

王秉香耸了耸肩膀，拍打着呢子大衣上的灰尘，不瞧见瑞言一眼，让老见在我面前一下子没有了刚才的威风劲。用村人们的话说，他的脸嘟噜得像是"驴屎出溜"过一样难看，两眼怔怔地盯着王区长，一会儿又转向我。

我起身欲走，见瑞言哀求的眼睛怯生生地瞧着王区长。"走吧，你也走。"王区长又这样说了一句，见瑞言才默不作声地走了出来。

路上，我朝见瑞言笑，哈哈大笑。

没想到，气急败坏的见瑞言，第二天在高音喇叭里大发雷霆，把前蒋庄的村民和我的"煽动闹事"在喇叭里骂个不止。

一天上午，见瑞言带着一帮合同民警，还有几个副乡长来到我的办公室，以要挟的态度和架势逼迫我和他们一起到前蒋庄去。光棍不吃眼前亏。我只有和他们一起到了前蒋庄西头。

第二天上午，在前蒋庄西头召开了群众大会。

见瑞言、张西臣、刘洪芝等一帮乡政府干部陆续到了会场。大队干部赵俊德、蒋俊帮等人忙着抬桌子拉板凳，布置简易的乡村会场。桌子后边坐着乡政府的干部，一个个东张西望着，小声嘀咕着什么。村民们三五成群地依在树边，蹲在地上，靠在墙根，有的脱掉鞋子垫在屁股下边，目不转睛地盯着桌子后面的乡里干部。

妇女们手里纳着鞋底，织着毛线，抱着孩子，三五个一堆议论着台上的这些人。

"哪一个是见乡长啊？"有一个妇女问。

另一个妇女指着见瑞言答道："就是那个。留着光头的那个。"

问者停住了手里的针线活，嘴角撇向一边，鄙夷地说："姨哩个腿肚子筋，他就是见乡长啊？我还以为长得人模狗样哩，原来是这个熊样哩。哼！"

答者笑了，问："哎，就这个熊样哩，人家就是乡长。"

"乡长？熊掌。"妇女嘎嘎地笑起来，"他头秃得像个打瓜扭子，不，像个牛蛋；一脸横丝子肉，头出得（缩得）跟鸡鳖叮得一样，他管当乡长？我的个儿哎！"

对方说："是哩呀，朝里有人好做官。见乡长天天闲得在喇叭筒子里学驴叫唤，这今儿个到咱庄找事来了。"

"噢，那个驴屄个子叫张西臣，副乡长，赵庙的人喊他张老西。矮个子叫刘洪芝，腰弓得爬喳不上老叫驴。"

"我的儿哎，脸长得像个驴枷把子，两个驴屎蛋子眼一看就是个扒灰头。"

"矮个子呢？"

"矮个子我见过，叫个刘火斗，副乡长，不当屄家。都是老见个兔子熊的狗腿子，一窝子兔子熊。"

咯咯咯，嘎嘎嘎。

妇女们的笑声一片连成一片。

有妇女说："我的儿子长大了，就不叫他当乡长。"

"为啥？"

"为啥？你看看咱赵庙乡里有几个好官？都是太劣种，老坟全都叫人绝冒烟。""赵庙，乡里当官的也有好官啊。像范醒亚、王传、陈区长，这些官都叫人敬佩。"

"是的，你刚才说的这几个都是好官，一点也不假。可有些区里的干部就是专干那些屙血尿脓的事。你像前几天大喇叭里吆喝的赵庙的武装部长吧，他叫见乡长那庄的一个三个小孩的爹弄去当兵，那个人到了部队又被押了回来，丢八辈子人啊！"

"是的是的，他们那几个熊渣子小官都是穿连裆裤，整咱老百姓有一套。"

你一言我一语，台上台下大会小会一起开。

若不是张西臣拍桌子打板凳地吆喝着叫大家安静，台下的嚷嚷声、议论声永远也安静不下来。

"都别讲话啦！"张西臣的眼瞪得像"夹子砸了"（老鼠被鼠夹夹到）一样，咋呼着，夹着烟的左手指颤抖着，脸像个"紫茄子"一样憋得"虚青"。尽管这样，台下的声音仍是不绝于耳。乡间的村里会场，永远是难以鸦雀无声的。稍稍平静一会儿，小孩的哭声和尖叫声往往又打破了难得的平静。

张西臣又叫着说："都别讲话啦！下面呢，就请见乡长对当前的工作，和前蒋庄西头抗缴公粮的事，发表讲话。"

张西臣自己鼓起掌来。主席台上的几个人也跟着鼓掌。

稀稀落落的掌声没有带动台下的掌声，只有几个年轻人拍着自己的屁股喃喃自语地骂着台前的人，算作鼓掌。

蒋俊公脱了自己的鞋子，在地上摔得"啪啪"直响，逗笑了会场里的村民们。

有人故意问蒋俊公："你这是跟谁'拍呱'（鼓掌）唵？"

蒋俊公将鞋子穿上，说："我打蚂蚁。看这几个蚂蚁是咋钻窟窿'犯籽'（繁殖）的。"

一阵笑声。

见瑞言在桌子后站起来了。他先是摸了摸自己的光头，吭吭了两下，算是开场白。村民们有人小声说："你吭吭啥？跟'猪江'

234

（猪生养的）的一样。"

见瑞言说："社员同志们呀，今天我们来，主要是关于你们抗粮的事。"村民们又有人小声说："你个猪江的，白天搞一锅、晚上钻被窝的熊渣子，到底想说啥？"

见瑞言说："你们抗缴上调款、公粮，是严重犯法，你们懂不懂？在这个问题上，你们不能听那个人的。他是故意叫你们犯法，他帮助你们给乡政府打官司，那不是鸡蛋碰石磙吗？"

话刚讲到这里，村民蒋养合牵着他的"老脚猪"不慌不忙地走了过来。

老脚猪气势汹汹，两个红得发亮的猪蛋晃晃悠悠，一下子吸引了村民们的视线。

小张庄一个村民牵着一头小母猪，也来到了会场边的路上。蒋养合对那人说："松了吧，将铁链子松了就管了。"

小母猪挣脱了铁链子，急不可耐地向老脚猪跑来。老脚猪在小母猪全身吻了个遍，嘴里淌着白沫哼哼叫。

会场上的人全都目不转睛地盯着这两头猪，却冷落了台上的乡干部。乡干部有的捂着嘴在笑，很无奈地摇着脑袋。他们想喊蒋养合牵着老脚猪离开，他们没想到老脚猪的交配会到这个场合来捣乱。

副乡长刘洪芝沉不住气了，站起来嚷嚷说："去去去，到一边去。"

这一声吆喝，吓得刚爬上架子的老脚猪退了下来。

村人们都在笑，哈哈大笑。

小张庄的这位村民恼火了，他冲着见瑞言、刘洪芝等人喊："我日你小姐，你们这些当官的啥都管，狗靠狗猪靠猪，你们也管。俺这头母猪要是被你们吓得不走猪（不发情）了，就得找你们这点子货赔损失！"

"快走快走！"台上的乡干部冲着这人喊。

小张庄这位畜主拉起铁链子，还了一句说："我不走你能'啊'（含的意思）我的麻糖？你们这点子小舅子说话都跟狗咬一样。"

村民们又是一阵哈哈大笑。

也许是蒋养合故意放开了手中的铁链子，老脚猪野性勃发地狂追着小母猪，吓得会场里的人嗷嗷直叫。妇女们拖着小孩到处跑，把整个会场搅和得真是"洋熊一锅汤"（混乱）。见瑞言这些"猪江"的目睹此状，也是无计可施，哭笑不得。

有人说："赵庙乡政府里的这些人，还不如蒋养合的老脚猪哩！"

见瑞言等人在村民们面前耍尽了威风。殊不知，他们的罪恶嘴脸已深深烙印在前蒋庄西头村民的记忆里。

在前蒋庄村民的心中，永远刻记着这笔仇恨账。他们说："哪怕是老见这些当官的钻进地窖去了，阎王爷也不会饶恕他们。"

是的，老祖宗的那句恶有恶报、善有善报的话，前蒋庄人深信不疑。

我鼓励他们坚决抗争到底。

蒋俊公的左眼皮上有个小疤瘌，眼睛眨个不停，说："我日他奶奶，这个老见窝了一肚子火，能饶咱们不？"

刘长山把烟头甩得很远，转过身来说："他老见何止是窝心啊，他老见纯粹是窝了一肚子狗熊！"

蒋俊礼喃喃地诅咒道："老见，见瑞言，我靠你'老格板'，叫你老坟里靠透气，你个砍头哩，干就干，斗就斗！"

村民们横下了一条心：坚决和见乡长们打一场权与法的较量。

之后的日子里，蒋俊礼开着他的"嘣嘣嘣"三轮车，踏上了漫长的申诉路。

一晃眼二十几年光景过去了。逝去的这段历史，却永远无法从我和前蒋庄人的记忆中抹去。前蒋庄人创造了无可复制的乡村文化。

我谈及这段历史，记忆犹新。

他感慨地说："那是前蒋庄村民敢于抗争，坚守正气的文化；那是前蒋庄村民用朴实的灵魂铸造的誓死捍卫法律尊严的文化；那是前蒋庄村民用屈辱与泪水换回今天幸福生活的光辉历史文化。在我心目中，蒋廷凯、蒋俊礼、刘长山、蒋俊公等人，是权与法抗衡的真理的捍卫者；他们是前蒋庄这个村子值得骄傲的生活的强者；是值得赞扬和讴歌的英雄。"

第
二
辑

张赔衣、"劳壮"和"疯老婆"

特殊的"另类"人物，活跃了赵庙人鲜活的说不完的话题，是他们点缀了赵庙集不同于其他集镇的独有的特色，又是他们构筑了赵庙集并不寂寞的氛围……从某种意义上说，赵庙人永远感激着三个人的存在。

被称为赵庙的"街魂"人物，一个是"疯子"张赔衣，一个是"劳壮"，另一个是"疯老婆"。不管是人声鼎沸的逢集高潮，还是"背集"的空旷时段，张赔衣背着凌乱不堪的破旧行囊的身影，总是穿梭于南北的大街上。两颗凸现的大眼，浑浊而蕴含着怨愤。他无视路人的存在，信步于路中央，念念有词，自言自语，喋喋不休。他的口中时而冒出仇恨的语言来，他的嘴角时而浮现着无法想象的笑意。他是有点傻，但又不是太痴呆的那种傻。他从不偷拿别人的东西，他从不招惹每一个对他投来异样目光的路人。春夏秋冬，一年四季，赵庙集上的人一天见不到张赔衣的身影就像缺少点什么似的。尤其是他喊着的几句话，几乎成了人们街谈巷议的至理名言。"上学当个官啊，家里方桌条几都会有啊"，"不好好过日子，穷死你个劣驴熊"，等等，不无哲理。

张赔衣的一日三餐，便是在街上各个餐馆度过的。他不是那种装出的可怜巴巴地乞讨，而是往那个饭馆一站，店堂里的老板或者伙计，都会善意地露着微笑，给他盛碗热汤，拿上两个馒头，偶尔夹点荤菜给他。他不会说声"谢谢"之类的话，也不会用感激的微笑对你予以回报，而是神情木然地埋头吃他的饭，吃完饭，继续往前走，一边走，一边哭，一边笑，悠然自在胜过每一个人。有人说，张赔衣是给他的女儿们气的，是因为他的女儿不孝顺造成的；还有的说，他是做买卖做砸了，才改名叫"张赔衣"的，意思是说"连衣服都赔光了"。至于到底是什么原因，赵庙人无从探究，也没有哪一个人真正地探究他。

遇到下雨下雪的日子，张赔衣有时睡在某单位的走廊下，有时睡在街外的桥下面。赵庙很多的好心人不忍看到他受冻，有的给他送来自家的棉被，有的给他送来剩菜剩饭，免费供他食用。五十几岁的张赔衣瘦骨嶙峋，头发花白，满身污垢。就是这么一副脏兮兮的形象，却没有哪个赵庙人讨厌他。一个人活到没人讨厌的份儿上，也的确是稀少。大约是九十年代中期，张赔衣冻死在双李河的桥头下面了。当他死去的消息在赵庙街传开的时候，无人不为之唏嘘叹息，同时，那语气里更充满着对他的无奈和同情。

从此，赵庙街寂寞了许多。

从此，赵庙人少了一个茶余饭后闲谈的对象。

与张赔衣相似但又不相同的一个人，就是"劳壮"了。劳壮是他的小名，学名叫个张什么的。其实包括我在内的很多人，却是喊不出他的大名来。因为大人小孩都这么叫他。

劳壮是个残疾人，左手和右腿是为公社修理电线被电触伤的。为此，乡政府每年都会发给他一些补贴作为照顾。一瘸一拐的劳壮，一年四季都斜挎着一个破布包，脸上时常挂满着嬉笑，见了谁他都会点头一笑，毫无敌意。赵庙人经常取笑他，有时候用尖刻的语言嘲讽他，他从不恼怒，从不给对方回骂，那对黄黄的并不整齐的门牙，始终没有被嘴唇包拢过。尤其一些没有文化的妇女见了劳壮嬉皮笑脸的模样，还故意逗他开心："劳壮，这辈子尝过荤腥没有？"此时的劳壮，心花怒放地注视着对方，回敬道："就是没有啊，俺就是想摸摸你的破屁股。"于是，那几个妇女便骂他，追打他，他一瘸一拐地跑走了，身后留下了一连串的前仰后合的笑声……

有一年，劳壮找了一个媳妇，叫素英。这名字是劳壮给她取的。劳壮说，他是在街上遇见她的，也是个傻子。自从劳壮有了个傻媳妇后，他便带着素英到处乞讨生存。宽厚纯朴的赵庙人对劳壮十分照顾。给他们衣服，给他们零用钱，劳壮无忧无虑。有一年，素英怀孕了，劳壮在街上到处对人说，俺这个媳妇要生娃了！有人不相信，故意逗劳壮说，让俺看看是真是假？劳壮这时候掀开了素英的衣服，袒露出他媳妇已高高隆起的肚皮，爱抚地摸来摸去说，俺也有下辈人了。劳壮笑了，他媳妇也痴痴地笑，围观的人们也笑了。这时候，不少人从腰包里掏出钱来恩赐给这对苦命的夫妻。

整天乐呵呵的劳壮从不怨天尤人，从不埋怨和悔恨当初为了公家招来残疾，仅这一点，就足够赵庙人为之佩服的了。如今，劳壮还活着，并且活得尚好。他在赵庙街上走到哪里，哪里就是一片欢笑。如果赵庙人哪一天真见不着劳壮了，那肯定心里像少一个宝贝一样的。有意思的是，在赵庙街上，人们习惯于把劳壮、张赔衣同时联在一起说笑。调皮的劳壮每次骚扰疯老婆，她总会一蹦多高地痛骂他，也同时咒骂他人，原因是证明她不是和张赔衣、劳壮一类的人。逢集的时候，她在街上；背街的时候，她回她的后刘庄，这一点，她是和那两位"街魂"所不同的地方。

这三个"另类人"的存在，提高了赵庙集的知名度。方圆几百里，说到赵庙集，无人不说到这三个人的名字。多少年来，人们谈到他们三个人，都会津津乐道一番传闻趣事来，如若是谈到某个乡里、区里的官员来，总能听到他的一些肮脏不堪的丑事，之后，便是诅咒一通，愤怒一通，而唯独谈到三个"街魂"的时候，赵庙人才眉飞色舞。因此，在我看来赵庙人的心目中，这三个人的位置远比那些贪官的位置更重要………

每天上街，她的胸前都挂满着大大小小的毛主席像章，还有她挎着的篮子里，装满着杂乱的说不上名字的物什。

谁喊她一声疯老婆，她听不见便罢，听到了，她会立即没了笑容，大声地骂你，一边骂一边走；她还会停下来，瞪着你，一蹦多高，继续骂。

我不知道她叫什么名字。她就叫疯老婆。

赵庙街上的男女老少都这样叫她，都这样喊她。那时，"疯老婆"约摸五十几岁，头发略有花白，并不全白，戴着的旧式棉帽镶嵌着银光闪闪的饰物。一年四季，蓝色粗布大襟衫，几乎没有换洗过，袖口、领口、前襟处油光光的，完全可以当成赵庙集剃头师傅用的"毕刀布子"，也可以拿根火柴在她身上用力擦划几下，便能燃起火来的。

赵庙人称呼上了年纪的男人，叫"老头子"；上了年纪的女性，则是"老婆子"、"老妈子"。这不是贬义词，亦非尊敬长辈的称谓，而是对那些不熟识、不认识的老年人的一种习惯性指代意思的统称。贬义时，常常在这些称谓前再加上一个"死"字，像"死老头子"、"糟老头子"，这样才可解恨解气。

人人对"疯老婆"的称谓或喊叫，并无恶意和敌意。看着她的装束和可怜的样子，人们投来的目光更多的还是一种怜悯与同情。

有人说，疯老婆年轻时因婚姻破裂变神经了。

有人说，她是因为儿女不孝顺气疯的。

还有人说，她是因分宅基地不公平气疯的。

她为什么变疯了？这问题没人认真地调查过。反正，她疯了，疯得不轻。但有一点，至今让我百思不解的是她胸前一排排一串串毛主席像章。这个目不识丁的农村老太婆，为什么胸前形影不离地挂着这些？如果谁动她胸前的这些像章，她会暴跳如雷，裹着的小脚跟跄着躲闪你，像爱护宝贝一样，不容你触摸它一下。

在赵庙街上，她和劳壮、张赔衣是三个不同风格的"另类人"。

逢集的晌午顶上，疯老婆习惯在赵庙南头的十字路口活动。她身边围着很多人。有一天，我也围在其中，听她嘴里骂骂咧咧、颠三倒四地数落着没有姓名的人物。这时候，"劳壮"一歪一斜地走了过来。

"劳壮，快过来快过来。"有人不怀好意地吆喝劳壮。

"弄啥？嗯，弄啥？疯子有啥看头？"劳壮嬉皮笑脸地走了过来。把他的破布包拉到胸前来，盯着疯老婆傻笑。

有人给了劳壮一支烟，给他点上，说："劳壮，干脆把疯老婆娶到你屋里去算了，你们两个一起过，多得劲哩。"

劳壮乐了，嘴咧得好像煞不住的裤裆似的，对着疯老婆喊："疯老婆，咱俩一起过吧？"

"日你小姨，日你浪娘，谁跟你过谁跟你过谁跟你过！"疯老婆踮起小脚，指着劳壮骂个不停。骂后，她又独自笑个不止，畅快淋漓的表情里，看不出半点苦楚和忧伤。她弯腰捡起一块坷垃，去砸劳壮，惹得围观的人大声喊叫着对劳壮说："快跑，疯老婆犯病了！"

劳壮被骂得哑口无言，苦笑着，自嘲着，吸着烟说："别看俺劳壮不沾弦，没钱一人上淮南，有吃有喝得劲得很，回来还剩盘缠钱。"

劳壮的顺口溜逗乐了围观的每一个人。

疯老婆没有一点笑意。她的大声叫骂转变成喃喃自语的骂声，眼睛一直恶狠狠地盯着劳壮。

又有人给了劳壮一支烟，叫他上前取下疯老婆的"语录牌"。

劳壮正准备一瘸一拐地走过去摘疯老婆胸前的"语录牌"，张赔衣瞪着两个大眼珠子走了过来，操起一根棍子，对劳壮打去。

劳壮见是张赔衣，兴奋的眼神一下子变得"细粉下到锅里——瓤条了"。

二十年后，我又回到故乡赵庙镇。晚上，当村人们说到赵庙集上的劳壮、张赔衣和疯老婆三个人早已不在人世时，我心里很沉重，心里很不是滋味。这三个"街魂"消失了，我不知道赵庙集还有什么让我更怀念的。

那一夜，平原上的赵庙集蛙声如潮，万籁俱寂。偶尔，村里传来几声汪汪狗叫，还有十里八里都能听得见的柴油机的轰鸣声。躺在床上，我翻来覆去睡不着啊。

正月二十七

在村子里听戏，那叫"战鼓书"、"小戏儿"；在赵庙集或黑虎庙听戏，那叫"唱大戏"。黑虎庙是一个乡政府的所在地。农历一三五单数的日子，赵庙镇逢集；二四六双数的日子，黑虎庙逢集。南北相距六华里，单双呼应，互不影响，相互补充。比如村人们在赵庙集没买着的东西，可在第二天去黑虎庙赶个集补充头一天买卖的遗憾。

村人们习惯称呼黑虎庙为"肖虎庙"。这个乡归赵庙镇管辖，因此，它的逢集最高潮也没有赵庙集兴旺。不过，有一个节日，却是闻名乡里，包括赵庙集在内的方圆百里集镇都比不上它热闹的这一天，就是农历正月二十七日。

正月二十七这个节日，人们称谓它是"骡马交流大会日"。传说，在多年以前，先人们在小庙前祭祀，众人祈祷上苍赐福，虔诚膜拜时，一头老虎惺忪着双眼出现在庙里，随着一声振聋发聩的嘶叫，晴朗的天空顿时飘起了淅淅沥沥的小雨，并且越下越大。春雨贵如油啊。万物苏醒，雨露滋润，葱茏蓬勃，春意盎然。望着绿油油的庄稼，穷苦的人们心里充满着生活的渴望。这一天，小庙前从四面八方聚集了成群结队的骡马，个个膘肥体壮，其中一头龙驹子在雨雾中精神抖擞地嘶鸣着，撒欢着，给了这片土地上的庄稼人以

244

昂扬向上的奋斗情怀。于是，人们对着小庙里的泥菩萨千恩万谢。为了庆祝和纪念正月二十七日这一天，人们敲锣打鼓，鞭炮齐鸣，唱大戏，踩高跷，耍马戏，等等，用各种各样的表达方式，隆重而畅快地释放着对这一天的盼望。

无人考证这个传说的由来，无人不对这个由来已久的传说而兴奋。方圆百里的人们，常常是吃了大年初一的"扁食"，便渴望着去赶正月二十七日的"肖虎庙会"。交通不便，有人在正月初二初三就动身赶来。

从我记事时起，肖虎庙每逢这个庙会我都没有遗漏过，直到我远离故乡到了重庆。

这一天的早上，肖虎庙的东西街，南北街，已是人头攒动，车水马龙。牲口行，洋车子行，猪行，粮食行独立成为区域；布匹，衣服，丸子汤锅，烧饼炉子，还有拉着风箱煤火通红的"肉合子"摊位。卖甜秫秸（甘蔗）、"花拉潭子"（米花团）、凉粉挑子、卖浮子酒的摊位，四处分布的都是。翻扑克、"别棍"的，卖狗皮膏药大力丸的，"呱啦板"卖老鼠药的，热闹极了。到了中午，成群结队的男男女女，从四面八方涌向这里，黑鸦鸦地挤满了每一条路。青年男女手扯着手，唯恐挤丢了，挤散了，就围聚在一堆，东张西望，喊三吆六。嘈杂声，驴叫声，牛叫声，久久回荡在这个小集镇的上空。

很多小孩被挤在地上哭喊着："娘，娘……"很多老头老太婆被挤在墙根，气喘吁吁地说："我的个娘耶，我的个老天爷牌乖子耶，这咋恁些人耶！哎哟，知道恁些人俺也不来赶这个会！"有的女孩子鲜艳的衣裳上沾满了泥巴和灰尘，骂着拍打着；有的小伙子衣裳扣子挤掉了几个，棉鞋带子都挤掉在鞋外边，一抬脚"嘣"一声断了，顾不上鞋帮子裂开，还昂着头往前挤，像是家河里被粉浆呛得浮上来喝水的鱼。

好不容易，人们像"挤尿床"（一种民间游戏）一样挤到了街西头的戏台子前。高高的戏台上，锣鼓喧天，声乐阵阵，尤其二胡拉出的美妙音乐，让台下一张张挤得涨红的脸充满了期待。唱戏的人脸抹得通红，像个"妈羔"（鬼脸）；有的脸抹得"黢黑"（漆黑），像个"狗腚"（狗屁股）。这是台下的人急不可待，看着戏台上的人就这么嚷嚷的。其实，戏台上都是高音喇叭的音乐，不是真人弹奏的，而是从"三用机子"（多功能音箱）传出的"洋戏片子"。《百鸟朝凤》、《打金枝》、《朝阳沟》、《三哭殿》等老百姓熟悉的豫剧和曲剧唱段。有时，也播唱一段二夹弦、梆子、坠子的唱段。

"晌午歪了，管开戏啦！"台下的人再也耐不住了，一齐冲着台上喊。终于，台上走来了大队书记的身影。他手里端着用一块红布裹着的话筒，一脸喜气地走到了台前。

"喂喂喂。"他自己对着话筒喂个不止。直到他听到大树上的喇叭有了回音，咳了几声后才说话。

"老少爷们们，天也不早了，人也不少了，大家都安静了，下面呢，大戏就开始了。"大队书记讲到这里，见台下是乱糟糟的声音不绝于耳，就提高了声音，大喇叭里发出"嗞嗞嗞"的电流的声音。这电流是远处发电机传送过来的，刺耳尖厉。

"老少爷们们，都别乱了，静一静，下面大戏开始了。"大队书记又在吆喝，"大家都自觉点儿，前面的都蹲下，后面的再往后站一站。"台下的人根本不理他，照样是吼叫着。民兵营长冲下台来，用一根长长的竹竿棍子，像秋天打枣树一样，对着前面的人头乱打。这下子前面的人蹲了下来，后边的人便纷纷后退。周围的树枝上、墙头上、屋脊上，都爬满了听戏的小伙子们。直到大兰出来，台下才一片肃静。

大兰，她的名字就叫大兰。多好听的名，多好记的名啊。这名字家喻户晓，妇孺皆知。这名字就像人们心中的马金凤、常香玉，就像电影里的张金玲、李秀明。虽然当时的老百姓不知道称呼她"明星"，一句一句"大兰"的称呼，蕴涵着对她的亲切和敬意。

大兰姓窦，名字叫窦兰云，但谁也没这么喊过。是黑虎乡杨楼村人。个子高高的，身材匀称，面颊黑里透红，两颗眼睛见了谁都在微笑着，闪烁着聪慧和美丽。三十几岁的年龄，一条粗粗的黑辫子垂到腰际，风韵流动。村人们每当谈论起大兰，总少不了补充一句赞美的话："她的牙齿白得透明四晃哩。"还有一句歇后语与大兰有关。村人们羡慕或是赞叹别人，常常说："那是大兰的爹——老斗（窦）啊。"意思就是十拿九稳很有把握。

大兰的搭档叫杨志安。拉二胡的。村人们说到拉二胡的杨志安，都是用赞叹的口气说："我的个儿哎，他拉弦子拉得真排场。头，歪得像个'二革'；手，慌得像摇拨浪鼓子哩；腿，'合搭'（颤抖）得像尿不净的一样；脚，慌得像踩鞭鼓子一样。我的儿哎，他真沾，真沾！"

赞扬大兰，赞扬杨志安，村人们用尽了充满淮北泥土味的溢美之词。

大兰的舞台形象，是乡亲们茶余饭后模仿的对象。走路、哭声、捏花指，乡村戏迷们惟妙惟肖地模拟着，借题发挥着。我们巴楼村有个光棍汉叫巴学廷，一生没有别的爱好，就是爱听大兰的戏。从天亮到天黑，他一直挤在戏台前，专心致志目不转睛地盯着大兰。夜深了，大兰卸完妆，他仍盯着不走，一直看大兰。回到村子，他捏着个女人腔，学大兰的唱腔，学大兰的动作，学大兰的笑，逗笑了村子里的男女老少。

大兰迷住了巴学廷。用巴学廷自己的话说那就是："大兰长得排场，要个子有个子，要啥有啥，只要我这辈子不死，大兰不死，她走到哪我就跟到哪。"

村人逗他说："学廷，你喜欢大兰，就娶她做老婆吧。"

巴学廷听到这话笑个不止，连连说："你笑俺弄熊（弄什么）唉？就俺这个屌样哩，给她提鞋她都不要俺。干脆，就想想她算了。"

巴学廷有着自知之明。他不奢望大兰会喜欢他。

村子里有个叫巴云廷的，他只和巴学廷相差一个字。巴云廷比巴学廷相差了一个辈分，因此，常常和长辈们开开玩笑。

有一天，巴云廷对他说："老仰拜（巴学廷的小名），听说你喜欢大兰都喜欢成'夜马遗'（遗精）了？哪天我见了大兰就对她说，叫她专门给你唱一出。"

巴学廷笑了。笑得前仰后合如醉如痴。"呢啊，你这熊孩子净开老头子的心！你能叫大兰来咱庄唱戏，我请你喝一壶猫尿。"

巴云廷爽快地答应道："好！我一定把大兰请到咱庄来唱戏。"

请大兰到村庄来唱戏，那是正月二十七之后的事了。

下午的肖虎庙，听大戏的人们渐渐离去。扛着秫秸，拉着买好的农具，牵着满意的牲口，朝家里走去。孩子们摇着五颜六色的"花棒槌"，吹着用泥巴烧做的"小叫吹"，欢天喜地地回家了。

晚上，大兰的戏接着唱。村人们晚上又赶来听戏，称这种接着听的方式叫"连灯拐"。

两个汽灯悬挂在戏台两侧，吱吱作响的舞台木板上，跑动着大兰矫健的身影，穆桂英挂帅的英武气概，秦香莲冤屈哀怨的表情，这些人物形象，大兰在舞台上表演得栩栩如生。杨志安的二胡伴奏，让舞台氛围营造得热火朝天。这乡间的戏台子美轮美奂的情景，无不给乡村观众留下妙趣横生回味无穷的魅力。

我也是大兰的"戏迷"。

那一年的正月二十七，是我难忘并怀念的一天。

中午的时候，我挤出了人流，走进一片树行子里。这里是村人们进行猪崽和老母猪交易的地方。筐头子里、架子车里、大抬筐里，全是吱吱哇喊叫刺耳凄厉的猪叫声。有几头瘦得东歪西斜的老母猪躺在地上，任意让猪娃子们顶来顶去地吃奶。买主看准了哪头猪娃子吃奶欢快，便悄悄一手拎起猪腿，立起来，然后称重，付钱。自行车上插着一面小红旗或红毛缨的标志，它的主人肯定是一个"择猪的"（阉割）。小母猪是在肚子左侧划一刀，揪出一根血淋淋的"仔肠"，便不会再发情生育；小公猪则从屁股后面划一个口子，将两个红艳艳的瘦肉疙瘩挤出来，便不会成为配种的"脚猪"。"择猪的"那副动作模样，干脆利索，三五分钟一头小猪。手中的两把小刀子便是他养家糊口的工具。

唱大鼓书的人，其他地方不去，偏偏选在这个令人烦躁不安的地方。这叫唱"小戏儿"。

说书的人选这么个地方，说是"闹中取静"。说书的人说，这就叫"行是行，悟是悟"。即是说，物以类聚，人以群分。不是买猪的，不来这地方；不是爱听书的"热家子"，也不会来这地方，一待就是大半天。

"咚咚咚"。

"咚咚咚"。

圆形牛皮大鼓真是特殊材料制成的玩意儿，一年四季心甘情愿地任凭这说书人不停歇地敲打。

"够不够三百六，再敲多了是如头。"说书人停下了手中的敲击，沙哑的嗓子说话了。即是说，他敲击牛皮大鼓已经三百六十下了。这是说书人聚集听众的"行规"和开场白。

他叫什么名字，没有人详细问过他，只知道他叫"陈豁牙子"。他的喉咙里永远像堵着东西似的，发出的声音瓮声瓮气，沙哑而吐字清晰。有人说他是"宫哑嗓子"，有人说他说话跟"屙不掉"的一样。他声音特殊，表情丰富。《杨家将》、《岳飞传》等唱段，经过他绘声绘色的表演，悬念迭起，人物性格鲜明，一个个打斗场面，一个个生死离别，让坐在周围的人随着剧情的发展喜怒哀乐。

依靠在杨槐树旁，揣着袖筒，我的心随着他口齿的启动，兴奋着，悲伤着，激动着。

听完陈豁牙子的"战鼓书"，我买了一碗丸子汤，吃罢便"连灯拐"跑到戏场看大兰去了。

做梦也没有想到，在戏台子下挤来挤去，和我刚认识不久的对象玉芬挤到了一起。

当定睛看清楚面前这个围着红围巾、个子高挑的姑娘就是玉芬时，我的脸颊火辣辣地发烫，心跳急剧加速起来。

她也认出了我。

"咦？是你啊！"她惊叫了起来。

我朝她笑了笑，正想说些什么的时候，我被人流挤出去很远。我马上又往她这边挤。

我怕我再被挤出去，一把拉住了她的手。她手心里沁出了汗水，紧紧拉着我。

过年前，玉芬和几个姑娘一起去过我们家一次。她是我姑姑和姑父李文学做的媒。我们家里穷，她看了后也没有嫌弃。她对我姑姑说："家里穷不要紧，俺不图东西，俺只图他们一家子人好。"我很感动。玉芬不识字，人长得个子高，皮肤白，秀气水灵，挂在嘴边甜甜的微笑，溢满了善良和朴实。来"相家"那天，我和她单独说了几句话。我问："你可有意见？"她笑，好半天才说："没有。"她问："你可有意见？"我答："没有意见。"就这样，我们心间有了约定。出村子时，我送她们到村东头的塘河边上。

这是第二次见面。没想到会在这种乱哄哄的场合。

我松开了她的手。

我问："你啥时候来的？"

她说："来了有一会儿了。"

她又问："你吃饭了吗？"

我朝她点点头。

憋了半天，我凑到她跟前说："咱们出去吧。"

她说："干啥？"

"说说话，咱们出去说。"我担心她拒绝我。

她犹豫一下说："俺不敢去。俺姐待这里哩。有啥话你就在这里说吧。"

在乱哄哄的戏场里，我的眼睛时而盯着她，时而又盯在戏台上。

我不知道我要对她说些什么事。

我说："你姐待这里管啥护，走哎。"她摇摇头不再搭理我。

"咱们明天去照相馆吧？"我声音很小。她的眼睛告诉我，好像没听清我的意思。

"去照相馆？啥时候？"她轻声问。

我说："明天。明天上午我在孔桥等你。"

她点点头笑，眼睛又转向了戏台子上。

第二天上午，我没有等到她。在孔桥上走来走去整整一个上午，玉芬也没来。尽管她没来，尽管再也没有见到她，可她在正月二十七日那天晚上，握着我的手的感觉，却幸福地徜徉在我的记忆里。

大爷与我

在淮北农村，称呼父亲是喊"大"。称呼母亲是直呼："娘"。而称呼爷爷的哥哥，若是排行老大，则是"大爷"，排行老二则是"二爷"，排行老三，就是"三爷"了……

自小，从记事起，我没有见过我爷爷的面。听说他是六〇年间饥荒那阵子饿死的。我爷爷还有个弟弟，一辈子没结婚，也是在我还没出生的时候就饿死了。因此，大爷在我的记忆里和心目中，永远都是我们这个家族的体面人。大爷当过兵，早年在部队里就是个卫生员。后来转业到我的老家赵庙镇卫生院做医生。现在虽然已经退了休，仍在我们老家的村子里，给村民们行医治病，福泽乡邻。无论村子里男女老少，稍有头痛发热或者略感不适，或是遇到突发病症，大家会异口同声地喊道："快找巴先生看看！"无疑，大爷在乡亲的心目中是极受尊重和爱戴的一个乡村大夫。

我是以有这位医生大爷而引以自豪的。

大爷的名字叫巴治顺。但是，在我们那个村子里，或者是在附近的几个村子里，几乎很少有人喊得出他的名字，而说到"巴先生"的称呼，那就是巴治顺了。一辈子，人能活到这等受人尊敬的份上，也便是最大的幸事了。

大爷的头发白得有些早，文质彬彬，态度温和，如果用"慈眉善目"四个字来形容他，恐怕是再合适不过了。

读初中三年级时，我到了赵庙镇中学。那阵子，我们那儿正闹地震，街上的各个单位的空间地方，都搭了防震棚，又叫"防震庵子"。为了节省住校的费用，又免于阴天下雨往返学校的劳顿，我就想住在街上。大爷在卫生院当医生，是这个小镇上我唯一的亲人和依靠。于是，我便壮着胆子去问他找住处。大爷当时在卫生院的住房，就一间小屋，外边是厨房，里屋则是他休息的一张床，够挤的。大爷笑着说："我白天上班，晚上才回来，你就住我这屋吧。"我摇着头，打消了这个念头。大爷又说："院子里有个地震庵子，有几个学生在那儿住，要不你就在那儿住吧。"我立刻兴奋起来，马上随他来到了"地震庵子"。

这个长长的地震庵子里，住着四个学生，听说也是和这个医院的医生有关系才住进来的。里面摆放着两张床，被子、衣服还有面袋子、馍筐、书本子等等，杂乱不堪。外面的进门处，是四个煤油炉子，锅碗瓢盆，还有没吃完的剩饭剩菜，几乎摆满了有限的空间。庵子中间有一张小木桌，上面还悬挂着一只电灯泡。我环顾着四周，又望了望大爷。大爷也在微笑看着我。我知道，大爷的目光既是一种无奈，又是在征求着我的意见。我说："行吧，就在这儿吧。"大爷说："先将就吧，等找到合适的房子后再说。"我说："好。"本想再补充一句谢谢之类的话，可没说出口来。是浓浓的亲情和对大爷的敬仰，使我说不出那些在我想来是客气之类的感激的话来。

从此，我便在镇上有了栖身之处。

八十年代初，像我这样的乡下学生，能在镇上有个地方住，那也真够同学们羡慕的。有的学生为了显示自己，时常说："我在区里住。"其实，也大都住在区政府院里的防震庵子里。尽管如此，那便意味着他与区政府的人有关系，才能在那儿住。那阵子，有同学问我在哪儿住，我便也大言不惭地回答说："在卫生院里住。"有人马上就会问："那巴先生是你什么人？"我回答说："他是俺大爷。"顷刻间，我的心头涌来一丝自豪感，我的声调里便是含蓄地告诉对方：俺们家也有吃"皇粮"的人。

大爷给我找到了住处，同时也给了我精神上的依托和心理上美丽的虚伪……

大爷所在的赵庙集，逢单不逢双，也就是说，二四六逢双的日子，一般附近村子里的人就不去赶集。因此"背集"的时候，卫生院里冷冷清清，没有多少人去看病，于是，大爷就回家去干地里的农活。犁地、扬场、浇水样样农活他都得心应手，从不因为自己是个医生而在村子里高人一等。喂猪、甩粪等一系列的脏活累活，他从不推诿给家人，全都是他一人包揽。为此，村人们在教育自家孩子的时候，常常说："等你们长大了，也像巴先生一样，城里乡里都不耽误。"言下之意，这"城里"是指他端铁饭碗的工作要干好；这"乡里"指在农田的农活也要干得任劳任怨。有时候，大爷干了一天的农活，浑身累得像散了架般疲惫时，附近村上来了人请他看病，他二话不说，立刻就会赶去的。如若村子里谁要是突然患了急病，大爷会立即赶到，撂下手中的农活，随病人的家人们一起急若星火般赶到医院，帮助他们迅速办理挂号就诊等一连串的住院手续，并帮助垫付医疗费。大爷在解除病人痛苦这些方面，尽职尽责，是一位有口皆碑的好医生。可在处理一些"乡村外交"的事务上，用村人们的话说，他心眼太实了。

这话得从一件事说起。

有一天中午，天气炎热，田地滚烫。男人们光着膀子，女人们擦着热汗，一个个从田里陆续集中到南地里的那排"大关杨"下乘凉歇气儿。一个瘦削的男人巴云秀神色紧张大步流星走进了"人场"。他沮丧着脸说："俺小媳妇小王有信了，说是在'南乡'里

（土语，指淮河以南的地方），赶快帮俺找回来吧。"巴云秀的声音几乎是乞求般地叙述着，暗淡的眼睛里含满了泪水。村人们一下子全打住了"东扯葫芦西扯把"的闲侃，同情的目光齐刷刷地盯着巴云秀。

小王是巴云秀的老婆。个子不高，衣着整洁，面孔清秀，时常穿着对襟子蓝洋布上衣，笑起来，左边还露出一颗亮闪闪的"金牙"。在村子里，小王的仪表和装束是较为显眼的，尤其是在农村妇女中极少有人会抽烟，她却偶尔在两指间夹着个烟卷，简直像是电影里那些大户人家的千金小姐了。巴云秀和小王结婚好多年了，一直没有生育。至于双方是谁有"毛病"，村子里的人胡猜过一阵。有人说，巴云秀经常在外边贩布票"锻磨"（土语，指一种手工艺劳作），回家的次数少了，还有的说根本不怨巴云秀，是怨小王"蒙"（土语，指有毛病的意思）了。突然有一天，小王"跑"了。巴云秀跑到颍上，跑到蚌埠等地，到处都没有找着，这次，是他好不容易才打听到了小王的下落，所以，他恳求乡亲们一定要帮助把她找回来。

村人们想来想去，终于选出了由大爷和我父亲、巴云秀三个人一起去"南乡"里找小王。

大爷向卫生院的领导请了假，揣着凑来的"盘缠"就上路了。找到小王又"落脚"的这一户人家后，经过大爷的动之以情晓之以理的劝说，终于感动了那个男人，小王也愿意回到巴楼村，重新和巴云秀过日子。巴云秀看到妻子小王熟悉的身影出现在他面前时，喜极而泣，小王也伏在他肩上哭个不止。她说她错了，她说她改，再也不"跑"了。就这样，从巴楼村来时三个人，现在回去是四个人，大家都很高兴。在蚌埠买好火车票后，小王说她要趟"茅房"。大家谁也没有警觉到，小王进了公厕后，再也没有了踪影。

三个人重又无奈地回到村子后，村人们你一言我一语，那语

255

言全集中到大爷的头上。是啊，大爷和我父亲他们心眼真的是太实了，怎么没有预防到小王要耍心眼呢？如果当初大家紧紧跟着她，上厕所时花点钱找个女的跟上她，也不至于让她溜了啊。"三个男的没精过一个女的。"村人们责怪着说。

这件事已过去二十几年了，巴云秀虽然从此后永远打了光棍，可也从来没有埋怨过大爷。他自己劝慰自己说，强摘的瓜不甜呀，假如小王找回来，隔个三五年又跑了，损失更大，总不能整天把她"系"在裤腰带上啊！细细想想，这话也对，可在大爷心里，却是始终放不下的心病！

大爷说："一辈子没有做过亏良心的事，就后悔没帮巴云秀办好这件事。"我笑了，对他说："巴云秀也没有责怪过你，就别再想了。人的一生，不是什么事都能做得完美的。"大爷没有笑，两眼木然地瞧着远处，很久都没有说话……

前些年，大奶奶去世了，大爷便没有了伴儿。如今已上了年纪，可他耳不聋眼不花，身子骨还挺硬朗。村子里哪家有个头疼发热的，大爷照旧赶去嘘寒问暖。大爷说，他看到子孙们一个个都有出息了，他心里特别高兴。去年春节，我回老家的时候，大爷握着我的手，久久没有松开，他再三叮嘱着说："孙子啊，一定好好干啊，俺这么大的年纪啦，就盼望你们都干出点名堂来。看到你们都平平安安的，俺比啥都高兴啊！"

这是大爷的期望，也是他的良好祝愿。我想作为晚辈的我们是不会让大爷失望的。

再说老董

　　每次外出回去，或者从城里回到我那熟悉的赵庙镇，总听说关于他的一些新鲜故事。他叫董国治，是这个小镇信用社的头儿。不知道人们出于对他的尊敬，还是养成的口语习惯，年老年少的，一概亲切地称呼他"老董"。对此，老董并不为别人不在他的姓后加上"主任"二字怨声载道，反而乐呵呵地说："随便怎么叫都行，主任不主任又不顶饭吃。"

　　记忆中，老董五十岁有余，可他并不老相，一尘不染的蓝色中山装，恰到好处地裹着他并不丰满的上身，下身的灰裤子虽有些破旧，可没有多少褶皱，手中常常不知疲倦地拎着个黑提包，勿经介绍就知道是个乡镇搞金融工作的"土八路"。尤其是那双熠熠闪光的大眼，似乎有些夸张地镶在瘦削的面庞上，一看就不能忘记他的智慧机警和干练。

　　就是这么个"主儿"，在基层金融单位滚爬三十多年了。嘿，你别说，大小官换一茬又一茬，老董仍一直稳坐着主任的位子，只不过从这个信用社调到那个信用社而已。说来也怪，老董调到哪个社，他就能把哪个社搞得有条有理，无论上级或是群众，对他都赞不绝口，满堂喝彩。

　　老董自己说："搞金融的，首先不能爱财，不能靠党和人民

257

给的权力谋私利，把握住这一点，人才有自己的形象。"的确，老董是用这一信条主宰灵魂的。有一回，他下班回来后，见桌下堆了两包名烟名酒。夫人说，是乡长送来的，想请你贷点款给儿子做买卖，老董二话没问，便提着东西来到乡长办公室。恰巧，县里的领导也在，气得那乡长咬牙跺脚。我还听说老董起诉一个小青年的逾期贷款后，那小青年气急败坏地纠集一帮"哥们儿"给他放血，没想到，老董袖子一撸，三拳两脚尚未过瘾，一个个便躺在地上。

都说老董"怪"，老董"硬"，老董不好"摆治"，可我说，老董怪得有理，怪得够味。正因为他硬，才廉洁自律，克勤克俭，正因为他硬，才不与违法乱纪之类的相提并论，才显示出一个常在河边走就是不湿鞋的金融干部的风采。

曾有位亲戚请我帮忙，托我找老董贷笔款子跑买卖。苦于不好推辞，便壮着胆子以试探的心理给老董打了个电话。老董十分爽快，告诉我直接让其本人带私章过来就行了。果然那位亲戚第二天就如愿以偿了。自然，我心里也分外感激老董的帮忙。一日，忽然在城里遇见了老董。我殷情如火地请他到饭店吃饭时，他却神不知鬼不觉地从商店里买来酒和烟。我一时搞不懂老董的意思，惊愕地再三声明，今天我做东，一切都不用他管。你猜老董咋说："我买烟酒，你出菜钱，吃俩搭伙吃，免得饭后让人家说闲话不踏实。"我可真哭笑不得，一连几天心里不是滋味儿。

一位朋友看过我写的那篇《老董啊，老董》，打电话嚷嚷说："老董比你写得更古怪，你就不能骂几句！"我笑而未答。我是知道这位朋友怨气满腹的缘由的，不久前，老董曾帮他的忙，这次，他从城里买来燃气灶和煤气罐，送到老董家，言下之意便是再请帮助贷款。老董脸板铁青，坚决拒收。这位朋友事后告诉我说，当时认为老董只不过故意推辞而已，谁知，他真的抓起燃气灶甩在他家的墙头外边！"我一下子心里发烧，当着那么多人的面，我恨不得

像我这样爱你

258

钻到地缝里去……"话及这些，这位朋友至今面红耳赤，只是被甩在墙头外的燃气灶被拾破烂的老头们拾去了。

凭着和老董相处的多年关系，我十分自信地去找过老董贷款。那天，正逢集，他的办公室坐满了客人。我说明了来意，老董极是犯难，他解释说："你虽然老家是咱们赵村人，可户籍不在这儿，所以，我不能跨地域放贷。"实话说，我虽然应承着表示理解，可心里却是一百个不舒服。正当我失望地走向汽车站时，老董气喘吁吁地追了上来，甚是歉意地再三解释。他说："作为我这个主任，是不愿意让任何一个客户失望的。可是，违反规定的事，杀了我老董也不干。"

这就是老董，一个琢磨不透的老董，一个说不尽的老董。

我与赵庙中学

离开赵庙十五个年头了，我的母校——赵庙中学的校园却没有发生一点变化！就连读高中二年级时，我书写的壁报的残片，还清晰可见地在教室后面的黑板上！

那天上午，我和作家雪涅一起，走进了我曾就读过的教室。一切如旧，坐在座位上仿佛一下子又回到了寒窗苦读的岁月。当留连的目光定格在我书写的壁报上的毛笔字时，我一下子诧异地张大嘴巴。我的内心复杂极了。这么多年了，大街两边原来低矮的小饭馆早已不复存在，脱胎换骨成了一个个豪华型的大酒店，而唯有我学习过、生活过的这所诞生过无数个人才的赵庙中学，仍是原来那副砖瓦房的老面孔。到底是怎么了呢？赵庙人怎么就不舍得把这所培养人才的摇篮的学校旧貌换新颜呢？在这个集镇的大小官员换了多少茬，怎么就没有一个热心教育的人关心一下这所学校呢？

我的心头分外沉重。

我恨不得倾尽我的全部积蓄，将学校变成都市里那花园一般的校舍。当我把这些想法告诉雪涅老师的时候，他笑了，很平静，丝毫没有为我的这些想法感到惊奇或者是鼓励的意思。他反问我："如果你投资把学校改变一下，赵庙人会领这个情吗？"看了他老半天，我说不出话来。是啊，尽管你有这个能耐，有这笔财富，

260

赵庙人稀罕吗？赵庙的"大款"多的是，需要你来这里"冒大"吗？我反复地责问自己，同时，那一幕幕伤心的往事又浮现在了眼前……

赵庙中学有着多年的建校历史。据说，"文化大革命"前，这所学校就培养出了很多优秀学子而名扬县内外了。"动乱"年代，也有不少从这个学校走出的"红卫兵"小将从北京参加"大串联"回来后当了大队、公社里的小头头。重要的一点，这所学校里有几位博学多才的老师。他们年过半百，乌黑的头发已被擦不尽的粉笔末熏染得斑驳见白。他们的家属大都在农村，属于那种一个吃"商品粮"，一个吃工分的"一头沉"婚姻。他们渴望的是桃李满天下，个个学生从赵庙中学走出来，在各条战线上混出点名堂来，当说起这个学生的成就时，他们的脸上流露出欣慰和自豪，这就是辛勤园丁们的最大夙愿。

我的班主任是教数学的张华善老师，教化学课的是李存玉老师，语文课是梁兴赞老师教的。有的老师说，高一（二）班的老师个个都是名师，个个都是严师啊。张华善老师教了十几年的数学课了，从高一到高二年级，不知送走了多少莘莘学子，还有不少他的学生参加过全省全国的各类数学竞赛，获得过名次。李存玉教化学课也是全校出了名的优秀老师，对那些调皮的学生，素来以讽刺似的犀利言辞，让学生们敬而生畏。语文老师梁兴赞，早年毕业于某师大中文系，语言文字基本功十分扎实，还经常在语文教学研究方面的报刊上，发表一些有见地的论文。常言说，名师出高徒。但我觉得，除了语文梁老师给我留下美好的印象外，其余二位老师我一点都不喜欢，用四个字便能概括我对他们两位的感觉，就是：无法感激！

"我们班有位叫巴一的吗？"班主任张华善将大三角板放在讲

桌上，表情严肃地注视着大家。

我惊讶地站了起来，我说："我是。"

"哦，是你啊。"说着，他把一个鼓鼓囊囊的信封递了过来说，"你看看这是什么玩意儿？"我接过信封，急不可耐地拆开，原来是某杂志社将我暑假期间挥泪创作的中篇小说稿件退了回来。我的脸一下子火辣辣的，我知道全班同学都在莫名其妙地盯着我。张老师的声音几乎是怪里怪气地说："你真是癞蛤蟆想吃天鹅肉！没学会爬就学会跑了，你想当作家是不是？滚！不准你再把退回来的稿子寄到我的班里来！"一席话，如五雷轰顶般击碎了我的自信和自尊。呆坐在桌前，同学们用异样的目光从不同位置射向我这里，使我坐卧不宁，无地自容。张老师啊张老师，你这语言太刻薄太无情太恶毒了点吧？你让一个热爱文学的仅有十九岁的学生怎么能受得了？

老师啊老师，你知不知道，有时候你春风和煦的一句话能有激活一颗破碎心灵的分量，有时候你的一句话也能像一盆冷水，使本来燃烧的火焰顿然熄灭，再也不能燃着的啊！

上化学课，我实在是提不起精神。有时候李存玉老师旁敲侧击，无端地讲一些地痞流氓的故事指桑骂槐，宛若班里的同学欠他多年血债似的。有一次，他慢条斯理地说："听说我们班出了一个作家，能写大部头小说了，我真想有机会拜读拜读。"他顿了顿语气，吸了一口夹在手中的烟说："我听说小说又被退回来了吧？还听说错别字能捡出一箩筐来哩。"他的话还没讲完，我身后的同学已用笔秆在捅我了，前面的同学捂着嘴朝我挤眉弄眼：这是腌臜你呢！我明白这是在说我，同时我也明白，退回的稿子他和张华善老师肯定已经拆开看过了。那时的恼羞成怒，恨不得把这退回的稿子撕碎甩出窗外去。

唯独梁老师对我大加赞赏。每周一次的作文课，只要他在黑板上写出作文题目，我便能马上就作文的题材立意以及写作方法、主题思想等，轮廓分明地活跃于心际。更让我庆幸的是，数学、化学老师不喜欢我，语文老师偏偏宠爱我。每篇作文，梁老师均是以模范作文在全班朗诵，并褒扬一番，鼓励一番。对我而言，也只有上梁老师的课，我才是个勤奋上进的学生。

　　由于三位老师对我的不同态度，我一下在班里引人注目起来。下课的时候，有的同学跑过来问我，我的小说写的是什么内容，有的同学非逼着我拿出来看一番。体育委员正明再三逼我拿出稿子来，我坚决不拿，他一把抓住我的手腕，用力地拧到我的背后，疼得我直咧嘴还不放手。我火了，骂他道："狗日的大个子，你学习最差，欺负老子还行！"正明被骂恼了，他松开我的手臂，对准我劈头盖脸地打来。这还不过瘾，他的一个哥们王礼也围过来帮凶，揪着我的头发就打。几个和我要好的同学，一个比一个老实，他们是敢怒不敢言，只是在一旁说一些不痛不痒的劝阻的话。

　　我就这样无端地被打得鼻青脸肿。很多同学要我报告老师或者直接到武钦朗校长那里去告正明、王礼二人的状，可我像没听见一样，更没去告他们。我开始研究这两个家伙，我等待着对他们落井下石的那一天。

　　正明的个子很高，父亲是黑虎乡的一个干部，他能读高中，根本不是考进来的，听说是请了班主任张华善吃了一桌酒席后，"开后门"来的。他从住处来学校从不背书包上课，不是迟到就是早退。由于他个子大，加上他父亲与班主任有勾当，所以委任他一个体育委员的职务。王礼则是与他一道天天鬼混的"二流子"，做作业全是抄邻座的同桌的。他的父亲是区教办室副主任，听说也是根本没有考上高中，也同属"开后门"之类的学生。只要老师不在教室里，带头说话的，乱跑乱窜的，准是他们俩。山中无老虎，猴子称霸王——这两句话用在他们俩身上，恰如其分，丝毫也不夸张。

有班主任给他们撑腰，谁敢对他怎么样呢？有一天晚自习后，我刚要收起作业本离开教室，一位叫宋丽的女生递给我一张条子，上面有几句话是这样写的：

> 你在班里受他人欺负，我看在眼里，气在心里。别伤心，别难过，将来你比他们有出息。再说，他们这些人不好好学习，将来照样靠他们的老子吃一辈子，而我们，不学习就没有出路啊！

攥着她的字条，我心里热乎乎的，喉头酸酸的，一汪泪水扑簌簌地落了下来……

宋丽的关怀让我感动。我开始注视起坐前排的宋丽的座位，还有她的背影。回到住处，仰望着漆黑硕大的寝室空间，脑海里浮现起宋丽端庄清秀的面孔来。

宋丽是张各乡管辖的小宋庄人。如今，赵庙由原来的人民公社划成区政府了，张各乡归赵庙区管辖。宋丽的个子很高，梳着两条短辫子，两只眼睛扑闪着质朴与聪慧。高一（二）班共有六位女生，个个都长得鲜模鲜样的，衣服虽算不上艳丽和高档，但在我们这样的乡村中学里，也足够惹人注目的了。

开始时，我并没留意过不太张扬的宋丽，老师提问，她的回答有时显然有些羞怯。上体育课，女生大都是排在队尾，宋丽因为个子高，排在第一位。八十年代初，乡村中学的男生和女生还是不太多讲话的，谁跟哪个女生因多说了几句话，或者表现出有些亲近的样子，那必将遭到同学们的背后议论。"封建啊！"学生们时常无奈地感叹着渴望多多交流的男女关系。作为我，更是不敢先与女生打招呼，有时偷偷瞄她们几眼，还担心被别的同学看见嘲笑我。可意想不到的是，宋丽能在我"危难之际"递纸条子给我，表示对我的理解和同情，表示对我的关心和鼓励，打心眼里，我感激着宋丽，默默祝福着她的学习和生活……

这天的晚自习，老师没有在教室里待多久就离开了。隆冬腊月的晚上，教室前后的几个大窗户虽都采用了塑料布夹着秫秸秆等防寒措施，但仍抵不住呼啸北风的侵袭。有的同学开始打破沉寂，大声地哈着热气，咚咚地跺起脚来了。先是一两个人咚咚地跺起脚，后是响声一片，继而是有节奏的"咚嗒咚嗒"的跺脚声。

我也无心看书了，双脚咚嗒咚嗒地跟着默契的节拍跺起来。早已冻得麻木的双脚渐渐变得热乎起来。长时间一连串的跺脚声，惊动了隔壁的教室。隔壁的杨老师气愤地推门进来了，全班同学视而不见，觉得他不是本班的任课老师，对他的制止根本置之不理。不久，当刘维钦副校长和班主任张老师一起闯进教室后，这连续的跺脚声才突然停息。

这种扰乱晚自习的现象在全校影响很大。刘副校长当着全班同学的面，责成班主任张老师一定要查出是谁先带头扰乱课堂纪律，跺脚的。我暗自窃喜，反正不是我先带的头，查谁也查不到我头上。

大约是第三天吧，有人给学校打小报告说，带头跺脚的，是正明和王礼两人。我心花怒放，幸灾乐祸。在他们两人被校长办公室喊去的时候，我大声喊了句："罪有应得！"

"害群之马！"宋丽紧跟着吼了一声。

"一颗老鼠屎坏一锅汤！"又有同学在补充。

我料想这下子，正明和王礼肯定要在全校师生大会上被点名批评的，没想到几周的时间过去了，却没有一点处分他们二人的消息。只听班主任张老师在班上批评过两次，并要他们写出书面检查和保证书。

就这些问题，同学们背后的议论很多。有的同学说，这事要轮到我头上，肯定会被开除的；有的同学说，正明和王礼的老子都是当官的，学校不敢得罪他们。我没有过多地发表自己的埋怨和见解，我深深地意识到歪风邪气的蔓延，不仅仅是弥漫着社会，就连学校这块净土也无以遗漏了。古人说得对，人比人气死人啊！谁让你们老子是个农民呢？谁让他们的老子是"当官的"呢？认命吧，人世间不公平的事太多了，你气得过来吗？

轮到梁老师上语文课的时候了。梁老师望着窗外漫天飞舞的大雪，要求学生写一篇雪景的作文。梁老师说，寒假就要到了，学校高中组和校团委准备在区政府门口办一期迎新春的墙报，这篇写雪景的作文如果被选中了，就用毛笔书写在区政府门口的墙报栏里，同时学校还要发奖状。几位爱写作文的同学欢呼雀跃。我更是摩拳擦掌跃跃欲试。

最有趣的，是梁老师为了让大家即兴"演习"一下情感，就抽了几名同学用简短的语言，口头描摹一下雪景。有的同学吟诗作赋，有的同学朗诵起毛主席的诗词，梁老师一一作了简评。轮到提问正明时，正明两眼茫然地从最后一排站起来，然后把脸转向窗外飞舞的雪花，很久，终于冒出了他的感叹："啊！啊！雪，好大的雪啊！"

全班哄堂大笑，梁老师也笑了，问："还有没有下文？"正明面红耳赤，勾着头，还笑眯眯的。

正明啊正明，你爹妈拿钱让你在这里读书，打人那么有勇气，让你掏出点知识来的时候，你怎么就傻眼了呢？

我在心里骂他。

我认识的镇里的第一个当官的，叫王传增，大家都习惯地喊他"王传"，因为是负责调解民事纠纷的干部，大家都尊称他"王司法。"老王原是从一所学校调到镇里的。调处民事纠纷可不是一件轻松的活。整天与邻里、土地、继承、赡养等一系列各种各样的案件打交道，息事宁人，万家太平，化干戈为玉帛，是老王的职责。处理这些事，老王得心应手，不急不躁，凭自己的辛勤劳动，让一对对吵闹的夫妻言归于好，让一个个将爆发的冲突消除在萌芽状态。为此，老王赢得了老百姓的爱戴和表扬。我是他的"徒弟"，协助他办理这些民事案件。正是受到老王秉公执法的感染，我得罪了区里、镇里的那些小头头。

在处理前蒋行政村拒缴公粮一事上，是我惹怒了那些小头头。当时的乡政府的几个人，蛮横无理地抓走了前蒋庄西头的几个村民关在乡政府。我就找到乡里的那几个人，告诉他们这样做是非法的，没想到，这几个家伙顷刻把矛盾的焦点一下子集中到了我的头上。

他们先找到我的领导王司法，郑重警告他不准我过问这个"民告官"的案件。王司法据理力争，教育他们非法限制人身自由的行为是违法行为，非法拘禁前蒋庄的村民已构成了刑事犯罪。乡政府这些人面对王司法的刚正不阿，无能为力，就来威胁我，不准我再插手这件事，更不准为村民们做代理律师。面对这些法盲，面对这些在赵庙人面前耍惯了威风的小头头，我毫不退缩。一次次地动之以情晓之以理，这些小头头置若罔闻，变本加厉地捏造一些事实，说我是在煽动群众对抗政府。于是，在大会上，讽刺我，挖苦我，直至后来施加压力给我的主管部门，把我这个"临时工"辞退了。

令他们没有想到的是，前蒋庄的群众坚决把官司打到底，让那几个小头头一个个都倒了霉。他们现在虽然早已退出了赵庙镇，但遗留在赵庙人心中的丑恶形象，却是永远抹不掉的。赵庙人给予了我很多，其中也包括怨恨与仇恨。从某种意义上说，没有这么多怨恨与仇恨，说不定我不会奋发图强努力拼搏取得今日的成就。因此，我也应感谢那这些曾经欺负凌辱过我的人，你说不对吗？不管

第
二
辑

怎么样，把赵庙中学重新修建好，我作为从故乡母校走出来的一个旅人，有一份责任。我企盼着有一天，能看到赵庙集北头的那个地方，一个崭新的赵庙中学的出现。

绿叶不忘根的情意

不要问我到哪里去

我的心依着你

不要问我到哪里去

我的情牵着你

我是你的一片绿叶

我的根在你的土地

……

每当听到毛阿敏的这首歌，我的心情都会突然间沉郁下来。高亢悠扬的歌声穿透着我的灵魂，震撼着我的记忆，甚至让我愧疚汗颜得掉下眼泪来。

这歌声常常把我带回故乡，常常把我拉到我的文学启蒙老师身旁。

1982年我在镇上读高中一年级。下午放学的时候，街边的打面机房因电源短路而燃起大火。火势蔓延四邻，情况万分紧急。恰在这时，一位穿军装的小伙子奋不顾身地跳到屋顶，一面吆喊着房东快扳下电源，一面用递上来的水桶、脸盆泼水救火。大火泼灭了，这个解放军小伙子浑身湿漉漉地打哆嗦。众人纷纷围上来感谢他，

269

问他叫啥名字？哪个部队的？他坚决不告诉他的姓名，笑吟吟地远去了。我被这眼前的一切所感动，一直追到很远，他才告诉我他叫高朋海，回家探亲路过这里，遇见了这件事。他说："这是我应该做的。"

"这是我应该做的。"——我以此为题，把时间、地点和经过写在作文本上。有一位同学就鼓励我说，你应该把这篇作文拿到镇广播站去，表扬一下这个高朋海。

我们几个同学跑到广播站后，播音员说："你的这个故事写得不错，不过文字得认真改改才适合广播。"播音员带我们来到镇文化馆，找到馆长杨彦斌。

杨馆长看完稿子，夸赞了我一番。他告诉我报纸和广播适合哪类标题，并将文中的"马上切断电源"，改成"迅速"等等，将作文改成了稿件。当晚，树梢上的大喇叭广播了《高海朋奋身救火不留名》的稿子，当时唯一的《阜阳报》也在四版的头条左上方登了出来。平生第一次在广播里听到播音员脆生生地念着我的名字，激动得心怦怦跳，浮想联翩。在报纸上看到我的名字变成了铅字，在被窝里打着手电筒还在一遍又一遍地读那不到五百字的稿子。

我萌生了将来当作家的念头。

我和杨彦斌馆长成了"忘年交"。

读《鸭绿江》、《青春》、《萌芽》、《丑小鸭》，写诗歌散文小说，还有通讯报道。我把写好的每一篇稿件都交给杨彦斌馆长看，他修改后，陆续都发表了出来。

他从赵庙镇文化馆调走的那天上午，他把我叫到他的办公室。他说，县广播站的站长王杰想认识你。我第二天就去了县广播站，找到了王杰编辑。王编辑鼓励我多读多写，并把省电台汇编成的通讯报道集送了一本给我。后来我把诗和散文又寄给他，他又转给了县文联的雪涅主席。雪涅很热情，一点也没有城里人居高临下的态度对待我，而是良师益友般关心我的学习和生活。当时，县统计局有个油印的刊物叫《太和县农村调查》，雪涅介绍我认识了负责编辑的张春。每期都能在这份铅印的小刊物上读到我写的文章，那兴奋与喜悦主宰着我的追求和理想。

转眼间，三十年光景过去了。

我从县城里的一名国家干部，已"下海"成为都市里的一名颐指气使的"成功者"；我从一个无名的业余通讯员，成为了中国作家协会会员，荣获了"重庆市十大杰出青年"称号，出版了多部小说集和散文集，并获得多项国内外大奖。离家二十几年来，我时惦念着曾在文学道路上给了我帮助的老师们。杨彦斌老师已从县广电局局长的位子上退了下来，学习国画创作；雪涅老师仍旧是县文联主席，作品获得过无数大奖，甘守寂寞，笔耕不辍。王杰老师也从县广播电台台长的位子上退了下来。张春老师已是太和县的常务副县长了。岁月改变着每一个人。唯一没有改变的，是我对他们各位的感激之情。

在重庆，我常常打电话给他们，忆及当年他们的帮助，说些发自肺腑的感激的话语。我多次邀请他们来重庆，可时至今日，他们也没来过重庆一次。我被评为"中国十大榜样人物"和"中国十大杰出青年"后，他们三个人都不约而同地打电话向我表示祝贺，并说在中央电视台新闻联播里看到了我的镜头。他们表扬夸赞我，并说我为家乡人民争了光。尤其在安徽电视台在长达五十分钟的"东方纪事"中看到了我的访谈后，激动得彻夜不眠。我被他们真情的鼓励所感动。

他们知道我在重庆的业绩后，邀我回乡投资。为了回报家乡，回报父老乡亲们，我没有理由拒绝。

2009年8月，我决定回乡投资开发建设。

在县委县政府为我举办的欢迎晚宴上，作为副县长的张春老师问我："你想请你哪些朋友参加？"我脱口而出："杨彦斌、雪涅、王杰。"张春县长挂了手机，悻悻地说："他们都有事，来不了。"我心头一沉。莫非是我没去拜访，他们生气了？不是，应该不会。我立刻打给了杨老师。杨老师说："知道你回来了，我高兴得几夜没有睡好了。这段时间你在忙，等忙完了一定给我个机会请你吃饭。"雪涅老师说："你和领导们在一起，我就不便参加了。等你忙完了请你到家来，还和原来一样喝个一醉方休。"握着手机的手不知不觉渗出汗水来。他们不愿意来赴宴，让我很是沮丧。我心里酸酸的。

回故乡，有时是蜻蜓点水地在工地上指指点点便又回到了重庆；有时是在老家见一眼父母，吃顿饭第二天又去了省城。唯有请几位老师吃饭的事，虽一直铭记在心，而迟迟没能做到。

我心有愧啊。

一想到他们，毛阿敏的歌声就在我的耳畔久久回响：

今天这方明天那里
如果我在风中歌唱
那歌声也是为着你
不要问我到哪里去
我的路上充满回忆
请你祝福我，我也祝福你
这是绿叶对根的情意

老师啊，你们听见了吗？

巴楼村外南小桥

无论走到哪里，身居何处，每当想起故乡，忆起老家，南小桥都清晰而温馨地浮现在我眼前。

没有人在意它的存在，没有人能对这座不起眼的小桥唤起兴趣。村人们只知道它叫南小桥，只知道它毫无生机地横亘在巴楼村的东头。但在我这个作家心里，它却承载着厚重的乡村文化和青春记忆。孤灯独对，面对皓月，对南小桥的情思犹如铺天盖地的晨雾，浸湿着我的乡思乡愁。那是挥之不去的少年之烦恼，那是我人生中最幸福最欢乐的无可复制的时光。

儿时，那地方叫南小桥，却没有桥。夏天暴雨时节从家河里泻往双李河直奔茨淮河的水，必从南小桥通过的。村人们只好挖断路面，用木门板横在上面让人通过。那是前蒋庄和巴楼村东头人去往黑虎集的路。沿着木板，颤颤巍巍，小心翼翼。

傍晚时分，巴云兰、巴云让、巴云全等人便带上抹碗手巾包着的红芋馍，操上絮笼、笊篱、撒网等捕鱼工具，蹚到水里等鱼了。有的一整个晚上等不到鱼，却能等到几条泥巴狗子和几条"刀鳅"，还有窝拉头子，冲过来的一团团"扎草"。他们不失望，不放弃，到天亮时能等到几条"泥巴欧"或"缸里面子"也就兴奋得合不拢嘴了。他们说，总算是"见着腥"了。

273

巴云布是村里最喜欢逮鱼的。他遇到阴雨天没农活，总是拎着撒网，在南小桥的东边、西边撒鱼。"嘟噜筐"在他的屁股后面晃悠着，知道他有没有收获，我总是踮着脚先看他的"嘟噜筐"，然后再静观他撒鱼的过程。椭圆形的鱼网盖进河面，顿一顿手中的绳，白亮亮的鱼儿翻飞，那视觉是一种收获的幸福。遇到空网时，他抖搂网坠子，抖搂的砂礓和泥巴，令我的心也随之空落。偶尔有几条"鼻子挨着眼"的泥巴欧、炸码丁，我便拎起，任它们在手心里活蹦乱跳一番。

巴云布还喜欢打兔子，捉鹌鹑。从地里回来，总在南小桥坐下，抽一袋旱烟总结经验，或向村人们讲述他追打兔子的惊心动魄。在南小桥，从他的口中，新鲜事稀奇事开启了我想象的翅膀。

少时，南小桥真的有了水泥桥。村人们说，修这座小桥是大队干部的功劳。蒋风才、巴同仕、刘华帮、巴云忠、吴秀芝、杨连修、巴云洪等人的名字，至今仍让村人们常常提起。吴秀芝是从吴桥嫁到巴楼村的。两条长长的辫子，眼睛亮闪着村姑的纯情与善良。嫁到巴楼村来，她是看中了丈夫巴明勇长得英俊，又是转业军人。这位干练的大队妇联主任是个能媳妇，村人们对她常常赞不绝口。

如今，南小桥依旧是少时的老面孔，风雨沧桑的侵蚀，使这座小桥孕育了新巴楼村人的希望。巴云信、巴云光、巴云高、巴银、巴云斗等新的一代领头羊，承前继后，在南小桥上筹划未来，谋略发展。无垠的星空作证，皓洁的明月自豪，这一代巴楼村当家人没让村人们和逝去的亲人们失望，他们坐在小桥上，为全村人的美好生活而呕心沥血。

少时南小桥西边的河里，鱼翔浅底，蛙声如潮。夏日中午是孩子们游泳嬉戏的好时段。光屁股孩子们在水里扎猛子、摸砖头，捏着鼻子比赛潜伏速度。妇女们在河边上淘麦子，淘红芋片子，洗甜瓜。小鱼儿簇拥而来，忽聚忽散，叮在小孩屁股上痒痒的。晚上，则是妇女在河里洗澡的时段了。月光下，她们羞涩地试着步子来到河中心，抖搂一串水珠，传开一片笑声。偶尔也遇到"长虫"（蛇）、"花鸟爪"（花蛇）游来，惊吓得她们哇哇乱叫，浑身湿漉漉地跑上岸来。遇到蚂蟥叮住了大腿，她们会哭叫着不知所措。这时，男人们会勇敢地冲过来，用破鞋底子"啪啪"地打个不停，直到蚂蟥缩成一团掉在地上。尽管妇女们心有余悸，每到闷热的傍晚，她们还是照样吆三喝五地下到水里去。

小桥上，常常坐着一个吸旱烟的老人，他的身边聚拢着很多天真的少年在听他讲故事。牛郎织女，朱元璋诞生的经历，等等，神奇传说妖魔鬼怪，从他的故事里，我知道了什么是好人和坏人。这位老人叫巴学俭。虽然他早已仙逝，每逢我回到故乡，回到南小桥，他的音容笑貌总呈现眼前亲切如故。

我的三叔巴云礼也常到小桥上来。他一颗发亮的金牙笑在外边，听老人们讲故事，看孩子们逗趣，叙述自己种庄稼的心得。看到我也在小桥上，他总会走过来摸着我的头说："天都黑透了，快回家喝茶（吃晚饭）去吧。"三叔也会关心起我的学习，考我算术题，要我用成语造句。在小桥上，还常碰见我的二叔巴云功。二叔汗流浃背，在河里洗把脸，朝我笑。二叔把我揽在怀里的感觉至今难忘。他会把从地里摘回来的甜瓜给我吃，他会喊我和他一道去西塘河或新沟涯去逮鱼。在小桥上，我最怕碰到的是我父亲。他见了我总是一脸严肃，不是催我赶快回去做作业，就是催我去干家务活。

在小桥上，奶奶天天打着眼罩子等着我放学回来。奶奶慈祥的目光里充满着对我的期望和厚爱。奶奶的目光给了我爱这个世界爱这个村庄的勇气。

巴治顺是个先生，巴学章是个复员军人，他们在南小桥讲起解放战争的故事，常常使我入迷。巴学良是个私塾底子很厚的长辈，他在小桥上背诵起唐诗宋词，讲起远古年代的历史，让我听得如醉如痴。巴学显、巴学忠、巴学寺、巴学司、巴云雨、巴云庆、巴学伟、巴学瑞、巴云献，这些饱经风雨的村里长辈，用他们的言传身教，激励着我们好好读书，忠厚做人。如今，他们中的不少人远去了，他们的尸骨就埋在南小桥的东西两侧。我深知，他们没有离开巴楼村，他们在期盼着他们的后代还到南小桥这个"人场"闲聚。南小桥，是他们辛苦一生难得聊天小憩的人间天堂，"上天言好事，下界保平安"。他们在另一个世界里祈福巴楼村人；南小桥属于他们，他们与南小桥上空的日月同在。

在南小桥最期盼的，是老人巴书荣路过这里。他挑起的担子里有花生、有糖果。巴学功的母亲辈分很高，我们喊她"老太太"。她炸的麻果子方圆几十里有名，她挑的笀筐里散发着扑鼻的香味，叫小孩子们直流口水。只有在南小桥，才看得到他们，才能有回味悠长的嗅觉享受。

巴学全很精明，他在南小桥总结了一套理论。那就是："出了你的地边敢跟你见天，出了你的地头敢跟你调猴。"即是说，偷你家的瓜果梨枣，只要主人不抓住现行就绝不认错。我和巴明东、巴里、巴亮、巴明贤、巴明献等几个同龄人深受他的影响。"深（刨）红芋"就是偷生产队的红芋；"拾粪"就是偷生产队的牛粪；"喝点水喝点水"，就是去你家厨房里偷个馍吃。谈及这些，巴学全这个做长辈的总是嘿嘿一笑，说："那都是在南小桥发生的年幼时候的事了。"

中秋节那天晚上，我和巴云光、巴云信、巴云斗、巴亮等人在小桥上作诗。巴亮整了半天，对着硕大的月亮吟诵道："八月十五月正东，老鸹不叫找棍捅。"这是什么诗啊？大家笑得前仰后合。他责怪我耻笑他，继续作诗。你一句我一句，天南地北胡扯一气。

月亮西落了，我们也各自回家了。没有电视的夜晚，南小桥成了我们抒发感情的最佳去处。

青年时我离开了巴楼村，离开了南小桥。

青年时的南小桥，已成了我断断续续的记忆。

长江大桥，黄浦江大桥，嘉陵江大桥，我的身影穿梭于各种各样的大桥。汽笛声，喧闹声，却难以置换我记忆中的南小桥上的爽朗笑声。

走到哪里，南小桥的影像就出现在哪里。我把都市里的一切都假设放置在南小桥，可是，我却再也寻不到在南小桥时的快乐。

只有回到巴楼村，只有回到巴楼村的南小桥上，我才是最幸福的。南小桥常常在我的梦里。

赵庙集上的两个文化人

"张善欣是个文化人。"

"李文蔚也是个文化人。"

"文化人？哈哈，文化人！"

兴许赵庙人意识里的文化人，与张善欣、李文蔚相距太远的缘故吧，至今谈起他们来，仍是讥讽一番后，常常再叹息着补充一句："这两人可惜了。"

可惜什么呢？

张善欣、李文蔚两个人早已仙逝。但是，他们所创造的"文化奇迹"和"文化传承"，却酸楚地镌刻在赵庙人的记忆里。

八十年代，我和他们两个人有着较深的交往。

我想，如果张善欣现在活着的话，中国新闻的最高奖项韬奋奖和范长江新闻奖，颁发给他也不为过。

如果李文蔚先生还健在，"鲁迅文学奖"的短篇小说奖，说不定他也有份。

关于张善欣，九十年代我写过一篇怀念他的文章，叫《谁让忘不了你》。1992年的夏天，张善欣因白血病无钱医治而死。十几年光景过去，他的影像一刻也没有从我的记忆中消逝。

张善欣毕业于安徽大学中文系，毕业后先是分到某中学任教员，后调到赵庙镇胡集乡当秘书。胡集乡隶属赵庙管辖，一个博学多识的人，做一个乡级的秘书，的确是大材小用了。张善欣说过，他不会拍马屁，也不会运动政治，所以从不幻想在仕途上有所作为，写写文章，干点自己喜欢干的事，上班下班，很快活，很知足。

认识他是1981年的事。我在赵庙中学读高中二年级。一次下午放学后，赵庙集北头的打面机房突然着火，土木结构的房子火势蔓延凶猛。围观的人很多，冲上去泼水救火的人却没有几个。这时，一个穿着解放军制服的小伙子勇猛地爬上了屋顶，将递上的水桶和脸盆里的水对准蹿着的火苗泼下。一个多小时后，火被扑灭了，这个军人浑身湿漉漉的，两条腿被冻成了冰筒。大家纷纷向他致谢，他说："这是我应该做的，没什么。"留下这么一句普通的话，他转身离开了现场。我被亲眼目睹的这一幕深深感动，跑上前去，追问这位解放军同志叫什么名字，他笑笑说："我叫高朋海，回来探亲正好路过这儿，碰见了这件事。"

我记住了高朋海这名字。当夜，我写出了《高朋海奋身救火》的文章。同一个寝室的同学刘棒鼓动我说："你这篇文章拿到区广播站去，广播广播，表扬表扬这个高朋海。"第二天，区广播站果真广播了这篇稿子。过了不久《阜阳报》也采用了这篇六七百字的稿子。平生第一次在报纸上见到自己的名字，那兴奋和激动，潜滋暗长着我的幻想和写作激情。从此，学校里都知道我的文章上了报，语文老师在课堂上朗诵了一遍，表扬了我一番。之后，我把身边发生的好人好事，一件件写出来投给报社，几乎每一篇都登了出来。我开始梦想当一名作家了，读王安忆的《雨，沙沙沙》，读王英琦的《热土》，读王蒙的《青春万岁》，还有《高玉宝》、《红岩》等。

中午第二节课下课时，一个素不相识的中年男人找到了我。他说你是巴一吧，我惊诧地回答他说："是。"他笑起来说："我叫张善欣，胡集乡秘书。在报纸上读了你几篇文章，写得不错，所以想来认识你一下。"我很高兴，与他攀谈了一会儿又去上课了。

我经常在铅印的《阜阳报》上见到张善欣的稿子。邻里纠纷啊，冬修水利啊，麦场防火啊，频率很高。一个星期天下午，他又来到寝室找我。因为没课，我就与他聊了很久很久。

我和他成了忘年交。

在他的介绍和引荐下，我参加了县宣传部和广播站的短期新闻培训班，认识了那些只在报纸上见过名字的业余作者。

张善欣常忙于采访，影响到了他的工作，有一次我到胡集乡政府找他，他正在办公室里写稿子。他用的稿纸是县法院发下来张贴的杀人布告，裁成一块一块的，背面写满了密密麻麻的文字。屋里的一张床上，堆放着书报和一床破棉被。他见我好奇的样子，就问我："是不是太寒酸了？"我嘿嘿地笑。在我印象中，乡政府干部不应该像他这样寒酸的。他自嘲地说："我孩子多，老婆又在农村，化肥农药，一切开支就靠我一个人，没办法。"

我们的谈话又是稿子，又是文章。

傍晚时分，我说要回学校了。他坚决留我吃饭。走进一家饭馆里，老板招呼他喊："张秘书，张大学，今天吃什么？别忘了上几次的饭钱还没结呢。"

张善欣一面答应着下个月发工资一起结，一面让我到包间去。我问他："别人怎么喊你张大学呢？"张善欣解释说："张大学就张大学吧，大学水平，他们没这能耐。我的外号啊，多着呢。张记者，张编辑，张疯子，张神经等等一大堆啊！哈哈，这些人懂个屁！随便他们叫去。我还巴不得他们叫我资本家大地主哩。"

张善欣的自行车没有铃铛，没有手刹闸，骑起来"吱嘎吱嘎"响。我说："张秘书，你这洋驴子也太破了吧？"他说："这就不错了，没钱买啊。"有一天夜里，张善欣采访回来，正准备写稿子，乡政府院里灯火通明，喧哗一片，猜拳行令声此起彼伏。他知道是这些人又在公款吃喝。他十分生气，拎起个棍子就对乡长门前的狗一阵追打。狗被追打得汪汪叫个不停，乡长出来了，冲着张善欣喊："你打俺家的狗弄啥？"张善欣一语双关地答道："我打他太肯吃！"这时几个副乡长也都出来了。一听说是张善欣在故意找事，就一个个劝乡长说："理他个神经病干啥，走，继续喝。""张记者今天又发疯了是不是？"

张善欣将门关得"哐当"一声，坐在桌前继续在杀人布告的背面写起文字来。

最幸福最灿烂的时刻，就是报纸上有新的文章发表。张善欣会欣喜若狂地拿着报纸，一脸笑容，见了谁都去打招呼，把报纸打开，让人们看他写的文章又登报了。

如果十天半个月的在报纸上见不着张善欣的文章，那准是赵庙当地没有发生什么新闻事件。这时候，会有很多人问他："张大学，这段时间咋没见你上《阜阳报》了呢？"张善欣笑了笑，微翘着的一颗门牙露了出来。他回答说："你还很关心我的嘛。你可知道，我现在不上《阜阳报》了，上《安徽文学》，上《人民日报》了。"问他的人啊了一声，赞许声中蕴含着讥讽和疑虑。张善欣并不顾及这些，也不在乎这些。还有人问他："张大学，你写的都是新闻稿子，怎没见你写过小说和散文呢？"张善欣粲然一笑道："小说散文发表得太多了。"那人又问："发表在哪里的？我咋就没见着呢？"张善欣说："发表在《安徽文学》上，《收获》、《当代》、《人民文学》上都有啊。"那人并不信，嚷道："哎呀，我没订那些杂志。"张善欣此时的回应及虚荣心得到了满足，他对那人补充道："没啥，改天我送你几本。"

张大学就是张大学，遇到这种尴尬的问话场面，他处理得非常幽默有趣。事后他对我说："这些人懂个啥？只知道看看单位免费订阅的《阜阳报》，那种高雅的文学期刊他舍得花钱订阅吗？所以，应付他们就故意给他们点儿阳春白雪。谁也不是真正关心我发表什么文章，他们是取笑我，不把我这个搞宣传报道的当一回事。假如我是乡长书记，县长县委书记，他们敢这样嬉皮笑脸地跟我说话吗？这些都是孙子，都是熊渣子货。"

仅此而已，张善欣把他人对自己的嘲讽吞在肚子里，把对那些不怀好意的人的怨气痛快地骂上几句。

偌大个赵庙集，被称为"张大学"的人，也仅张善欣一人。这些，足以让他心灵慰藉。很多爱好写作的人，常常向他请教。他总是认真帮助别人修改稿件，提出意见。有一年的秋天，赵庙乡后蒋庄发生了一件稀罕事。农民养牛致富是一条好路子，一户农民的牛产下一头母牛犊，为了表示全家人的庆贺，这户农民请来了电影队在村里放了一场电影。张善欣获知这一消息后，骑上那辆"破呱吱"自行车赶去采访，写成稿件寄给了省报、电台和《阜阳报》。一周后，几家报纸均刊发了出来，在当地群众中产生了较好的影响，大大激发了当地农民发展畜牧业的积极性。张善欣的这篇新闻特写《牛犊电影》，不仅在《阜阳报》获得了特等奖，也在全省好新闻评选中获得了一等奖。张善欣的勤奋与刻苦写作，深得全省的新闻圈和文学圈里的同行们敬佩。他本人连续六年获得各种奖励，因为他的发稿率高，赵庙区、胡集乡每年都被评为文化宣传先进单位。令张善欣遗憾的是，他写了两百多首诗歌投向全国各地报刊，发表的却是寥寥无几。他的一首诗题目叫《眼睛》，总共六行，我记住了其中的两行：

葡萄熟了
晶晶而亮

张善欣常常把揣在怀里的这张报纸拿出来，读一读这首诗，得意地咪咪笑着，那种陶醉的快乐实可谓"甘苦寸心知"啊。

雪涅先生是县里最有名的青年作者，他发表在《清明》上的散文《汀桥豆腐》，后又在《希望》上发表了小说《小巷里飘着一首古老的歌》。拿到这些杂志后，我推荐给张善欣读一读。几天后，张善欣找到我大喜过望地说："雪涅这个人太厉害了，他写得真好啊！那人物，那场景，还有心理活动描写，他怎么写得那么美呢。"我们俩又有了说不完的话题，那就是雪涅这个人，还有他的作品。之后，我们便一同骑着自行车去县里找到了雪涅，一聊就是一下午。张善欣把他发表过的新闻稿，还有那首诗《眼睛》拿给雪涅看，直乐得雪涅连声说："老张真是不错啊！"

县人武部通讯报道会议上，有张善欣的身影；县广播站、县宣传部、县农调队的内部资料上，有张善欣的文字；赵庙区文化馆的壁板上，一首诗又一首诗，也是张善欣写的。好一个张善欣，真够勤奋的啊。发自内心的，我敬佩他锲而不舍的写作精神。

1992年7月的一天，我因阑尾炎手术住进了太和县人民医院。在手术后的一天走出病房时，突然遇见了张善欣。他也在这儿住院，并且早已住了一段时间了。我责怪他怎么不告诉我，他笑笑说，又不是什么好事告诉你。我问他患了什么病，他回答说是白血病。我不相信他说的是真的，他就撩起嘴唇让我看。我宽慰他。他说很严重，他的病治不好的，这回肯定扛不过去。我的心一下子沉重下来。

我找到了他的主治医师，并邀请医师中午去饭店吃饭。张善欣也在场。席间，我向医生还有几位朋友赞扬张善欣的文章写得好，获过很多奖，故意以轻松愉快的环境，改变他的沉郁心情。张善欣那天很是高兴，侃侃而谈，一点不像个重病在身的人。医生不让他喝酒，他还是端起了酒盅，一杯一杯地喝。他的脸通红，爽朗地笑着说："人活一世草木一秋，死亡没什么大不了。"他的从容，他的乐观，让我不知说些什么话才能减轻他内心的苦痛。我把医生拉到卫生间，递上一支烟，压低嗓门问："张善欣患的真是白血病？"医生说是，不可能治好的。我说你们当医生的就没有一点办法救他，医生说真的没有办法，花再多的钱也没办法。

我出院那天，去了张善欣的病房。他脸色苍白，依旧是笑得开朗风趣。我把身上仅有的七百元钱给他，他坚决推辞，追出病房很远还要还给我。之后。我便去了重庆。

不久，便知道了张善欣去世的消息。作家雪涅组织文友们募捐了两万多元给他，宣传部广播站的同志们也多次去医院看望他，可张善欣还是揣着他的文学梦走了。

他去世后的这么多年里，每次回老家见了雪涅和其他朋友，总要说到张善欣。我想，一个人活到这个份上，死后的几十年时还有朋友惦念着。也就是永垂不朽了。

李文蔚是赵庙小学的语文老师。从张善欣介绍我认识他那天起，我一直称呼他李老师。

瘦削的脸颊，凸出的眼睛，佝偻着脊背，一见他便让人联想起鲁迅笔下的藤野先生。随张善欣来到赵庙小学校园里李老师家时，他的谦逊和蔼给了我很好的印象。我在赵庙小学读过书，"莘莘学子羞见师"的缘故吧，我在李老师面前很是拘谨，尽管他从没教过我的课。

李老师说："早就听张大学介绍过你，你发表的几篇文章我也看了。小小年纪就能发表文章，不简单嘛。"见我还迟迟不敢坐下，他连忙招呼说，"快坐下，就坐在床沿上吧。"我答应着坐下，静静地看忙碌着的他。

"张大学，这是最好的茉莉花茶啊。"李老师对张善欣说，"不是你们来，我才舍不得拿出来呢！"我连忙起身接过他递来的茶杯，清冽的茉莉芬香随着升腾的热气弥漫了整个房间。这是我平生第一次喝茶，以至于我喝了第二口时，头脑一下变得眩晕。李老师好像看出来我的不适，忙说："你喝不惯？"我说："没事。还不太适应吧。"李老师和张大学都笑起来了。我赶忙解释说："今天我还是第一次见茶叶。在家里，茶叶都是竹叶、薄荷叶，这种茶叶真是头一回见。"一句实话实说，逗乐了他们两位。

"将来啊，你喝的茶要比这茉莉花好上几千倍。"张大学说。

"是啊，将来有出息了，我这茉莉花你别说看不上就是了。"李老师说着，示意我继续喝。

又苦又涩，余味香甜，永远忘不了是李老师让我这个农村娃头一遭喝茶。

和李老师的交往总是断断续续的。直到有一天，他叫人把我找来，我们才有频繁的接触。他向我说起我们村里的一个人，巴老硕。关于前人巴老硕的故事，村子里的几代人流传着他爱管闲事的传闻轶事。李老师讲得兴趣盎然，妙语连珠。我被他绘声绘色的讲述感染着，不时补充着村人们讲过的几个生动细节。李老师说，县文联正在编辑出版一本太和民间故事的书，他准备将巴老硕的一些传说搜集后交给他们发表。他的鼓动和提议，引起了我的写作兴趣。大约一个星期后，我将写好的厚厚一沓子文稿交给了李老师。一口气读完后，李老师谈了他的看法。他说文章很有文采，流畅、生动，描写很有场面。可是，写民间故事不是这么个写法。民间故事的语言要口语化，老百姓平常说啥就是啥，不需要华丽词藻堆砌，有故事过程就够了。我虽是嘴上答应，可心里并不认为我写得不好。李老师将他写好的一篇民间故事给我看，通读下来，我总感觉语言并不够文学化。李老师说，咱们这两篇文章都送到县文联去，让他们取舍吧，用哪一篇都可以。过了一段时间后，我和李老师一起骑车来到县文联见到了这本书的操办人，文联主席范汝俊。

老范说："李文蔚是我的老朋友了，他写的文章肯定没问题。看在李文蔚的面子上，文章发表时给你署个名就是了。"

我的自尊心受到了极大的打击，脸颊火辣辣地发烫，心里一阵阵狂跳着。从此，我记住了这个老范，知道了发表文章像食品店买紧俏货那样也要靠关系，走后门。

后来，这篇文章出现在老范编的民间故事集里，作者栏有我的名字，但我并不激动，因为采用的是李老师那一篇，并没有我的功劳。李老师对我说："管他哩，发表出来算数。你看看那本书里，都是他写的，署名并不全是他罢了，纯粹是他个人的民间故事专辑。"

不正之风！典型的不正之风啊。闪现在我脑海里的就是这样四个字。李老师劝解地对我说："你还是个学生，太幼稚，等你走向了社会，适应了你就长大了。"

李老师的话一直回响在我的耳际。

李老师写了一部小说，叫《灶镇风波》。他写的内容是赵庙街上规划宅基地打官司的事。洋洋三万言，人物、场景、情节、对话，一波三折，引人入胜。我建议他将这部心血之作寄给《安徽文学》，他说不，那个杂志社没熟人，发表不了。他说他认识地区文联《清颍》杂志社的崔波。他这样介绍道，崔波已看过他的这个小说，表示认可，不过得修改。至于怎么改，怎样增删，他已胸有成竹。他说，"灶镇"就是赵庙镇，小说不能太写实，要虚构，人名也不能是真的，否则被丑化的那些人要对号入座，会给作者自己带来麻烦的。李老师的这番谆谆教诲，一直铭记在我的心底。他喜形于色地赞叹崔波出众的才华外，还感叹崔波有一个貌若天仙的老婆："才子佳人，绝配啊。"李老师用了一连串的好词说崔波老婆长得漂亮，像电影里的刘晓庆，又像李秀明，也像张爱玲，如果在古代，他老婆简直就是西施。随着李老师口齿的启动，一个天生丽质倾国倾城的美女顷刻在我的脑海里幻化着。

"你想不想见见崔波？"李老师问。

"不想。想见他老婆。"我的回答让李老师哈哈大笑。

《灶镇风波》发表在崔波主编的《清颖》杂志上。这是阜阳地区唯一的文艺刊物。捧读着李老师的文字，亲切感敬佩情油然而生。这是李老师的心血，这是他毕生最伟大最值得骄傲和自豪的一部作品。它的诞生，开创了赵庙人写小说作品的先河。

后来，我认识了崔波，并三番五次往他那儿跑。《清颖》发表了我的作品，唯有一篇文章，崔波先生没有处理好，至今，也许是永远的遗憾了。我的散文《难忘女友》，文中记述了我和三位女友之间的说不清的友情或心动，优美，感人，细腻。在《清颖》杂志发表后，文中的三个女友仅剩下了两个，其中一节被崔先生删掉了。每次见到崔波，我总要责怪他，为何这样残酷？我们无怨无恨，为什么这样吝啬版面？崔波不怀好意地说："文章中的三个人，其中两个是真的，就留下了，另外一个是假的，一看就知道是瞎编的，留她何用？"我说："你怎么知道？"他说："啥叫编辑？你能骗自己，但骗不了编辑。"

他说到了点子上。文章被他看穿了，我也不敢再向他理直气壮地胡搅蛮缠了。

李老师从赵庙小学退休以后，在街上与别人合伙办了一个钢丸厂。他是个先生，写小说编些故事可以，但是，他偏偏去搞个什么企业想去赚大钱，后来听说他赔得很惨，追债的人把他气死了。

从此，赵庙集上唯一的一个小说家消失了。

赵庙集没了李文蔚，那是赵庙集的不幸。赵庙集不缺能人，不缺富人，但是，它永远因为李文蔚的消逝，而缺少了应有的文化色彩。

话说雪涅

上世纪八十年代初期，在太和的小县城里有一个在省内"小荷才露尖尖角"的民间文学组织——"灯下读书会"。说是"读书会"，实际上是一个业余的文学创作群体，他们中除了组织者任其钟是文化馆的工作人员外，其余成员均为县城里的文学青年。在这些文学青年中，雪涅是其中的佼佼者。

文学青年都来自本县，有公安局、电影院的，有医院、学校的，还有一些工厂的工人。县城不大，半小时左右，大家就能聚拢在一起。聚会一周一次，风雨无阻，雷打不动。每到周末，不用招呼，大家就不约而同地聚到县文化馆。后来，热爱文学者纷至沓来，"读书会"也吸纳了一些来自乡镇的文学爱好者和学生。那真是一个文学的黄金时代，连空气里似乎都弥漫着文学的气息，一种理想的浪漫主义气息。当时，县文化馆的任其钟先生提供场所，晚八点专门打开一间活动室，让大家在此碰面；人少时，大家就到任先生家聚会。人一到齐，大家就讨论各自带来的稿件，先由本人朗读，然后大家互提意见，或是交流文学信息，畅谈读书体会，更多时候是为一个构思争得面红耳赤，本来不成篇的小说构思，经大家七嘴八舌地议论、补充、添枝加叶，一篇小说就诞生了。当时，读书会成员的很多作品，都是这么创作出来的。

久之，便成了气候。"灯下读书会"时不时捷报频传，他们的作品接二连三走上国内的文学期刊，有的还获了奖，初露头角。当时，雪涅的处女作《汀桥豆腐》在省内大刊《清明》发表后，随即他小说接连不断在《希望》、《山丹》等刊物上露面，他的散文参加《山西青年》组织的全国写作大赛获二等奖，他去山西领奖时有幸接受当时刚被解放出来的王光美、侯宝林等人的颁奖。

然而，曾几何时，全民经商大潮袭来，文学一夜之间成了明日黄花，风光不再，很多作者坐不住了，为了生计，放弃了对文学的追求。"灯下读书会"也难以为继，一下分崩离析，就此凋零了。有的去当了小工厂主，有的当了律师，更多的去做了商人。转眼之间，当年的文学青年纷纷对文学弃之如敝屣，文学青年的光环也黯然失色，成了一堆废铜烂铁。在这种大背景之下，雪涅也困惑了、迷茫了，可他一人仍旧默默坚守着，好像是为了表示自己对文学的坚贞似的，他从人人羡慕的公安局调到了县文联，脱去了警服，成了"爬格一族"。很多人说他"傻"，说当警察多好啊，有吃有喝又有权，他一笑，不无悲壮地说："我甘愿做一个坚守文学阵地的'过河卒'！"这就意味着，他将在文学阵地上一路前行，永不回头。

文学不是繁华富贵之乡，它注定是寂寞者的事业。县级文联更是"清汤寡水"，连个"清水衙门"都算不上。雪涅为拢住县内文学作者，曾办了一张文学小报《大趋势》，并郑重其事地请当初"灯下读书会"的组织者任其钟题写了报头，可谓煞费苦心。为了激励业余作者，雪涅还采写了乡镇一个叫巴若宇的文学作者，颂扬他偏居一隅，仍坚持对文学的追求，且创作成绩骄人，记得题目就叫《寂寞独行客》。孰料，雪涅一语成谶，他就成了一个不折不扣的文学的寂寞独行客。

当然，雪涅也不是文学的圣徒，他也不是没有诱惑，他的一

第
二
辑

部长篇小说《伤心的咖啡屋》出版，初版出版社就印行了十四万册，在社会上很有了一些反响。后来，他的一部中篇小说集《大男大女》由春风文艺出版社出版，当时是作为该社推向市场的一套文化快餐丛书中的一本，央视《读书时间》栏目还作了专门推介，反响不小。雪涅一连两本书的销量都很好，这样一来，一些书商就找上门去，向他提供了一些诲淫诲盗的故事，要他如法炮制，并将一沓沓钞票摆在他面前，他想了想，最后还是拒绝了，他后来对文友说："钱是要挣，但我毕竟是个党员，这种恶心人的书不能写！"

说起雪涅一手搞起儿童文学创作纯属偶然，他的宝贝女儿上小学时，一次学校搞捐助活动，女儿与他的一次对话，触发了他的灵感。他写了一篇儿童小说《打工的哥哥在哪里》，这篇小说发表后，随即被《儿童文学选刊》选载，并获了当年的陈伯吹儿童文学奖。这是1994年的事情了。当眼下很多作家都一窝蜂地去赶写留守少年的故事，以赚取读者眼泪时，雪涅不无骄傲地说："关于留守儿童，我十五年前就关注他们、写他们了！"

写儿童文学首先要求作家要有一颗干净的心。在获得陈伯吹儿童文学奖的获奖感言中，雪涅不无深情地写道："在那混沌的年月里，我度过了一个混沌的童年；因而，那对童年的记忆也一片混沌。儿童文学创作无疑为我洞开了一扇通往童年的明亮的窗子，让我从那里找到失去的童真与童趣，并极力用心与笔去构筑起一块小小的天地，以求使所有的童年不再混沌，所有的童年一片洁净。"

可以说，雪涅写儿童文学是一发而不可收，长篇、中篇、短篇、童话、故事、散文、少年纪实文学，他样样都写，当然是以小说为主。

无心插柳柳成荫。由此，国内文学界同行多将他归于儿童文学作家，其实，他的主要创作还在成人文学上。他已出书十余本，多部长篇小说均为成人文学，其中散文随笔集《阜阳十八怪》更创造了一个奇迹，仅在他的家乡就销售了一万册，并出现盗版。

　　近些年来，雪涅一下迷恋上了水墨书画，写作之余，他要腾出许多时间去临帖摹画，一头扎进中国传统文化的深山大川，如痴如醉，又神魂颠倒。这些年，他遍临晋唐碑帖，又搜读宋元古画印本。悉心揣摩，聚神体会，咀嚼其笔墨精华，果然书艺大进，也能泼墨画上几笔，其书法作品多次参加全国展览、获奖，还有书法作品被中国国家博物馆、上海榜书研究会等机构收藏。许多职业书法家看了他的书法作品，都怀疑他是职业"搞书法"的，殊不知他只是一个书法"票友"。雪涅不忘自己的写作专长，又操练起书画评论的写作，他的书画评论文章频频出现在《书法报》、《书法导报》、《美术报》、《艺术收藏》、《艺术天地》等专业报刊，其中《书法导报》还为他开了专栏，很受读者欢迎。他的《水墨闲话》一书，也由出版社出版。2007年，书法门户网站中国书法家论坛举行网友投票确认自己心目中谁最应该获得书法兰亭理论奖的人，雪涅的得票居然遥遥领先。有人将此消息告诉他，他一笑，说："我就是个写小说的，这都是大家抬爱！"

　　里尔克说："胜利是什么？挺住意味了一切！"雪涅挺住了，坚守住他的文学阵地，也坚守住了他的理想。雪涅曾在一篇写给中学生的谈话里说："每个人似乎都有一种飞翔的梦想，给你一双翅膀，你就能飞。然而，千万不要指望别人给你翅膀，你要自己给自己插上一双翅膀。飞吧，哪怕它只是一次小小的、并不高远的飞翔，你也应该展现你飞翔的英姿！"现在回过头来看，雪涅是飞了，按他的话说是"小小地飞了一回"，但他也展现了他飞翔的英姿，他的日子虽然还清贫，但他很充实，虽然很多时候他也充满了困惑与烦恼，可他对朋友说得最多的一句话，就是"感谢文学"！

第
三
辑

王局长那一段

　　回到重庆后的巴有才便立即着手创办房地产公司的事宜。

　　巴银跑前跑后，终于把一切准备就绪了。

　　好在巴有才认识青联队伍里很多房地产老板，他虚心向他们学习，请教相关知识。待拿到工商营业执照和城建税务等部门的手续的时候，春节也快要到了。

　　椿城市市政府通知，履行走叉庙镇粮站土地"招拍挂"的程序，也于近日在椿城举行。

　　巴有才和巴银从重庆飞回了合肥。前来机场迎接巴有才的是粮食局局长王建。

　　从省城合肥驶往椿城的路上，王建问巴银："土地款都到位了吗？"

　　巴银从包里掏出银行卡来晃了晃，说："在这儿呢，不会误你们的事。"

　　王建局长笑笑说："哪是误我的事，那是市政府的事。"

　　王建局长风趣地说："巴银小老弟，你跟着你哥走南闯北，见的世面不少吧。"

　　巴银笑着回答说："是的，我跟着我哥都八年了，大专毕业那年，我没找到工作，跑到广州打工去了。2002年我记不清大哥是什么模样，但却知道他在重庆很有名，就跑到重庆来了。记得我见大哥的第一面，是在电梯里。因为在报纸上见过大哥的照片，我一眼便认出是他了。先在公司里打工，后来跑业务，北京公司那边的事情由巴琪负责，我也去过一阵子。后来主要是在重庆从事药品销售这方面的事情。这么多年，跟大哥学了不少东西，也磨炼出来了。回老家投资，大哥让我负责，到时候王局长你还得多多关照，小弟不懂的地方你多批评指教。"

王局长望了一眼巴有才笑笑说："老弟，可以呀，人挺精明，让他负责老家的事，你应该放心吧。"

巴有才肯定地说："那肯定放心，巴银跟着我这几年滚打摸爬，挺能吃苦的。巴银说得对，他年轻，没有多少社会经验，你王局长还多包涵多批评。"

王局长说："哪里哪里。强将手下无弱兵，巴银肯定很出色的。"

停了一会儿，王局长又问巴银："在重庆你是一个人还是老婆孩子都在？"

巴银回答说："老婆孩子都在老家巴家楼村，我一个人在那里。"

王局长不怀好意地笑着说："在重庆没像你大哥一样，娶个重庆媳妇吗？有没有相好的情人啊？"

巴银说："我没有大哥福气好，能娶着媳妇我就很知足了。感谢大哥这次给了我机会，让我好好在家跟老婆孩子团聚。"

王局长好奇地问："你回老家来了，重庆那边谁帮你哥？"

巴有才接过话说："叫巴银留在老家，叫巴琪到重庆去。"

车厢里，大家聊得十分随意，十分融洽。

巴有才和王局长都有共同的爱好：抽烟。一支接着一支。

王局长说："我原来是做教师的，后来当校长，再后来当教办室主任，从三塔镇教办室主任的位子上又调到粮食局当局长。"

巴有才恭维他："你还真不容易啊。"

王局长说："我哪有你那份能耐啊。不光事业做得好做得大，感情世界也丰富多彩。"

巴有才大笑起来，问王局长："都是听到关于我的哪些花边新闻啊？"

王局长故作神秘，回答道："都知道，你的花边新闻我都知道。"

巴银补充了一句："道听途说，都是听那些人杜撰的吧？"

王局长十分幽默，两颗上翘的门牙上，烟垢很重。言谈间，那两颗夸张的门牙总要露出来。给人的第一感觉和印象，都被这两颗门牙取代了。他有些瘦弱的身材显得十分单薄。

王局长一本正经地问巴有才："我始终不明白，你原来在我们市司法局工作，和代课教师、兽医风马牛不相及啊，听说你还在学校里有过一段罗曼史，是真是假？"

巴有才平静地说："那都是年轻时候的事，至少是二十多年前的事了，不堪回首啊。"

巴银迅速打断了王局长的问话，说："王局长，关于你的风流韵事也给我们谈谈吧。"

王局长说："人年轻的时候谁没有几段故事啊。"

巴银马上递了根烟给王局长。王局长在浓浓的烟雾里，回想起他的恋爱故事。

1978年，王建十五岁，初中毕业后，他考取了界首市师范学院，相当于现在的高中。师范毕业后，十七岁的王建当了一名中学老师，王建的父亲是中学校长。意气风发的王建很快从中学老师升职为中学校长。在学校里，他认识了中学老师胡美丽，两个人志同道合，走到了一起。结婚后不久，他的表姐张巧巧考取了上海交通大学。王建和他爱人胡美丽一起为张巧巧送行的时候，张巧巧向王建表达了倾慕之心和暗恋之心。

王建受宠若惊，猝不及防。

胡美丽大吃一惊，问张巧巧："我和王建结婚快半年了，你不知道吗？"

张巧巧回答说："我不知道，没人告诉我，因为我在外地读书。"

张巧巧责怪王建。

目睹此景，胡美丽气得甩手就走。

哭成泪人儿的张巧巧拉起王建的手说："你和她离婚。这辈子我非要嫁给你不可。你知道我这几年天天想着你，你是我学习的动力，你在界首师范上学时，我就想表白我的心，可是我一直见不着你。现在，你工作稳定了，我也考上大学了，一定要嫁给你。"

王建和张巧巧是从小一起长大的。王建的为人和聪明机智，张巧巧十分熟悉。

面对突如其来的求爱，王建心乱如麻。王建想起了那首歌《迟到》，他在心里对张巧巧说："迟到，你真是太迟到了。"

放暑假的时候，张巧巧从上海回来。她来到王建家里，叫王建出来。胡美丽跟在身后。

张巧巧对胡美丽说："嫂子，我和王建说说话，一会儿就把人给你送回来。"

在村外，张巧巧火辣辣的眼睛盯着王建，责怪道："让你离婚，你怎么还没离呢？"

王建说："我不能离。你嫂子人好，我和她有感情。我们的孩子都出生了，怎么可能跟她离婚呢？"

张巧巧哽咽着说："我不管，你必须离。"

王建劝她说："巧巧，你还年轻，你不能这样，以后到了大都市，我这样的你就不喜欢了，希望你找到称心如意的朋友，把我忘了吧。"

张巧巧一直哭着，若不是胡美丽到村口喊王建回去，王建不知道怎么收场。

王建的故事讲完了。

王建感叹地说："爱情是最折磨人的。爱情能激励人上进，也能毁坏人的一生。如果当初我和你嫂子离婚，娶了张巧巧，说不定我的仕途也就结束了。"

巴银紧紧地追问说："现在嫂子还气张巧巧吗？"

王建平静地笑笑说："都几十年过去的事了，还气什么呀？张巧巧那时候年轻，容易冲动。我要是答应了她，也等于把她毁了。"

王建不无自豪地补充说："我从校长到教办室主任，然后再到粮食局局长，都与我爱人胡美丽的支持分不开的。她不计较我和张巧巧那段感情，要是别的女人，肯定会找张巧巧的麻烦。仅这一点，我就对我爱人充满了敬意和感激。这么好的女人，我不能做对不起她的事。"

王局长若有兴趣地对巴有才说："老弟，讲讲你那段学校的事听听吧。"

巴有才笑笑说："今天晚上吃饭，你把王素霞和孙美莲喊来，我再讲给你们听。"

巴银好奇地问大哥："我怎么不知道你在学校和学兽医的事呢？我也想听听。"

巴有才笑笑，感叹道："人生沧桑。走过的这段路，我自己都不敢回首。"

王建局长安排的晚餐是巴有才提出来的，一定要吃路边的大排档。王局长只好答应。

在椿城电影院门口的大排档摊位前坐下。王素霞和孙美莲等人也纷纷赶了过来。

椿城的大排档和重庆的火锅不同，一道道家乡土菜对巴有才来说，有一种久违的感觉。围坐在小方桌前，亲切而随意。

激情与凝重

激情是创造的火焰；激情是成就大业的催化剂；激情又是一个男人的性格特征。而凝重则是气度非凡的表现，则是成就事业的根本。

陈益从部队转业后，被分到了公安系统，并成为一名著名作家。可以这么说，陈益的青春年华、聪明才智都献给了他所从事的公安工作。用"智勇双全"四个字概括这名激情的汉子，是最准确的表达。

四川渠县是陈益的老家。十七岁走进军营，从部队考进军校，已经实现了他青春的梦想。凭着他的博学多识，调往湖北襄樊做哲学讲师，凭着他深厚的文学功底，在《解放军报》、《解放军文艺》等全国知名报刊发表诗歌、散文、小说、报告文学等数十篇，成为名副其实的"军中鸿儒"。三十七岁时，他转业到重庆市公安局，尽职尽责地做好一个人民警察的分内工作。同时，他又笔耕不辍，写出了大量的文学作品，并且获得各种文学奖项，成为公安系统的文学领军人物。

陈益的激情，成就了他非同凡响的人生；陈益的凝重，铸就了他人格魅力的品格。

我认识陈益是在一次朋友的聚会上。那天，满桌的朋友到齐后，我正要以主人的身份宣布端起酒杯，黄济人先生说："再等等，等陈益来了再开始。"

我问："哪个陈益？是那个公安作家吗？"

还没等黄主席回答，一个中等身材的光头男人急匆匆地走了进来，连声道歉，笑容可掬。陈益真诚的微笑，让人一眼便能看出他是个比较随和亲近的人。

那顿酒桌上，陈益对我小说的赞美，至今萦绕耳际。他的几句简短概述，精确地把握了那篇小说的中心思想。毋庸置疑，陈益是认真读了我那篇小说的。仅仅是几句话的交流，他在我的心目中已成为相见恨晚的朋友。

当时，他告诉我说，他正在办《重庆政治思想工作》这本杂志。其中，有几个版面是发小说和散文的，你能否给我们几篇稿子？我当即承诺，并保证第二天就把稿子发给他。

一个月后，我的长篇散文《故乡在晚风中》在他主办的刊物上分三期发表出来。陈益对我说："这篇散文相当有分量，不光文字写得好，而且思想深刻，应该在《十月》、《当代》这类的大型刊物上发表出来。"我从来没有在这类刊物上发表过作品，更没有往这些刊物投稿的勇气。经陈益这么一鼓动，我还真的有了自信。三万多字的稿子寄给了《十月》后，在2012年的第六期上发表了出来。这篇散文被全国十几家报刊转载，并获得"老舍散文奖"，回想起这段经历，至今仍然激动不已。若不是陈益首先发表了这篇散文，若不是陈益给了我自信和底气，也许没有我今天的文学发展。打心眼里，我感激他，我敬重他。

在我心目中，陈益就是我的良师益友。这么多年的相处，无论在生活上，还是在文学创造上，我都得到了这位老兄的帮助和恩惠。陈益送过我一本他的散文集《趣味人生》，洋洋洒洒二十几万字，毫不夸张地说，每字每句我都认真地拜读过。其博学多识和文学造诣，我都发自心底地佩服。时过多年，当陈益兄把他的新作《角色》摆在我的面前时，我简直惊叹得有些震撼了。

说陈益是一个激情汉子，不能不提到他喝酒时的爽直与豪放。往往在喝酒时的态度和气度，最能体现一个男人的性格和品格。在朋友圈里，陈益喝酒时的干脆和痛快有口皆碑，正和他为人的风格一样，没有半点的虚伪和虚假。

深秋的一天，我和陈益、黄济人三人回了趟我的老家——安徽太和县。我的老家朋友都是以饮酒的豪放而见称的淮北人，自然少不了在酒桌上放开手脚，让陈益和黄济人主席在酒桌上感受淮北人的热情。陈益面对我家乡的这些朋友，一面对我赞赏有加，一面替我和黄济人挡酒。太和人的"走杯"、"炸雷子"、"拉板车"等套路丝毫没能吓倒陈益。当一大堆酒杯呼啦啦聚集在陈益面前时，我都替他捏了一把汗，我主动提出来替他喝两杯。他一手推开，毫不犹豫地"咕嘟嘟"全都灌进了胃里，让我的家乡人为之惊叹、为之叫好。

第二天早上，陈益和黄主席提出要到我的村子里去看看父母。我就说："时间紧，就在县城里转转吧，下次再去。"

陈益说："不行，我们千里迢迢回到你老家来了，怎么能不去看看你的父母呢？你的父母就是我们的长辈。"

执拗不过他，我也只好陪着他们一起回到生我养我的巴楼村去。

没想到，陈益和黄济人主席给我的双亲一人一个红包，说是孝敬老人家的。我的父母坚决要退给他们，我说："算了吧。"这两位朋友的真诚让我感动。

村子里的乡亲们听说来了两位著名作家，纷纷跑过来求他们写字。村干部买来了墨水和宣纸，请求他们为我们村子里的庙宇题字。陈益和黄主席没有拒绝，一一满足了在场每一个乡亲的需求。

我对我的乡亲们说："你们把他们两个人的字都保存好，将来你们的儿女对你们不孝顺，你就可以拿出他们的字来卖钱了。"虽然这是一句带玩笑的话，何尝又不是善意的提醒呢？他们两人堪称是重庆文化界乃至全国文化界的名人，他们的书法作品当仁不让地属于"名人字画"。我的一位不识字的大嫂凝望着捧在手里的书法，两眼溢满了热泪，连连点头对我说："好，好，我听你的，谢谢你带来的大恩人。"

在重庆我是一个漂泊的"异乡人"，正是因为有了陈益这样的朋友，才使我对重庆这座城市有了依偎感、依靠感、幸福感，也常常是陈益这样朋友的帮助和支持，才使我在工作和生活中有了瑰丽多姿的色彩。

我和吉林长春市《参花》杂志社的总编辑王怀宇是同学，在鲁迅文学院学习期间，我们俩交往笃深，情同手足。毕业后，多年没有联系。突然有一天，他到重庆来，深更半夜，把我叫了出来。暗淡的神情和恐慌的眼神告诉我，他遇到了麻烦。原来，他主办的杂志上，刊登了一篇重庆作者的纪实散文，因为严重失实，对方把他的杂志社告上了法院。从来没有和司法机关打过交道的王怀宇拿着应诉传票，不知所措，几乎是用哀求的语气求我一定找朋友帮他打官司。已是深夜两点多钟，我把电话打给了陈益。陈益二话没说，急忙穿衣下床，赶了过来。问清原委后，陈益淡淡地说了句："这不是什么大不了的事情，我来找朋友庭外调解就是了。"

一句话，让气喘吁吁、焦躁不安的王怀宇平静了下来。第二天，陈益和我们一起，到了万州区。在他和他朋友的努力下，王怀宇和对方很快达成了和解协议。王怀宇感激涕零，坚决要请陈益去酒店吃饭。陈益以工作太忙为由，婉言谢绝了。他说："能帮巴一的朋友做点事，我心里很高兴。吃饭的事，等以后我去了长春，你再宴请吧。"

春节前的日子对每个人来说都是最忙的日子。那年春节前，因商业活动太多，陈益几次邀请我参加作家朋友的聚会，我都没能参加。有一天晚上，我突然收到他的短信："巴一：春节前对你来说肯定需要资金，我这里有刚卖房子的钱，放着没用，如果你用得着，就打你卡上去。"陈益仿佛是感觉到了我几次没来参加聚会的真正缘由。是啊，做企业的，哪一个不为春节前这段急用钱的日子发愁啊。我当即激动地拨通了陈益的电话，把我的卡号发给了他。

雪中送炭的朋友，才是你真心的朋友，值得珍惜的朋友。但是，有一件事，我却没能让陈益高兴。他发短信直言不讳地对我说："以后你不要和我做朋友了，我气死你了。"

中央电视台来重庆拍摄我的专题节目，这节目四十五分钟的时间，需要采访一些作家，谈论我的作品，自然我推荐陈益坐在了摄像机面前。

那天，陈益特意穿了一件新的西装、一双新皮鞋，刮了胡子，人一下子变得特别精神。按照编导和摄像师的摆布，陈益明晃晃的脑袋上，渗出了紧张的汗水。他一边用湿纸巾擦着，一边搓揉着手掌。他自嘲道："我什么场合都见过，从来没有紧张过。今天怎么像个没见过世面的人一样？"编导和摄像师一遍遍安抚他，一遍遍让他重新再来，足足折磨了他一个多小时。

我的那个专题片《故乡在晚风中》，播出的时间确定以后，我第一个把短信发给了陈益。节目播出的那天下午，陈益邀来了他的家人和他的几十个好朋友，租了一个环境很好的茶楼，让大家守着电视看节目。而令他万万没有想到的是，四十五分钟的节目播完了，也没在电视上看到陈益的一个画面。大家的嬉笑，大家的失望，让陈益无地自容。陈益无法给在座的每一个人解释。陈益感觉在大家面前一下子没有了颜面，他把电话打给了我。我当时正在车上，没有看到节目。回到办公室，我急忙在网上看了一遍这期节目，果真没有陈益的镜头。我沮丧到了极点，十分后悔，不该制作这期节目。宁愿不上中央电视台，我也不愿意让我的朋友不高兴。

看着陈益发给的手机短信，对他的责怪我没有半点生气的心情，反而扑哧笑出声来："陈大哥啊，什么大风大浪没有经历过啊？这点小事竟能打垮我们俩几十年的交情吗？"

一连十几天，我坚持不给陈益打电话。我知道他的火爆性子，过一段时间就好了。其实这十几天来，我的心情没有一天是高兴的。我责怪中央台的编导们，我责怪我自己应该在播出之前，关注一下或者提醒一下中央台的编导们。我的忽视给陈益兄带来了不悦，内疚一阵阵袭来，歉意却无法表达。

张贤亮去世的当天下午，我在网上看到了消息。惊讶之后，我把电话打给了陈益。电话那头的陈益惊讶地说道："不可能吧，怎么可能呢？"陈益为了印证这一消息，把电话打给了黄济人主席。第二天，我们三人抛开了各自的工作，一起去了宁夏。

宁夏机场去往市区的高速公路上，我们三人谈论最多的还是张贤亮和他的文学作品。车窗外的白杨树泛着白得刺眼的亮光，匍匐在我们的视线之外。张贤亮往日的形象在我们三个人的脑海中……

陈益动情地说："我对贤亮老师最感激的，是他为我的第一本书题写了书名。有一年，他在重庆，我提出让他为我的儿子写一幅字，贤亮老师爽快地答应了，并且写了十几张纸他都不满意，撕了重新再写，直到他感到满意时才盖了自己的印章。就凭这一点，我对贤亮老师就充满了敬意。"

陈益没有了往日的笑容，一遍一遍地搓揉着他的光头，感叹道："人的一生怎么这么短暂呢？人的一生就应该像张贤亮那样拒绝平庸，有所作为，成就大业，才无憾人生。"

陈益的感叹何尝不是我们每一个人的感叹呢！

是的，人生是个多彩的舞台，每一个人都在扮演着自己的角色。关于陈益对人生角色的转换与描绘，他都倾尽全力地做到了精彩，我为有陈益这样的朋友感到自豪和骄傲，陈益的激情和凝重，永远感染和激励着我昂扬向上的人生。

第

三

辑

珍惜生活的一切馈赠

一

2007年参加"全国青创会"期间，我拿着铁凝主席的最新散文集《从梦想出发》请她签名，并请她在书的扉页写句话。她犹豫了一下，还是写下了这么一句："珍惜生活的一切馈赠。"短短的一句话，时时铭记我心，时时警醒着、宽慰着自己。是啊，生活的一切馈赠是前世今生的因果，是上苍赐予每个人的福分，不管它是苦是甜。正因是生活的馈赠，我把这些苦与甜写进了小说《人在重庆》；正因是生活的馈赠，《人在重庆》成全了我的文学梦。

由衷感激这份生活的馈赠！

二

人在商海，身心不一。十多年前，顾建平、王干两位先生多次鼓励我写部以重庆生活为题材的长篇小说来。他们俩给小说取名字《重庆夜》，我也请贾平凹先生题好了书名。可是，商风钱雨里穿行，写作总是断断续续，虽牵挂于心，可始终难以静坐了却此愿。这一拖再拖，十年过去了。如今，我在建平、王干两位老兄面前终于有个交代了。

写作这部小说时，我时时提醒自己千万不能太累，太玩命，可是，这一两年里，我的右胳膊还是时时疼痛，一天一夜有时写出一两万字来，我自己感到写作比做生意赚钱累多了。莫应丰、路遥、周克芹英年早逝，为了文学梦的追求撒手西去，我们任何人都应告诫自己，为了梦，为了一个梦，一定珍惜生命再追梦，正是基于这种心理我迟迟才写出《人在重庆》。

三

2008年，我回到故乡。游子归来，目睹生我养我的地方满目疮痍，一种强烈的责任感撞击着我。我决定为家乡做点事。

修水泥路，村庄里安装路灯，修两个广场活跃父老乡亲的文化生活，让已经枯竭的小河重见汩汩清泉，改变乡村小学的面貌，让乡里的孩子们也像城里的孩子一样有个好的环境读书等等，我用一年的时间全部改变了村庄原有的一切。

为了改变集镇的面貌，我斥巨资修建出现代化的集贸市场。

在改写这一系列家乡面貌蓝图的过程中，影响到了个别人的利益。他们小题大做，蓄意讹诈。负责这些项目实施的我的堂弟巴银，因涉及到打架纠纷案件，被对方刁蛮纠缠，因无法满足他们的无理要求，被关进了拘留所。

作为大哥，作为老板，在法律面前，我真的感到了无能为力。巴银在拘留所里焦急地等待着处理结果。律师会见他时，他说："我只想读大哥写的书。"一句话，点燃了我的创作激情。为了我亲爱的弟弟，我废寝忘食不舍昼夜地将这部小说赶了出来。小说发表后的第一个读者便是巴银。这本小说陪他度过了最难熬的时光。

故乡啊，爱你有多深，就伤我有多深啊……

都说愤怒出诗人，其实愤怒照样能憋出伟大的小说家来。

四

每个人生活经历不同，他所表现的文学思想自然不同。毫无疑问，《人在重庆》里的主人公巴若宇的身影，不光是我一个人的相关经历，他是六十年代人的一个典型代表，他的多智、多才、多情，是从农村走进都市一大批优秀人才共同特征。他所经历的酸甜苦涩，无不烙印着时代进展的步伐。八十年代，九十年代，二十一世纪的今天，像巴若宇这一群青年，不屈服于命运，孜孜以求地追逐着时代的浪潮。他们勇于创造、敢于担当的主人翁精神，不正是我们人类进步和社会进步所追求的精神吗？！

《人在重庆》这部书，是否是作者的自传，已没有探究的必要了。它是小说，是文学，是艺术。从中学时代喜爱文学开始，从发表豆腐块开始，写了半辈子所谓的文学作品，到今天才算写出一部书来，和任何一个有成就的作家相提并论，实在是一种羞愧。因此，写得好与不好的评判都已由不得我了。

很多人不明白我如今为何还如此酷爱文学。我笑笑。能怎么回答他呢？任何人干他喜爱的事，肯定是用心的，用功的。生活的馈赠让每一个文学爱好者与众不同！

母鸡下蛋后，总要"咯哒"几声。在此向所有为《人在重庆》付出辛劳的编辑老师，由衷地道一声："谢谢"！

五

常常听人们这样说，商人的成功往往用金钱的数字来体现，而作家的成功，长篇小说乃是一个显著的标志。正如顾建平先生所说的那样，作家只有在他的长篇小说里，才能得到情感的无遮掩释放。是的，我把我的理想，我把我的追求，我把我的梦想，我把对故乡的思念，我把对重庆人的感恩，统统写进了《人在重庆》。但是，还有太多太多的感悟和体验没能够在这部小说里得到充分的表达。有时候我甚至怀疑自己是不是块当作家的料，有时候我还在怀疑自己具不具备文学的天赋，再继续写下去。往往人生的标杆是自己给自己加上去的，像举重运动员或长跑运动员一样，挑战着自我，直至失败得一塌糊涂，才彻底地、无奈地发出叹息。

我在重庆，我爱重庆，这个"爱"字不是一种口头话的语言表达，而是一种发自内心的、切肤体验的概述。每次从外地回到重庆，从走出机场大门或火车站大厅那一刻起，我的心便沐浴在亲切而又熟悉的重庆所独有的气味里。我敬畏这座城市，我暗自下定决心，要为这座城市做出自己的贡献，我暗自警醒自己，要为这座城市里我的朋友们、亲人们，为他们做点儿好事。

故乡永远是游子的牵挂，"故乡"二字也只有在游子的心中才显示出它的沉重和力量。故乡的那片土地上，掩埋着我的亲人的尸骨，他们的音容笑貌一刻也没有从我的脑海里忘却。人在重庆，魂系故土；人在重庆，心在两头。我在想，这也许就是我独特的人生过程。一头系着故乡，一头系着重庆，让我的心整日不得安宁地游走于乡村和都市。我把这些焦虑、思念、奋斗，构成了这部小说。有人说，我的一生啊，够写很多部小说了；还有的说，我的故事比他们任何一个作家写出的故事都精彩。的确，每个人都是一部厚厚的书，而要通过文字的提炼、情感的升华，真正地表达成有血有肉的文字，那是需要才华的，我自信具备这种才华。

六

　　说到这里，我不能不说到我的初中语文老师韩从众先生。初中一年级到初中三年级，我是在淮北平原上的一个叫孙楼的地方度过的。韩从众老师把我的周记、作文，每周都在课堂上当范文朗读，给予了我很多表扬，让我对写作产生了浓厚的兴趣。也是在他的鼓励和帮助下，我读到了不少课外书籍，如《高玉宝》、《林海雪原》、《我们的班长李小芳》、《小闯》等等。课余时间抄写过《第二次握手》、《余飞三下江南》，还有《少女之心》等等。所以，少年的我不再安分，文学作品里所描绘的一切，对我充满着憧憬和好奇，我的作家梦由此而生。

　　这么多年过去了，我在文学上取得的成就，也是韩从众老师从来没有想到的。我想为他专门写篇文章表达我的感激，但是情太浓、意太重，一直到现在我也没敢写出向他表达感谢的话。我想等这篇小说出版了，我会亲自到韩老师面前说一声"谢谢你的培养"。

　　我的高中时代是在那个赵庙镇度过的，赵庙中学是我的母校，这些年虽人在重庆，但心里常常怀念着在母校度过的那段青春时光。

　　在省城合肥读大学的时候，我穿着警服，两片猩红的红领章，在警示着我将来一定要做一个有出息的、对社会有用的人，才对得起母校对我的培养。如今，几十年光阴不再，我实现了所有的少年梦想，"重庆十大杰出青年"、"中国十大杰出青年"、"中国十大榜样人物"等所有的荣誉肯定了我的付出。短篇小说、中篇小说、长篇小说，证明着我的文学才华和勤奋。我知道，成功是不需要证明的，但对我自己的内心而言，我需要这些证明，它是一种自我安慰，它是一种自我激励，它更是一种自我鞭策。

在情感世界里，我是一个经受过巨大挫折的人，酸、辣、苦、甜都已表现在我的小说里。有时候我自己翻看一下那些作品，往事便历历在目。写小说真好，它让一个人可以重走青春路，它让一个人在他虚幻的世界里任意地得到和挥霍。

那些我记忆里的女孩，如今都已为人妻为人母，她们和我生活在不同的环境里。我知道，她们也许在夜深人静的时候，悄悄推窗，偶尔冒出一句："你还在重庆吗？"这是我的想象。至于她们被生活磨砺得还有没有这份浪漫，还有没有这份思念，我只能去靠我的想象了，我祝福她们！

在生意场上，我是个商人，是个企业家，让我的员工每个月拿到薪水，让我的企业每个月正常纳税，这是我的义务。所以，我无法与"钱"字分开。作家是最不希望谈钱的，但我不行，必须每天都要与钱打交道。创造财富是一个商人的职责，我必须尽职尽责，责无旁贷。为此，很多作家把我的作品也往往和"钱"字扯到一起，颠倒黑白，胡说八道。每每听到这些，我不予反驳、不予解释。我心里想，朋友啊，你读过我的作品吗？你有过我这些苦难的经历吗？你有我这么大的成就吗？我可以把我上千万的资金无偿地投给家乡发展，我可以把我赚来的财富为无数的作家和社会公益事业做贡献，你做得到吗？假如所有的作家都像我这么勤奋，像我这么积极肯干，我想谁也不会为买房子而犯愁了。

我每天都在和所谓的千万富翁们、亿万富翁们打交道，和他们在一起谈政治、谈金钱、谈女人。但是，他们不足以让我发自内心地仰慕和敬重，因为他们能创造财富，我比他们更有本事，我敬重作家，我敬重每一个文学爱好者。哪怕五十元的稿费、一百元的稿费，不足以请朋友吃顿饭，但他们把节省下来的钱添补家用，买书、买杂志，一直是文学事业的默默担当者，我也忝列其中。因此说，文学创造者和文学爱好者是这个时代精神正能量的领跑者。

在重庆，我是第一个户口不在重庆的作协会员，是重庆作家协会慧眼识英才，把我从一个无名作者推向中国文坛；是重庆作家协会，让我一个外地人有了心灵的归宿感。我为成为重庆作家协会里的一员倍感荣幸和自豪。

七

写创作谈这类的文字，对于一个写作者来说是最快乐、最幸福的事情。它意味着一部心血之作圈上了句号，它意味着你的精神产品贴上了完美的商标。享受十月怀胎的阵痛，享受艰难创作期间的抓耳挠腮，享受呱呱坠地的喜悦。

《人在重庆》这部书名，是《当代》杂志编辑杨新岚女士和人民文学出版社的编辑脚印女士，两位静水深流、高屋建瓴的大编辑，看完我这部小说，给予了很高的评价，把这部小说的名字改为《人在重庆》，让我口服心服。

为一部小说，两位老师如此认真负责，其渊博学识和敬业精神，让我由衷地敬叹和感激！这部作品融进了两位老师的心血，凝聚着对文学事业的敬重和对业余作者辛勤劳动的尊重。我想，任何一个再著名的作家，任何一个了不起的文学家，在编辑面前都可能是无知的；任何一个再张狂的写作者，任何一个不可一世的大家，在编辑面前都应是谦卑的。当然，我也不例外。

我自认为在文学界登堂入室，应该从长篇散文《故乡在晚风中》开始。2012年第六期《十月》杂志发表后，《散文海外版》、《中华文学选刊》、《散文选刊》等数家报刊转载，各广播电台配乐播出，收录中国散文学会主编的散文年选，获得"老舍散文奖"、"华夏散文奖"等十余种奖项。2013年第一期《十月》杂志将我的中篇小说《淮北往事》发在头条，让我在小说的创作道路上一发而不可收。长篇小说《人在重庆》在《人民文学》发表后，《小说月报》、《小说选刊》、《中华文学选刊》等先后转载，并获得了《小说选刊》2012年度"小说笔会"一等奖第一名。一部小说如此好评如潮，如此被广为推崇，让我出乎意料，让我情不自禁地联想起路遥的《人生》和《平凡的世界》，让我联想起当年周克芹的《许茂和他的女儿们》争相拍摄的情景来。

尽管如此，我没有找不到北，我的内心并未膨胀，我依然刻苦勤奋地写作着。不在乎功名利禄，不在乎冷嘲热讽，我活出我人生的自我精彩，我活出无愧于良心无愧于他人的样子给自己看，给我的亲人们看。

八

我常常坐在桌前追问自己，这一生向多少人说过"谢谢"二字？向多少人言不由衷地表示过微笑？我回答不了自己。我知道这是个很无聊的自我问答，但我还是周而复始千百次地琢磨着。谁是好人？谁是坏人？谁是我的恩人？谁是我的朋友？谁是我敬重的人？谁是应感激的人？任何人恐怕都一时半会儿回答不了。只有在长篇小说这样的载体里，才能尽情地释放。顾建平先生说，鹰飞在天上，它的背影折射在地上，时而翱翔在天，时而匍匐在地，起起落落间，其间悲欢离合的滋味，只有鹰本身才能体验和感悟。说得好啊！我的悲欢离合，潮起潮落，欢笑与眼泪，一丝不挂地倾泻在《人在重庆》里。

很多人问我，小说里的主人公是不是你本人？小说里的故事是不是你本人的经历？面对如此天真的提问，我的微笑无奈地告诉他：随你去，随你去想，随你去猜，随你想象去吧。我只想说，享受阅读，享受人生。读这本书，你会心间充满温暖、充满力量！

像我这样爱你

弟弟，我送你回家

一

你来重庆大概也有十八年了吧？你十八年的青春，都是在重庆度过的；你十八年的青春，有欢乐也有忧伤。承载着家人和亲人们对你的期望，你终于累得再也起不来了。

在你的床头，我说："兄弟，扛住！"你点了点头，绝望的眼神怔怔地盯着我，气若游丝的声音对我说："哥，我不治了，不值得。"我说："你要坚强，我是你的后盾。你要好好地活下去。你活着就是值得。"你没有再说话，你的眼角流出了热泪。等了你大半天，你又说："哥，送我回家吧，送我回老家。"我说不出话来，我不知道该怎么回答你。

亲爱的弟弟，就这样，你的眼睛一转不转地盯住了天花板。你没有血丝的瞳孔，一直怔怔地盯着天花板。我的心在剧烈地疼痛着，眼泪无声地模糊了镜片。我心里在默默地对你说："兄弟，我送你回去，我送你回家。"

2015年农历二月初二的凌晨两点二十分，呼吸监测仪上没有了你心跳和呼吸的数字。握着你冰凉的双手，我一遍又一遍地对你说："明勋，我的好兄弟，我们回去，我送你回老家。"

在石桥铺殡仪馆，十三响礼炮伴随着你被推进了火化间。那一刻，你的儿子巴家祥呼唤着"爸爸"的时候，我和所有在场的人都撕心裂肺。你的遗像是你妻子孙云挑选的，那是一张英俊的照片，也是你生前最喜欢的一张照片。二十五六岁，西装革履，两眼炯炯有神而充满着睿智，浅浅的微笑里充满着自信、刚毅与坚定。那一刻，我才真正地端详你是那样的帅气，是那样的潇洒，是那样的具有男人味。我知道，面前的你，永远定格在了相框里。面前的你，痛苦地、无奈地、极不情愿地离我们而去了。

捧着你的遗像和骨灰，我们初三早上回到了巴楼村你的屋里。我们所有的亲人们和乡亲们，也都早早地赶来迎接你。你的骨灰由我们村里的教书先生巴云太老师按照你的形体骨架，摆放在棺材里。合上棺木的那一刻，母亲和父亲从前院赶了过来。母亲哭得撕心裂肺，院子里的哭声搅动着整个村庄的宁静。

入土为安。你被安放在南小桥我们自家的麦地里。我知道，那片麦地里有我们的长辈，在那里你不会寂寞，不会害怕，不会孤单。从此，那片麦田将成为你永远的归宿地，将成为我和我们所有亲人们牵挂你的地方。

二

兄弟，你是不幸的，但你却又是幸运的。

2014年的夏天，你突然在家里昏迷了过去，孙云吓得急忙叫来救护车送往大坪医院。中午的时候，你被确诊为脑溢血。当许民辉教授从北京赶回医院，没顾上休息，就和他的团队一起把你送进了手术室。从晚上八点一直到十二点三十分，四个半小时的手术，几乎让许教授他们累得直不起腰来。我们在手术室外面也是久久地渴盼了四个半小时。本以为你完全脱离了危险，完全逃出了死亡的泥潭，可是二十分钟之后，你开颅包扎的纱布又被殷红的鲜血弥漫。我又喊来了许教授。快速地做完CT后，专家们确诊你的颅内又在大面积出血。我焦急地问许教授，还有好的办法吗？许教授久久地看着胶片，说："唯一的办法就是再做一次开颅手术。"我毫不犹豫地回答："救救他，再辛苦你们做一次吧。"许教授很是犹豫啊，他把我和孙云叫到他办公室，说出了他的担心："这次手术风险很大，资金是一方面的问题，但你们要做好心理准备。"孙云泪流满面，当我果断地在"手术通知书"上签下名字时，我就对你充满了希望，我想你会扛得住的，你会坚强地活下来的。第二天早上八点钟，你从手术室被推了出来，被送进了重症监护室。

每天下午的探视时间，我和孙云轮流去看你。你的全身插满了管子，呼吸机挡住了你微闭的眼睛。我说不出一句话来，我只有在心里默默地祈祷你越过死亡线，早日康复。哪怕出院后的你成为脑瘫，成为植物人，我都愿意接受这个事实，我都愿意陪你走完人生。

直到第三十七天，孙云告诉我你终于苏醒了。我高兴得立即冲进医院，戴上口罩，穿起消毒服，轻轻地走到了你的床边，紧紧地抓住了你的右手。我问你："知道我是谁吗？"你点点头。我说："我是哥，我来看你了，你活过来了，祝贺你。"你的右手从我手里轻轻地抽了出去，竖起了大拇指，你的两眼流出了清冽的泪水。你竖起的大拇指，那肯定是"谢谢"两个字，我握着你的手，轻轻地晃动着，也表示对你的理解。孙云对我说，你虽不能说话，但可以写字。我就从护士那里要了笔和纸让你写。你写的字虽然歪歪斜斜，但我清晰地认得出你要表达的意思，那一行字是："哥，家祥小，你要照顾他。"我连声对你说："好，好，我会的，你放心吧，别担心。"

重症监护室的医生和护士对你百般呵护，精心治疗。当你能说

319

话的时候，你对我说："哥，你要请他们吃个饭。"我感激地看着医生和护士，满口答应，你才放心地对我又竖起了大拇指。

你被送进康复理疗科后，那是你住院以来最幸福的时光。你笑得那样爽朗，你笑得那样灿烂，你笑得那样乐观，你笑得那样无遮无拦。那段时间，我们的老乡范云峰也在大坪医院住院，他们夫妇常来你的病房看你，你也经常叫孙云推着你去云峰的病房看他。同病相怜，你们俩互相鼓励，有着说不完的话。

有一天，你对我说，等我好了，你一定帮我买一个轮椅，叫孙云推着我送家祥上学。我很高兴地答应你。当家乡的兄弟们陆续来到你的病床前，你和他们谈笑风生，无话不说。你说得最多的一句话就是："感谢我哥，感谢我有一个好妻子，要不是他们俩，我也许早就没命了。"我说："不光这些，你更应该感谢的是大坪医院的医生和护士，更应该感谢许教授和颜凤华医生。"你点头说："对啊，对啊，还是哥说得对。"在康复理疗科，两位美丽的天使"晓辉辉"、"丫丫"对你厚爱有加，不仅监督你按时打针服药，而且时常会逗你开心，让你为她们尽职尽责的服务感激涕零。为了能让你生活更方便一些，孙云又专门请来了专业护理小韩女士。你原来的病友远在贵州某法院的穆勇先生和他的妻子也常来重庆看你。老家来的人一拨又一拨，让你在病床上感动得热泪满面。蒋凤平为了让你开心，他每次都给你讲一些你曾经的往事，让你唏嘘不已，有时候哈哈大笑，你的笑容牵动着我们每一个关心你的人。你的早日康复，是我们每一个人的最大心愿。

三

因为太忙的缘故，我常常深更半夜才赶到病房来看你。有时候，你是醒着的，我就陪你说东道西。有时候，你入睡了，我只能看一下日渐瘦弱的你，问一下孙云和小韩关于你的吃饭情况。除此之外，我不知道还应该用什么方式来表达对你的关心和帮助。

这段时间里，你有大把大把的时间回忆你的童年、少年以及来重庆这么多年来的往事。

在我印象里，你是比较倔强的。记得你八九岁的时候，母亲吵你，你却跟母亲对吵。恰巧被我遇到了，母亲又在吵你，你不但不听我的制止，反而和我也吵了起来。我一耳光抽在你的脸上，你哇哇大哭起来，母亲也哭了。看着你泪水婆娑的样子，我的心痛得流血。我很后悔打了你一耳光，至今想起来，我仍然后悔不已。兄弟啊，我不该那样粗暴地打了你。可是你并不记恨我，这么多年来，你从未提起过这狠狠的一耳光。你自我解释说："小时候我确实太'黏牙'，太不听话了。"其实我们每一个人，小时候谁不调皮呢？记得有一次，为了驱逐屋里的耗子，你用一根长长的管子接到压水井口，"咯吱咯吱"地压水往老鼠洞里浇水。我好奇地问你："能行吗？能把老鼠淹死吗？"你笑着对我说："等一会儿你就知道我的成果了。"果然没多久，老鼠一个个湿漉漉地从地上的窟窿里爬了出来。你停止了压水，立马拿锄头把一个个老鼠都打死了。我也很高兴，连声夸奖你能干。你脸红了，第一次见你是那样的羞涩、可爱、活泼而又机智灵敏。

你读高中二年级那年，在我的鼓动下，你报名参军，成为了一名解放军战士。看着穿着军装的你，我打心眼里高兴，我为我们家走出一位军人而自豪。我知道，你在部队吃尽了苦头，你瘦弱的身体承受了艰苦的磨炼。我多么希望你在部队永远待下去啊！可是你坚决要回来。我有些生气，故意不理你，让你在社会上折腾。你开过大客车，开过货车，帮别人卖过车票。一段时间的摔打，让你感悟到了生活的艰辛，让你体会到了生活的不容易。终于，直到有一天，你向我提出要来重庆的时候，我才答应帮你。在重庆，你是我身边最亲切的帮手。老家的人来重庆，你去接待；亲戚朋友的事由你帮着他们办理。孩子们上学需用零花钱，你从不拒绝，总是不让我知道就给他们汇了过去。

在大坪医院，你的肾移植手术很成功。出院后，孙云对你无微不至的关怀，让你康复得很快。服用抗排斥药物，每周需一次透析，孙云任劳任怨地陪护着你。一晃十三年光阴过去，你用你的智慧和微笑，帮助你身边的每一个人；你用自己的力量，帮助我们所有的亲戚和朋友。大坪医院泌尿科的两位资深专家，一位叫李黔生，一位叫靳凤烁，他们是你的救命恩人，对你的病情时常给予了很多的关心和关怀。有好多次，我悄悄地问靳凤烁教授，像你这种肾移植病人，一般需要多少年再换一次肾？他的回答让我有些悲观。他说："像你弟弟这种换肾十三年来这么好的状况，还是很少见的。应该说十三年是一道很难迈过去的坎儿，你要提醒他多保重身体，你们家人也要多体贴他。"十三年，是一个让我多么害怕的年头；十三年，让我天天提心吊胆地担心着你。我多么期望你能迈过你这道人生的坎儿啊！可是越是担心的事情，越是不期而至地来了。

那天下午，我刚到办公室，你笑着跟我打招呼。突然发现你的左腿打了个趔趄，我笑着问："你的腿怎么搞的？"你看了一下左腿，没有意识到似的对我说："没事啊。"听到你说没事，看着你微笑的表情，我也真的以为没事了。没想到，第二天早上接到孙云的电话，说你昏迷去了医院。我才感到你的病情严重了。为了更专心致志地照顾你，孙云把儿子家祥送回了老家。

在大坪医院康复理疗科的这段日子，我度日如年，天天压在心头的一件事，就是担心你的病情加重。今年春节过后，你突然说你的眼睛看不见东西了，每天的食欲大减，甚至不想吃东西。我把父母从安徽老家接到重庆来，让他们天天和孙云一起陪着你，让你有一种依靠感和温暖感。你的病情并不是像我们希望的那样日渐康复，而是并发症接踵而至。腹膜炎让你疼痛得满头是汗，左手和左腿仍然没有知觉。有几次，你夜里睡不着觉，你催促孙云打电话叫我过去。孙云都劝说你，你才没有坚持。我从老家回来，再见到你的时候，你比原来瘦多了，甚至有一种瘦骨嶙峋的感觉。我问你："能看得见我吗？"你有气无力地回答："看不见。我让孙云给我配个近视眼镜，她到现在也没有给我配。"我又问："你知道我是谁吗？"你脱口而出道："哥，我哥。"你的主治医生颜凤华把我拉到他的办公室，告诉我说："你弟弟的病实在很严重，你要做好心理准备。"我明白颜医生的意思，我也明白和感受到了你的病情。但是，我还是鼓励你说："多吃点东西吧，增加点能量。"那天上午，我十分高兴，我亲眼看见你吃下了一个包子和一个鸭蛋，还喝了半碗稀饭。从此以后，你再也吃不下食物了。

父母先回了老家。直到你生命垂危的那一刻，我才通知你日夜想念的大姐，还有你的儿子家祥，还有你想见的亲人们，从安徽老家赶了过来。他们在你的床前，你恍惚喊得出他们的名字，你恍惚认得出他们的面孔，但是已表达不出你想说的话语。你的眼角在汩汩地流淌着泪水，无奈地、无助地、默默地、木然地看着天花板。

你就这样走了。二弟啊，你走吧，已经按照你的遗愿，把你送回了家，没有遗憾地走吧。也许另外一个世界，是你永远快乐的天堂。二弟啊，你放心地走吧，你的家人和孩子我有义务把他们照顾好，有义务把家祥抚养成才，你放心地走吧。在我们巴楼村自家的那块肥沃的麦田里，我们祈求着你的保佑。

哭别我的凤平兄弟

一

2015年的农历二月，是淮北大地春暖花开的季节。人们脱去了厚重的大棉袄，心里揣着希望，沐浴在和煦的春风里。柳树的枝条曼妙轻飏，梨花、桃花竞相怒放。广阔无垠、坦荡如砥的土地上，漫过脚脖的麦苗，摇曳着墨绿色的身子，跳跃着生机盎然。

这美好的春光，这温暖的世界，却没能让我的心里感到一丝暖意。我感觉到了这个春天凛冽冰霜的寒意，我感觉到了天塌地陷的绝望，我感觉到了灾难像一把重重的铁锤，砸碎了我对春天的向往。

我的二弟巴明勋（又名巴明彦）是农历二月初二早上停止了呼吸。还没等我抚平伤心，二月初四的早上，我至亲至爱的兄弟蒋凤平，又离开了这个世界。

凤平啊，你怎么会选择在这个时候离开我们？你怎么会选择这个时候上吊自杀呢？凤平啊，你怎么如此狠心撇下你的妻儿老小、亲朋好友，就一个人走了呢？你怎么就这样忍心把我推向悲痛的深渊呢？

你也许是太累太累了，悄无声息地一个人去了天堂；你也许对

324

自己失望了，也许对我们失望了；你也许对你口口声声称为大哥的我失望透顶了。连一声招呼也不打，就一个人去了极乐世界……

我的眼泪无时无刻不在为你狂奔横流，我的心口无时无刻不在为你疼痛难忍。你感受到了吗？我亲爱的凤平兄弟？

你死得不甘心啊！今生我也活得不舒心啊！我的凤平兄弟！

二弟下葬那天中午，你早早地来到了巴楼村。二弟的遗像安放在他的棺材前，你神色凝重地走过去，我紧紧随在你的身后。你俯下身来，面对着一屋子的哭得死去活来的亲人们，一遍遍抚摸着二弟的遗像，大声说道："老弟啊，我对你那么好，你不能叫我和你一块走啊！"你这句话我听得莫名其妙，一屋子的人也对你的话表示愕然。我拉着你走出了屋子，没有让你再待在院子里。至今我也没弄明白，在这个时候，你心里想些什么，你心里怎么想出那么一句丈二和尚摸不着头脑的话语来。为了放松你悲痛的思想压力，我故意挤出笑容来，劝慰你说："对二弟的死，你也尽心尽力了，我们也都问心无愧了。二弟对你是心存感激的。"你连连点头，喃喃自语地说："是的，是的，他解脱了。"万万没想到啊，凤平兄弟，这是你离开人世前留给我的永远都不会忘记的遗言。

在二弟的坟地里，我禁不住伤心地号啕大哭。你拉着我的胳膊劝我说："别再伤心了，别再哭了，就让他走吧。"我们俩回到院子里招呼乡亲们的时候，我执意留你坐下来吃饭。你说："我要回去，晚上我再来接你回县城。"见你态度坚决，我也不再挽留你。我说："晚上你就不要再跑来接我了，我自己回县城。"说完这些话，我又忙着招呼乡亲们和客人去了。

晚上十一点，我回到了县城。在茶楼和赵局长、王书记、池大队等人在茶楼里一遍遍打你的手机，一遍遍都是无人接听。我们都说你这几天太劳累了，肯定是睡了，或者是晚上喝酒醉了吧。第二天下午两点，我的手机里传来了你自杀身亡的噩耗。怎么可能呢？

你怎么可能会自杀呢？你怎么可能已经死了呢？不可能，一百个不可能，一万个不可能。直到你的爱妻赵萍在电话那头歇斯底里般哭喊着"凤平死了，凤平死了"的时候，我才醒过神来，手机"啪"的一声掉在了地上，眼前金花四溅，一下子瘫坐在了沙发上。

警方推断说，你是清晨五点多钟上吊身亡的。阜阳至太和的马路边上，停着你的车，你的人却在五百米之外的河塘边上的一棵"楚树"上。悬挂着的身体，两腿微微蜷曲，皮鞋上踩满了泥泞，树旁边的手提包里，只有两瓶药，手提包的旁边是一包只抽了三根的中华烟。由此可以想见，你走得是那样无牵无挂，你走得是那样执意坚决，你走得是那样无所畏惧。

当我风风火火地赶来，再见到你的时候，你已躺在了殡仪馆里。面对你的遗体，面对你睡意安详的面孔，我欲哭无泪，脑子里一片空白，喉管里虽然再三呼唤着你的名字，但却不相信睡在我面前的是你啊，我的凤平兄弟。

二月初六是个逢双的日子，春满大地，阳光灿烂，你回到了老家那片生你养你的后蒋庄村最北边的麦田里。当你的儿女在你坟地的周围斟遍美酒，当你的儿女在你坟地的周围燃遍香烟的时候，我们送来的花圈覆盖了你安息的散发着泥土芬芳的楼顶上。

悲痛的呼喊声为你壮胆，噼里啪啦的鞭炮声为你送行。我跪在你的坟前，心底里千百次重复着一句话："兄弟凤平安息吧！凤平。"

二

回到重庆的这些天来，我的脑海里时常浮现着凤平的音容笑貌，有很多次上床睡觉之前，我努力对自己说："凤平兄弟今天晚上该托梦给我了。"可是凤平离开我这么长时间以来，却一次也没有出现在我的梦里。凤平是在为我着想啊，他怕我梦见他痛苦的表情啊。他的每一声"大哥"的称呼，让我惭愧和内疚，我做凤平的大哥称职吗？作为大哥，我对得起凤平兄弟吗？

凤平小我三岁。十六岁那年，他顶替他的父亲成为了赵庙区信用社的一名信贷员。那年夏天，我高中毕业后，为了躲避家里繁忙的麦收，就对凤平提出了趁麦季卖冰棒的想法。凤平爽快地答应了，他问："需要多少钱？"我迟疑地回答："要二十块钱买冰棒箱子就够了。"他仿佛看透了我的心思，连连说："不行不行，给你四十元，宽备窄用。"凤平当时穿着喇叭裤和那双锃亮的尖头皮鞋，还有他乌黑茂密而稍微卷曲的头发，成了我心目中最崇敬、最完美、最亲近的偶像。我时常听见他唱的歌是："梅兰梅兰我爱你，你就像兰花招人迷……"这首歌我是三十年前从凤平口中听到的。三十多年后的今天，凤平那青春、自信、高亢、深情的歌声，依然在我的耳畔久久回荡。

去颍上六十铺求学的头天晚上，我又找到了凤平，我把我的想法和忧虑告诉了凤平。凤平二话没说，从包里掏出六十块钱来，不假思索地说："你去吧，学费和生活费的事我来保证。"半学期没到，我就收到了凤平通过邮局寄来的钱和粮票。他是唯一给我寄生活费的人，他是我一生中唯一一个在学业上和生活中，给予我最多馈赠的兄弟。

人常说，付出就有回报。可我对凤平的回报又是什么呢？这么多年来，我在重庆为我的理想而奋斗，我在为我个人的荣辱而奔跑，我在为我的梦想而殚精竭虑，唯独没有给凤平兄弟任何回报，凤平也从来没有向我张口索取他早该应有的回报。每当朋友闲叙，每当见到凤平，我总要说一些卖冰棒和上学时得到他的帮助十分感谢的话。他一笑而过，总是重复着一句话："缘分，我和你就是缘分，谁叫你是我大哥呢？！"一声"大哥"的称谓，时常让我肩头沉甸甸的，时常让我有一种愧对凤平、忐忑不安的感觉。在我心里，凤平就和我二弟一样的位置，一样的轻重。以至于这么多年来，无论在什么场合，无论在什么环境，无论在哪些人面前，我从未和凤平开过一句玩笑话，说过一句脏话，也从未在他的面前唉声叹气、怨天尤人过，更没有让他感觉到我的放荡不羁和挥霍无度。因为我知道，在凤平面前，我就应该像个大哥的样子。

赵庙镇是我的故乡。在那个小镇上的八十年代，我在区司法所工作，凤平做了信用社的主任。我在南头，他在北头，三天不见面，我就会跑过去找他，他也会跑过来找我。我的亲戚邻居们都知道我和凤平是最好的兄弟，他们做生意贷款，都要先找到我，甚至是苦苦哀求我一定帮他。每每这种情况下，我都会先答应，之后再给凤平说。在我的记忆中，凤平一次也没有"弱过"（拒绝的意思）我的"面子"。

九十年代初，太和县城流行"跑药"的生意。我的初中同学陈标急需两万元给新疆石河子某医院配送药品，他找遍了所有的关系，也没有如愿以偿。两万元现金，在当初的社会环境里是一笔数字较大的金额。我一个月的工资才三十八块六毛钱，凤平的工资也就四十元左右。当陈标同学提出向蒋凤平贷款两万元的数字时，我惊讶得张大了嘴巴。

读初中二年级时，有一天晚自习后，在校园里睡大铺，李校长三番五次催促大家睡觉，不准再大声喧哗。可我偏偏在李校长话音刚落后，学了一声猫叫，逗得同学们哈哈大笑。李校长十分恼火，走到我的床头前，质问是谁故意跟他对着干，必须立即站出来。当时我是赤身裸体，灵机一动，就小声对陈标说："你去，你承认。"陈标等了一会儿，从被窝里坐起来说："是我。"穿上衣服后，陈标被叫到了李校长的办公室，挨了一通声色俱厉的训斥。

第二天上午，有同学向李校长告密，把我供了出来。李校长在全校公开向陈标同学道歉，要我写出深刻检查。我一直为陈标替我挨训的事感激在心，好在陈标并不在乎，让我不再自责和歉疚。从此以后，我和陈标成了无话不说的少年知己。

初中毕业后，陈标开始创业，自己在村外办了一个砖窑厂。一次偶然的机会遇见他，我们俩叙旧话新，亲切无比。为人仗义、性格豪爽的陈标，知道我家的"大门楼"至今无钱修建后，当天下午就派他的工人拉来了所需用的砖头，并且再三叮嘱，不准我付一分钱的费用。

我把和陈标同学的这些陈年旧事说给凤平听，凤平十分感动，连连对我说："这样的朋友够哥们儿，我一定帮他。"陈标揣着从凤平这里借来的两万元现金，兴致勃勃地去了新疆石河子。

如今，陈标功成名就，身家数亿，在京城的生意风生水起。他是逢人便说："如果当年没有蒋主任的帮助，根本就没有我陈标的今天。"每听到陈标的这句话，蒋凤平的脸上总荡漾着幸福的成就感。他眉飞色舞的样子，像自己升官发财一样乐不可支。而这时候的我总爱恭维他几句，也替陈标说几句谢谢他的话。他的回答让我有一些意料之外："我干信贷员这行，就是为你们服务的，你们做出成绩来了，就是我们这行人的最大心愿。"

三

我问过凤平："你当信用社主任这么多年，为我们当地的老百姓确实做了很多好事，有没有收不回贷款，给自己惹来麻烦的时候？"凤平回答说："有，肯定有，多的是。但是有一点，凡是故意不还贷款的赖账户，有几个发达的？我接触的这么多人当中，还真没有多少赖账户。人啊，一辈子就别做亏良心的事，上对得起天，下对得起地，对得起父母兄弟、妻儿老小，你心里就坦然了、幸福了。不然的话，即使你有再多的钱，让人背后戳脊梁骨，那也是做人的失败。"如今想来，风平的话何尝不是我们每一个人信奉和追求的境界呢？

离开老家二十一年后，家乡的领导和朋友多次到重庆来，邀请我回乡投资，参与家乡建设。虽然有很多次我满口答应，但我却以种种借口推辞了。家乡人知道我和风平的关系好，就多次找到风平。直到有一天，风平在电话里跟我说："大哥，你回来投资吧，就在我们镇上的粮站搞开发，我保证你名利双收。"就这一句话，激活了我思乡的波涛，点燃了我衣锦还乡的青春梦想。为了风平，为了那片土地上的父老乡亲，为了我的乡思乡愁，为了我压抑在心底的对亲情友情的感激，我决定不惜代价，为并不富裕的家乡建造出一座卓尔不群的新城来。

在风平和众多亲朋好友的帮助下，在当地政府各部门的支持下，一座"万象新城"在赵庙镇挺起了她现代化的商住两用的建筑群。按照当地家乡人的话说，就是"造福了赵庙人"。用风平的话说，就是实现了"名利双丰收"。

在如火如荼的建设当中，"万象新城"节外生枝，祸起萧墙。我和我的合作伙伴陷入了缠身的官司之中。为了这个项目，八个人被关进了拘留所，一个人被公安机关挂在网上，成为了缉拿对象。一时间，赵庙镇的街头巷尾、田间地头、屋前屋后的议论，风起云涌，谣言四起。我的名字自然成了他们茶余饭后的谈资。我反复地问自己，生活为什么是这样？人生为什么是这样？好心为什么得不到好报？风平忙前忙后，忙上忙下，寝食难安，夜不能寐地为我处理着千头万绪的事务。

我不想再重复那逝去了的烦恼，我不想再回忆那段让我愤慨的岁月。风平为了让我排遣心中的郁闷，为了让我减轻巨大的心理压力，几乎是天天陪着我，劝说我，让我对挥之不去的烦恼有了淡定的决心。他说："大哥，你太疲倦了，应该出去休息一段时间。"我问他："去哪里？"他说："去北京吧。"我问："为什么去北京？"他说："北京是我们的首都，是中国的政治中心，你所做的这一切事，都符合城乡统筹发展这个大主题。只有到了北京，你才坚定自己所做的一切是符合中央精神的，是符合老百姓的利益的，是符合你自己的良心的。"不管凤平说的是大话、套话、客气话，我都认为他说得有道理。

在北京的几天时间里，我和凤平在长安街的人行道上走来走去。是啊，人生的路哪能都像长安街这样宽广笔直呢？凤平的良苦用心让我豁然开朗，凤平的安慰，让我重新燃起了对家乡的热爱。不为别的，就为了凤平的这番良苦用心，就为了兄弟浓烈的情谊，我没有选择，没有退路，必须让"万象新城"坚强地矗立起来。

时间是疗伤的最好良药。当一切恢复了平静之后，我认真地对凤平说："万象新城的成功，有你的巨大功劳。你看中哪一个门面，你挑一个，送给你。"凤平一脸严肃地说："大哥，千万不能，我一套也不要。"我以为凤平说的是客气话，就在他没同意的情况下跟售楼部打招呼，并出具一个定金收据交给蒋凤平。凤平坚决不要，连连摆手说："大哥，你误解我了，我要是想要这些，我也不会帮你了。"我问他："那你为什么对我这么好啊？"他说："因为你是我大哥，我这辈子都认你，为你做事我死也无怨。"

我的喉咙酸涩，我说不出话来，眼泪一直在眼眶里面打转转。

兄弟，我们不说"死"字，好吗？

天地有灵，你我心通。兄弟啊，你走得不甘心啊！我活得心痛啊！说你是我的金兰之交，是我的莫逆之交，是我的刎颈之交，都不为过，都不夸张。但是，兄弟啊，你一向尊重大哥的意见，你一向信任大哥，这次，你怎么对大哥根本不予理睬地挥手而去了呢？

我同意了吗？凤平，如果你还在乎我这个大哥的话，那么我就允许你这样死一次，可以吗？但是，你必须还得好好地回来，可以吗？我的凤平兄弟，你听到了吗？

椿樱泪

"你的名字就叫椿樱？我不信。"

"真的，我就叫椿樱，全名叫胡椿樱。"

"你的老家真是安徽省太和县的？"

"没错，我没骗你。我爸是安徽太和人，我妈是重庆人。不然我爸为什么会给我取这个名字？不就是因为你们那里产香椿、产樱桃的缘故吗？所以我爸才给我取了一个这么难听的名字。"

"你的名字一点都不难听，太好听了，我一辈子都记着。"

我永远记得二十六年前刚认识你时，和你的这段对话；我永远记得二十六年前刚认识你时，为了证明你名字的真实性，急切地拿出身份证，递到我面前时的娇嗔和单纯。你十九岁的样子，楚楚动人，白皙的面孔、长长的脖颈、流光溢彩的双眸，甜甜地审视着我，不容我半点虚假似的，要我拿出身份证。当你看清我身份证上的地址确实是安徽太和县的时候，你的右手挡住了惊讶的嘴巴，连连说道："天哪，世界上还真有这么巧合的老乡，长这么大，我是第一次在重庆认识你这个地地道道的老乡。"

从此，我铭心刻骨地记住了"椿樱"这个名字。

我在心里一直默记着你的年龄，十九岁。我二十七岁，整整大了你八岁。

333

从此，我在重庆没有了孤独感，时时刻刻我心里都记着这繁华的大都市里，还有我一位热情、聪慧、端庄的美女老乡。

你在两路口宽银幕电影院斜对面的书刊亭里上班，我住在电影院旁边的铁二局招待所里。每当夜幕降临、华灯初上的时候，我便一个人走出房间，走到你的报刊亭，百无聊赖地翻看你的报刊。有时趁着你不忙的时候，会故意找你说东道西。好几次请你吃饭，好几次请你看电影，你都莞尔一笑地谢绝了。那时，我怕从你口中听到"不不"二字；我怕从你口中听到"改天吧"的推辞。

有一天，实在想见你了，我又鼓起勇气，来到了你的报刊亭。你惊喜地老远就在喊："正想找你呢，呼你的BP机也不回。"我急忙从包里取出BP机，果真呼机上显示着两次呼号。我急急地问："什么事啊？"你脆脆的笑声回答："我爸爸想见你，他听说你是老乡。今晚一定请你到我家吃饭。"我便摸衣兜，知道身上仅剩十多元钱的时候，我又犹豫了。我说："改天吧，我去拜访他。"你仿佛看透了我的心思，不容我拒绝地说："不行不行，家里都准备好了。你不用买礼物，你别摸兜了。"

这是我一生中最难忘的一顿晚餐。来重庆近一年来，还是第一次有人邀我到重庆人的家里吃饭。我拘谨地正襟危坐，手心里浸出汗来，浑身热烘烘的，一种强烈的自卑感和畏惧感时时袭击着我。

你的爸妈越是随和，越让我感到坐卧不安。我桌前的盘子里堆满了菜。见我拘束不安的样子，你对你爸说："好了，他是你的老乡，也是我的大哥，大家都是一家人，就别客气了。你们俩就说安徽太和话吧，我们也听听。"我称呼你爸，叫他胡部长，称呼你妈，叫她杨老师。这是你告诉我的。

言谈中，我才知道胡部长是在重庆后勤工程学院当兵转业后留在了重庆。在重庆成家立业，娶了貌若天仙的杨老师。你和你哥都是在重庆出生的，你哥还在部队，你却不愿再读书，大专毕业后就被分到了邮政局的下属单位——两路口报刊亭。

我和胡部长的交流完全沉浸在乡情乡思当中。君从故乡来，应知故乡事。胡部长用家乡话深情地对我说："得劲，在重庆能见到你这个老乡，真得劲。我恁些年没回过咱老家了，太和县城西边有一片香椿树，那个地方都叫它西河爷（西河崖）。乖乖，那个地方的香椿树就是妖怪（特别）。椿头子（椿芽）都是黑油椿，嫩得一掐冒水。"

胡部长的家乡方言听得我如醉如痴，仿佛不是在重庆，而是在太和听他抑扬顿挫地娓娓道来。

"西河爷除了成片成片的香椿树，还有成片成片的樱桃树。一到春天，那椿头子黑里透红，樱桃结得又肥又大，乖乖，好看又好吃。那是咱太和的名片啊！我每次回老家，都要去那个地方看看。杨老师第一次跟我回老家时，就问我你们老家有什么好玩的地方？有什么特产？我就带她去了西河爷。也就是那天，她怀上了女儿。所以啊，我就给女儿取了个名字——椿樱。"

胡部长那一席话，勾起来了我对那片香椿树和樱桃园的无限遐想。你在一旁痴痴地笑，扶着爸爸的肩膀说："老爸，你好浪漫啊。你是不是和妈妈在香椿林和樱桃园手挽手，走到了天亮？"妈妈接过话茬说："女儿真猜对了，那天月光特别好，你爸摘了很多香椿芽让我拿着，真的好香啊！又摘了很多樱桃让我吃。天气也暖和，我们俩真是走了大半夜的路。"

你的眼神十分羡慕地望着妈妈，继而直直地盯着我，恳求似的语气对我说："哥，我就认你当亲哥了，你要答应我以后也回太和看看那片椿树林，那片樱桃园，可以吗？"

我说："一定，要得。"

远在异乡，让我听到乡音乡趣，一种温暖的幸福感，让我感慨万分。在酒精的作用下，我醉意蒙眬，是你把我送回了招待所。

在没有找到工作的那段日子里，我没有钱再在招待所里住下去，就天天睡在电影院的走廊下。有一次，下着瓢泼大雨，我一个人伫立在电影院的房檐下，久久地凝视着斜对面报刊亭里的你，借着雷鸣电闪的亮光，我仿佛看见了你。我很想告诉你我的处境，我很想冲到马路对面去，向你张口借钱。但是我还是克制了自己，我不能让你看到我的穷酸和无奈，我不能让你看到我的窘迫和潦倒。两手抱着膀子，在屋檐下走来走去，宛如《红岩》小说里的华子良……

我用我的眼镜换回了三个面包和五袋方便面。一个星期的窘迫生活，我读完了你送给我的《十月》，还有《东方文化周刊》。

找到一家在医药公司做推销员的工作后，早出晚归的生活，让我的大部分时间都耗在了中巴车上。炙热的太阳烘烤着大地，我的汗流浃背换来了客户的认可。当我拿到第一笔销售提成的那个晚上，我最大的心愿就是想请你们全家吃顿火锅。你谢绝了，你的眼光上下打量着我，说："你有钱了是吧？把吃火锅的钱省下来去买身衣服吧。走，我陪你去买。"

在商场里，你才真正说出你对我的印象和感觉。你的实话实说，让我真正地意识到自己还生活在老家那种陈旧的思维里。你说得对，重庆是个大都市，不是你原来的圈子小县城了。你要适合重庆的环境，就要从衣着、发型、谈吐各方面装饰自己、包装自己，你千万不能像我老爸那样土得掉渣。

一席话，让我茅塞顿开，豁然醒悟。在你的鼓动下，我换了皮带，买了领带，全身上下都是"金利来"，在镜子里我看到了自己一副农民企业家的新形象，一下子自我膨胀到"城里人"的感觉。

你把我拽进解放碑"雅思"舞厅的时候，我浑身激动得有些战栗。搂着你纤细的腰肢，握着你葱白般细嫩的小手，小心翼翼地挪动着脚步，"嘣嚓嚓、嘣嚓嚓""一二三、一二三"，你就这么教我走动。

我和你保持的距离太远，你感觉到了我的不自在。你说："放松，放松，再放松。"要好几次，你拉着我的手，故意让我贴近你。我心里紧张极了，我闻着从你身上散发出来的芳香味，几乎眩晕得闭上了眼睛。我把你抱在怀里，震耳欲聋的音乐声中，叶倩文激情地演唱着《潇洒走一回》，紧紧地搂着你，我听到了你急促的喘息声，你发烫的耳根告诉我，你并不反感。当我捧起你脸颊的时候，我看见你的两眼流淌着热泪。我问你："怎么了？你怎么哭了？"你紧咬着嘴唇，任凭泪水长流。你伏在我的肩上，喃喃地说："你知道吗？哥，我爱上你了。"

像是被针猛戳了一样，我一下子清醒了过来。我说："椿樱，我不配你，我真的不配。"

"为什么？为什么？"

"没有为什么，我比你大那么多岁，还有……"

你一把捂住了我的嘴，不让我继续说下去。

"不得行，我就喜欢你，我明天就给我爸妈说，非你不嫁。"

"椿樱啊，你真傻，真的不行，我只能做你的哥哥。"

你一把把我推开，不顾众人的眼光和感受，让我呆若木鸡般站在舞池里。

第二天，我就换了BP机号码。

我把我的全身心都用在了销售工作上，我把对你的思念和感激都化作了坚强的动力，赚钱，我要赚钱，我要改变我的命运，我要让帮助过我和寄予我厚望的人永不失望。我没有选择，必须在重庆干出一番事业来。

聪明的你，知道到医院去找我。当我们在一家医院大门口不期而遇时，你让我既愧疚又感动。

你非要到我的住处去看看不可，我无奈地带你到了我租住的房屋内。屋里乱成一团糟，你忙着收拾，又拖地又擦桌子，收拾得井井有条，一尘不染。我说："到楼下请你吃个饭吧。"你说："不，你冰箱里有鸡蛋，有面条，还有青菜，我就帮你煮鸡蛋面吧。"

我埋头吃面，找不到安慰你的话，我怕你再说出"我爱你"三个字。

吃完饭，你把锅碗瓢盆收拾利索之后，坐在我的对面，像老师审视着犯了错的学生似的，质问我："为什么躲着我？还换了BP机号。为什么答应我的事又出尔反尔？"

"答应你什么事出尔反尔了？"

"什么事？你都忘得一干二净了吗？"

"到底什么事？"

"你对着我妈、你对着我爸答应我的。真忘了还是假忘了？"

"什么事啊？你都把我绕晕了。"

"你不是答应我回太和的椿树林、樱桃园去吗？"

"哦，我是答应过你，我一定带你去。"

"什么时间啊？非等到我成老太婆了再去吗？"

"不不不，椿樱，等我方便的时候，我会安排时间，一定带你去的。"

我心里复杂极了。我怎么能忍心拒绝椿樱这么一个简单的请求呢？

从此以后，我又搬了很多次家，为了躲避椿樱，为了不让椿樱查询到我的信息，我又换了很多次BP机号。

二十多年来，我一直生活在重庆。在重庆和安徽太和之间，我一直忙碌不停。家乡的椿树林和樱桃园，我一直藏在心里，却一直不敢前去，仿佛那地方就不欢迎我一个人去似的。我一直在等机会，有朝一日和椿樱一起去。可是，二十多年来，我却没有了椿樱的消息。

很多次，我去过她的家，我打听过很多人，他们一家人搬到哪儿去了？得到的回答无一让我满意。

我在百度上无数次地搜索椿樱的名字，得到的结果没有一个是我要找的椿樱。

我突然想到了在老家打听椿樱爸爸的消息。今年春节，太和下起了鹅毛大雪，纷纷扬扬的雪花弥漫着我的视线。当我终于打听到胡部长的老家时，他的家人告诉我说："椿樱和她爸爸、妈妈前几年都去了美国，椿樱嫁给了一个美籍华人。"我问他们："什么时候才回来呢？"他的亲邻们都说不知道。

我一个人去了太和的椿树林和樱桃园。抖动着椿树林上的雪花，抖动着樱桃树上的雪花，任它们冰凉地覆盖着我的头顶和全身。

望着瑞雪皑皑的椿树林和樱桃园，我的泪水止不住地流了出来。我的心里一遍遍地呼喊着："椿樱，你还会回来吗？我一定陪你来看椿树林，陪你来看樱桃园。"

椿樱，你听到了吗？

小城大律师

陈和平是我的高中同学，他的服务处所至今还在安徽省太和县，叫"安徽天联天律师事务所"，无疑他是这个所的主任律师。

在我看来，在一个小县城里做律师，无论你有天大的本事，也就只能做做小县城里的法律事务。很多次，我劝过陈和平，将你的律师事务所开到省城合肥去，开到北京去，那里码头大，案子多，凭你的才学，大地方才能施展你的大才华。陈和平每每听到我的劝说，总是淡淡一笑："我就属于小县城，这辈子我也不会离开太和城。"

我对陈和平充满着钦佩和感激，并非他是故乡小城的名律师，而是他坦诚、正直、从不张扬的人生品格。

1981年，我们都在赵庙中学读高中。放学去食堂吃饭，围在一堆的只有我和陈和平，还有祝天文、郭运钊四个人。郭运钊喜欢篮球，常常听他说不完的篮球比赛，喜形于色，声音高亢；祝天文朗诵起屈原的诗词，激情满怀，长歌短叹；而我和陈和平却表达不出自己独特的新词来。我们俩是他们俩的忠实听众，我们俩越是耐心地听，他们俩越是兴奋地说。我们四个能成为班里最要好的知心朋友，也许与此有关吧。

一天中午，我没有去上课。农村雨后的麦地是栽插红芋秧子的黄金时节。第一场春雨能让红芋秧子在一夜之间疯长，腾飞似的蔓延出绿油油的枝杈来。趁着雨后松软的土壤，剪成"一拃长"秧苗，插在土里，狠狠地摁上，便成了淮北人一日三餐的"麦茬红芋"。这段时间便是淮北人常说的"抢种"时间。我正在地里忙着栽红芋，远远地看见陈和平急匆匆地赶来了。我问他："有什么急事吗？"他说："没有。我看你今天没上课，就知道你在家里忙农活。"我甩下手里的红芋秧子，拍打着身上的泥土，正要走出地头，陪他回去歇息时，他连连摆手说："不回去，不回去，我帮你栽红芋。"说着，他脱掉了鞋子和袜子，卷起裤腿就插起秧来。陈和平的帮助，让我们一家人都充满了感激。

陈和平的户口是"商品粮"户口，即是说他在农村没有土地，是一个干部子弟，根本没有干过栽红芋这类的农活。天色很晚了，父母坚决留他吃饭。他拉着我，还是回到了学校。为了给我节省饭票，他先把我的饭票代付了，打了两份红烧丸子和四个白面馍。

我说："你帮我们家干活，应该我请你吃饭的。你怎么反过来了呢？"

陈和平冲我笑笑说："感谢你让我有了干农活的体验，以后你家里农活忙不过来，记住喊我。"

高中毕业后，陈和平考起了大学法律系，而我在复读无望的时候，却去了双庙中学做代课教师。我和陈和平天各一方，他在高等学府里继续埋头苦读，向着人生的理想目标跋涉。而我仍在乡村中学里苦熬青春。没有了联系，没有了音讯，命运之舟不知道将我载向何方。

星期六回老家干农活，礼拜天下午回到学校准备第二天的教案和课程，这便是我的生活。上课、下课、打水、做饭，这是我在学校的工作。我在学校看见一位亭亭玉立、出水芙蓉般美丽的姑娘，常常从我的住室路过。我打听过学校老师，她叫叶丛蓉，在镇子上的供销社上班，常常来学校是因为昝老师是她的亲戚。每次她的到来，总能吸引全校年轻教师的视线。有一次，我提着水桶去井里打水，正好她也提着水桶来到水井边上。我示意让她先打水。她莞尔一笑，露出透明四晃的牙齿，礼貌得体地说："巴老师，巴老师，你先来。"我的心跳莫名地加快了，甚至有些激动，受宠若惊般问她："你怎么知道我是巴老师？"她咯咯地笑起来，说："当然知道。"从此后，我记住了她的名字，记住了她悦耳的笑声，还有她端庄得体的衣着，还有她雪白的牙齿。

当后来得知，叶丛蓉就是陈和平的未婚妻时，我说不清当时心里复杂的感觉。我在想陈和平同学能有这么一位如花似玉的未婚妻，是可谓郎才女貌，天生的一对。除了羡慕，没有嫉妒恨，只有陈和平这样德才兼备的大学生才配拥有叶丛蓉这样的女神。至今，我的想法没有改变。

多少年过去了，虽然悠悠岁月改变着我们每一个人，却不曾改变的唯有"淡如水"的同学情。

陈和平成了享誉法律界的大律师，我又漂到重庆，成了小有名气的作家。我把我发表在报刊上的文章寄给他看，我把我出版的书寄给他，他给予我的大都是赞扬和鼓励，从没有批评和贬损。他每次都再三叮嘱我说："等你有时间了，也一定给我写篇文章，吹捧吹捧。"我总是"好、好、好"地答应着，却从没有坐下来真正地为他写出点文字来。

写他什么呢？律师就是办案的，秉公执法，执法为民，伸张正义，服务于当事人，充满着讴歌和颂扬。我觉得这是新闻稿和通讯报道所要表达的主题思想。办了多少案，挽回了多少经济损失，使多少家庭破镜重圆，吵闹夫妻言归于好，陈律师如何如何付出艰辛的努力，等等。我写不出这些语言来，对陈和平，我不愿意用这些词藻堆砌他。我去过他的办公室，办公桌后面的书橱里，成堆的荣誉证书，已经证明了他的劳动和付出。卷在书橱里的锦旗、匾额、金杯，等等，已经塑造了他作为律师的伟岸形象。

我最尊敬的大作家雪涅老师，曾经为他写过一篇文章，我也看过。但我始终觉得一个了不起的陈和平在我心里，并且是一种力量，时时在激励着我自己。

那一年，我的亲表弟在山西太原因为"拾破烂"被关进了拘留所。四处打听，也没有打听到太原有熟人疏通的消息。我问陈和平怎么办？陈和平回答说："还能怎么办？我们直接去太原，车到山前自有路。"

第

三

辑

我坚持买卧铺票，陈和平坚决不同意，他说："你表弟就是我表弟，为他家里节省点费用吧。"从漯河到太原，我们在硬座车厢里心事重重地相对而坐，实在无话可说时，我们的目光转向窗外，任由窗外的世界，从我们的视线里理直气壮地飞过。

不知是什么时候，我身边的座位上坐着一位衣着时尚、雍容华贵的妇人，两眼含情脉脉地望着陈和平。我主动微笑着向她问好，并问她："去哪里？"妇人微笑启齿，礼貌得体地告诉我说："我去石家庄，我也是从漯河上的车。"陈和平听出了妇人含有南方味的口音，就问她："你是香港人吗？"妇人回答："我是台湾人，我在漯河和石家庄都有投资房地产项目。"我脱口而出地赞叹道："怪不得你气质这么好，一看就是富太太。"妇人说了声"谢谢"，两眼一眨不眨地盯着陈和平，感叹道："兄弟啊，见到你我真有一种亲切感，真的。你知道你像谁吗？你像我的初恋男友，你怎么就那么像呢？"我有些惊诧，我有些惊喜，我有些兴奋。陈和平的脸红得像一块红布，嘴巴"咕哝"了半天，也没有表达出他想说的话来。我望了一眼神色紧张的陈和平，笑出声来对妇人说："真那么巧啊？他真像你的初恋情人呀？"妇人连忙答道："是啊，是啊，我真有福气啊！兄弟，愿意跟我在一起吗？"陈和平扶了扶他的眼镜，连声说着谢谢的话，却没有正面回答妇人。我又问妇人："你现在没有老公吗？陈大律师跟你走了，你考虑过你的家庭和他的家庭吗？"妇人捋了一下她飘在额前的卷发，收敛起了笑容，语速平缓地回答道："第一个离婚了，第二个又分了，我一个人在大陆投资，心里始终惦念着我的初恋男友。如果陈兄弟看得上我，就跟我在石家庄下车吧。你的一切荣华富贵我负责。你愿意吗？"

"谢谢你，我不愿意。我有老婆，有家庭，我很幸福。"陈和平脱口而出的回答，让我意想不到。

妇人的脸色一下子暗淡了很多，长长地叹了一口气说："我不勉强你，兄弟，你长得真帅，我们做个永远的好朋友。你愿意吗？"妇人的眼睛在静静地等着他的回答。

陈和平点了点头，情绪平静了很多，表示答应。妇人把她的好几个电话号码和好几个呼机号码写了过来。陈和平没去接，我替他放在了包里。我大胆地问妇人："你们台湾人是不是很开放啊？"妇人很自信地回答说："当然开放，关键是思想开放，你们以后也会开放的。"我说："你看得上我吗？他不愿意，我愿意做你的情人。"妇人的眼睛甜甜地旋转着问号，见我一本正经的样子，半天才说："你为什么愿意？"我说："我家里穷，我需要钱。"妇人没有说话，对我摆了摆手，没有再说话。

我在心里骂这个妇人，我在心里莫名地恨起这个妇人来。同时，我又在琢磨陈和平，他怎么那么好的运气呢？时时都有人爱他，时时都有人喜欢他。同时，我又在琢磨我自己。喝酒的人，酒色和酒气常常表现在一个人的脸上，一个人的气质和自信，同样表现在一个人的脸上。腹有诗书气自华。陈和平正因为比我读的书多，比我的知识渊博，所以从他脸上所表现出来的气质是一种魅力，一种吸引力，一种独特的坚定。

就像他的名字一样，他的性格既温和又平顺。在我和他这么多年的交往当中，我就从来没见他跟谁发过火、发过脾气、发过牢骚。"有话好好说"，这是一部电影的名字，也是陈和平常常挂在嘴边的一句话。我问他："你天天那么忙，手机电话一个接一个，你就不心烦吗？"他笑笑，回答我说："不烦，这些人心里有冤屈，有不平，有愤怒，向我表达，我就得耐心地听。"是啊，耐心地听是一门艺术，是一门学问，是一种修养，是一种境界。

　　在回乡投资建设的过程中，我遇到了意想不到的麻烦。个别人就故意设置障碍，以种种理由刁难，时时处处阻挠，施工无法进行。

　　镇子上有一个叫贾娄峰的青年，看不惯这些人的作为，就站出来打抱不平。贾娄峰是我们镇子上赫赫有名的人物，没想到他的出面无济于事。贾娄峰的自尊心受到了严重打击，一个电话叫来了他的兄弟们。打架，无疑成了他挽回"面子"的解决方式。

　　八个人被关进了拘留所。一时间，当地的大街小巷谣言四起，传说纷纭，有的幸灾乐祸，有的落井下石，我一时寝食难安，心里压力很大。陈和平放下他手中的工作，几次和我彻夜长谈。开庭的前一天晚上，为了减轻我的思想负担，陈和平喊来了老同学祝天文和王素霞夫妇，喊来了我们的物理老师赵玉标等人。从路边店买来牛肉、咸菜等凉食，在宾馆的房间里吃着、喝着、聊着、笑着，一直到清晨五点都没睡觉。

　　陈和平的良苦用心让我感动。

　　陈和平对我说："开完庭后，你回重庆去吧，这些法律上的事务我来处理。"

　　这些因打架被关进去的人出来后，组织一些残疾人到我的老家去，向我的父母施加压力，叫我赔偿他们的损失。

　　我在重庆给陈和平打电话。我问陈和平怎么办，陈和平只在电话里回答我两个字："我办。"

陈和平的办公室里从此天天坐着这六七个人，等着要钱。

陈和平问他们："你们认识巴一吗？"

"不认识。"他们异口同声地回答。

"巴一欠你们的钱吗？"陈和平又问，"打架是巴一喊你们去的吗？"

"不是。"

"你们把瞎子、瘸子都找去，到巴一父母家里去要钱。他的父母欠你们的钱吗？"

"不欠。"

陈和平的问话结束了，这些人的怨气也渐渐地消除了。

"多学点知识吧，年轻人需要点挫折才能成长。"

陈和平循循善诱、以理服人、以情感人地劝说，不仅让他们不再纠缠，反而对他的谆谆教诲感恩戴德。这是一种本领，这是一种能耐，这是一种修炼。我打心眼里不得不由衷地说一句："了不起的陈和平！"

今生与你永相随

一

爱因斯坦有句名言："热爱是最好的老师。"恰恰是这句话，阐释了我的文学梦想和追求。

是啊，我的理想，我的梦想，我的追求，我的人生奋斗足迹，无不源于对文学的痴迷与热爱。散文，虽不是我文学梦想的唯一表达方式，但却是我倾诉性情和心声使用最多的载体。散文，成就了我的文学梦；散文，最真情、最直率地表达了我对事业、对爱情、对人生的感悟。在我的散文世界里，裸露着我对真善美的褒扬和向往；坦诚着我对假丑恶的唾弃和诅咒。乡村、城市，我热爱的男人们和女人们，往往在我的散文中鲜活地从往事的记忆里栩栩如生地再现……

因此，我热爱散文，自然更热爱心中那个高手如林、名家璀璨的组织——中国散文学会。

我为自己至今还不是中国散文学会会员而遗憾，我在为自己争取早一天成为这个大家庭的一员而勤奋写作着。

我常常安慰自己，虽不是中国散文学会的会员，但却得到了她很多次的帮助和恩惠。参加由他们组织的笔会，得到学会老师们的帮助，并且多次获得由学会颁发的散文奖，等等。这一切无不标志着中国散文学会对我散文成就的鼓励和肯定。

二

我是1989年从安徽太和县文联辞职到重庆的。

在重庆打工的日子里，举目无亲的我四处碰壁，穷困到看完电影后就睡在电影院台阶上的时候，我没有绝望，没有后悔当初离乡背井的选择。文学青年的梦永远是七彩缤纷、瑰丽多姿的；文学青年的梦永远是越挫越勇、永不言败的。我把每一天的酸辣苦涩写成了散文，多则两三千字，少则三四百字，不为发表，只为愁绪排遣，只为自我劝慰，只为一塌糊涂的情感倾泻……

几年之后，我匆匆的行囊中，装满了密密麻麻的各种纸张组合而成的文稿。在手提箱里陪我走南闯北，陪我从重庆到安徽，又从老家拎回重庆。沉甸甸的文字，像沉甸甸的金条，我爱惜她们胜过金条的分量。甘苦寸心知啊！这种感觉兴许这世界上只有热爱文学的人才有的吧！

火车上，我钻在硬座车厢座位下，睡躺着，回味着我文字里记录的一切，嘴角情不自禁地浮现出微笑。有时坐在火车餐厅的茶座上，取出我的手稿，重读文字时，热泪盈眶。尽管周围很多人误认为我读失恋情书而悲痛欲绝，我全然不在乎他们诧异的目光，独自徜徉在我自己构筑的散文的世界里……

文字，驱走了我的独处和寂寞，入夜时分，有的人跳舞去了，有的人泡茶馆去了，有的人打麻将去了，我却坐在桌前，读我步行二十几华里到重庆解放碑书店买来的文学书籍。为了节省一元钱的公交车费，我常常在周日上午从两路口步行去解放碑新华书店里看书，买书。尽管囊中羞涩，尽管打工的日子艰辛难熬，每当静坐桌前时，心间涌来的却是幸福感。读书时联想起对未来的憧憬，我的全身热血奔涌自信自强的力量常常撞击着我的灵魂……

三

在一次商业活动的年会上，我偶然结识了重庆散文学会的常务副会长邢秀玲老师。我称呼她"邢会长"，她却连连摆手说："我是副会长，傅德岷老师才是会长。"像是电影里走失的小战士终于找到党组织一样亲切，我把我这些年在重庆的酸辣苦甜，我把我对文学的热爱与痴迷，一股脑儿地向邢大姐诉说着，宛如一个可怜兮兮的祥林嫂，宛如一个苦大仇深的苦孩子，无遮无掩地向她倾吐着。邢大姐修养极好，耐心地听完了我的诉说，平静地问道："这些故事和感受是其他作者所没有的资源啊。你完全可以把它写出来，我们《西南经济报》副刊需要你这些文章。"

我惊喜地回答她："我都已写出来了，能发表吗？"

邢大姐没有直接回答我的话，安慰我说："我也是外乡人，我当然理解外乡人在重庆的不容易了。你先把稿子拿来我看看，再说能不能发表，好吗？"

像一个沙漠中的跋涉者望见了绿洲，我的心被希望与梦想撞击着。

自从认识邢大姐之后，我经常往她的报社跑。她编辑部里的几位老师，从相识到相知，我和他们都成了无话不说的好朋友。于中绳高大的侠客形象，满腹经纶、气宇轩昂，是一位让人见一眼就难忘的美男子形象。刘显平女士被邢大姐称为小刘，典型的重庆美女。我的稿子被她勾画得圈圈点点，每一个错别字，每一个标点符号，她都认真给予斧正。张慧，就像她的名字一样，秀外惠中，谦逊的微笑，给人以亲近随和的美感。帅哥钟斌是一位小老弟，在办公室里面很少说话，英俊儒雅，只管埋头干活，很少谈及与稿子无关的事情……

这些人的面孔，至今美好地浮现在我的眼前。我感激他们，发自内心地感激他们编发了我的稿子。

当一篇篇心血之作变成了铅字，要当一名作家的梦想在我心间潜滋暗长着。

邢秀玲大姐介绍我认识了重庆散文学会的傅德岷会长，认识了学会里的杨大矛、万龙生、孙善齐、许大立等老师们……我的散文作品陆续在杨大矛老师的《联合参考报》、万龙生老师的《重庆日报》副刊、许大立老师的《重庆晚报》副刊上接二连三地发表了出来。

四

因为我的户口不在重庆，重庆散文学会破例吸纳我为会员，并且担任常务副会长。散文学会像一所学校，让我在这里学会了谦虚和上进；散文学会像一所医院，让我在这里没有了狂妄和躁动。学会里的每一个人都比我的文学成就大，都比我资历深。他们对我这个外乡人并不排斥，而且特别友好和亲近。渐渐地，我在重庆文学界有了知名度。我深知，这都是散文学会给予我的帮助和鼓励。

结识了这么多朋友，让我在重庆有了温暖的依靠。恰恰是这些朋友，在我的商业活动中又给予了我无私的帮助。我是一家医药企业的推销员，我的职责是联系购买单位，推销药品。有几家医院，根本做不进去业务，老板找到我，再三吩咐，一定要攻下这几家大医院。为了不让老板失望，我冥思苦想，也想不出什么好的促销招数来。一天晚上，我把散文学会的几位老师邀请到一起吃火锅，问他们有没有熟人可以打通关节。大家你一言我一语，献计献策，终于使我茅塞顿开。对啊，我是散文学会的会员，为什么不利用我自身的条件优势，去和那些推销员竞争呢？

凭着重庆散文学会会员证，我走进了一家家医院，采访他们，以散文的形式在报刊上陆续发表他们的感人事迹。当报纸杂志上发表了他们的先进事迹后，喝彩声、祝贺声让医院院长们喜出望外。

常常是这个时候，我拿着报纸和杂志，去找他们推销药品。兴许是我的真诚和才华，打动了他们；兴许是他们看在文学的分上，给了我一个合作的机会，不到一年时间，老板交代我的任务全部圆满完成。至今让我愧疚的是，《重庆日报》在副刊的头条发表了我写的散文《渴望理解》后，文中的主角遭到了所在单位同事的反感，他们找到报社，找到副刊部主任万龙生纠缠，责问万老师为什么要发表这样的文章？给万老师带来了相当长一段时间的麻烦。万龙生老师没有责怪我，而是鼓励我说："继续写下去，文化搭台，经济唱戏，没有错。"

万龙生老师是一名学富五车的诗人和著名文学评论家。在一次散文学会的聚会上，他为我写了一首诗，并慷慨激昂地现场朗诵。其中有两句我至今记忆犹新："日竞锱铢利，夜来书雅文。"——这是对我的赞美，又是对我的期望。

我的第一本散文集《巴一散文选》在散文学会老师的帮助下出版了。散文学会的老师们鼓励我说："你的写作水平已经达到了一定的水准，你完全可以把眼光放得再高一些、再远一些。"他们的推送，重庆电视台根据这篇散文拍摄了同名电视剧。

中国散文学会组织的首届"全国亲情散文大赛"，我的散文《爱上空姐》获得了"一等奖"。正是在这个颁奖大会上，我认识了中国散文学会常务副会长周明等老师们。从此以后，我和周明老师成了电话里的好朋友。在他的引荐下，我结识了一大批全国的著名散文家。

视野开阔了，我对自己比以前更有信心了。当我被录取到鲁迅文学院高研班学习的时候，恰恰在这个班里又认识了中国散文学会秘书长红孩先生。红孩是我仰慕的散文大家，是我梦寐以求想拜见的文学评论家。《大家》文学期刊要发表一组我的散文，责编电话里告诉我，一定要请一位散文评论家写一篇评论文章。当我把这个想法告诉红孩时，他没有拒绝，而是很客气地告诉我说："你的作品我熟悉，大多与你的故乡有关，以前我读过几篇，所以让我给你写评论，你算找对人了。"红孩的话让我心头一热，眼泪差一点掉下来。真是让我万万没有想到，中国散文学会的人都是那么友善，都是那么和蔼可亲。

我在网上看到中国散文学会主办的"冰心散文奖"征文启事后，我把我的一篇散文《心灵深处的特别鸣谢》发给了《中国散文报》。没想到《中国散文报》以整版的篇幅发表了出来，并获得了第六届"冰心散文奖"单篇奖。从济南领奖回来，中央电视台、安徽电视台、重庆电视台、《重庆日报》、《重庆晨报》纷纷前来采访我，一时间，让我应接不暇。

有一天晚上，邢秀玲大姐打电话给我，向我祝贺，并约我以散文学会的名义为我设宴庆功。遗憾的是，我在安徽正忙着我生意上的事情，没能赶回来。电话里我一直在向邢大姐致歉，邢大姐没有责怪我，而是笑呵呵地说："你现在名气大了，成就大了，别忘了当初重庆散文学会对你的帮助就好了。"

邢大姐的话一直萦回在我的耳际，我心里酸疼极了。

是啊，这么多年，我参加过重庆散文学会的活动吗？我给予过重庆散文学会什么回报呢？

我常常对我的孩子说："人啊，要知道感恩，千万不能忘了在困难时期帮助过你的人。"

　　那么我自己做到了吗？

第
三
辑

图书在版编目（CIP）数据

像我这样爱你：巴一乡情散文选 / 巴一 著. -- 北京：
作家出版社，2015. 10
ISBN 978-7-5063-8437-7

Ⅰ. ①像… Ⅱ. ①巴… Ⅲ. ①散文集 – 中国 – 当代
Ⅳ. ①I267

中国版本图书馆 CIP 数据核字（2015）第 261853 号

像我这样爱你

作　　者：巴　一
责任编辑：王宝生　韩　星
装帧设计：刘　璐
出版发行：作家出版社
社　　址：北京农展馆南里 10 号　　　　邮　　编：100125
电话传真：86-10-65930756（出版发行部）
　　　　　86-10-65004079（总编室）
　　　　　86-10-65015116（邮购部）
E-mail:zuojia@zuojia.net.cn
http://www.haozuojia.com（作家在线）
印　　刷：三河市紫恒印装有限公司
成品尺寸：152×230
字　　数：290 千
印　　张：22.5
版　　次：2015 年 10 月第 1 版
印　　次：2015 年 10 月第 1 次印刷
ISBN 978-7-5063-8437-7
定　　价：32.00 元